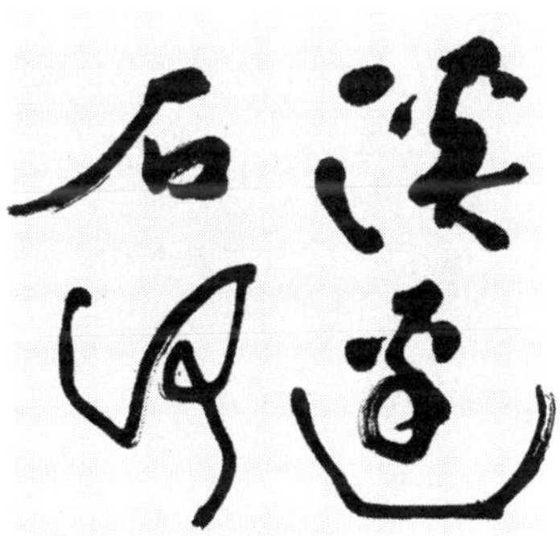

马恭驰 著

CS 湖南文艺出版社

图书在版编目（CIP）数据

石溪河边 / 马恭驰著 . -- 长沙 ：湖南文艺出版社，2024.2
ISBN 978-7-5726-1515-3

Ⅰ . ①石… Ⅱ . ①马… Ⅲ . ①散文集－中国－当代
Ⅳ . ① I267

中国国家版本馆 CIP 数据核字 (2023) 第 229779 号

SHIXI HEBIAN

石溪河边

马恭驰 著

出 版 人 陈新文
责任编辑 黄 晓
书名题写 纪光明
装帧设计 汪 勇

出版发行 湖南文艺出版社
（长沙市雨花区东二环一段 508 号 邮编：410014）
经 销 全国新华书店
印 刷 湖南志翔印务有限公司

开 本 710mm×970mm 1/16
字 数 258 千字
印 张 26.5
版 次 2024 年 2 月第 1 版
印 次 2024 年 2 月第 1 次印刷
书 号 ISBN 978-7-5726-1515-3
定 价 86.00 元

序

捍卫个体生命的记忆

聂雄前

乡愁与怀旧是潜藏于每一个人心底的一种情结，一旦远离过去与故土，它便会或急或缓地涌流而出。一般而言，乡愁有形而下层面的对乡里亲友的思念和对故园风物的追怀，有形而上层面的对作为安身立命根本的民间文化传统的深情眷恋。毫无疑问，恭驰的乡愁，不仅仅是一个时空概念，更重要的是一个家国文化概念。故乡在他笔下不只是狭义的出生地，更是广义的精神家园，是关于故乡甚至乡土中国所有记忆的总和。在众多的文艺作品中，乡愁是寻找来的，往往指向有限的场景、特定的人和事，而恭驰的乡愁却是董桥先生所说的“立体的乡愁”，他用笔墨表现主义的态度描述故乡祖祖辈辈乡土人物的精神。在这个层面上，恭驰的乡愁不是寻来的乡愁，而是乡愁本身。

“石溪河不是母亲河，只是罗霄山脉南麓逶迤而下的一条小溪，绵延上百公里后，便向大江大河汩汩而去。

从哪里流向大海，没有去考证，地图上了无踪迹。它像待字闺中的村姑，不涂口红、不洒香水——既没有经受过现代农业文明的陶冶，更没有经历过现代工业社会的洗礼。如果不是山洪暴发的季节，溪水长年清澈见底，水草沿溪而生，鱼儿在水中溜达，野鸟在水上嬉戏，村鸭在溪中放歌。小溪九曲回肠，沿溪两边，土地肥沃、良田万顷、粮草丰足，散居着许多个大小不一的村落，栖息着上万口人。由于溪水流经的地域多是崇山峻岭，所以溪边经常会升腾起一片充满诗意的轻烟，尤其是初春和深秋时节。夏日的黄昏，溪边到处是忙碌的身影，到处是浣洗的妇人。当一弯新月冉冉升起时——‘长安一片月，万户捣衣声’的景致随处可见。如果是在传统农业社会，没有欲望的纷扰，心若止水、与世无争，守着一个人看太阳东升西落，直到彼此终老，那绝对是一个好地方。”

《石溪河边》开头的这一段，真是一个凤头！恭驰笔下的斜阳和新月、小河和山岗、稼禾和牲畜、微风和虫鸣……都是关于土地的，关于情感的，关于生活在这片故土上的人们的精神的。焦墨枯笔，白描写法，似不经意，随随便便，真的只是寥寥几笔，就把湘南少年的生活、山川形胜的状貌和“长安一片月，万户捣衣声”的景致，全部勾勒出来了！这是一个桃花源：“土地平旷，屋舍俨然，有良田、美池、桑竹之属。阡陌交通，鸡犬相闻。其中往来种作，男女衣着，悉如外人。黄发垂髫，并怡然自乐。”但万万没有想到，湘南少年恭驰不幸地遇上了一个物资匮乏和文化匮乏的时代，这种匮乏来自阶级斗争和政治运动。于是，他写饥饿劳苦、养牛养狗、拔野菜、拾稻穗、捡牛屎狗屎、上树掏鸟蛋和下塘摸鱼……也写父爱母爱及各种亲情友情，笔法生动细腻又不乏幽默，非常难得的是，他并不空泛地抒情，而是通过细节的琢磨和雕刻来复原一个天真的少年。

恭驰在求学问道的路上，付出的艰辛常人难以想象。在“千军万马过独木桥”的年代，对于一个寒门子弟而言，只有读书改变命运这条路。这条路上的恭驰，不是不聪明，不是不勤奋，而是面临着乡土中国的求学困境，导致中专差四分，本科差五分，只读了一个大专。大专毕业后回到故乡的中学三年，“每当新年的钟声敲响时，我都会习惯性默默地端坐在残缺的、开着裂缝的、油漆斑驳的备课桌前，思考着未来的人生路向”。三年时光，在失意与进取中晃晃悠悠地过着，一直到省会长沙的成人教育学院带薪学习，第一年考研失利，第二年考研成功，“逃离乡村，真是祖坟冒青烟的事儿”这句话，一定是恭驰冲口而出的心里话。

恭驰的奋斗，是路遥《人生》里的奋斗，也是路遥《平凡的世界》《在困难的日子里》的奋斗；恭驰的命运，是1980年代蒸蒸日上的命运，也是我们这些寒门子弟的命运。那个年代的每一个日子都隐伏和流动着我的母语，我的心灵之血，故乡和亲人给我们“扎硬寨，打死仗”的力量。湘乡方言中诸如“天要下雨，娘要嫁人，由他去吧”“管他明天刮什么风，睡一觉再说”“吃得苦，霸得蛮，不怕死，耐得烦”等村言俚语，从我们心里流淌出来，我想起我父亲说这些话的神态，我想起我娘说这些话的神态，然后，就像鹅公坪那个拾狗粪的三驼子，开始不慌不忙甚至有滋有味地抵抗，热气就从足底升腾上来，心慢慢地淡定下去。

克罗齐在他的名著《历史学的理论和实际》中，曾经这样描写现代人的“返回”趋向和怀旧情结：“当人们又重新拾起旧日的宗教和局部的及地方的旧有民族风俗时，当人们重新回到古老的房舍、堡邸和大礼拜堂时，当人们重新歌唱旧日的歌儿，重新再做旧日传奇的梦，一种欢乐与满意的大声叹息、一种喜悦的温情就从人们的胸中涌了出来并重新激动了人心。在这种汹涌的情操中，我们最初并没有看出一切心灵中所起的深刻而不可改变的变化，这种变化有那些出现在明显的返回倾向中的焦虑、情感和热情给它作证。”这段描述，在我的身上得到完整的印证，我想，恭驰也一定会有共鸣。

恭驰做过农民、教师、国企员工和机关公职人员，从扛蛇皮袋进城的那天算起，已在都市漂泊了三十多年。他一直保持艰苦奋斗的本色和实事求是的作风，一直以“我是农民”的心态对待人和事，他框定自己是“那个正在回忆的人”，他叙述的故事永远是具体的，是有迹可循的；他讲故事的背景是建立在实证基础之上的。日常生活的尘埃，每天都在有效地覆盖记忆，只有读一读《石溪河边》这样的作品，才会想到文字的基本功能是挽救一个乡村和一座城市的记忆，才能多少医治一点自己关于光荣和耻辱的遗忘症。这样做，我们才会迫使自己贴着地面飞行，而不敢在云端歌唱。“不仅帮助我抵抗了遗忘，为我找回了那些有质感、有温度的记忆，还让我真切地意识到，生活的磨难是有意义的，再艰难的生活中也有欢乐的痕迹，也有很多有意趣的瞬间；生活的希望不是从天而降的，而是从坚韧、不屈的心灵中生产出来的。”评论家谢有顺先生的这段话，放在《石溪河边》，真正是熠熠发光。全球化的滚滚浪潮和中国乡村城市化的强力推进，已经让包括湖南在内的乡土中国走在山坳上，伴随着青壮年洗脚进城，乡村的荒芜和空心已是不争的事实。暮色苍茫，群山苍茫。暮色在四十年间突然就苍茫了，群山在四十年间突然就苍茫了。这曾经是地球最经典最宏大的一片农耕文明的风景啊，这曾经是绵延几千年生生不息活力四射的一种文化传统啊！

恭驰在似血的夕阳和如海的丘陵，看到了那些催人泪下的景色，满目都是萋萋芳草、古道西风和残垣断壁；听到了那些痛彻心扉的呻吟，满耳都是秦砖汉瓦和欧风美雨的冲撞血拼。恭驰一定像在太平洋塔希提岛上的保罗·高更，“我们从哪里来？我们是谁？我们往哪里去？”的响亮发问盘旋在他的脑海。与高更笔下色调艳丽、怔忪莫名的土著女子形象不同，恭驰用他的笔直接对准五十年跨度与他相亲相爱的城乡人物聚焦，用坚决的抵抗做出记忆响亮的回答。千万不要小看恭驰这种“瞬间永恒”的形象记忆能力，张承志在《致先生书》中，强调小说《故乡》中的闰土形象对鲁迅先生“关键无比”，“让闰土成为自己心底充盈的深情，这种能力对一个大作家来说价值连城”。我也知道，湖南人所谓“倔强”“生猛”“强悍”“匪气”，所谓“打落牙齿和血吞”的霸蛮性格，其实是并不丰饶的地理环境造就的。但只要它成为一种文化传统，“给史家做材料，给文学开生路”（胡适语），让个体的记忆成为大时代全景的一部分，让自己的反思成为全社会共识的一侧面，我们就会从容起来。

是为序！

目 录

引子

石溪河不是母亲河，只是罗霄山脉南麓逶迤而下的一条小溪，绵延上百公里后，便向大江大河汩汩而去。从哪里流向大海，没有去考证，地图上了无踪迹。它像待字闺中的村姑，不涂口红、不洒香水——既没有经受过现代农业文明的陶冶，更没有经历过现代工业社会的洗礼。如果不是山洪暴发的季节，溪水长年清澈见底，水草沿溪而生，鱼儿在水中溜达，野鸟在水上嬉戏，村鸭在溪中放歌。小溪九曲回肠，沿溪两边，土地肥沃、良田万顷、粮草丰足，散居着许多个大小不一的村落，栖息着上万口人。由于溪水流经的地域多是崇山峻岭，所以溪边经常会升腾起一片充满诗意的轻烟，尤其是初春和深秋时节。夏日的黄昏，溪边到处是忙碌的身影，到处是浣洗的妇人。当一弯新月冉冉升起时——“长安一片月，万户捣衣声”的景致随处可见。如果是在传统农业社会，没有欲望的纷扰，心若止水、与世无争，守着一个人看太阳东升西落，直到彼此终老，那绝对是一个好地方。

石溪河流经中游时，呈现出一片开阔平坦的腹地，四周布满了起伏的山峦。当溪水顺流而下绕着其中一座山峦拐弯时，脚下有一所由祠堂改建而成的学校，像一座旧式书院，蛰伏在山野之中，给人以庭院深深的感觉。它是我职业生涯中第一个驿站——人生中真正意义上的生命原点，就是从那里出发的；青春中的一段非常宝贵的三年时光就是在那里度过的；此生中最难忘、最值得回味的日子就是在那里尘封的；激发我真正思考人生去向的原初动力、特别渴望远航的雄心就是在那里勃发的。此后，不管我身居何方，无论是怀旧、是倾诉、是审美、是发呆、是沉思，还是继续前行，我就像一个患有偏执狂的生灵一样，总是忘不了那个魂牵梦绕的地方——如果没有那三年在大山深处挣扎、锤炼、追求、奋斗的历程，尽管受过师专教育，尽管有过许多昙花一现的梦想，仍然摆脱不了作为一个乡村农民儿子的宿命，仍然是偏远山村中学那个被人呼来唤去、不断用烛光照亮别人的平凡教师——从高一教到高三，从高三又折回到高一，偶尔也客串一下初中教学，因为那是一座合成中学，初、高中都有。教烦了，想挪位，便从一所乡村中学调到另一所乡村中学。

去一趟县城都是一种奢侈，见到校长都心存敬畏，见着县官更会发抖。每到月末就用几秒钟数下发到手中为数不多的钱，然后又盼着下个月早点发工资。每到学期末，就会关注全县成绩排行榜——若是自己所教的科目排名靠前，便会暗自高兴好些日子，然后幻想着哪一天被教育局长看上了，调到县城的中学去，顺理成章地找一个小县城的妞暖被窝。假以时日，再找机会去钻营、去结识小县城那些有头有脸的人物，期待被哪位县官看上了就可以改行，摇身一变当个小官，回到乡下去也好在父老乡亲面前高声大气地说话，过把光宗耀祖的瘾。美滋滋地想着、想着，不觉在甜蜜的睡梦中流出口水来。可是醒来之后，一切依然如故，不觉又暗自神伤。

缓缓行进中的时光里，守着若无变故，便是几十年如一日的乏善可陈的乡村教坛，只有教师节来临时，才会被社会不咸不淡地恭维一番，然后学校趁机给每位教师发一个水壶或高压锅或分点学生饭堂快要霉变的粮食尾子，高兴个两三天，然后一切又归于平静。

回到乡下，左亲右戚懒得理你；走在县城的街道上，撞见当年睡在上铺的兄弟后，彼此打个哈哈，便见他骑着单车绝尘而去，连一句假惺惺的“去我那里玩一下”的客套都没有。人人唯恐避之不及。由此使我脆弱的心灵更为脆弱、自卑的心更加自卑，于是我深深地感受到了平凡职业所带来的困境。

在屡受刺激之后，价值观便发生了位移，过于注重追求个人的理想和前途，深陷自我小天地的泥潭，连小县城或是生我养我的故乡，都懒得抛头露面、回去晃悠了。再也不奢望一些天方夜谭的事情会在我身上发生。于是，便潜下心来开始了人生背水一战的大突围。

作为农民的儿子，对于乡村的情感五味杂陈。乡村对于我来说，是一首既充满古老而浪漫色彩，又带着泥土芬芳的山野诗。坦白地说，小时候，我不太喜欢乡村——除非有足够的钱，不靠“脸朝黄土背朝天”维持生计，可以在乡村建豪宅，可以闲庭信步，可以娶沈从文笔下如“翠翠”般美丽清纯贤惠的村姑，可以生一大堆孩子，然后围着我不断争宠地叫着“爸爸、爸爸”，不断叽叽喳喳地向我告状，让我真切地感受到农业社会的人伦图景是多么美好！

所以上世纪那些红遍大江南北、有点吉卜赛风格的讴歌田野乡恋的曲子，实在太好听了！曾一度唤起过我对乡村田园诗般生活的无限憧憬，它们像安魂曲般使我在泥土的恬静中找到了归宿——假如这辈子别无他路可走时，就老实本分地守着祖传的一亩三分地，年复一年地数着日渐减少的日子，波澜不惊地度过平凡的一生。然而，在潮湿或是炽热的田埂上横躺着、在逼仄坚硬的木板床上辗转着，百无聊赖地思考着人生的时候，会怅然若失，时常会隐隐地萌动着去大千世界云游的想法。因此，每当我从田野上醒来之后，对那些歌曲又深感迷茫。在时光悠悠的传统乡村社会，固守在田野小河边，然后日复一日地耕种着、繁衍着，直到黯然终老，便心有不甘。千百年以来，匍匐在赖以生存的土地上的中国农民，是一种怎样的人生遭际呢?

我此去的人生比较周折，作为一个凡人的历程，回忆起来也不足为外人道，用这种方式来记录平淡的人生，或许有些羞愧，但是随着岁月的流逝，愈来愈感到有点失落的人生，使我再也难有勇气指望有新的起色，再也难以实现曾经立下的“夫贵妻荣、父贵子显”的世俗陈腐的理想。在没有涛声的人生河流中，为了对自己、对亲人，尤其是对当年那乳汁已干、日渐长大而对互联网时代似乎什么都懂的小毛孩有个交代，不得不硬着头皮以不合常规的笔法，用干涩拙笨的文字，把这些平凡琐事及其所蕴含的情感记录下来，以了结作为一个“文人”的心绪。

一

故乡的老屋，见证了如烟的兴衰往事

我的故乡在湘南一个穷乡僻壤之地，属丘陵地区，古称白泥塘，现叫柏林。据说，我们马姓是明朝时从江西迁入，此前如何从北方迁到江西，由于脉络太复杂，就没有去认真考证了，但与东汉伏波将军马援率军南征有关。我所栖身的这片土地原来之所以叫白泥塘，即因土质白而黏性较强、板结厉害，农作物难以生长而得名。加之，新中国成立前未修水库时，几乎是十年九旱，只能看天吃饭。总之，在农耕时代，贫瘠的土地、恶劣的自然环境，对生长于斯者而言，其艰辛可想而知。

清末时，我高祖像中国千百万个农人一样，过着一贫如洗的生活，所住的几间由土砖垒成的寒舍，随时面临着风雨的考验，我的高祖母常在危机四伏的时候，烧香念佛以求神灵保佑。在苦难家境中成长的孩子，往往有两个极端：要么自暴自弃，要么发愤图强。而在逆境中渐渐长大的曾祖父，对生活的苦情有着切肤之痛后，没有坐以待毙、困守苦局，而是时刻想着要通过挣扎过上一种体面而有尊严的生活。于是，他只身出去闯荡江湖。在老家的县城、省城开过盐铺、油铺，赚不了几文，只能勉强糊口。最后辗转到重庆“淘沙”，用现代话来说，即搞冶炼。

我的家乡从明末开始就有四处“淘沙”的传统，所以，当今永兴成为中国三大“银都”之一，是有历史沿革的。通过开冶炼坊，炼金炼银，曾祖父的生意总算有了起色。但我的曾祖父不是那种太爱置家业的人，赚点小钱之后，不会洁身自好，像中国大多数富人一样，偶尔也会吸点鸦片、泡泡妞、赌赌博什么的，留下的碎银就不多了。

而我祖父却是个顾家的主，不到二十岁就早早完婚，立业的压力使他没有心思像文学青年那样在家苦闷彷徨，于是在曾祖母的叮嘱声中，踏上了西行的道路。在那个如火如荼的革命年代，不同抱负的青年几乎都在选择自己的道路。家乡的男人们为了填饱肚子或光宗耀祖，不少选择去当兵或投考军校。祖父没有多少文化，箩筐大的字也不识几个，又没有遇上启蒙者，所以革命这些东西实在搞不懂，觉得还是弄几个钱养家糊口要紧。于是，他挑着一担瓷器边卖边筹集沿途的盘缠。舟车劳顿，几个月之后终于到达重庆与其父会合。

历练一段时间之后，胆子稍大些、底气也足了，他觉得曾祖父那种小打小闹的作坊式的搞法来钱太慢，于是改换门庭，兴办冶炼厂。加之后来他的女儿嫁给了国民党的一个军官，有了相应的保护伞，另外，当时家乡不少军官投考军校时的盘缠由祖父发迹后所提供，这班人稍有点出息后，出于感恩之心，不时会开着军车过来，到祖父经商的地方喝一杯。有时多辆车同时集聚于此，排场和影响也就出来了。当地的地痞流氓恶棍知道这家人不好惹，于是不需要交保护费，营商的环境好了。在他的精心经营下，生意做得顺风顺水。

祖父发达之后，除了小赌之外，当时极为流行的大麻和鸦片之类的玩意，根本不沾边。赚来的钱，除了在重庆购置一些产业，剩下的便寄到乡下去了。而我的祖母是一个裹脚老太太，出身寒门，懂得珍惜，克勤克俭度日，见家中人口日增，发财之后更加抠门，一年都难得带领一家老小吃几顿新鲜猪肉，即便要吃都是每年春节时腌制的腊肉。省下的钱就开始买地了，陆续买了三百多担谷的土地，按当时每亩五担谷计，约六十多亩地。在我们那个穷山恶水的地方，算是真正土地的主人。

由于祖父和父辈们长年在外，没有劳动力，于是只好雇长工。一到收获季节，家里的粮仓就装满了金黄金黄的、沉甸甸的稻谷，有点大唐盛世的味道。当年吃不完，怕生虫，咋办？每年青黄不接的时候，村中有不少缺粮户，于是把旧粮借给他们，而他们还回来的都是新粮，这样使得粮仓基本上能维持新陈代谢。

丰衣足食之后，祖父就有了宏大的计划，要在老家的山窝里大兴土木。因为他有五个儿子，要让他们过上体面而又有尊严的大康生活，于是把村边曹姓的一座山买了下来，开始了长达一年的造屋工程。

故乡的老屋，是一座矗立在湘南原野中略显气派的旧式建筑。民国初年，由祖辈们经商发迹之后所建，栖息繁衍过几代人，是当时乡村住宅的范儿，也是乡土世界的别样风景。虽然我没有经历过老屋的盛世繁华，只是家道中落后，在其中三间房借住过一段时光，但是一种家族文化基因的流淌传承，一份家族荣光的自我依恋，使我变得非常怀旧，经常在异乡的梦中见着它，总觉得老屋是祖上留给我们后人的一笔精神财富，总免不了要为之发思古之幽情。

故乡的老屋，是由青砖黑瓦垒成，工艺比较考究，分两次建成。前一座是由堂屋和十间房构成，堂屋门前的地面是由约十厘米厚的长条青石块铺成的，大门口的正前方放着一对形似葫芦的石墩，石墩上竖着两根粗壮而又浑圆的木柱，直挺挺地把屋檐前方的横梁支撑起来。紧靠木柱的前方，安卧着一对威猛的石狮，目光炯炯有神地逼视着远方。房屋正面的墙壁上方雕刻着各式各样的壁画，或戴斗笠，或佩刀剑，或拄拐杖，或扛酒葫芦，形态各异、栩栩如生，据说是神话中的人物。随后，在面对这座建筑的正左侧，又建了一座厢房，大小由八间构成，中间设有天井，通过它通风采光。整个建筑坐北朝南建在一个低矮的山坡上，正前方是一片开阔的充满生机的原野。一条由青石板铺成的小路逶迤一公里多后，直达乡村集镇。当时，这座建筑建成之后在方圆几十公里的范围内，无人不晓。

自从祖辈们建起这座房屋以来，它就和主人荣辱与共、起伏跌宕地延传其生命流程。

这座宅子建成之后，家道兴旺如日中天，“富贵不归故乡，如锦衣夜行”，祖父也懂得这个道理，因此尽管千山万重，仍阻挡不了其归乡的步履。一到年关或是家有大喜时，祖父便会还乡。一旦接到祖父归乡的喜讯，整个家族会兴师动众，准备好长一段时间，且开祠堂门来迎接。当轿子出现在村口时，鞭炮声铺天盖地，家里的用人跑上跑下，忙个不停。远近乡邻闻讯奔走相告，来访者不管富贵贫贱，祖父都会热情相待。因此，来客寒暄之后，往往会向祖父提出一些诉求，诸如要祖父带他们的孩子到外面闯荡，或是他们的孩子想读书、想当兵能否借点钱之类的要求，祖父都会尽力提供相应的帮助。

祖父与曾祖父的视野完全不同，曾祖父曾嘟哝：富贵有种，做官轮不到我们这些家庭，做生意赚点钱实在些，而且有钱之后什么样的官交不上呀！于是，他要求他的子孙们还是学做生意，少蹚官场那浑水。而祖父却不一样，他希望乡下多出些有出息的人，尤其希望多出些为官者，那才是光宗耀祖的事情。在他的资助下，当时我们乡下几乎行伍成风，我的两个伯父也在其中。祖父的贤达使他赢得了广泛的尊重。由于人财两盛，于是故乡的老屋就更加引起了风水先生们的兴趣。

同时，也引起了绿林好汉们的关注。那时候乡下盗匪横行，老屋时遭匪患。据老人们说，土匪常选在寒冬的夜晚进村。在这个时节，祖母一到天黑就把门窗关得严严实实。一旦土匪进村，村子里所有的狗都会狂吠，一闻风声，全村男女老少几十口人便会在急促的铜锣声中聚集到我家来，以便形成力量和土匪对抗，因此老屋时常成为村民避匪患的地方。但是由于村民手无寸铁，土匪往往容易得手。由此，老屋经常遭灾。还好土匪也懂得适可而止，稍有所获便会离去。破财消灾，祖辈们也只好接受这一现实。

由于经年在外漂泊，五十多岁时，祖父病了。估计是长期冶炼，重金属中毒所致。预感来日无多，于是，他便归乡了。他要在自家的老屋中寿终正寝。据父亲说，祖父晚年脸色蜡黄，满口黑牙。去世前不久的一个晚上，祖父参加同族一长辈的葬礼。其间还同乡间有钱人赌了几把，结果每回都赢。当晚赢了五十多个银元，使得底气不足的庄家都有些怕了，希望祖父早点离开。祖父也觉得有些累了，于是便摸着父亲的后脑勺说，回家吧。庄家才松一口气，同时嘀咕着：看来，他赢着要去死了。果然，一语成谶，不到一个月，祖父便归西了。

祖父的离世，使得整个家族有群龙无首之感，已成年的几个伯父各怀心思，似乎都在筹划着自己的未来。本来可以继续在重庆待下去，但其中的二伯，在外漂泊已久，形成了江湖习性，在保全营商环境安宁的同时，也染上了一些恶习，诸如抽大烟、泡女人。祖父的去世使他更加沉迷于这种纸醉金迷的生活。据父亲说，那时他帮二哥所管的金条，因二哥频频光顾舞厅而消耗得太快。大伯见此情形也显得格外紧张，怕承担败家的骂名。于是在时局动荡不安的时候，深感前路茫茫，考虑到乡下有些田产，维持“四菜一汤”的生活问题不大，于是便决定举家迁往乡下。

然而，没过多久，便改朝换代了。在时代大变局面前，家族或是个人的命运就显得微不足道了。风烛残年的祖母在土改时经受了始料不及的炙烤。由于老屋被告发埋藏着黄金，要祖母交出来，而视财如命的祖母，怎么也不明白自己的男人闯荡江湖大半辈子，用身家性命换来的财富，平时都舍不得用，而这时却要被剥夺。尽管人跪在铺满碎玻璃的地上，手指被钉上了竹签，神情麻木了、精神瘫痪了，那份痛苦自不必说，也不忍心把祖父创造的财富拱手相让。父辈们跪在祖母旁边亲历了这惨不忍睹的炼狱之苦，大伯哭着哀求祖母，现在世道变了，不要把这些东西带到棺材中去，但是祖母始终不肯松口。最后只好被挖地三尺，残存的一点黄金被土改工作人员私自弄走了。痛不欲生的祖母觉得活够了，于是在一个夜黑风高的冬夜跳进了村口的池塘，想了此残生。被救出来之后，属于她的精神大厦坍塌了，千辛万苦编织的尘世繁华如烟云般转瞬即逝。从此，她一蹶不振，没过几年，在贫病交加中离世了。走时，连棺材都备不起，正如其女婿在挽歌中所道：“白手成家空手去。”最后只好向远在重庆的随祖父出去的祖母的弟弟求救，寄来了五十元钱，总算勉强落土为安。同时，也应验了“一派青山景色幽，前人田地后人收；后人收得休欢喜，还有收人在后头”的古语。

我的父辈们同样经受了时代大变革的洗礼。祖父去世之后，长子为父。大伯见物换星移，只好顺势而为。在土改中，主动要求把田产交公，并把老屋分给穷人。于是，大伯、二伯、叔叔各分一间，三伯因投身共产党革命阵营分了两间，父亲不知何故，分到了高祖时代留下的两间濒临倒塌的泥砖房，其他都易主了。

大伯的表现赢得了革命阵营的认可，加之他在黄埔军校毕业后，在山西参加过抗战，于是，土改后被安排在乡下教了几年书。同为黄埔毕业的三伯，见追随国民党没有前途，于是便去“抗大”接受革命的熏陶。新中国成立后，他为了使自己成为一个坚定的革命者，无论是抗美援朝还是进军西藏，都主动向组织请缨。上交的申请书，写满了激情澎湃、斗志昂扬的战斗语言，希望满腔热血和赤胆忠心能唤起组织的信任，然而由于出身的烙印，还是没有被组织吸纳，这是他一生引以为憾的事情。尤其到了晚年，当他给我们讲述这段历史的时候，经常用“欲哭无泪”来描述当时的心境。最后，只好转业到地方安排，到地方之后，他为了与所谓的剥削阶级家庭划清界限，便与这个家庭进行了彻底的决裂，连祖母去世时，他就在离家不到一公里的镇上，都不愿与自己的母亲见最后一面，尽管祖母临终前百般呼唤他的乳名。

父亲读过几年私塾就去了重庆，跟着祖父当起了跑腿的，过了几年美好而悠闲的时光。重庆解放时，他见证了解放军进城，目睹了刘伯承在重庆解放广场检阅部队的风采，一生都引以为豪。后来，诸多学校招考，父亲在巷道中窝了十多个昼夜，终于以“城市失学失业青年”的名义报了名，然后又顺利地考上了重庆公安学校，兴奋地读了一段时间。由于该职业对从业人员的政治背景要求特别严格，在政审时以“阶级出身异常复杂”为由，被清理出来，然后便欲哭无泪般、灰溜溜地回乡归田了。从此以后，只好悻悻地守着田野与母亲团聚，母亲嫁给父亲时，虽然门第之间有些台阶，但是时局维艰，也就没有那么多讲究了。

母亲是外公七个小孩中最小的，靠卖猪肉勉强维持生计的外公，对最小的女儿多少有些疼爱，所以母亲从小就被娇生惯养着，没有经历多少苦楚，觉得自己命好，长大了又嫁了一户好人家，可以过一种安逸的日子，然而这种好梦没过多久就被击碎了。母亲说，在土改中，家里的东西几乎都被剥夺了，包括做饭的锅子和她的嫁妆等，连被子都被人抢走了。冬天冷得没有办法，只好靠干稻草取暖。原来在一个锅中吃饭的一大家人，随着老屋的解体而分崩离析，仿佛树倒猢狲散。从此，父辈们用同样的无奈、沮丧、苦难，重新开始了他们一生中风卷残云般的日子。

时光在求索中缓缓行进，二十世纪八十年代末的一个冬日，经过求学问道跳出农门，稍有出息后，我归乡了。曾经栖身的两间泥砖房，早已作古。虽有难舍，但未曾使我寝食难安。然而，我曾借住过两年的那栋青砖老屋的坍塌，却使我黯然神伤。望着那片废墟，我忧伤地追忆着老屋的过去。也许祖父兴建这一房舍时就未曾料到世事乖戾、人生无常，更未曾料到他的后嗣们的命运是如此起伏跌宕。至少祖父建好这座房舍时，凭着他过人的精明和悉心经营，赢得了乡村富豪和士绅的双重身份。尤其是祖父发大迹之后，每次归乡，都是坐着轿子由家族开祠堂门迎接进来的。到了父亲这一辈，由于祖辈创下的基业，他度过了一段短暂而又美好的时光，但随后更多的却是沉重劳作的叹息、饥肠辘辘的忧思、担心被人揪斗的惶恐、忧虑栖身之所随时会倒塌的不安。

轮到我时，生活一如既往地艰辛，求学问道极其艰难。跳出农门之后，我曾幻想着等将来发迹了，要把整个老屋买回来，进行修复，再让其传承。可是这一美好的想法尚未付诸实施，老屋的门都找不到了，留给我的只是一片废墟，只有忧伤和凭吊。

我不禁思绪万千：谁叫老屋不出帝王将相或才子佳人呢？若如此，即便时代风云变幻，它也会像名人故居那样得以修复而传承，而且可以继续荷着历史的重负去见证未来。然而，它又使我想起了“朱雀桥边野草花，乌衣巷口夕阳斜”“吴宫花草埋幽径，晋代衣冠成古丘”的悲怆诗句，即便是旧时帝王将相住过的豪宅也会破败乃至匿迹，更何况是一座普通的房舍呢？作为普通房舍，就只能随着岁月的流逝，任凭风吹雨打，使之不断销蚀、剥落、破败直至坍塌。即便让其长存，久远的历史也是一些不能唤起任何情绪、不能引起任何注意的空白，年代的久远除了说明它本身之外，还有什么意义呢？几十年很快过去了，一切都已时过境迁。虽说多少回在异乡的梦里，总是驱赶不了在老屋生活的幻影，然而遥望废墟，归乡的路愈来愈遥远。我不再为之忧伤、为之凭吊，因为我已在都市中找到了新的家园。

二

早春坎坷的命运，迫使我一直呼唤着冬后的响雷

乡村留给我的记忆太深刻了，用刀子都削不掉。

我是二十世纪六十年代中期出生的。母亲生下我时已是一个近四旬的中年妇女了。此前，这种年龄未育在乡下是一种奇耻大辱。乡下人一旦吵架时，便会用“绝兜牯”这一恶毒的标签，作为骂人的神器，把人骂得直想钻地缝。即便无人攻击，也自觉低人一等。凡是村子里有婚嫁乔迁之类的喜庆，母亲就得识趣地回避，一旦在现场露脸就会被人视为倒霉鬼。

担心绝后的隐痛使母亲一直生活在世俗的高压之中，进而造成了夫妻之间的不和，隔三差五的争吵与打斗成了那个年代生活的主旋律。痛定思痛之后还得四处求医，以至走遍了当时乡村所有的名老中医。当然，那个年代资讯不畅，治不孕不育等疑难杂症的广告，还没有在城乡的电线杆四处张贴，于是增加了他们就医的难度，反复折腾还是没有明显效果的情况下，他们便开始去

求神问卜。连巫医神蛊也帮不上忙时，索性就自暴自弃了。夫妻之间的冷战与热战便不断地轮番上演着。哪有《夫妻双双把家还》所演绎的“杨柳腰，芙蓉貌，袅娜东风弄春娇”又唱又跳盛世欢歌般的恩爱图景呢？

几近绝望之际，突然有一天，父亲说，他做了一个梦：梦见我逝去的爷爷，像当年的土改干部般，穿戴整齐、红光满面、精神抖擞地出场了，侧影一晃而过。估计是爷爷在天堂运作了很久，时机成熟了，所以像现代的流量明星出面站台来着。因为，他在尘世间没有少行善积德，没有理由让他的其中一个儿子无后！所以，不久我未曾谋面的姐姐出生了，几个月后便又夭折了！母亲伤心莫名，绝后的隐痛再次像大山一样压迫着她！不过哀伤之后，仿佛在寒夜中看到了星光，至少可以生了。于是，他们在沉重的劳作之后，便加快了造人计划的进程。

不到一年，我的大哥出生了。随后，每隔两年左右，我和两个弟弟也相继出生了。作为高龄产妇，母亲以“大跃进”的速度，一连生了四个儿子，也算硕果累累了。真是金秋时节，花果飘香！

在世俗高压的把传宗接代看得比生命还重的乡村社会，母亲总算可以舒缓一口气，在村子里挺起腰杆做人了。夫妻俩高兴之余，人口陡然增加，接着便是养家糊口、抚养成人的压力。他们只能咬紧牙关，就像沙漠中负重前行的骆驼，在死亡没有帮它们卸下重负前，艰难地支撑着未来苦海无边的日子。

由于家庭出身所带来的原罪，因此从娘肚里一出来，我就无法选择地被打上了阶级的烙印。成长就意味着得与苦难抗争，就得经受那个火红年代的特殊洗礼——物质的极度贫乏、精神的懵懂茫然、心路的坎坷曲折，使我对早春的人生，一直充满着辛酸和恐惧。以至进城多年以后，在异乡的梦里，经常还会被那些不堪回首的往事吓出一身冷汗。

小时家贫尤甚，家庭总收入在当时二百多人口的村子里，几乎年年可上倒数排行榜。那时候，家庭的收入来源，主要是靠在生产队劳动挣工分，在土地里刨食。由于我们兄弟四个，年龄都小，基本上还处在嗷嗷待哺期，在菜没有多少油水的情况下，每人每顿吃个半斤米不在话下，张张嘴都能吃，给父母带来的压力是巨大的。而在自然经济条件下，传统乡村家庭经营得如何主要取决于男性家长的能耐。

由于身份和能力所限，父亲只好一如既往地固守在土地上，行使着他的职责。他的人生所向便是村前屋后那片窄窄的田野。“海阔凭鱼跃，天高任鸟飞”的壮阔图景，断乎轮不到他来展示。每年寒暑易节、春种秋收的时候，经常见父亲咕噜咕噜地喝一碗母亲自酿的糯米酒之后，便红着像猴子屁股似的脸，担着黑而发臭的粪便，摇摇晃晃地在田埂上行走着。

为了防止滑到水田中去，父亲抿紧嘴，眼睛专注地望着脚下逼仄的田埂路，双脚的趾甲紧紧地夹着松软潮湿的泥土，每走一步似乎都要在泥土中打一个螺钉，以便把自己的脚紧紧地固定起来，然后再一闪一闪地往前移动着。富有弹性的扁担，合着父亲踽踽独行的脚步，一路“叽咕叽咕”地响个不停，被春露打湿了的裤管不时发出怪异的声音，这一切似乎都在为其艰辛的劳动，伴着舒缓的节奏。不谙世事的我，和村里一群娃儿正在田间起劲地玩着泥巴，捕捉着青蛙，追逐着蜻蜓和蝴蝶。一时兴起，便会成群地站在田坎高处，往低处尿尿，比谁尿得远。

父亲从我们身边晃过时，头都不会抬，更不会吱声，仿佛我是别人家孩子似的。可见繁重的劳动有时会压抑人性，使人变得冷漠。

到了翻耕季节，几百亩水稻田的翻耕任务，无论寒暑，父亲是无处可逃。每当母亲要我去给正在田间劳作中的父亲送饭时，见着父亲扎紧腰带，卷起裤腿，闷着头，举着鞭儿吆喝着，扶着铁犁，抽打着牛背，驱赶着牛一拐一拐地往前行进时，我便在想，这没完没了的单调活儿何日是个尽头呢？

在“割资本主义尾巴”的政策下，农民要想搞点副业创收，诸如养几头猪、几只鸡、几只鸭等都要受管制。所以，想通过其他窍门提高收入，以改善生活，真是一筹莫展。作为出身不好的家庭，就更不用说了。所以，小时候，指望父亲让家人过上维持温饱的生活，真是一种奢侈！

长期的营养不良，造成了我幼年体弱多病。我有两个外号：因太瘦而叫“干豆角”；因左耳边长了一个刺眼的小肉粒而叫“三耳朵”。常被人取笑，尤其是与村子里的小孩吵架时，他们即把我的外号当歌唱。当然，没有《阿佤人民唱新歌》好听，唱得我心烦气躁，真恨不得要同他们干一仗！可这些可恶的家伙，过完嘴瘾、达到了骂人的目的之后，迅即溜之大吉。弄得我咬牙切齿直跺脚！留下那无限的恨，即便有春风吹拂也难以释怀！

五六岁那年的夏天，我大病了一场，连续拉了二十多天的痢疾，肛门像个没装开关的水管，不分时间、不分场合，吃什么拉什么，咕咕地、哗啦啦地直泻而下，拉得肛门外翻，火烧火燎般疼痛难受。

睡觉时，母亲怕我把床弄脏，便用两条窄窄的木凳拼成小床，让我躺在上面睡。在夏天蚊子轮番进攻的袭扰下，我连翻身的空间都没有。加之担心不断要拉和滚到地上，几乎彻夜难眠。每拉一次母亲就要随我起来一次，见我脸色苍白、骨瘦如柴，常是泪眼汪汪的。问我感觉好些没有，我哪知道。为了宽慰母亲，只好不吭声。母亲便自言自语道：不晓得前世造了什么孽，得罪了什么神。天亮以后，便去大门口或是堂屋的神坛前，焚香烧纸，以求神灵保佑。仪式结束之后，以为万事大吉，其实有啥用呢？不知道神灵菩萨躲到哪里睡大觉去了，根本不管事呢。那时候，乡村医疗条件极差，到公社卫生院拿了几粒不知底细的白色药丸，服后很快便又拉出来了，一切如故。真是无计可施。家中无钱去县城求医，只好等着死亡慢慢降临。

当然，那种年龄，对死亡没有概念，还不知道死亡的可怕。因为没有享受过幸福生活的快乐，所以对生之依恋程度没有那么高。要是那时候我死了，或许对母亲来说便是一种解脱。

然而在走向死亡的路上，出现了转机。一天清晨，本村的大队支书来到了我家。他当时红极一时，父亲说是个“嘴烂心不坏”“会叫的狗不咬人”的人，与我们这种“黑五类”家庭完全属于两个不同的阵营。不过当年的“村官”也没有啥特权，上衣口袋中连支英雄牌铱金笔都没有。估计当年我们家富贵显达时也未曾得罪过他们家，加之平日里母亲与其母亲走动得比较勤快，有什么好吃的瓜子花生之类都会拿点过去，关系处理得还不错，所以他也没有把阶级斗争年代的深仇大恨记在我身上，对我们这种家庭还算过得去。

那天也不知咋地，在捡狗屎路过我家门口时，便大声直呼我母亲的名字，问我情况如何了。母亲正在生柴火做饭，听着喊声便起身倚在破木门前，脸都没有洗，蓬头垢面地告诉他：没有任何好转。

他听后便默然地扭头就走了。或许是那天撞了“狗屎运”，村子周边的狗屎都让他捡走了，心情比较好。没过多久，他便沐着晨曦的雨露，寻了一些草药来，像是车前草之类，告知母亲熬给我喝。并叮嘱道：如果有效，他会再扯一些来。真是天不让我死，连服两次之后，居然很快就好了。在那个自生自灭的年代，生死平常事，有谁会太在意呢！

没有死去，便还得伴着苦难成长前行。

童年时代的乡村，日子太悠长而单调，故事太野性而浪漫。那时候，如果不下雨，天总是那样的蓝，水总是那样的清。季节的变化，像月亮般阴晴圆缺，极有规律。每年的春天，像少女踩着极有韵律的舞步，会款款深情地如约而至。律动的季节，使我不喜欢春不喜欢冬。因为湘南的春天与冬天，不是多雨就是太冷，天经常阴沉得好像谁欠了它几吊钱似的，既影响心情又限制了活动的范围。夏天和秋天才是生命跃动的季节，我们可以像飞天蜈蚣一样，在广阔的田野，肆无忌惮地闹腾着。其实，不同的季节有着不同的风景，不同的风景孕育着不同的故事。

早春，在全球气候尚未变暖的湘南大地常常是白雪皑皑，山野里那些熟悉的风景几乎都被白雪覆盖了。每天母亲照例都得早起。首先她得把在鸡圈里窝了一晚的鸡放出来。鸡圈设在灶屋兼客厅的一角。木做的多功能的鸡笼子，上面放碗筷，中间放家用器皿，下面用木栅栏围起来，地上放些草木灰或是煤灰，这便是鸡的住所。公鸡母鸡很诗意地栖居。鸡屎味常年在屋子里飘散着，久而不闻其臭。脏兮兮的不断发酵的鸡屎堆中，不少跃动的跳蚤在跳着街舞，跳到人身上，钻到裤裆里，弄得浑身奇痒无比。

母亲可顾不得那么多，她还得从鸡圈中把母鸡所生的蛋，小心翼翼地捡出来。若是蛋多，特别是每只母鸡都生的话，乡下叫“生齐子”，母亲脸上便堆满了笑容。若是蛋生在外面被人捡走了，就会骂骂咧咧。所以，凡是那些该生而未生蛋的母鸡，母亲了然于胸，当晚未生的，放出去后，母亲便会叫我们跟踪着。一旦到孵小鸡的时节，母亲便把鸡蛋放在煤油灯下，逐个逐个旋转地照着，若是受精的鸡蛋，中间便会有个小黑点，就会留做孵化用。未受精的被淘汰后，要么拿到市场去卖，要么留着自己吃。于是伺候鸡，便成了母亲日常的活计。

天寒地冻的日子，鸡在外觅食困难，鸡被放出来后，母亲便会在地上撒上一层秕谷，然后再“咯咯咯”地呼唤着，引着鸡顺着撒秕谷的方向行进。公鸡总是很骄傲地吊着嗓子，扑扇着翅膀，追逐着母鸡往堂屋里打转转。稍稍调情之后，这些困了一夜、饿极了的生灵们，摇头摆尾地跟着母亲，高兴得像过年去舅舅家拜年似的，见着秕谷便一头扎进去，“咕咕咕”地一边拉一边啄个不停，几乎头也懒得抬一下。

随后，母亲便开始洒扫庭除。在扫地的当儿，扫把上的枝条，不小心触碰着狗狗冷得蜷缩的躯体，把沉睡中的狗狗惊醒了。狗狗站起来，伸着舌头，吹着丝丝热气，在母亲身边蹭几下，似婴儿撒娇般。然后，又追逐着同鸡去嬉闹，弄得鸡狼奔豕突叫个不停，对正在下蛋周期中的母鸡构成了潜在的危险。母亲见状，顺势操起扫把朝狗狗扔去，被打中后的狗狗便"汪汪汪"地大叫着，似乎感觉很委屈，只好没趣地撒腿朝大门外跑。

一大早，母亲像欧洲话剧中的独角戏演员，一会儿骂鸡，一会儿训狗，弄得鸡飞狗跳的，使得寒冷的农家院落陡然间充满了生机。其实，她无非是想通过这种方式，把尚蜷缩在温暖被窝中的父亲唤醒。因为早炊时，家里连青菜都没有了，白茫茫的大地，青菜几乎都被大雪淹没了。同时，卧室兼杂物房的漆黑的墙角，仅存的煤也烧不了几天，再不去挑煤就要断炊了。当年，湘南农村即便再贫困的家庭，冬天都得靠煤火做饭取暖。于是煤便成了家庭生活开销的重要支出，且挑煤也变成了一种负担。面对如此景况，母亲的心情顿时变得灰暗起来。

如此烦心的季节，我可无需操心，也没有那么安分守己。天下粮仓有无粮关我甚事，吃饱睡足之后，便像职业外交官一样，挨家挨户地呼朋唤友去玩儿。在我的怂恿下，村子里年龄大致相仿的娃儿们挺着胀鼓鼓的青蛙肚，冻得像红萝卜似的手拿着自制的弹弓，吊着永远擦不尽的像糨糊一样的鼻涕，吆喝着向村子后面的山峦进发了。

爬树、掏鸟窝是我们的家常便饭。一般而言，树上的鸟窝并不好掏，因为鸟窝都藏得比较高，往往筑在伸出的枝丫上，树枝不堪受力，即便有敏捷的身手，也难以企及。于是，我们便想到了一个好办法，即爬到树上去之后，再用柴棍去掏。可是用力没有掌握火候，经常弄得鸟飞蛋打，害得我们常常是无功而返。后来在大人们的点拨下，找到了一个掏鸟窝的好去处，即到茅房顶上去抓。因为乡村的茅房顶是用稻草盖的，且较低矮，像原始人居住的房舍一样，麻雀喜欢在里面筑窝。

我们白天去四处侦察，然后把发现好的目标记在心里。一到晚上，我们便开始行动。因为晚上只要用手电筒的光照着，小鸟儿不容易飞走。由此，我们便经常得手。当然，抓鸟还有更刺激的办法。有时候，我们会准备好弹弓，一见到那些鸟儿，便拉长弹弓追啊、喊啊，赶得鸟儿像丧家之犬，无处藏身。为了比试谁的枪法好，所有的子弹朝着同一只鸟儿射去，若真能把鸟儿击中，别提有多么高兴啊！

我们围着被击中的鸟儿，每个人都轻轻抚摸着余温尚存的鸟儿丝滑的身体，然后又略带怜悯地寻找它的伤口，接着便像外科大夫一样，找点泥巴涂在伤口为其治疗。如果附近有鸟儿在树上叽叽喳喳地叫着受伤同伴的名字，还觉得它怪可怜呢。于是便会争论着究竟是放掉，还是继续把玩。这真是个问题。大一点的倾向于放走，小的却不同意，因为他们中有的还没有玩够。

一到暮春时节，天特别喜欢没完没了地下雨。母亲在劳作中便会经常骂：这该死的天，像烂了底的锅！因为她即使穿着蓑衣去干活，仍然容易湿身。况且农人穿蓑衣干活的样子，像古装戏中的武士，有点酷，但极不方便。这时候我们便觉得日子难以打发，不管是下雨还是下刀，照样玩起了捉迷藏的游戏。

当然，玩也是有止境的。稍长大时，就得替父母分忧。我从七八岁就开始接触农活了。到十四岁时，我干一个劳动日评工分为 2 分。成人最高工分为 10 分。定额任务，工分另算。那时候，春天干得最多的活儿便是捡狗屎。往往晨曦初露，就会在母亲“还不起床，天上有掉也要早起，否则会被别人捡走”的唠叨声中被吵醒。然后，从木板楼上下来，把积了一个长夜的尿，很舒坦地撒出来，放在父母卧室墙角中的马桶“哗哗哗”地响个不停。刚撒尿时，由于憋涨得厉害，压力太大，尿很容易泄到马桶外，弄得墙角的泥洼地一片阴湿。尿膻味很快便在狭小的空间里弥漫开来。闻惯了，也不觉得难受，反而形成了一种嗅觉依赖。

脸也不用洗、牙也无需刷，便被母亲呵斥着快点去捡狗屎、猪粪、牛粪。因为这些臭烘烘的东西可以当作农家肥。每年的农忙时节，生产队都会组织专业人员，像开评审会一样，到臭不可闻的厕所评估一下，打出成色，然后一担担往水田泼去，经计量便可以换算成工分。年终结算时，就可以换来少得可怜的养命钱和口粮。所以，乡村的孩子干不了重活，就只能干这些脏活。干这一行的人多了，虽然那时不懂市场竞争这个概念，但“时间就是狗屎”的观念，早就种在我心田：若不早起，即便臭狗屎也捡不到。所以，当改革开放的八十年代，深圳冒出“时间就是金钱”这一新观念时，我从心底里觉得压根儿都不新鲜。因为我们这些在乡村长大的孩子，很早就是这一观念的践行者。

不过起得太早，有时候怕鬼，尤其是大雾弥漫的早晨。当然，父亲曾告诉我，走夜路若怕鬼，就用手把头发往后使劲扫三下，鬼就不敢近身了。二者有啥逻辑关系，也没有弄明白。我也试过好多回，但就是没遇见过鬼。其实，小小年纪是天不怕地不怕，哪里会怕鬼呢。

怕蛇倒是真的。春末夏初，是蛇睡醒的季节，经常见它们鬼鬼祟祟地到处乱窜，田野里、山冈中随处可见。大白天见着蛇，若不招惹它，它不会主动攻击人，避开就是了。但是晚上或是凌晨看不见时咋办呢？大人们便要我们拿根竹竿沿路敲打着，把茅草丛敲得“啪啪”直响，蛇听见响声自然就溜走了。有些回家探亲的蛇，进了家门像客人般不想走，想好吃好住地待上几天，是神蛇。大人们说那是爷爷、奶奶或是祖先变来看我们的，千万不能打。只见，大人们在咒语声中，打开门让蛇坦然而又有尊严地溜走。其实，这些都是来自田园生活中的应急教育。有了这些妙招之后，出去干农活底气就足了。

那时候，天刚蒙蒙亮，在村庄周边的山野中，随处可见睁大眼睛在茅草堆中寻找狗屎的孩子们。有时候，如果在雾茫茫的草丛中，突然跳出一只麻拐（青蛙）来，会把人吓个半死，心脏“咚咚咚”地要跳好一阵子。

当然，要是幸运的话，遇着刚出圈的牛，沉睡了一晚之后，“嗡嗯嗡嗯”地叫几声，然后把两条后腿张开，屁股微微地往后倾着，经验告诉我：鼓囊囊的牛屁股要排泄了。于是我会迅速扑上去，把粪箕垫放在牛屁股下面，把空间距离控制好，然后便极其耐心地守望着。牛的膀胱大，一撒就是泡长尿，像农家老妇人闲聊没完没了似的。牛尿所产生的冲击力，会把地下的沙土冲出一个小坑来。牛尿的热气弥漫在方寸草地间，使我的视野顿时变得模糊起来，但很快又消散了。站在这牛的身边至少有好几分钟很不爽，不过，随即它便会拉下一大堆沉甸甸的牛屎来。算一下性价比，等几分钟，又算得了什么呢？何况，那年月，除了拥有时间，还能拥有什么呢？此刻，望着那一堆黑乎乎、沉甸甸的东西，我一点也不会嫌其臭，觉得它就像天山的雪莲。

当然，夏天的狗屎经过发酵以后，软塌塌的，不怎么规则地落在草丛中、泥地上，还是有些臭。要把它弄进粪箕中来，得掌握力道，甚至把整块泥都附上，否则便会粘在泥草上，弄不进粪箕，就进不了自家的茅坑。但冬天的狗屎不臭，尤其是经过冰冻后，硬邦邦、黑乎乎的，用脚一踢还可以在地上足球般滚动，像土产的猪血丸子或咖啡冰棍。那年月，贫穷并没有限制我对狗屎观察的想象力。忙碌一个早晨，这一潜在的财富，进了自家的茅坑之后，就成了现实的财富。这样，完成任务之后，不用担心因偷懒而被母亲骂了。

每次把这些臭烘烘的东西倒进自家的茅坑后，茅坑的水平线便会逐渐上升。乡村的茅坑和猪圈是合为一体的，前半部分供人排泄用，后半部分用坚固的木头架起来，猪便养在上面。吃饱喝足后，拉出来的粪便源源不断地直接掉到了茅坑中，有些粪便和茅草等交织在一起，像沥青层层沉淀在木架上，日积月累经自然发酵后，便形成了猪栏淤。

如果没有每天捡来的狗屎牛粪助力，茅坑的容积还是挺大的，水平线上升较慢。所以，我就整天琢磨着如何使之快速上升。

有时，天下雨了，我会偷偷地故意用锄头挖一条小沟，让雨水没有阻挡地汩汩流进来，不用多久雨水就会把茅坑浸满。因为有些出身好的家庭，大人们都经常明目张胆地这样干。我也是被启发而为。被雨水稀释后的粪便作为肥料，像度数不高的药酒，功效自然会被打折，但可以让大人高兴一阵子。尤其是生产队按担计工分时，便可挣到更多的工分。

不过，粪坑太满了粪便会溢出来，也是怪可惜的，但周边的野草会由此而疯长。但人进去排泄，粪便掉下去“咕咚咕咚”所溅起的浪花，会把屁股打湿，弄得人怪不舒服。无论如何，每天见着茅坑的水平线呼呼上升时，就会想到丰收的稻谷、碧绿的菜地，就会想到母亲开心的笑脸、父亲舒朗的表情，就会涌现出成就感。此刻，我真想唱《老鼠爱大米》之歌，可惜那时还没有这首歌呢。

在烟雨蒙蒙的日子里，割草籽、蚕豆和青苗是常规活，可以挣到工分。在春雨或寒露中，那嫩嫩的草籽苗，像怀春少女的肌肤丝滑极了，把它们割下来，挑回家后剁碎，再过秤后上堆，经发酵后便是较好的农家有机肥料。当然，在劳作中我们偶尔也会在草籽苗堆里钻下洞、打个滚， 有时候还在里面装死， 同伙伴们玩躲猫猫。那青涩芬芳的味道闻起来没什么，可挤压出来的汁，会使破旧的衣服印上青痕，回去免不了要挨母亲的打骂。尽管经常被修理，但孩童时代总是不长记性，该干的“坏事”还是经常照干，这样至少可以调节一下劳动的乏味了。

当夏天来临的时候，红彤彤的太阳把我的心窝照得暖洋洋的。生产队禾坪上高悬的大喇叭，经常大声地放着“北京的金山上光芒照四方，毛主席就是那金色的太阳。多么温暖，多么慈祥，把翻身农奴的心儿照亮！”听着这高亢的歌声，我的心儿也随之舒坦起来。

当年的乡村，绝大多数家庭没有时钟，高音喇叭一叫，就知道是几点了，就该起床了。撒泡尿，用井水在口中咕噜咕噜地转几圈，就算刷完了牙。当年能买牙膏、牙刷的不多，除了少数插队知青和极个别当兵转业的。

然后，打开房门，顿时感觉四外初夏的田野，和风徐徐，稻浪滚滚，鸟鸣蛙叫。大清早，常能听到的是从远方的山谷或是田野中传来野鸡（俗称禾鸡婆）“咕咕咕、咕咕”的叫声，声音挺有韵律感，前面叫三声，稍停一下，再叫两声，像是有人指挥一般，然后便不断重复着。仿佛要把沉睡的村民全都唤醒，方才罢休。

乡村的蛙鸣，像自然界组建的交响乐团。在田野里、池塘里、山窝里、坟墓里等，由于蛙的种类不一、所处的洞穴不同造成的音响效果不一，所以发出的声音也不一样。尤其是从墓穴中发出的蛙鸣声，特别浑厚而粗重，像是老牛正在干着重活时发出的喘气声，这声音听了怪吓人的。特别是夕阳西下时，暮色四合，在山野中单独作业，担心蛙鸣声会把鬼魂招惹着从坟地里钻出来。

还好，一般母亲不会让我单独出去干活。即便一个人出去了，会再三叮嘱，千万别踩踏坟堆！哪怕是坟地上的茅草都不要去动一根！这样才不至于招惹神灵。

随着仲夏的来临，母亲对季节的变化尤为敏感，她会及时敦促我，脱掉穿了整整一个冬天厚厚的充满油渍的烂棉衣，随之而去的，还有那让人心烦意乱的长时间像高级特工般潜伏在衣服补丁里的、即便脱下来找半天都找不着、弄得一身痒痒的跳蚤，都叫它们见鬼去吧！

此刻，漫山遍野就是我们的天下了。夏天，好玩的事情太多了。抓金龟子便是其中之一。抓金龟子最好的时辰，是烈日当空照的晌午。这时候，小狗趴在地上呼哧呼哧地伸着长长的舌头，在向人求饶似的。农人们则躲避骄阳躺在自家的竹凉椅上呼呼大睡了。太阳不依不饶地把苦楝子树暴晒得油汪汪的，躲在树叶中的知了，毫无节制、撕心裂肺地哭喊着，以至长大后读书考试时，每逢遇着难做的数学题卡壳时，若有知了在教室外狂叫，让人讨厌得真想宰了它。它给我留下的坏印象，使我后来经常想到一个问题，地球上那么多物种灭绝了，为什么它还在呢？

金龟子却给我童年留下了美好的回忆。成群的金龟子，聚集在树脂的周围贪婪地吸吮着。此刻，我们小心翼翼地往长得像蛇皮一样的树干上爬。它们吸得如此专注，把小肚皮胀得鼓囊囊的，竟不知大难临头。我们轻轻地用手去抓，它们连飞都不想飞了。抓到金龟子之后，便用绳子把它如细丝般的脚系好，然后再让它飞。金龟子飞起来时会发出一种好听的“嗡嗡”声。刚抓来的金龟子，由于吃饱喝足的缘故，动力十足，像一架盘旋的直升机，飞起来声音特别洪亮，翅膀特别有力；飞的时间长了，像电池快耗完般，便开始偷懒了，乏力地飞着，渐渐地也不“嗡嗡”叫了。有时候，我们还会用金龟子来打仗，即把两只系着腿的金龟子，让它们飞起来之后，进行相互碰撞，在交战过程中，会折翅断腿。一旦翅膀受损，便会蔫下来，无力地呻吟着。这些小生灵被我们折腾着，也是怪可怜的。

玩得乏味之后，得找新节目。看大人们抓鱼让人心痒。乡村的稻田，被水冲出的坑中到处是鱼，尤其是涨大水后。只要把坑围起来，把上丘田冲下来的水引开，再把水慢慢戽干，当快见底时，鱼在水中不断地跳跃着，不断地往脚板下、软泥里钻。这时，大人们用脚使劲把水搅浑，形同泥浆，使鱼犯晕后翻着白肚，然后便不断地浮出水面来。我们还太小，怕陷到水坑里去，所以不敢冒险，只能眼睁睁地看着。有时候，见有许多鱼在活蹦乱跳时，真是羡慕极了，恨不得马上长大。

最让人难忘的事情还是在水塘边观看采红莲。只见大人们一边摇头晃脑地踩着水玩，一边在莲子丛中穿梭着。不时一个猛子扎下去，然后水面“咕噜咕噜”地冒着气泡。没有多久，他们便从水中钻出来，得意洋洋地举着藕根，一边吃，一边故意来挑逗我们，弄得我们直流口水。

记得村子里有一个叫癞子的人，每当采到藕根或是莲子之后，便高声叫喊着：“谁愿意叫俺爷爷，俺就给谁吃！”看见那诱人的东西，我们几个小孩，无所顾忌地争相叫喊着，而且还比试着谁叫的声音大，于是我们都得到了心爱的食物。吃完之后，我们又大声地回骂着：“我们是你爷爷！我们是你爷爷！”气得癞子抓起水塘的泥巴奋力地直往我们身上扔。若未击中，更是不依不饶，光着身子就往岸上来追，想揍我们。我们却一溜烟地跑得无影无踪。回望着那亭亭如盖、娇艳欲滴的藕塘，那时还不知道有“采莲南塘秋，莲花过人头”这等优美的佳句。

太阳正烈时，去钓麻拐（青蛙）也是一件非常好玩的事。

午后的太阳，使得整个大地都气息奄奄。整个村庄周围的农作物都低垂着头，蔫不拉叽的。天空一丝儿风都没有。这时酷热难耐的青蛙也不叫春了，窝在池塘的草丛中，像龟孙子一样老实。这时，我们弄点小青蛙或者小鱼仔什么的作钓饵，然后用手捂着半边嘴“不不不”地学着青蛙叫，其实这声音与青蛙叫的声音，压根儿不搭界。平时大人们钓麻拐时就这样叫，我们只好模仿着。我们三五个小孩，贼头贼脑地窝在村子后面的小水塘边的树荫底下，把钓钩在水面上不停地滑动着，忽上忽下、忽前忽后，弄得水面泛起了涟漪。麻拐追着钓钩在水面上三步两步地跳跃着，我们却欲擒故纵，不轻易让它上钩，折腾得差不多，再把钩子放下去。这缺乏灵性的蠢货终于上当了。一旦得手，我们便得意洋洋地拎着往家跑。母亲把它下油锅拌红辣椒爆炒，炒得油锅滋滋地直冒烟，好吃得不得了，真是开大荤了！

后来，稍长大点，父亲把我扔进村子后面的一口大水塘里，像麻拐一样在水中折腾着，我便学会了狗刨式的游泳。在炎炎的烈日下玩久了，头皮都会感觉发麻。此刻，只要有人怂恿去游水，大家便一拍即合，朝村子门口的水塘狂奔而去。

由于村子饮用的井水和池塘水是相通的，所以作为公家的池塘，没有倒进粪便和鱼草，水质相对干净些。但池塘水较浅，我们把池塘水搅浑之后，井水也随之会变浊。大人们见状便会大声地呵斥我们。我们不但不予理睬，有时候还会和大人们对骂，做着各种挑衅的怪动作，并叫着他们的小名来取乐。这时候，气呼呼的大人们便骂我们的父母没有教养好，有的甚至要跳进水塘来揍我们。我们很快便会一个猛子潜到水底去，弄得大人们只好骂骂咧咧地回去向我们的父母告状。我们才懒得搭理他们呢，继续尽情地在水上舒展着不同的游姿，继续打着水仗，饿得实在不行的时候才上岸。

有时候，也会陪着母亲去赶集。蹲在地上照看着从家里挑来的农产品，不让人偷。在市场上卖东西，就像古罗马奴隶交易场般，任人挑来选去。晴天摆卖东西的地上，到处是尘埃，风一吹或是车一过，灰尘直往口鼻钻。雨天车一过溅得满身都是泥。尤其到读书时，多少有点虚荣心了，便怕班上的女同学看到。所以，经常把头低垂着蹲在地上，真不是滋味。哪有什么尊严可言呢。

如果东西卖得比较快或是卖了个好价钱，多赚了三五分钱，母亲心情比较好时，便会去油炸摊买个煎油饼什么的吃吃。那煎油饼表面上看去不冷不热的，张口吃进去，烫得很，弄得嘴巴很快就起泡了。尽管嘴巴受到了伤害，但整一路几乎是在田埂上跳跃着跑回家的。乡下人命贱，吃东西被伤舌、伤喉，算不了什么。

吃烤红薯也是经常伤喉咙的。红薯刚从柴火中烤熟时，为了把灰去掉，拿在手上东拍一下、西拍一下，然后在手上再转几圈，希望它尽快冷下来。以为冷得差不多了，一口吃进去时，烫得喉管怪难受，但是，再烫总比饿得难受要好。谁叫我们生长在饥荒年代的乡村呢？

农忙时节，尤其是“双抢”的日子，想偷懒也不成，事多得像堆在箩筐中的谷子一样。每天天未亮，生产队的高音喇叭还未响，就经常在蛙鸣声中被母亲叫醒。

正值长身体的年龄，连眼睛都睁不开，走路几乎都思睡，便跌跌撞撞地沿着一条条松软逼仄的田埂，往秧田里赶。

水田中的种秧，被分割成一条条细长的单元，像一片片丛林。因为是手上活，小孩都能干，所以到了上小学年龄的孩子，几乎都很难摆脱这一活计。由于僧多粥少，扯秧之前要先占，谁占住了就归谁扯。然后，生产队的干部便根据秧块的大小、长短、疏密评工分。生产队干部也会有私心，根据同扯秧者关系的亲疏，所给工分的高低是有水分的。当然，那时候的干部还没有到胆大妄为的地步。评工分稍有不公，庄稼人也不会太计较。手上活，多干点累不死人，大家都是这么想的。在扯秧的过程中，往往沙土田里的秧，根不深，扯起来会轻松些；而黏土田中的秧，吸泥多，扯起来重而费神，把根洗净，也要多花些时间。

在蒙蒙的迷雾里，田野中随处都能听到“哐哐哐”抖落秧苗根部泥巴的声音。我们村人多，大家都扎堆在一块，你追我赶，扯起来特有劲。尤其是那些青年哥哥们在干活的当儿，时常会讲些带色的笑话，挑逗那些情窦初开的姑娘家开心。

那时候，乡村没有电视、没有卡拉 OK、没有互联网，总之，与现代娱乐业有关的东西几乎都没有。在物质和精神贫乏的社会环境下，少男少女思春的渠道太少，在乡下还没有出现“调情”这个字眼时，打嘴炮、过嘴瘾便是独特的娱乐方式。他们在调情的过程中，我们也似懂非懂地知道其中所隐含的意思。所以，一旦小伙子们把姑娘家说得脸红的时候，我们就会跟着起哄大笑。随后大人们又会回过头来调笑我们这些小毛孩，说我们人小鬼大，也懂一点点啦之类。在哄笑声中不知不觉天已大亮，我们的睡意随之全消失了。

扯秧虽是手上活，但时间久了，手被扯得火辣辣地痛，整个手掌呈现出白色，握秧右手的拇指与食指之间，有时甚至会红肿出血；另外，腰痛得直不起来，即便在腰椎上用拳头狠狠地敲几下，也难以缓解症状。有时真想在水田中架一张床好好地睡一会儿。所穿的自染白布短裤被水浸得通透，当然也顾不了是否会得风湿病或是感冒什么的；不过想尿尿时，倒是挺方便，没有任何心理压力，整个下半身往水中一蹲，就尿出来了。没有人会发现，因为湿透的短裤是最好的掩体。加之小孩子尿尿，大人根本就不会在意，只要不拉屎就行。

不过，最让人讨厌的便是蚂蟥的围攻，经常被这帮可恶的家伙叮得鲜血淋漓。南方的水田中，蚂蟥特别多，这些兔崽子们一听到水声，像村民赶集般，便从四面八方蜂拥而来。水清时能够发现，但水被搅浑后，就难以发现，特别是钻进裤裆时，浑然不知，经常是被叮出血后、小鸡鸡痒时才有感觉。此时吸饱血的蚂蟥行动缓慢，可任人修理。每当被其叮咬时，我一定会把这个可恶的东西活生生地撕裂，然后见被吸的血一滴滴流下来，才解恨。

有时候，为了解乏或是找乐子，就偷偷地抓一把泥，向平日里看起来比较憨厚的姑娘身上扔，扔得她们脸上或身上都是泥。如若能恰到好处地扔到胸前，那被弄湿的地方会鼓胀胀地隐现出女人身上那诱人的东西，让我们感觉既朦胧又好奇。随之，会招来暴风骤雨般的骂声。姑娘找不到是谁干的时，有些泼辣点的甚至会跑到家里把大人们叫来帮忙。这时候，惹事者则老老实实地低着头干活，装作一副事不关己的样子。如若有人举证，平时与对方家本来有仇，就有好戏看了。大人们之间说不定会因此而大动干戈。

在田间看打斗，就像看免费电影，真有点意思。吵架或打架在乡下算不了什么，就像小孩随时随地尿尿般简单。若不惹是生非，若没有嬉笑怒骂、打架斗殴这等激动人心的场景出现，日子实在冗长而沉闷，所以我们总是期待着这种事情的发生。于是，无论是夫妻之间还是邻里之间，一旦有人吵架，我们便会高度关注，总会争取第一时间赶赴现场。当然，我们可不是来解决问题的，而是来看乐子的。如果老是动嘴不动手，也会索然无味，于是我们便会在心底里呼唤着：打吧、打吧、快点打起来呀！

尤其希望在不是夫妻的男女之间进行。双方在争吵时，女人的嘴特别臭，什么脏话都敢骂，弄得男人很没有面子，于是男人被激怒之后，为了展示其勇武，首先把女人打翻在地，然后抓起女人的双脚倒拖起来。此刻女人白花花的肚皮，甚至连红底裤也会露出来。随之，村民围观者愈来愈多。尤其是那些老光棍们，会暗自咽口水。我内心深处一种潜在的性意识也被唤醒了，真过瘾！

有时候，见自家的女人被别的男人欺负了，作为老公即便再没有本事，赶鸭子上架，虚张声势硬着头皮也得上，否则便会被村民视为没用的男人，是英雄就要去战斗——尼采说的。这种群架闹起来更好玩。男人之间的打斗，虽然勇猛些，但还是没有男女之间的对打那般富有戏剧性。

当然，有时候夫妻之间的对打，也很精彩。有些夫妻，一旦吵架，男人反而成了女人碗里的菜，被女人拿着菜刀赶得满村子跑。就像乡村俚语所说：湖南女人腿脚好，赶得男人到处跑！然后，旁边便站着一堆村人，冷嘲热讽着：你看，这个男人真没用！要是男人的父母或是兄妹们出现了，会更加气恼自家人被媳妇欺负着。这时候，男人会铆足劲，与自己的女人大干一架，以挽回一点颜面。有些下手狠的，会把媳妇打得满地找牙。

当年的乡村还没有“家暴”这个概念，打完之后，女人便会以“哭哭啼啼”的方式了事。当然，如果女方家有点实力，也会来一帮人虚张声势地教训一下男方，然后男方的父母便唯唯诺诺地附和着骂几句，以息事宁人。善后的过程，我们觉得不好玩了，有人一叫嚷，便会一哄而散。

除此之外，到公社的坪里面看电影，也容易见到斗殴的场面。当年，公社每月会组织放一场露天电影。那是乡村的夜宴。一旦收到通知，只要有人吆喝一声，全村的男女老少基本上都会去。去前，青年男女会洗个干净澡，大致打扮一下。有的还会背条小凳子，拎一包瓜子花生。

在露天坪里齐聚时，初始闹哄哄的。一旦放映开始时，便会安静起来。青年小伙子们三五成群的，看着看着，若被电影中男欢女爱的情节所感染，便会心猿意马、想入非非。恰好前面靠着的是陌生女性，就会嘻嘻哈哈地试探着往大姑娘身上蹭。蹭出感觉了，胆大的便会趁机偷偷地去捏姑娘的屁股或摸其奶子。胆小的姑娘会害羞地避开，胆大的便会大喊着有人耍流氓。于是，别村的年轻男子闻讯后，便会马上开干！这时候，整个放映秩序就会大乱。父母们便会赶紧携带自己的小孩离开是非之地，远远地坐山观虎斗。激烈地斗上几个回合后，见有人鼻青脸肿或是出血了，怕出人命，占上风的一方，往往会见好就收，以免引发更大的乱子。输了的一方，便会大声嚷嚷着要择日再战！有时，打着打着，遇上熟人了或是有点江湖地位的，骂上两句，就消停了。随后，换个地方继续看电影。要不赢了的一方，干脆吆喝着村人早点回家，怕对方再叫人来报复。

有了打架的经历之后，村子里的年轻汉子便会长记性，怕遇上类似情况时吃亏，随后每次看电影，都会多叫些能打架的人去。年轻汉子少的村子，都比较老实，不敢在外面惹事。村子大点的，若是又有几个“二流子”或“水老倌”，即本地人把他们戏称为“青年哥哥抖派头，肚脐露在裤外头”之流，便很容易在外寻衅滋事。这些人在远近乡邻中有一定的知名度，对方若遇到了这些主儿，便会主动退让。我们村子还好，人虽多，但民风淳朴，几乎与世无争。我们作为小孩，既怕打架，又喜欢看打架。因为看电影时间太长，既闷又易打瞌睡。一场战争之后，我们的睡意就全消了，还能回味无穷。

不过，天天看打架斗殴也不现实，还得寻找其他的乐子。有时，见公路上有陌生人路过时，我们在水田扯秧的当儿，便会偷偷地抓一把泥，往路人身后扔过去进行挑衅。路人压根儿就找不到是谁干的，咱村里的弟兄们当然不会出卖自己人，路人除了骂骂咧咧地解恨外，实在没有其他招。

记得邻村有个名叫“原因”的人，是一个老光棍，穿得脏不拉叽的。每次从村口路过时，喜欢一边用油渍的袖子擦鼻涕，一边大声哼哼地吐口水。所以，每逢他出现，都会像现代的“网红”一样引起我们的格外关注，而且这种关注几乎成了一种心理定势。一旦他出现，就会拿他开涮。先是往他身上扔一把泥激怒他，使他站在田埂上骂我们这般小子没有教养，甚至骂爹骂娘。我们不但不怕他，然后还会一起开始喊号子：落毛雨，找原因！落毛雨，找原因！把那老小子气得不行。

为了吓唬我们，他便在自己的手心上吐点口水，然后在上面画符，说他有法术可以修理我们。第一次用这种伎俩时，我们还真有些担心，过了些日子，发现啥事都没有，于是便更不怕他了。随后，每次见到他路过时，都会变本加厉地搞些恶作剧戏弄他。弄得他没辙，就只好边走边骂地尽快离开是非之地。

当然，也有些“节目”留给我的回忆是酸楚的。每到农忙季节，为了抓革命、促生产，“斗地主”便成了极左路线下，惯常性的政治运动。年幼无知的我，初始觉得好玩，后来，当我慢慢懂事时，才觉得是一件很苦涩的事情。因为，被斗的主角基本上是我的长辈们。

每当运动来临时，生产队长的口哨吹得特别急促而高昂，晚上全体村民瞬间就会集聚在村口的泥坪里。我们村是个先进村，“文革”期间每年都有省、市、县、乡四级干部蹲点。无论哪级派来的干部、无论官居何职，我们都觉得是大干部，让人心存敬畏。除了公社干部卷起裤脚，与出身好的农民同吃同住同劳动之外，县以上的干部基本上隔三差五来一下，每次见到他们都是把衣服扎进裤腰带里，不干具体农活，有的手里还拿着蒲扇，到处晃荡，一副游手好闲的样子。他们在村子里出现，除了见着出身好的人点点头之外，平时基本上不苟言笑。但是，他们时常能带来上级最新指示。一旦出现在“斗地主”现场，这些职级并不高的干部，都喜欢板着一副严肃的面孔。顿时，整个会场就变得肃静极了。平日里，那些出身好、爱搞笑的村民，此刻也变得规矩多了。连村子里喜欢凑热闹四处乱窜的狗，也似乎懂事般地在会场的角落处安分守己地躺着，伸出舌头呼呼地出气，看着人世间的风云变幻。

当生产队长用土话宣布开会之后，蹲点的干部便会郑重其事地宣读着从上级带来的文件或报纸。会场中间，早已有几个戴着白色纸质高帽的人，像打了桩的柱子，老老实实地站在那里。我大伯因为是长子，在他们兄弟之间，出身带来的原罪，若要被处罚，便主要由他来承受。因此，凡有批斗，他必在场。二伯，陪伴得多些。父亲在其兄弟间居第四，政治气候特别严时，才出场。三伯因为参加过革命，就没有划入被斗的阵营。叔叔，因土改时还不够划成分的年龄，所有这些政治运动几乎与其无关。不过，每次他都会偷偷地躲在人群中，神情低落地当着看客。

整个批斗过程中，村干部带头喊口号，村民们就会附和着，从喉管里挤出一点声音来：打倒万恶的地主！妄想变天绝没有好下场！时光在极度的压抑中慢慢流逝着。只见大伯脸色铁青，温顺地低着头，任凭汗珠一滴一滴地从额头上流下来，也绝不敢用手把它拭掉，像个做错事害怕到极点的孩子，真是悔不当初，真想痛改前非！

村子里那些小毛孩，见我大伯那副可怜相，便不断地换着花样，在他面前做鬼脸，试图来逗笑。大伯哪敢接招，任小子们如何搞怪，仍心如磐石。即便有蚊子轮番进攻，他都得用毅力来克制。我二伯，双唇紧闭，把双手交叉地放在肚皮上，知道主要批斗对象不是自己，加之，他年轻的时候在重庆、上海等花花世界混过江湖，所以，不时会露出一丝平日里经常表现出来的可爱而调皮的笑容，偶尔也会用眼神和熟悉的村民交流一下，对批斗显得漫不经心。父亲挨着他二哥，双手低垂、双眼无力，表情深沉得好像是在苦海中泡大似的。

平日休闲时，父亲爱在家的炉火边，吟唱着那个时代流行的红歌《大海航行靠舵手》。该歌曲起唱便是“大海航行靠舵手，万物生长靠太阳”；经典的句子便是“鱼儿离不开水呀，瓜儿离不开秧，革命群众离不开共产党，毛泽东思想是不落的太阳”。歌词写得真好！父亲唱得有声有色、起伏有致，很快便熏陶感染了我。当年要是能在家配备一套卡拉 OK 音响设备让他去唱，可能效果会更好些。长大以后的我，在卡拉 OK 中经常即兴而歌，声情并茂，不断赢得掌声，是否也遗传了父亲爱唱歌的基因呢。

此刻，我从父亲严肃的表情里，揣摩着他在难过的时候，是否还有心情在心中吟唱那些歌呢?

秋天是收获的季节，漫山遍野都是忙碌的身影。在母亲的敦促下，我开始学会去扯花生、挖红薯、剥豆子了。在劳作中饿了，生的花生和红薯便是我们的食粮。花生好吃，但容易拉肚子；红薯也不错，但容易放屁。红薯对于我的童年来说，不是福音。因为“偷红薯”曾被母亲痛打过。

起因是有一次和村里的发小去生产队的红薯地里割草，突然发现有些红薯早被人偷走了，只留下几个泥坑。当时我们怀疑是离红薯地很近的一户人家干的，因为这家有个老太婆小偷小摸在村中出了名。恰巧，当时生产队长路过，厉声质问是谁干的。那多事的老太婆，闻声来了个恶人先告状，见我是地主崽子易欺负，便向队长举报，嫁祸于我。

在“文革”年代，偷吃公家的东西不是小事，可以上线上纲。于是队长在不了解缘由的情况下，把我母亲叫来大声呵斥了一番。母亲生怕惹出事端，不分青红皂白，当着队长的面把我痛打了一顿，算是给队长出气，我真的感到冤枉。所以，当现在的城里人在饭桌上津津有味地吃着红薯时，我的回忆却是酸楚的。

其实，在那个年代被人欺负是常事。母亲对我们兄弟的管教极为严格，生怕我们在外面惹事后不好收场。因此，教育小孩哪有“和风细雨、润物无声”这些套路，采用的基本上是“棍棒”教育法。打人的棍棒好找得很，无需加工、无需花钱，在乡村比比皆是。一旦发现她操起棍棒时，反应就得快，慢了会被打个半死。好在小时候，虽然营养不良，反应还是比较灵敏，基本上可以成功逃脱。不跑怎么办？

那时，每家都有好几个孩子，不像现在的独生子女家庭看得那么珍贵，犯错挨打是家常便饭。有时候，即便跑出去了，母亲也会引用驻村干部常讲的名言：“跑得了和尚跑不了庙！”来警示我们。晚上回来还得补打，不过此时火气消了些，打得没有气头上重。骂人也特别尖刻，伤人脾脏。所以，小时候就萌发了“一定要离开这个鬼家”的念头！而且每遭此际遇，这一念头就更为强烈。

因此，在外每受欺负之后，便常常畏缩退却，倚枕拭泪，多不愿让父母知情，以免遭母亲痛打，随后又使母亲伤心落泪。在那个年代，舍此别无他法。这种境况对人格的形成所产生的影响是深远的。

苦难孕育了不可征服的英雄主义。我生性中孤高、叛逆、愤世嫉俗、冷眼看世界的特质就是那时候积压而成，自卑情结和悲剧意识，也自当年始。乃至思想的枷锁被解除之后，却又感到不知所措。时至今日，给我留下的创伤仍然不小，几乎无药可治。

所以，我特别讨厌母亲这种教育方式。但她训诫：“让人不弱！”却使我们终身受益!

当然，秋天也有开心事。看公猪和母猪、公牛和母牛交配。这些生灵的交配，是不分季节、不分场合的。母猪与公猪交配，是农家自己的私事。三矮子家最喜欢养母猪，一旦母猪发情了，他家那个斜眼老婆便发话了：三矮子呃！明天一早呷碗米酒，去邻村的老王家，借种去。老王家的公猪，去年才成熟，膘肥体壮，粗壮如牛，十里八乡都说好，邻村好几家试过，称是百发百中。三矮子吸着自制的卷烟，卷着裤腿，往田坎上高一脚低一脚地去了。回来的路上，赶着公猪呼哧呼哧地往自家的猪圈走。这公猪似乎见自己有一身好功夫，便有些个性，也不把三矮子放在眼里，故意在路上磨磨蹭蹭，见着路边的青草，总要啃几口，见着松土也要拱几下，闻闻泥土的芬芳。似乎忘了当天自己要做新郎官的使命。而三矮子却有些急，因为自家的母猪处在发情期，梳妆打扮、吃饱喝足之后，正在闺房等着自己的梦中情人快点来呢。

正当三矮子挥棍要打它时，村里名叫猴子的村民正扛着锄头路过，便调笑道：三矮子，你家又要办喜事呀？三矮子红着脸便会来一句：去你娘的！我们可好奇了，一见公猪进村，便会叫上几个死党火速往三矮子家赶！只见三矮子的老婆，正在给公猪的饮食中加平时连人都舍不得吃的鸡蛋。在饥荒年代，真把我们羡慕死了！公猪怎么能有如此好的待遇呢？公猪酒足饭饱之后，便在主人的诱导下，入洞房了。见着陌生的新娘子，也没有多少前奏，不像人类那般会调情，只在母猪的屁股后面，象征性地蹭几下、嗅几下，似乎觉得新娘洒了古龙香水似的，一下便激发了原始情欲，立马便猴急猴急地扑上去！然后，便是“噢喔噢喔”地大战三百回合。只见公猪酣畅淋漓的样子，应该是爽呆了。有小子拿着棍子，想拨弄公猪，使公猪分心，立马被主人呵斥着。三矮子夫妇站在旁边，很满意地观赏着。见公猪如此卖力，三矮子窃喜着：好啊！好啊！到时候会生出一大窝崽来！春华秋实，那是一定的！这两块钱花得值啊！

公牛与母牛交配，可是公家事。待遇和规格与公猪又不一样了。这单事是在组织的关心下进行的，生产队长有足够的话语权，一定得他在现场指挥调度，这就是规格和待遇。

在集体所有制年代，猪是农家私有财产，但牛却是公有财产。一旦母牛发情了，生产队长便叼着一根旱烟，嚷嚷着往三矮子家去了。队长的逻辑是，既然三矮子赶公猪是行家里手，赶公牛自然不在话下。任务就这样不容商量地落在了三矮子身上。那年月出身再好，也没有几人敢同队长叫板。三矮子在队长面前，歪着头，本想找个理由堂而皇之地拒绝，但队长压根儿就不给他讨价还价的机会，交代完任务扭头便走了。

三矮子的老婆总是在队长走后，指着三矮子后脑勺骂骂咧咧地说：你这个没用的东西，专叫你干这种不三不四的没有屁眼的活儿！三矮子也只能狠狠地吐一口痰，愤怒地盯一下他那个长着满脸横肉的老婆，然后拿着一根赶公猪用过的竹棍，气鼓鼓地往几公里外的伍家湾方向走。

等把公牛赶来时，已是日上三竿。此时，人群已在牛栏门口围成一个弧形。只见牛栏里黑乎乎的墙壁，已被牛擦痒时擦出了一幅水墨画。村民"贱狗猛子"正在悉心替母牛冲洗，像替出嫁前的新娘进行梳妆打扮似的。公牛来时，照例要好吃好喝的，平日里都是吃生草的牛，当天却专门为公牛煮了熟食。而且往里面加了好几个鸡蛋，再次让我们羡慕死了！看来公牛比人更珍贵啊！

公牛撑饱之后，比公猪更霸道，昂起头、甩着尾巴、喘着粗气，像决斗场的拳击运动员出征般勇猛，"嗡嗯嗡嗯"地朝着新娘扑过去了，几乎没有任何调情动作。母牛逆来顺受般、很温情地配合着。公牛沉重的身躯往母牛压过去时，母牛的腿微微颤抖着。随后，它们之间开始了忘我的战斗。

我们在旁边大声喝着：加油！加油！大人们便哄笑起来。有时，一个回合不行，队长便督促公牛来第二个回合，以求双保险。约莫半个小时左右，它们之间的狂欢便结束了。队长如释重负般，勒令三矮子再把公牛还回去。

三矮子阴沉着脸，很无奈地用破了洞的衣袖，擦了一下鼻涕，怒气冲天地把公牛狠狠地抽几鞭，然后赶着公牛顺着逼仄泥泞的山路，往伍家湾方向走。我们觉得这出精彩戏，似乎还没过足瘾，就这样匆匆地结束了，只好一哄而散。此刻，炊烟四散的村庄，顿时变得静谧极了。

初秋，天渐渐地凉起来了。一到晌午，村子正中间公用敞开的堂屋里，阉猪、阉鸡又开场了。在自然经济条件下，如果有独门绝技，也是可以吃香喝辣的。

小时候，我真羡慕那些身怀绝技的人。如打铁的、补锅的、弹棉花的。见得最多的便是走村串户的阉倌，即阉猪与阉鸡的师傅。他们除了能挣点外快，还可以混吃混喝。

阉猪这活可不好干，公猪五大三粗的，爆发力惊人，要把它撂倒进行阉割，没有一定的身手还真吃不消。不过，乡下人长期干惯了体力活，基本上都是些好把式。两三个汉子就可以把猪摁在地上，让它服服帖帖地接受阉割。但是，狂怒的公猪在被阉的过程中，拼命地吼叫着，整个村子都能听到。叫久了，估计体力消耗得差不多了，慢慢变得像老妇人般，哼哼地干嚎着。既然人类作践它，在挣扎与嚎叫中，它也在想办法让人类难堪。于是，便连尿带屎一块拉，不但臭气熏天，还弄得人满身都是。一刀下去之后，这蠢货便气息奄奄地侧躺在地上呻吟着，再也没有被阉前的雄风，一直侧躺在地上睡着，无人搭理它。

阉公鸡倒轻松多了，只见阉倌拿条小板凳气定神闲地往地上一坐，然后在双腿上铺一块乌黢麻黑的油渍破布，一边拉家常，一边干着活儿。鸡早就由各家的主人关在笼子里排队候着，抓一只出来，阉倌便把鸡的双腿一扣，然后用绳子捆绑着，它就老老实实不再动弹。随后阉倌在鸡身长着睾丸处，划开一个小洞，用一根小的夹子伸进体内捣鼓几下，接着再伸进一条丝麻线，在里面上下来回拉几下，两颗小小的睾丸便被割了。被割的睾丸堆积在碗中，若是鸡的主人不要，便会成为阉倌回家后的下酒菜。想着这些美事，阉倌操作得便更加小心翼翼了。在操作的进程中，鸡会从喉管中挤出咝咝的哀鸣声，一旦割完公鸡便东倒西歪地往前蹒跚着，像一个输光了全部身家的赌徒，很落魄、很沮丧的样子。长大以后，公鸡的嗓音就像古装戏里宫廷中的太监，再无被阉割前的高亢明亮，雄风也已不再。

冬天来了，整个天地之间都黯然了。北风无节制地呼呼地狂吹着，吹得天昏地暗，吹得破旧的窗户啪啪直响，贴在上面的废旧的薄膜被吹得千疮百孔，整个村庄都处在了无生机的自闭之中。村民们大都选择在自家窝着。我们缺衣少食，只好在母亲的呵斥下，围着火炉和自家的兄弟们嬉闹。

小弟常常是我们戏弄的对象，惹得母亲经常拿我们大一点的开骂。坐在旁边的父亲要么不吭声，要么“嘿嘿”地大笑，于是母亲更加感到懊恼。我们长大了才知道，那时候母亲心里真苦啊！因为凡是家有困难或应急之事，父亲几乎一概不闻不问，仿佛岁月静好般，担子自然就落在了母亲身上。

冬天，乡下办酒席的现象特别多。母亲整天愁眉苦脸的，叨咕着哪家亲戚要做酒，要准备多少礼金或是多少个糍粑、鸡蛋什么的，还有自家的小孩连学费都没有着落之类的事情。那年月，见母亲抱怨或父母争吵，似乎成了童年生活的常态。因家庭琐事而争吵，往往具有传染性，其他的家庭也是隔三差五地吵着。其实，贫穷才是争吵之源。因为在极贫条件下挣扎的乡村家庭，没有几家日子好过的。可谓贫困乡村事事忧，许多家庭的妇女边吵边干活，几乎做到了吵架不误砍柴工。

为维持家庭最低限度的正常运转，母亲真是殚精竭虑。在她的心里始终装着一个信念：顽强地活下去，以求美好光景！为此，她付出了比别的妇人更为艰辛的努力。她所干的活，几乎是当时村子年龄相仿妇女的二三倍。要抚养四个小孩，要操持整个家务，要出工，要种菜，要从事养鸡养猪等副业，还要社交。为了省钱，一年之中大部分时间靠烧柴做饭。在我们还小不能砍柴时，母亲经常是凌晨两三点钟起来，做好饭后，同村里其他几个妇女结伴，披星戴月，去几公里外的叫羊角井的野山砍柴。回来之后，天才蒙蒙亮，接着又照常到生产队出工。

苦撑苦爬，日子仍然很艰难。有一年离过春节还有两天，村里有户人家正在杀年猪，母亲赔着笑脸到那户人家同其主妇耳语，希望能赊几斤肉给我们家过年。平日里母亲与其没有任何恩怨，不知是阶级斗争的惯性使然，还是怕我们家拖账太久，那妇人竟愤然地说："有肉也不卖给你！"

母亲听后，伤心地暗自抹泪而归。无奈之际，年还得过。随后母亲只好拿着家中仅有的、本用来给我们交学费的一点钱，跑到集镇上买了两斤肉。过年那天，肉哪舍得吃，要留下来待客用，我们只能喝点肉汤。望着那点肉，一家人都感觉辛酸至极！

长年的辛劳，加之营养匮乏，导致母亲经常生病。每次发病时，因无钱求医，只好躺在床上熬着。实在受不了，便找乡下的土郎中，寻点草药救急。一旦母亲生病时，我们兄弟几个便仿佛觉得天要塌下来般难受。在病中的母亲时常把我们叫到床边，像交代后事般念叨："假如有一天我死了，你们兄弟几个怎么办？"我们除了无助地陪着母亲暗自流泪外，还有什么办法呢。

母亲喜欢找人算命，老街上那个算命的瞎子对她说：你命中有多道坎，过了四十，四十五岁是道坎，过了四十五，五十岁是道坎，总之，每道坎都难过啊！弄得我们经常处在忧郁与恐慌中。

一旦病情稍有好转，母亲便又咬紧牙关爬起来，为我们洗衣做饭。只要见着母亲起床了，仿佛雨后天晴般，我们心中的石头才落地。

苦日子一天一天地熬啊！真不知何日是尽头！每到年关，小孩盼过年，大人怕过年！小孩指望过年穿新衣服，拿压岁钱，好吃好喝的，大人担心过年债务人情缠身。

在民生凋敝的年代，杀年猪本是农家最开心的事情。可是，在沉重的债务面前，有几家舍得杀年猪呢？因为年猪一杀，叫左亲右戚来饱餐一顿，消耗不少。为了多换几个钱，只好把辛辛苦苦养了近一年的猪，赶到公社的食品站去卖掉。卖猪的那一天，母亲刻意用大米拌嫩草煮一锅美食。这祖宗头一扎下去，便“哐哐哐”地连吞带吸的，吃个不停。猪槽中的猪食，很快便降下去了，吃得真香啊！这愚蠢的东西，死之将至却浑然不知，还吃得那么欢！见猪吃得如此尽兴，在缺粮的年代，尽管有些不舍，一家人内心还是高兴啊！因为猪送到食品站过秤时，肯定能增加几公斤，即便扣掉毛重，净重还是增加了。随之，就会多出好几块钱。多出的钱，可以买上好几斤肉，让一家人大快朵颐。这是多么合算的一件事情啊！

父母亲一前一后地赶着这祖宗往目的地走，只见它哼哧哼哧地、不断用头拱着地、甩着尾巴一颠一拐地移步前行。母亲便不断地祈祷着：我的祖宗啊，很快就要到了，千万别拉出来！可是它偏偏就在入站的门口，不争气地哗啦啦全拉出来了。气得母亲骂骂咧咧地直跺脚，随即父亲狠狠地用鞭子抽打着这蠢货！

然后，父母之间便开始互相抱怨：要是不让这畜生撑那么饱，昨晚残留的粪便，说不定还可以在体内滞留一段时间，也不至于拉得一干二净。真是偷鸡不成反蚀一把米！

在艰辛的生存状态面前，贫穷真是影响人的心情。在冬天沉闷的日子里，厌倦了母亲喋喋不休的唠叨，烦透了邻里之间无休止的争吵，我们还是不断地想着法子出去找乐子，在父母未曾留神监管的当儿，便倏地偷偷溜出去了。

于是，我便会约上伙伴们朝村子后面的牛圈跑。生产队养了十几头牛，有公的也有母的，母的是用来繁衍的，公的是用来耕田的，每头公牛都相当于几个青壮年劳动力。所以，耕牛是乡村集体经济的重要生产力，被悉心照料得似乎比人还要滋润些。如果耕牛出了事，那可是大事，就有人要担责，甚至有牢狱之灾。

农闲时，公牛被养得膘肥体壮。其中有两头公牛，一头叫大雄牯、一头叫小雄牯。其实，它们是同母异父的兄弟。当然，它们也不知道父亲是谁。因此，两头公牛可谓前世冤家。小雄牯因雄性激素上蹿得太厉害，忘了辈分、没了规矩，常常以初生牛犊不怕虎的气概，屡屡挑战大哥。大哥年长几岁，见过一些风浪，本不想与小弟一般见识，不想同它玩儿，有时狭路相逢，便故意低着头，甩着尾巴让小弟过去。但小弟却不给大哥面子，偏要昂起头，立在路中间“哼嗯哼嗯”地晃几秒，等大哥还没有反应过来，它便侧着牛角就冲上来了。这种挑衅，大哥当然难以容忍，不得不好好教训一下这小子。较上劲后，两头牛就再也难以和平共处。一旦撞上了，便要分个高低、拼个你死我活。

于是，我们便经常偷偷地把这两个前世冤家放出来，让它们比试比试武功。果然，每放出来，兄弟俩就像脱缰的野马，撅起屁股，一前一后地狂飙起来。无论谁被追上，之后便会展开殊死的搏斗！此刻，全村男女老少几乎都会被吸引过来观看，那场面，真比好莱坞大片还过瘾！当年，虽然还不知道西班牙有斗牛节目，但是人与牛斗哪有牛与牛斗刺激呢？

看完上述节目，得继续换频道。倚在村子泥巴墙边，摸摸口袋，空空如也。为了满足拥有金钱的欲望，便打起了歪主意。只见村子有一比我还小几岁的小子，因为其父亲在外面混，家境比一般的农户好些，口袋里经常会揣几分钱，便企图说服他，通过讲故事换钱。每讲一个故事换一分钱，可那小子贼精，讨价还价了好几回，还是被他无情地拒绝了。真扫兴！被贼惦记后，这事哪会完呢，总得想些招来算计他。一天晚上，不知刮什么风，春节未到，那小子口袋里却装满了鞭炮，叫他拿几个来玩玩，怎么哄骗都不行。

恰好那天晚上，村子里有人来炸爆米花。孩子们都喜欢凑热闹扎堆，那小子也来了。大家都围在爆米机旁，在熊熊的火光中，每张稚嫩的脸都被映照得红扑扑的。一双双贪婪的眼睛在焦急地等待着，希望爆米花早点压熟。每当爆米花熟了，师傅便用一灰蒙蒙、黑乎乎的麻袋把爆米机的口子兜住，然后拨动开关，随即在“砰”的一声爆炸中，一些零星的爆米花便从麻布袋口飞出来，四散在脏兮兮的堂屋的泥地上，然后我们便可以堂而皇之地捡起来往嘴里塞。

趁那小子睁大眼睛，在地上找爆米花的当口，我便偷偷地从他的口袋里摸出了一小串鞭炮，然后，神不知鬼不觉一溜烟地跑到屋外去玩。当鞭炮炸响时，那小子反应过来了，气得不行，但木已成舟，其奈我何。

玩累了，便去队长家消磨。他们家是近邻，女主人性格温和，几个小孩年龄和我相仿。他家脏兮兮的，土砖垒成的墙壁，被柴火熏得乌黑而斑驳，饱经沧桑的墙面不时有粉末掉下来。围在炉火边往墙上靠时，经常把衣服弄得灰迹斑斑。顾不得回家被母亲骂了，就是喜欢窝在他家里打闹。有次发现他家的灶台有几只蟑螂在穿梭着，我们便抓了一只，放在煤火上烤，吃起来还真香。

尤为难得的是他家经常有些下放的知青来拍马屁，逢年过节探亲回来时，便会从城市、矿山带来诸如《三国演义》《水浒传》

《金光大道》《青春之歌》《野火春风斗古城》《沸腾的群山》《林海雪原》之类的小说或是连环画奉献给队长的儿子。他们看完之后，还有村里其他人争相翻阅。尽管书被翻看得残缺不全，有些页面已被人撕去做烟圈或是擦屁股了，但到了我手上仍如获至宝，读得津津有味。我早春的文学启蒙读物，就是通过该渠道获取的。乃至我读初中写作文时，经常整段整段地通过记忆引来，老师便会用红笔在底下画线，然后当作范文在班上读，弄得我心里乐滋滋的。

在队长家实在没什么玩了，队长的儿子便唆使我去摸电。那天他家的灯泡坏了，琢磨着要换掉它，便叫我用手去摸插头，看是否有风。我够不着灯头，他便要我站在凳子上去摸。忽的一阵风一样的麻木感，把我击倒了。长大后回想，实则是触电了。当时没有被电死，可能是因为站在凳子上形成了绝缘，加之当年村里的小水电站所发的电电压不高。从此，我对电是百倍的小心。

实在玩不动了便回家。一家人围坐在炉火边，听到的依旧是母亲没完没了的叹息。实在太困了，便早早地上床呼呼而睡，等待着一个又一个没有希望的黎明。

在成长的旅途中，特别渴望被关爱，尤其是被母亲训斥之后。隔代亲，已然不可能。从出生的时候，我就没有见过爷爷、奶奶、外公、外婆。农忙时，我们只能被村子里老人临时看护着，其中带我稍多点的便是“五保户”老人桂桂婆婆。

每当夜深人静时，在都市的喧嚣渐渐平息之后，躺在睡椅里，闭目养神，偶尔会想起她。她已离世多年了。迄今为止，我一直没有弄清她姓什么，出嫁前，家在何方。只听村里人说，她的命很苦。年轻时长得很漂亮，从她洁白如玉的肌肤和清秀的面容，可以看出青春年华的光彩照人。不知道是否为生活所迫，据说她在青楼待过。后来，被我们村子在外淘沙的聋子爷爷于风月场邂逅，便把她带回来了。小时候，我们不明白青楼是什么意思，所以对她也没有任何的歧视。她和穷光蛋一样的聋子爷爷生活得是否幸福美满，不得而知。因为未曾谋面的聋子爷爷，很早便在穷困潦倒中去世了。久居青楼的桂桂婆婆，当年或许是折腾得太厉害落下了病根，不能生育，所以没有留下子嗣。聋子爷爷去世后，她就更凄凉了，孤苦伶仃的，连一个可以走动的亲戚都没有。

在社会主义大集体年代，由于她是一裹脚妇人，丧失了干重活的能力，于是她被生产队列为“五保户”。白吃白喝觉得没有意思，她就经常靠做点针线活、帮村子里的人照看小孩打发日子。

她所住的房子，是土改时从我们家所分。因此，她内心深处便觉得与我们家有着说不清道不明的关系。

在阶级斗争如火如荼的年代，据父辈们说，她也不是省油的灯，对我们这些出身不好的家庭多少有些挤对，还好良心未完全泯灭。白天见了我父母形同陌路，到了晚上又时常来串门。其实，上我们家来主要还是想蹭点吃的。那时候都穷，能蹭一点是一点。她常常挂在嘴边的话是：大锅里出来的东西总比她一个人煮出来的要好吃。母亲听不得好话，一有人恭维，即便自己不吃，都要从牙缝中挤点东西给别人吃。所以，桂桂婆婆这一招，对我母亲很管用。一听到她不断地重复着这句话，母亲便总是很热情地招呼着。慢慢地对我们也有了感情，每当农忙时节，父母都上工去了，偶尔托她看护也愿意了。

一旦春天来临时，天上的惊雷总是响个不停。每当大雨过后，四野的狗尾巴草便疯狂地滋长，把春天的气息刻意营造得野性而浪漫。阳光和煦地打在脸上，我和小玩伴们便欢呼雀跃，像飞天蜈蚣般拼命地往田间跑，去捉蝴蝶、蜻蜓、青蛙和小鱼。此刻，桂桂婆婆可紧张了，生怕我们掉到水里淹死。于是她拄着拐棍颤巍巍地追赶着，气喘吁吁地扯着嗓子勒令我们回去，并以告诉我们父母相威胁。我们不以为意，把她的名字编成小调一起唱来与她作对。她非常气恼，但又只能瘪着嘴巴咽口水。

为了管住我们这些飞天蜈蚣，她也会想些小伎俩，经常会把我们叫到一起，然后讲一些鬼怪、神话之类的故事。其中月宫中王母娘娘的故事一直使我着迷。她绘声绘色地描述道：月宫中有位英俊的王子，是王母娘娘的守护神，一直深深地暗恋着她，为了使她过上好日子，不断地去山上给她砍柴。为了增加故事的真实性和感染力，她会用手指着天上冉冉升起的新月比画着，说那个影子就是王母娘娘。真把我们迷死了，恨不得立马就飞到月宫中去看个究竟！

夏天的坟堆，有时会冒出火来。她便说是鬼魂出来纳凉了，吓得我们大气都不敢出。长大后，才知道那是人体的骨头形成磷后，自燃产生的磷火。如果觉得自己的故事乏味了，见我们开始打岔或走神时，略懂些儿童心理学的她，又会教我们唱一些“南风悠悠北风来，风哟！”之类的民谣。此类民谣或许是她年轻时在窑子里学来唱给男人听的。可以说，在一定程度上她是我民间文学和民歌的启蒙老师。

此外，她会变着法子不断制造新节目让人开心。其实，让我们感觉最好玩的还是和她一起上菜园浇菜。那时候，她常用一小便桶，扛半桶尿去浇灌。为了鼓励我们几个小朋友争着帮她抬便桶，她便会从宝贝瓦罐里拿出几颗平时一直舍不得吃的、被石灰吸得像石头般坚硬的纸包糖分给我们吃。小时候乡村难以见到纸包糖，能吃上一粒，真是甜到心里去了。此时，即使有小便溅到我们身上也根本就不会在意。臭点算什么，当年有几回能吃到纸包糖呢？

到了菜园之后，她所种的葵花子、豆角、花生、甘蔗等，只要成熟了可适量地让我们尝尝，算是安抚我们不吵的方式。

东西吃完之后，觉得没有新鲜感了，我们又会在菜园子里追打嬉闹，甚至拿她的便桶放在地上滚。木制便桶经不起折腾，在地上滚几圈之后，很容易散架。我们巴不得它散架呢，因为一旦被毁坏，捆桶的铁环，可好玩呢。我们便会自做一个铁钩，推着铁环满地滚。见此情景，她便急坏了，一定会大呼小叫地制止我们再行破坏，我们只好作罢。

无论多么严格，总有不服她管束的时候。一天正午，我们背着她到村子后面山上的苦楝子树上去抓金龟子。衣服被树枝划破了，手脚也被划出了血。不由分说，还没有回家她便向我们父母告状，于是我们挨打了。从此，我们便与她结怨了。我们几个小朋友商量着要寻机报复她。

有一次，我们突然发现她喜欢蹲在屋后的便桶上尿尿，于是，便抓住了这一千载难逢的机会。我们迅速绕到屋后小山坡上的茅草丛中隐蔽起来，然后拿起石头往便桶里扔。如果扔中了小便桶便会溅出臭烘烘的浪花来，扔不中就有可能扔到她头上、身上或是白花花的屁股上。她就“哎呀呢、谁作孽”地叫嚷着骂开了。由于她视力不好，也不知是谁干的，只能瞎猜，而我们早已跑得无影无踪。

这样还不过瘾，最狠的报复方式还在后头。一个夏天的晚上，我们在月光下玩“摸瞎子”的游戏。突然，一小子灵机一动，提议要修理一下桂桂婆婆，我们马上附和。于是，我们偷偷地商量完后，随即从水田里弄来了一堆烂泥，堆放在她家门口的石阶上，其中一个非常调皮的小子迅速在烂泥上拉了一泡屎。然后，我们立即跑开躲在暗处等待奇迹的发生。没过多久，她吃完晚饭拄着拐杖出来纳凉，刚一跨出门，“扑通”一声，便滑倒了，随即便听到了她大声骂人的声音。我们喜滋滋地暗笑着，然后跑到屋后的山上放声大笑。最终，她知道了是谁捣的蛋，但还是原谅了不懂事的我们。

桂桂婆婆在关键时候，也为我挡过祸。有一次我在稻田的水坑里抓鱼，把水全部戽出去之后，使得刚插下去的整片秧苗被弄死了。此刻生产队一干部正好路过发现了，这下可闯了大祸。当权者用当年最流行的话语体系，向正在田间劳作的母亲发出了最严厉的警告，说母亲纵容我在外面做坏事，是新的阶级异己分子在仇视和破坏社会主义制度，是火烧冬茅心不死，妄想变天绝没有好下场之类云云！受了委屈的母亲回来之后，二话不说，抓住我就打，还让我饿了一顿。桂桂婆婆见状不忍心，便从她家弄了一碗饭给我吃，并找当权者说明了缘由，把看管不力的责任揽到了自己身上。当权者见桂桂婆婆是有话语权的人，便哼哼不置可否，总算平息了这场风波。

日子在无声无息地流逝着，我的童年在桂桂婆婆的呵护中偷偷溜走了。她也慢慢变老了，病也渐渐地多起来了。有时病得整晚在床上叫喊着，不时用刀把床板拍得啪啪响，说是有鬼来接她了，要把它们赶跑，并要我们晚上陪她睡。我们都怕鬼，没有任何一个她所带过的小孩愿意陪她。她断断续续地在床上待了一段时间，病不见有任何好转。一个冬日的黄昏，斜阳把阴冷已久的青砖瓦房晒得暖烘烘的，桂桂婆婆终于从床上爬起来了，穿了一身干净的黑布素服，气若游丝地来到了堂屋门口，自言自语地问着当天是什么日子，用手遮着额头，无神地望着下沉的夕阳和远方起伏的山峦。狐死首丘，大人们说，那是她在寻找死后要去的方向。

突然，她气息奄奄地对我说："猴子呀，我离天的日子少了，离地的日子多了。我没有子女，我死后，你们几个要给我披麻戴孝。还有逢年过节要替我焚香烧纸，尤其是清明节要到坟上去看我，否则我会变成孤魂野鬼，在阴间也不得安宁。"说完，她便呜呜咽咽地哭了。为了安慰她、让她放心，我便似懂非懂地点着头。随后，她睁大眼，摇了摇头，说还不想走。我有些心酸，尽管她无儿无女、无牵无挂，但还是眷恋着这个凡尘世界，眷恋着她带过的每一个孩子。可是老天无情，没过几天，她便离我们而去。

作为生者，我们并没有信守诺言——没有为她披麻戴孝，也没有给她上坟。尤其走进都市之后，在熙来攘往的红尘中，在筚路蓝缕的人生旅程里，我的灵魂似乎变得麻木了。我既想固守着田野细细品味泥土的芬芳，又沉湎于都市中孕育我成长的源源不断的文化滋养，传统与现代几乎都难以割舍，在不能自拔之际，我有些心力交瘁地想和乡村过往的一切依依作别。

如今，每当清明或是中元节来临时，遥想山野中那座久未被祭扫的孤坟，或许早已芳草萋萋了，我除了默默沉思祭奠之外，不免会生出一丝落寞与惆怅来。

总之，在童年的时光里，当我还不谙世事的时候，有过许多欢乐，对野性、浪漫、田园牧歌式的乡村生活并不排斥，当我初谙世事的时候，台湾校园歌曲中所唱的，夕阳晚归中“牧童的歌声在荡漾……还有一支短笛隐约在吹响”的场景始终就没有出现过。从时光的年轮中、从蓑衣里汉子紧绷的脸上、从斗笠下村妇迷茫的眸子里、从母亲不断的叹息声中，我逐渐感到了世道的艰难。

三

少年时代的贫穷与迷茫，是人生奋进中最好的导师

到了少年时，生活一如既往地艰辛。什么是幸福和梦想，什么是诗与远方，压根儿就没有概念。迷茫之中也不知道活着，路在哪里、梦在何方。为了维持最低限度的生存，没有商量的劳作，不断地碾压着瘦弱的躯壳。

繁重的农活更像一堆未清洗的、无规则的烦人的土豆，排着长队在等着我。尤其是夏天，活多且让人难受！天总是那样的热，日子总是那样的冗长，没有一点诗情画意。

记忆之中最深的便是给禾苗喷洒农药，真是件痛苦至极的事！早期的农药桶是铁制圆形的，只能背在身体的一侧，使得重心极不平衡。农药在喷洒的过程中，需要不断地打气施压才能维持。因此，每回打气时，便要使上全身的力气才能把农药桶稳稳地放到田坎上。稍不留神，力道不够或是重心不稳，则会连人带桶滚到田里去，弄得一身泥水，狼狈至极！后来，虽然工艺改进了，

由圆形变成扁平的塑料桶，可扛在双肩上了，用力相对平衡些。但是，每次到鱼塘中灌水时，需要用更大的力气。有次，灌满水准备往田里走时，爬到鱼塘坎上，脚未踩稳，再次连人带桶滚到水塘中去了，真感觉懊恼！

喷洒农药时，无钱买口罩，不戴口罩用不了多久就会头晕。尤其是风失魂般地乱吹时，一不小心，农药便会直往鼻孔里钻。特别是在正午高温的太阳底下，无风时喷洒农药，人闷得几乎要窒息。所以每洒完农药后，好几天人都会感觉头昏昏沉沉的不舒服。乃至成年后，有时头脑瞬间反应迟钝，估计是当年农药慢性中毒所留下的后遗症。

夏天的稻田，表层的水是发烫的，但被郁郁葱葱的禾苗覆盖着的底层的水则是沁凉的，冷热对比，弄得人也不太爽。

还有就是扛打谷机，也是件很折磨人的事！这种事虽很少会轮到我，因为有父亲和大哥在，但若他们俩有一个缺位时，我则躲不掉了。当然，有滚轮那头重的自然是父亲或者大哥抬，尾部则由我抬。头一钻进去，便有进地狱般的感觉。窄窄的尾部木板沉甸甸地落在肩膀上，稚嫩的肩膀立马会被压出一道血印，稍走几步便感觉喘不过气来。有时候，走着走着，前方的路看不太清楚，于是只好被前面的人拖着走。稍有不慎，遇见田坎路窄时，脚一歪，便会滚到水田里去。一副狗啃泥状，心里窝火得很，真狼狈！

干完田间活后，也无闲可赋，挑煤、砍柴是常规活。二十世纪七八十年代贫穷是中国社会的普遍现状。尤其是二元结构下的中国乡村，民生凋敝，终岁劳作不得其饱是常见现象。当时，乡村几无明显的贫富分化。较好的家庭，无非是勉强能够维持温饱，有余粮的家庭并不多，更谈不上有几文钱剩。生存始终是一个沉重的话题。挑煤、砍柴便成了生存减负的重要方式。

不过放学后的下午，由于时间太短，村子周边无柴可砍，只能割茅。但由于割茅者太多，像剃头匠一样，田坎、山野到处被割得光溜溜的，所以要找到货源真不易，于是我们不得不到离村稍远的地方去寻找，或者是大人事先看好了给我们提供线索。割茅乏味时，得想法子解闷。有时候为了找点乐子，一起去割茅的伙伴会来点小赌怡情。

当然我们小赌的方式很简单，就是用各自担柴的禾枪，交叉摆成一个三脚架，然后设定距离，通过抓阄的方式决定投掷顺序，谁能用自己的柴刀，“咚”的一声把三脚架打倒，参赌者就得把自己的茅草拿一部分给赢家。在竞技中往往年龄稍大点的具有优势，经常会赢；我们这些年纪小的不明事理，只觉得好玩，经常会输得没剩几撮。担心回家挨骂，就开始弄虚作假，即在茅草内弄一些树枝，形成能够支撑的架子后，再用茅草把枝杈包起来，外面看起来鼓囊囊的，里面却是空荡荡的，但挑回去就可以蒙混过关了。一旦把茅草摊开来晒时，被母亲识破之后，还是要挨骂，当然没有被抓现行时严厉。

挑煤、砍柴往往是在周末进行，因为时间充裕。哪像城里人可以逛街、旅游、打牌休闲什么的。我是十二岁那年开始挑煤的，来回二十公里左右，每次负重二十斤。当年穷人家的孩子都是这样，所以，并没有感受到母亲对我们的严苛。

挑煤既要经过公路，也要走山路。在公路上走时，沿途都是沙子路，每当车呼呼经过时，扬起的尘土弄得我们蓬头垢面，灰尘直往鼻孔里钻，有时甚至连眼睛都睁不开。尤其是撞上解放牌或是东风牌大货车呼呼驶来时，觉得是冲着自己而来，于是就得赶紧避让，哪怕是跳到水田中，也顾不得那么多了，保命要紧。等车过后，望着车去的方向，便朝着司机大声地骂娘以解恨。

走公路相对平坦些，但要注意安全。走山路，虽没有来往车辆的干扰，但辛苦很多。每次挑煤必经一座叫木皮仙的大山，海拔 800 米左右，被村人称作神山。在江南丘陵地区，这样的山似乎不多见，有些遥不可及。去时，由于未负重，尽管山路逶迤，在步履蹒跚中，有点气喘吁吁，额头冒微汗，但还是充满着乐观主义精神。返回时，由于已经走了三四小时的路程，加之载饥载渴，负重爬山就只能挣扎着一步一步地往上挪了。

有时候，见着手扶拖拉机盘山开过来了，便想搭顺风车。挥手叫司机停车，非亲非故的，司机当然不会理我们，反而会加大油门把车开得更快，我们只好挑着担子，拼命在车后追。若是拖拉机上坡时，我们还真有追上的时候。但好不容易靠近，最后还是上不去，甚至还会扑在地上，使得肚子会痛好一阵子。

负重的时候，真讨厌该死的地球引力！我想要是在太空中行走该有多好啊！或者像美国那个黑人歌手，一边唱着动感的摇滚歌谣、一边迈着潇洒的太空步，真是酷毙了！或者要是这时候，有热心的叔叔瞬间出现，若能帮我挑一程又不要付小费，让我叫他大爷都行。再不然，要是山上有一个能喝一碗粥或是水的地方也好，可是山上除了一间供守林人栖息用的上了锁的泥砖房之外，还有什么呢？透过窗户，望见阴暗潮湿的飞着几只苍蝇和蚊子的房内，湿软而开满裂缝的泥地上，铺着一张用两条发黑的木凳拼成的木板床，床上除了一张烂草席和一条脏兮兮的破棉被之外，别无他物。一切都如此透明，即便破窗而入，也弄不到解饥解渴的东西。当然有时幻想或许能减轻痛苦。

在山顶稍作休憩之后，望着往下而走的那条漫长而崎岖的山路，往往会油然而生“云深不知处”的气馁感。回望爬山时所路过的山脚下的村子，见那蓬头垢面的老妪，一边搓衣，一边用自己所吐的口水代替肥皂的情景，让初涉社会的我真切地感受到了生存的不易。同时，我也在想：难道这一辈子就这样了结？！

于是，我又在努力地回忆着美好的往事——记得第一次挑煤时，母亲为了教我认路，带着我一块去，途经舅舅教书所在的乡村小学。舅舅见我们是第一次去，正好赶上吃午饭，于是便留我们在学校食堂吃了饭再走。人生第一回吃钵子饭，虽然装饭的钵有点烫，但感觉新奇得很。菜是青椒炒鸭肉，香极了，一碗饭下去，几乎没有填饱肚子。母亲便用眼神示意我，赶快把碗放下，因为那时都穷啊。

饭后回家的路上，母亲告诫我，以后不要轻易来打搅舅舅，他那份可怜的工资要养七口人，大家都不容易。后来，每逢路过舅舅校门口时，我都会在旁边歇一会，深情地凝望着在原野中，那座用低矮平房围成四合院式的学校，就会情不自禁地咽口水。希望舅舅在不经意间出现，然后客气地留我吃顿饭再走。可是，这种机会再也没有盼来过。在失落中，只好悻悻地用汗水湿透的衣服擦把脸，继续前行。咬紧牙关爬到山顶之后，此刻，山风阵阵，沁人心脾，有一种爽歪歪的感觉！

有时，再累我们也有玩的雅兴。我们经常玩“丢硬币”的游戏，其实是一种小赌。这一游戏的发明者不得而知，后来读历史故事，才知道与万历皇帝有关。万历皇帝为了消磨无聊的宫廷生活时光，每当风和日丽的时候，便和太监们玩掷银的游戏。万历皇帝钱多，自然由他坐庄。太监们把银元投进地上画出的方孔或圆孔之中，投进去者取得加倍或三倍的回报，不中者即被没收。我估计太监们也不敢放肆去赢皇帝的银元，只能逗他开心。当然，我们所玩的绝不可能有帝王那般豪气，但却是无拘无束的。即每个人先拿出几枚1、2、5分币值不等，但数额相同的硬币，集中在一起。然后，挖一个硬币大小的孔，人站在三米外的地方，按抓阄的顺序来投掷，谁扔进去了，硬币就归谁。年纪稍长的，由于手长，平衡感好，投掷起来具有天然的优势，容易得手。我们这些年纪小的，往往就成了送钱的。

好在赌资来自偷煤成功时省下的钱——我们没有零花钱，就靠挑煤时偷煤。偷煤的方式无非是：要么等煤矿工人还未上班，要么在煤矿逗留、等值班工人去吃饭或是上厕所时，便趁机溜走。更大胆的是，我们会事先准备一些石灰粉，因为煤矿认证的方式，是在过磅后的煤上，加盖石灰粉印，我们也如法炮制，这种办法最易得手。就像《水浒传》中的英雄好汉一样，该出手时就出手。一旦蒙混过关，便怀着忐忑不安的心情，挑起煤一路狂奔！能跑多快就多快，能滚多远就多远！因为，一旦被工人发现追上后被逮着了，煤得挑回去，还得被锁在煤矿工人所住的黑屋子里，算是惩罚和反思。所以即便再累都不能歇脚，至少要离开矿区一公里后，才觉得安全。逃离危险区，摸摸好不容易挣来的几毛钱，高兴极了，全身轻飘飘的。

那年月，我们的口袋里，何曾真正拥有过钱呢？一旦拥有了，却不懂得珍惜，来得容易，去得也快，即被上述那帮家伙，通过设赌的方式骗得精光。输钱之后，悻悻地走在路上，开始后悔起来，情绪低落时，便故意在路上磨蹭着。如此就可以躲避回家时再干其他的农活。玩到太阳西斜时，实在饿得不行了，才慢慢地拖着沉重的步履往家赶。

其实，砍柴更艰辛。因为山路遥遥而崎岖。天刚蒙蒙亮，我们就会三五成群结伴出发。一路说东说西，说得没有话题了，大家便用刀整齐划一地敲打着担柴的禾枪，发出“梆梆梆”的声音，像原始人狩猎发出的号子，虽不怎么好听，但至少可以沿途解闷和提振士气。曲曲折折走十几里山路，就会到一个叫日天门的地方。此地在一片崇山峻岭中，终年云雾缭绕、仙气飘飘。大人们说这个地方时有妖精出没，若时运不济便易中妖，乡下那些患精神病的人，就是在该地中的妖。

另外，放蛊的人也多。这一神秘的巫蛊文化，不知源于何时何地，怎么就传到了这一蛮荒之地。在山路两边的丛林中，随处可见树上系着红绳或是金属制的环状物。这些东西是经巫师念咒以后而设，千万碰不得，否则有可能招来杀身之祸。所以，出门前母亲经常会千叮咛万嘱咐，给我们上警示课，说往往乡下那些暴病身亡之人，掀开衣服一看，若全身是乌黑的或有手掌印，就是中蛊的缘故。其实，我一直没有见证过，只是听大人们说说而已。当年的乡村，没有科普文化的熏陶，处处充满着神秘愚昧的气息。既然大人们说了有妖气或怕中蛊，所以我们行进途中，就得提防着。尽管是爱玩的年龄，也不能拿生命开玩笑。

好在日天门，虽说山高路远坑深，但柴多。如果运气好，容易捡到一些干柴。干柴质轻量多，烟少易燃。在做饭时，柴火燃烧得快而旺，还会发出“噼噼啪啪”的炸裂声。见此景，母亲会赞不绝口，充满汗水的脸便堆满着笑容。若不走运，就只能砍些湿而重的杂木，既累人又不好烧，或许回去还得挨母亲的骂。

有时候为了偷懒，就会溜到稍近的属于村集体的山地去砍。若被发现了，全村人便会追过来抢柴刀。山里长大的人体能好、速度快，就像电视剧《乌龙山剿匪记》中的田大榜，经常把我们追得鸡飞狗跳、抱头鼠窜，破鞋掉了，衣裤被树枝划破了，同伴掉队了，哪里顾得了那么多！能成功脱身就算幸运！一把刀被抢了可不是一件小事，要干好几天的农活才能挣回。

为了保住刀，要么就把它扔到丛林里，要么就用生命来护卫！所以，在此后的岁月沉思中我感悟到：人类在贫困时往往显得特别疯狂！哪有那么多同情和善良！只要刀被保住了，其他的委屈很快便烟消云散了。这些场景，年岁大了在梦里仍时有浮现。在砍柴回家的路上，虽然是气喘吁吁、汗流浃背，但经常会遇到阵阵山风来袭，感觉清爽极了。此刻，最惬意的事儿，便是找些细软的树叶枝条作垫背，躺在地上小睡。偶尔见着从城市归来的穿着碎花裙、套着的确良袜子的美若天仙的姑娘，挽着男人深情款款地从身边飘然而过，便艳羡不已。心想，这辈子哪怕是去城里扫大街都值！然而，仰天遥望那一朵朵白云，自由自在、毫无意义地在天上飘来荡去，会失神般地做一些“王侯将相宁有种乎”之类的梦。

不过，饥饿始终是砍柴路上最难解决的问题。为了充饥，得想多种办法。为了混一顿好吃的，宁愿负重绕道走好几公里山路，去一个嫁到山窝里的堂姐家。她性格好，又好客，只要去了，就会竭尽所能招待我们。当然，她所做的最好吃的菜，是青椒大蒜炒腊肉。她从柴火灶上，把长年悬挂着的被熏得乌黑的平时连自己都舍不得吃的腊肉，切下一小块，把它反复冲洗干净，然后用熊熊燃烧的柴火爆炒，油汪汪的，味道好极了。吃几大碗饭，都觉得还不过瘾。堂姐家较穷，去过一两回，后来想去又有些不好意思，但留下的记忆实在太深刻了。以至工作好些年后，还想着去她家吃柴火烧的菜饭。有一回还真去了，可再也没有当年那种味道了。

舍此之外，就得想其他办法解决饥饿问题。还好，在自然经济条件下，农村真是一个广阔的物产丰饶的天地！掏红薯、偷黄瓜、盗花生等是家常便饭。不像北方苹果那些稀罕物，在物质尚未流通的年代，生活在南方的孩子不知道有苹果的存在。我第一次吃苹果，是村子里隔壁邻居家，一兄长在东北当兵，回家探亲时带来了一些苹果，其母亲拿了一个给我们家，母亲把它分成六小块，我们每人拿着一小块青苹果，含在嘴里，好长时间都舍不得咬碎咽下。而红薯、黄瓜、花生这些土生土长的东西，乡村大地比比皆是，太容易得手了，不过心理素质要好，因为掏或偷，都有一定的风险。

记得有一次路过一个与我们同姓的村子，村子门前三百米左右的地方，有一棵千年古松，根植大地，枝繁叶茂，婆娑如盖，浓荫清凉，是夏天纳凉的福地。每次路过那里，因离家近了，没有赶路的紧迫感，便都会习惯性地休息一会。即把汗渍斑斑的衣服脱下来，然后在树底下摊开，就开始呼呼大睡。但是有次天实在太热，中午一点多钟的太阳正是最烈最毒的时候，渴得喉管似乎要冒烟了，真是难受啊！

此刻，估计村里的人们也学城里人的样去午休了，于是在侥幸与贼性的驱使下，爬起来就往田边的那一片黄瓜地跑去，想偷一根黄瓜来解渴。尽管动作敏捷如猴，但是一伸手还是被村人发现了。一个声音在高喊着：有人偷黄瓜！有人偷黄瓜！于是全村男女老少，能跑的几乎全都跑出来了。其自觉性之高、动作之迅速、声势之浩大，不亚于一支训练有素的军队。他们边跑边大喊着：抓住他！抓住他！这震耳欲聋的声音，首先从心理上就征服了我。那时候我还不太懂得，“人民战争的汪洋大海”的真正含义，见着这一阵势，完全蒙了。内心在责备自己，怎么如此倒霉呢？一出手，就被发现了。往日那些同党们经常干，偏偏就没有事！转而又想，现在不是责备自己的时候，得赶快脱身。

于是我便使出了浑身解数，表演了现实版的《末路狂奔》。情急之下，当时的速度几乎可以参加奥运会百米跑比赛了，而且反应也特别敏捷。跑到大树底下时，我急中生智迅即把那个到手还没有吃的黄瓜，在法律上所谓的直接证据，使出九牛二虎之力，狠狠地扔到了远方那片绿油油的茂密得可爱的稻田里。然后，我又迅速脱下了那件脏兮兮的衣服，立马倒在大树底下呼呼装睡。

他们倏地围上来了，不约而同地问着：“人呢？”“明明往这边来了，怎么就不见了呢？”“难道是见着鬼了？”此刻，他们每个人都本能地成了现代的福尔摩斯，人人都在推理，个个都在寻找证据。虽然那帮人没有学过法律，但潜意识里觉得还是要讲证据。他们没有找到任何蛛丝马迹，所拿的木棍和其他武器，都没有派上用场。本来愤怒得简直要把我剁成肉泥，但实在找不到任何证据，个个像斗败的公鸡，非常气馁！

于是，一个穿着短裤衩、上身裸露的汉子，心有不甘地像抓小鸡般，厉声把我从地上拎起来，想问个明白。虽然我感觉很没有尊严，可我还没有勇气与他们来一场恶斗，于是只好装模作样地发出了愤怒的抗议！没有他法，矢口否认不是我干的，然后就什么都装蒜。僵持了半个小时后，他们悻悻地回去了，我终于舒缓了一口气。

此时，我再次领略到了人在贫穷状态下的疯狂和无情。因为就血缘而言，我们同姓同宗。乃至日后，我进城有了一点小小的出息时，乡下有些同姓同宗的家伙，来同我攀家门，希望我能帮他们解决点什么问题时，我内心本能地排斥着。若不说那点家世，我可能还会伸出援助之手；讲出来了，反而让我心情很不爽。当初，你们的家人干吗去了呢？一个不经事的少年，就想偷吃一根黄瓜，有什么大不了呢？

当然，偷东西也有幸运的时候。有一次在深山老林中砍柴，突然发现在大山脚下的夹缝中，有一小块地长着郁郁葱葱的花生。此地就像《西游记》中所描述的，前不着村、后不着店，不见人烟，或许妖魔鬼怪就躲在旁边的丛林里呢。在花生地里扎着一个稻草人，像一位守护神，究竟是用来吓唬人还是吓唬飞禽走兽呢？管他呢，人饿极时，顾不得那么多了。于是我同村子里一个绰号叫禾梨的兄弟，大摇大摆地坐在潮湿而阴冷的地上，一边扯一边吃，开心地吃了许多免费花生。吃饱之后，连饱嗝都不打一个，心满意足地担柴上路了。

出来混总是要还的，还真是这么个理。当下作的恶，即刻就遭到报应，没过多久，报应就来了：肚子哗啦啦地响个不停，拉肚子了。每走几步，便拉一次，沿路没有厕所，身上没有带纸。还好，那年月、那境况，没有那么多讲究，在大山中行走，几乎一路都难遇上行人。所以，到处是天然厕所，茅草或树叶均可成为手纸。但是，拉的次数多了，身体都快虚脱了，最后连走路都乏力，何况还要负重呢。

更为倒霉的是，由于在路上拖延时间太久，暴风雨在闪电交加中不期而至，全身被淋透了，且山路崎岖，红砂岩石被雨浸湿之后较滑，一不小心就有可能跌落悬崖。冒雨硬着头皮往前行进，吃进去的花生早被拉空了。饥肠辘辘，实在挑不动了，心里窝火得狠，在离家还有三四里远的地方，把整担柴都扔掉径直回家了。大哥在母亲的呵斥声中，只好从家里折回来帮我挑回去。

当时，我真有些过意不去，但我哥却没有任何怨言。那种筚路蓝缕的艰辛，只有经历过了才能体会到。好在那年代没有去过城市，也就没有“昨日入城市，归来泪满巾”的感受。然而，在这种极端的艰辛中，不断地感受到了生存的压力，不断地在磨炼着生存的意志，于是不断地滋生着强烈的要离开乡村的渴望与冲动！

在悠悠岁月中，忍饥挨饿始终是一个沉重的时代大命题！无论如何辛勤劳作，一年之中总有几个月缺粮。少粮的时候，母亲就要进行一些类似于外交的工作，到村子里那些沾亲带故、劳动力多、有余粮的人家去游说。同村的几个老熟人借多了，有时真不好意思张口，便得跑到外村的亲戚家去借。

每次去借粮时，母亲就会带上大哥或我。一到别人家门前，我就会低着头，神情黯然地跟在母亲后面。为提醒对方，母亲都会用力地清着嗓子，她的喉管所发出的较强的“哼哼”声，能产生一定的冲击波。不用敲门，对方就会把门打开。母亲便会在门槛前站一会，然后才迟疑地把脚伸进去。此时，我明显地感觉得到母亲是自卑的。入门后，她就会说一些言不由衷的套话，诸如“吃饭了没有？”之类。兜了半圈之后才切入主题，若被拒绝了，那份难堪不必说了。所以，这种差事父亲从不出面，哪怕是没米下锅了，他仍安然无事。找到可以借米的主了，经常就由力气稍大点的大哥挑回来。每逢此境，我都感觉羞愧。所以，小时候我在家做饭，为了节省点，量米下锅时，有时会违背母亲的旨意，尽量少放些，希望借来的米能尽量延长时日，但却经常弄得饭不够吃，还得重新煮。

在缺粮的日子里，我就像一个提前长大了的当家人，操心特别重。有事没事时不时都会去揭开米缸盖看看。若是缸一直在往下陷，米越来越少了，心里就会发慌。想到母亲又得难为情地去求人，吃饭时，心里也不踏实。有时候，正吃在兴头上，听母亲说现有的米撑不了几天，情绪一下就低落了，只好不情愿地放下碗筷，默默地看着母亲忧郁的表情。

为了弥补大米的不足，少遭人白眼，一家人尽量想些其他的法子。因此，一年之中几乎有一个季度，要吃些杂粮。萝卜磨成丝拌稀饭煮，偶尔吃味道还过得去，吃多了就像喝白开水一样乏味。南瓜也是常见的主食。乡村的南瓜繁殖起来就像会生崽的母猪，总是一窝一窝的。随便往土里撒一粒种子，就会毫无商量地疯长着，再经过与太阳王子或是月亮姑娘稍稍调情，要不了几天，便会毫无节制地生出一大堆娃来。于是大人们在没有办法的情况下，就会摘来给我们充饥。更多时候还是在米饭中拌些红薯丝，这样的光景大约要从秋吃到冬。年景好时，在米饭中所放的红薯丝会稍少些，年景不好时则会放多些，把整个米饭压得沉甸甸的。

读小学和初中时，每次下午放学回家，便已饿得不行了。本是饥不择食的时候，可是装饭时，还是要尽力用勺子把红薯丝拨开，然后再多装些米饭。由于所放的米粒实在太少了，讨厌的红薯丝板结着，成块成块地还是不容商量地闯进来。所以，时至今日，每当见着红薯，我就会反胃。

到了冬天，处于休闲期。体力劳动减少了，因此连红薯丝饭都不能放开肚皮吃。尤其是晚上，喝点粥就上床睡。喝粥只能姑且扩张肚皮，很快便消化了，经常饿得在床上打滚、睡不着。更可恼的是粥喝多了，尿也多，就像电视广告中经常絮叨的“尿频尿急尿不尽”的状态。冬天起来拉尿，是一件很烦人的事情。本来睡得晕晕乎乎的，可被尿胀得难受，想忍下来继续睡，又怕尿床。在矛盾中不断地挣扎着，能拖一会算一会，有时连做梦都在拉尿，最后实在憋不住了，只好极不情愿地爬起来。此时，刺骨的北风无情地往身上钻，像针扎般难受。下楼去便桶尿，把父母的卧室弄得既吵又臭。总之，我很不喜欢在冬天的夜晚起来尿尿。

长期的营养不良，使我骨瘦如柴，脸上也无血色。母亲心情好时，便会心痛地抱着我说：也不知前世造了什么孽，让你投胎到这种家庭来。不谙世事的我，全然不会把它当一回事。但父母还是会对我格外呵护些。这是有来由的，因为村子里一位据说会相术的婆婆，在我出生不久后，给我看过相。她说，从我凌厉的哭声中觉察到，我是个爱管事的主，将来我的父母老了，要吃香喝辣就得靠这个崽了。父母信以为真，于是也就多了一些疼爱。记得有一次，村里队长家的姐姐嫁到外地被人欺负了，于是队长一声令下，便把全村的青壮年男子召集起来，浩浩荡荡地去讨说法。回来的时候，父亲神秘兮兮地把我叫到卧室里，从裤袋里摸出了一个尚带余温的包子，悄悄地塞给我，要我躲着其他几个兄弟快点吃了。我也没有说什么，两三口就吞下去了。那是我人生中第一次吃糖包子，味道好极了，由此，给我留下的味觉的乡愁，却是悠长的。

无论如何苦心经营，我们家连续十多年都是生产队的“超支户”。每当年关来临时，生产队会计就会把算盘拨得“噼里啪啦”响，这时是我们全家人犯难的时候。由于所挣的基本工分不够，要换回生产队所分的人均基本口粮，就需要另外掏钱来购买。而筹钱谈何容易！

好在天无绝人之路。母亲绞尽脑汁，一旦有人从境外回来时，她就到处托人打探消息，终于找到了母亲在台湾已失联多年的表弟。于是敦促父亲不断地写信、不断地煽情，尽情地诉说着苦楚，终于感动了母亲的表弟。随后，每到年关时，母亲的表弟就会在自己并不宽裕的境况下，从香港由冯小姐中转寄来一百港币。那点钱真值钱，可以解决许多燃眉之急。但是，这一百港币，还要分些给母亲的姑妈，即其表弟的母亲。母亲的表弟，八岁时随父，离开大陆从香港辗转去了台湾。而其母和弟弟、妹妹却留在了大陆。好不容易搭上这条线后，母亲的姑妈心地善良，觉得这条路子是我们这边理清的，没有把这笔钱全部要走。每次都是六四开，大头给了我们家。持续寄了十多年，真是救命钱。所以，我们一家人都心存感恩。当然，第一次寄钱时，被公安盯上了，以为该钱来路不明，有敌特之嫌，经调查核实之后便没事了。通过持续接济，总算渡过了难关。

日子就这样在坎坷中缓慢地演进着。由于我们日渐长大，住房的压力越来越大。我们家所栖身的二间泥砖房，经历了百年沧桑，更加破败了。其中一面土墙已开裂，风雨随时可能带来灭顶之灾。一家人一直生活在惶恐不安之中。

春天发春水时，房子后面的山坡，渗透的水使得泥地板踩起来软绵绵的，稍用力就会踩出窝窝来。夏天的时候密不透风，房子后面围满了猪圈、牛圈和乡间的茅厕，所以此处蚊子的繁殖能力非常强。白天还没有那么放肆，一到晚上，蚊子便成群结队组建乡村乐团，开始不断演奏着于人类而言最难听的交响乐。除了吸血，便是吵得让人无法入睡。家中无钱购置蚊帐，为了驱蚊，母亲一到入夜时，便出去弄一些茅草来，在卧室中放一个破铁锅，然后把茅草放在锅中，再在茅草上堆些秕谷，点燃后缕缕升腾起来的青烟，就会把蚊子赶得落荒而逃。如此就可以在青烟中沉沉地睡去。好在那时没有环保这个概念，也不知道青烟是否对人类健康有害。奇怪的是，如此境况下，我的父母亲都活了八十多岁，真是有着超强的生命力！如果茅草在半夜里烧完了，蚊子照旧会来，于是弄得人还是睡不好。蚊子的侵袭，还不至于要人命。最让人担心的还是电闪雷鸣、风雨交加的时候。一旦暴雨连连，母亲就开始骂天骂地了，怕房子倒塌，然后在骂声中把我们全都叫出去避难，哪怕睡得再沉。

随着岁月的流逝，我们相继长大成人。母亲最大的担忧便是没有房子，我们兄弟四人都娶不上老婆。所以，每当谈及这一沉重的话题，一家人便围在炉火边，郁郁寡欢，忧心忡忡地思考着未来。

四

逃离乡村，真是祖坟冒青烟的事儿

在我求学问道的路上，付出的艰辛，常人难以想象。在“千军万马过独木桥”的年代，对于一个寒门子弟而言，通过读书改变命运，本身就是一个奇迹，真是祖坟冒青烟的事儿！

我是在“我爱北京天安门，天安门上太阳升”的歌声中开始启蒙的，不像儿歌“太阳当空照，花儿对我笑，小鸟说早早早”那般富有生活气息。

上小学那天，正值烟雾蒙蒙的早春晌午。母亲把我从秧田里叫上来，交给我一张皱巴巴的、币面是绿色的两元钱，要我报名去读书。当时，我立马从深陷的泥田里爬上来，脚上的泥都未擦洗干净，就打着赤脚兴冲冲地报到去了。学校就在离村庄不到500米远的一个小山坡上。把书领回来时，面对课本封面上那些栩栩如生的漫画人物和闻着散发油墨香味的书，内心充满着无比的好奇和兴奋。

为了不把书弄脏，我四处找油皮纸或是报纸来包装。当年在乡村要找到这些纸可不容易，似乎是奢侈品。没有关系弄到就得去一公里外公社的供销社门口去蹲些时间。伺机见包装食品的纸被扔掉后，找些未被弄脏的或是没有洞眼的，捡起来便兴高采烈地往家里飞奔。然后，小心翼翼地把书包装好。其实也是图个姑且的珍惜，一旦学期结束时，这些书不是被家人上茅厕时所用，就是被父亲卷喇叭筒烟所撕。所以，当我怀旧时，想找小学乃至中学的课本瞧瞧，已杳无踪影。还好，没有成为名人，否则将来的个人博物馆需要找陈列品时，就麻烦了。

小学读得朦胧而轻松，所有的科目都较简单。尤其是语文课本中的内容，时代的印迹非常明显，充满了阶级斗争和“反帝防修”的火药味。不过那些打油诗般的句子，读起来还是朗朗上口，也容易被记住。诸如：“越南南方好孩子，手里拿着小刀子，削了许多竹签子，刺穿美帝大肚子。”渗透的是反帝教育。“晒谷场，四四方，谷子铺在晒场上。队长叫我守晒场，我拿竹竿站场旁。我家有只老母鸡，带着小鸡要进场。我拿竹竿赶呀赶，赶得它们逃得慌。”教育我们要爱惜公物，充满着浓郁的生活气息。少年英雄刘文学与偷辣椒的地主王荣学搏斗英勇牺牲的故事、《半夜鸡叫》的故事，灌输的是关于与“地富反坏右”和剥削阶级斗争的教育思想。

当然，还有忆苦思甜教育，就是请人现身说法。一天上午，艳阳高照，锣鼓喧天。我们一群小学生列队被组织到一个姓郭的村庄，召开忆苦思甜大会，请了一位一字不识的六十多岁的老太太来诉说血泪史。老太太拿着一块破旧而又发黑的手帕，还没有开口就沉重地叹着气，随即便是声泪俱下。我们不明就里也跟着难过。哭了一阵之后，老太太开腔了，像乡下开追悼会般，控诉万恶的旧社会。诉说小时候她在地主家做长工，经常是没日没夜地干活，吃不饱、穿不暖，每个星期只能吃一顿肉。讲着讲着便跑调了：唉！今天我们的生活好了、很幸福了，可是一个月都吃不到肉，连油星都见不到。说到此，全场哄笑。老太太见大家都在笑，知道说漏嘴了，便停下来，用手帕擦嘴角的口水和眼屎。话题没有收尾，她便被村干部请走了。我人生中的第一堂忆苦思甜课，就这样草草收场了。

当年的学校教育，丰富多样。除了上述教学之外，要求“学工学农学军”。乡村小学，学工、学军无条件，学农则太方便了。其实，作为乡下的孩子，还没有上学，便天天在学农。既然学校有规定，我们也不能抵制。劳动课要求自带工具，即从家里担粪桶来，替学校的菜地浇灌。按照分工，往往是两人抬一桶，个子矮的抬前面，个子高的抬后面。后面的家伙经常搞恶作剧，故意用手压扁担，压得前面的受不了。然后又刻意歪歪斜斜地走“之”

字路，弄得粪水四溢，溅得前面小子身上尽是粪水。等到前面的小子反应过来时，他便很生气地把便桶重重往地上摔。本来桶大都是用竹篾扎的，质量不太好，经这么一折腾，就散架了。于是，粪便溢得到处都是。回去，还要被老师或是家长骂。好在读书压力不大，像读着玩似的。偶尔获个作文比赛等方面的奖，被叫到主席台上领一个小本子，也会高兴一阵子，随后，便是顺其自然地读着，打发着人生没有方向的日子。生存状况如此，哪有心思读书呢？

读小学期间，最难过的是报名。因为出身不好，连去报名的勇气都没有——生怕被人知道出身后，把它当作骂名。那时被骂作“地主狗崽子”，简直比羞辱祖宗还难受，所以把这种比偷情还可怕的隐私看得比生命还重。每当开学时，就为报名发愁。我总是选择在无人的时候去，但经常是躲得了初一，躲不过十五。有些班主任老师喜欢哪壶不开提哪壶，故意在人群中大声问：出身呢？我只能在支支吾吾中如实作答。记得有一次上课，老师为了讨好班上部分学生，便掰着手指数：谁的爸爸是国家干部、谁的爸爸是工人、谁的哥哥是拖拉机手等，弄得我整堂课情绪低落，因此，直到现在，我对一些趋炎附势的老师都没有好感。

“文革”年代，运动太多。每当运动来临时，父亲和他的“黑五类”兄弟们就得接受管制，甚至进行劳动改造。记得有一天，村子里一些妇人在低头搓洗衣服时，不断地嘤嘤哭泣。她们边哭边自言自语道：不知道我们会不会死去！稍稍懂事的我，便感惊恐不安。随后，上面来了紧急命令，要求全大队所有的“黑五类”，都要被集中管控在大队部附近的村办小学的操场上，大伯、二伯和父亲均在其列。

正在读小学的我不经意间往教室外望了一眼，发现父亲和一些人，个个剃着光头，每人拿着一把锄头，顶着晌午毒辣的太阳，一言不发地在低头锄草。烈日像炙烤土豆般，灼烫着父亲剃得油光发亮的头，烤得皮肤像蛤蟆似的起皱了，额头上挂满了汗珠，打满补丁、密不透风的衣服都湿透了。父亲始终沉默着盯着脚下的土地，双唇紧闭，神情凝重，连用眼睛的余光偷偷地看一看站在他旁边的两位哥哥的勇气都没有。

当我再次透过破损的窗户往外看时，父亲发现了我，他的嘴唇在微微嚅动着，似乎想同我说点什么。但我很快便把头低下去了，生怕让班上的同学知道，父亲就在这帮人中间。我试图找一顶草帽给父亲，或者从学校食堂的水缸里舀点凉水给他喝，但是实在没有勇气，恨不得立马钻到地缝中去。此刻，我没有心思上课，一直处在莫名的恐慌之中，真希望父亲立刻从我的视线中消失！我不知道人世间还有什么比这更难受的事情，特别是对于一个非常需要自尊的少年来说，少年维特的烦恼哪能与我相比呢？

在那个红色的、赤贫的、高压的年代，“半桶水”式的老师不少，青年男女老师之间除了偶尔打情骂俏之外，教书育人还是比较敬业。不过太敬业了反而不是一件好事，因为他们不认识的字太多了，误人子弟不在话下。有个绰号叫“冬瓜皮”的老师，凭关系照顾而来，连“半桶水”都没有，经常念错别字。那时候，连本字典都买不起，查找字典谈何容易。所以，只能将错就错。因此，小时候读错的字，在脑海里留下的印记特别深，乃至长大以后仍很难纠正。

还好，读书没有任何压力，用母亲的话来讲：认得几个字，生产队记工分时不被记错就行了。因为母亲是文盲，吃过没有文化的苦头。每逢到市场赶集买卖，每笔交易都算得很艰难，算的过程中手足并用，有时手足不够用时，她就怔怔地站着，然后去求旁边那些有点文化的人帮她。即便别人帮她算好了，还是显得不放心。因为辛勤劳动的果实，不能有任何差错，该收的钱一定不能错给别人，一家人都指望着她。

虽然初始读书没有什么压力和想法，也不知道“书中自有黄金屋，书中自有颜如玉，书中自有千钟粟”这些诱人的好处，但是，读着读着，渐渐地便产生了兴趣。

于是放学回家后，白天干农活，晚上就挑灯夜读。家里只有两盏煤油灯，不够用，母亲便用葫芦另制了一盏。为了省油，我常常把灯芯拧得很小很小，风一吹，灯易灭。有时，见油吸不上来，灯光渐渐暗下去了，只好把灯芯拧长一点；有时，见灯芯沾灰了而使火苗不旺，便不得不悉心把灰清掉。既要省油又不让灯灭，还真得掌握火候。别看灯火虽弱，那可是一盏希望的明灯。

所以，边读书边要看好油灯，真让人费心。而且，时间稍长些，鼻孔里被煤油灯熏得乌黑的。但我在内心不断地敦促自己：赶紧做作业！

由于没有专门的书房和课桌，只好到楼上把粮仓当课桌。四方形的木制粮仓没有伸脚的空间，坐久了很累。而且楼上的墙壁和横梁，被柴火熏得黑乎乎的，微风吹来，挂在屋梁上的尘埃，不时掉到书本和身上。尤其是夏天，楼上像蒸笼一样，密不透风，不断有蚊子来袭，读几个小时后，浑身是汗和被蚊子叮咬的肿块。若没有毅力，有几人能经受得起这份煎熬呢？

原以为从小学读到初中，学业便终结了，因为那时凡是家庭出身不好的小孩，基本上不让读高中。农家子弟要出人头地，除了读书、当兵，几乎没有他途。而当兵政审极严，出身有瑕疵的、没有特殊背景的，门都没有。于是，我为前途深感苦闷。岂料，后来形势日渐好转，像我们这种出身的小孩可以继续就读了。

不过，在读书期间学费一直是老大难问题。记得有一年读初中期间，开学了无钱交学费，刚过完春节去别人家借钱又犯忌。

虽然母亲在年前同自家的一个伯母打过招呼，说是临时借一下，一旦开春了便尽快筹还。事到临头时，母亲支使父亲去借。父亲一大早就出去了，我心里随之而高兴着，并且偷偷地打探着父亲的行踪。等到中午吃饭时，父亲却没事般地回来了。他压根儿就没有去，而是去了邻居家玩扑克。我感觉失望至极，担心学业随时会被终结！好在当年学费极为低廉，每个学期只交三五块钱，卖些鸡蛋、鱼干什么的，基本上可以凑够。

为了挣学费，我就到乡村的田野四处抓鱼。那时的乡村，农药还没有被大量使用，人与自然和谐共生得还真不错，田野中的小溪小河，四外的沟、渠、潭、坑、穴，到处能见着欢快戏水的鱼儿，它们似乎在等着我来捉呢。而且，哪里的鱼易扎堆，我了然于胸。每隔一段时间便光顾一次，几乎是手到擒来、十拿九稳。每次见着鱼进了竹篓，我便是满心的欢喜！放眼四望，春夏之交，微风吹拂的田野，除了青葱的禾苗、碧绿的菜地，田坎边到处长满了野草，真是充满了勃勃生机！

另外，秋冬之际，便是农家干鱼塘的时节。村子里无论谁家干鱼塘了，虽说乡村的鱼塘均为私家承包，尽管没有邀请函，我都会不请自到，第一时间赶到现场，待主人上岸之后，便会伺机抓些漏网之鱼。记得有一年深冬，很快就要过年了，纷纷扬扬的鹅毛大雪下得天昏地暗，像极了《水浒传》中《林教头风雪山神庙》

所描述的场景，整个村庄都笼罩在茫茫的寒雪里。村子里有一户人家，因急需要钱过年，便冒雪干鱼塘。严寒使大人们把看得见的鱼抓走之后，就匆匆到岸上烤火去了。而我却咬紧牙关下水了，由于人小个子矮，整个下半身陷进了冰冷的泥潭，每挪一步都感到困难。天冷得像刀割般难受，但潜伏在泥潭中的鱼实在太多了，让我兴奋得几乎忘却了寒冷。正在烤火的大人们不断地催我上岸，警告我别被冻死了，我不予理会。觉得这么多鱼藏在泥潭中不抓走，实在太可惜。一个小时不到，抓了十多斤鱼。真是太幸福了！回家之后，母亲催我赶紧把被泥水浸湿的衣服脱掉，洗个热水澡。洗完澡之后，好一阵子，我的牙关还在不断地打哆嗦。不过，这次挨冻换来了一个学期的学费，真值！

我所读的乡村学校，条件差、师资弱，英语课因缺教师而没有开设。但考高中时，突然政策规定从我们这届起，要考英语，这下可傻眼了。只好临时抱佛脚，考前校方把平时学习成绩较好的部分学生，集中到镇上的中心小学，进行了为期一个月的英语强化集训。学习时间虽短，但要住校，那是人生中第一回离家生活。家里连一床多余的被子都没有，只好与同学挤一张床。好在夏天不易着凉，一个月的时间很快便熬过去了。但是一种全新的语言，要在如此短的时间内掌握谈何容易，连简单的问候语，都只能通过在下面标注发音近似的汉语来强化记忆。不过，老师告诉了我们考试的“秘诀”，如遇到选择题，要么全选A，要么全选B。中考时，由于英语得分太少，我勉强考上了县办的非重点高中。

报名那天，太阳当空照，鸟儿未唱歌。一路上，微风吹拂的田野中，飘来了阵阵农药味，使我头昏耳鸣，感觉很不爽。加之，我连一身得体的衣服都没有。平时能换的衣服本来就不多，在家不出门，缝缝补补，凑合着穿，不会太在意。但上高中了，虚荣心使然，便有些暗恨父母的无能。穿着洗得起皱的、泛白的、窄小的、的确良花衬衣和肥大的、蓝色厚实的冬裤，走在路上，不断地打量着自己，感觉衣裤搭配极不协调，像个初孕的妇人。既感到像针扎般热，又觉得浑身不自在，真是窘迫！

高中生活极为艰苦。一入校，人生渐渐地便萌生出了理想。由于基础差，师资力量弱，我不得不采取笨鸟先飞的办法来学习。乡镇县办高中，以农家孩子居多，散漫惯了，若没有惊人的毅力，则很容易被那些贪玩的小子们带到沟里去。当年电影《少林寺》在全国公映之后，李连杰巨幅武打造型的宣传广告，铺天盖地张贴着，对广大青少年产生了巨大的吸引力，尚武热在全国陡然升温，一批中学生纷纷效仿。于是，当时寝室的窗户栏杆，常被小子们卸下来当作习武棍，在寝室或是操场上被耍得虎虎生风。

班上有位能翻筋斗的同学让我羡慕死了。有的学生出于江湖义气，结拜成兄弟姐妹，整天弄些不着调的事情，过早涉足社交活动。有的男生见着学校长得好看的女生，学着社会上那些打流的或是“水老倌”式青年的样儿向她们打响指、吹口哨。有的精力旺盛过人，一下课便活跃在篮球场上。还有个别玩高雅的，经常用笛子在寝室吹着风靡一时、情意绵绵的《绿岛之夜》。当年，许多学生夏夜蚊子来袭时，连蚊帐都买不起，有的甚至只手拿着点燃的蚊香准备入睡。如此艰苦的条件下，父母们为之付出了巨大的牺牲，为什么还有那么多人没心没肺地就不想好好读书呢？我可不能步其后尘，我得像潜水员一样，一个猛子扎下去，在学海里畅游。

每天早晨六点起床，花几分钟时间洗漱，然后便跑到学校后面的黄土坡上，咿咿呀呀地读英文、语文。上课竖起耳朵听，生怕漏掉一些知识点，哪怕个别教师的课上得再差，也警告自己不能走神。其中有位化学老师大脑曾出过故障，上课神神叨叨，思维紊乱，不知所云。英语老师也是高中学历，被打成“右派”后，在乡村窝了许多年，临时抽调来凑数，哪能学到东西。物理老师也是工农兵学员出身，课本知识连自己都未弄明白，何以传道授业？好在语文、数学等老师还不错。可见，“文革”后人才的匮乏。

在这般境况下，要想跳农门，只好靠强化自学。晚上就寝时，学校统一关灯。我不与渐渐进入青春期的那帮小子们谈思春之类的话题，而是在大脑中系统地回顾消化当天所学的知识。我坚信：

一分耕耘，一分收获！

高度紧张的脑力劳动，需要相应的营养来支撑，而物质生活极贫。没有钱吃公菜，只能每周从家带咸菜。由于所带的菜需要吃一个星期，天凉好办，一到夏天，即便咸菜也易变味。为防止菜变质，只好采取自然冷却法。即在木箱中放一碗冷水，然后把用葫芦所装的菜放进去。即便如此，一旦打开箱子，还是能闻到一股酸味，致使食欲大减。为换口味，偶尔会在食堂买一份五分钱的南瓜或是豆腐渣。高中三年，基本上就是这样过来的。为了激励自己前行，常以“士志于道，而耻恶衣恶食者，未足与议也”自勉。

高中从我们这届开始由两年制改为三年制。为平稳过渡，读完高二便可参加高考，但湖南要进行预考。预考完后，本校应届文科两个班的学生，仅剩我可以参加高考，其他的同学都失望地卷铺盖走人了。原来一个住着几十人的大寝室，平时闹哄哄惯了，突然间只剩下孤身一人时，连晚上睡觉都感到害怕。离高考还有一个月左右，面对空荡荡的教室和寝室，既感庆幸，又感落寞。可见当年中国高考竞争的激烈程度。在二元结构下的中国，农家子弟要跻身于大学校门，比城市子弟更为艰难。无论是教育资源，还是招生比例，城乡均有差别。

在时代的大背景面前，没有时间去怨天尤人。只能豁出去，放手一搏！于是，我不断地给自己打气：一定要闯过独木桥！整个学校最后冲刺时，我只能和二十多个复读生并在一起上课。经过拼搏，我以全县文科数学第二名（107分、单科总分120分）、总分398分，还是英语拖累的缘故，导致离中专线四分之差落败了。对于经历过当年高考的人来说，第一次能考出如此成绩算是不错了。但对于我而言，意味着所有的心血都付诸东流！尤其是在家徒四壁的境况下，不知能否让我复读一年。当时乡下因读书而致贫的家庭实在太多，靠种田度日的有几家能支撑呢？能否去复读，都要进行风险评估。因为好些以几分之差落败的，复读好几届后，仍不能如愿，弄得家庭负担如雪上加霜。所以，父母同样有这种担心。

于是，当我冒着盛夏的烈日，揣着落败的分数单回家时，内心沮丧至极！心情不好，加之中暑了，一进家门便倒在床上。近四十度的高烧，几乎使我休克。后来母亲立即叫来了村里一位大叔，帮我用土法刮痧。母亲在一旁嘀咕着：哪里气成这个样子呢？这次没考取再来一次。有了母亲表态性的宽慰，感觉稍好受些。我真担心因没有钱而复读不成。

病好后，我同母亲说，复读必须去县城一中，那里有好的环境和师资，加之我的成绩也符合一中复读的条件。只是花钱稍多些，一个学期的学费和生活费大约要三十多元。母亲听后便安慰我说，钱不要紧，她来想办法。

于是，母亲在赶集的时候，冒着酷暑，去镇上找已调到镇中心小学做教师的小舅求助。当时，小舅兼做学校财务，见我初考有如此好的成绩，认为是可造之才，估计复读一届跳农门问题不大，于是破天荒地拿了二十多块钱借给母亲，要求母亲一有钱便尽快还。母亲告诉小舅，只需过一个月，我们家的母猪所生的猪崽一旦卖掉，便可还上。小舅的担心可以理解，他家的负担也很重。所以，每忆及此事，我便非常感激母亲的尽责和小舅在大事面前的亲情与担当。由于有了小舅所借的这笔钱，我便可在县城一中安心复读了。

进城那天，正是夏秋之交，天气燥热得连狗狗伏在地上都懒得动弹。而我用蛇皮袋装着书、被物等，挤上了通往县城的班车。到达县城汽车站时，我把蛇皮袋扛在肩上，四顾茫然，只好诚惶诚恐地询问着去一中的路，胆小得好像未出道的小偷。扛着沉甸甸的行李，走了一程之后，汗水不断地冒出来，蛇皮袋上的污垢和汗水混合之后，把衣服弄得污渍斑斑。可对我而言，城市的一切都是新奇的。汽车不时喧嚣着从身边快速驶过，连喇叭声听起来似乎也成了悦耳的音乐。我反复告诫自己：不能再失败了！我没有权利和资格再失败了！一定要背水一战！

那一年我是这样度过的：每天比别人早起一小时。天还没有亮，就带着书跑到县城边的烈士陵园晨练。沿途只见清洁工人和菜农，已吆喝着在县城的街道上忙活开了，从他们身上，我更深切地感受到了社会底层的每个人，生存都不容易。于是，便更加激发了我在逆境中的斗志！

在公园稍作运动后，随即抓紧读英语和文科方面的书。白天认真听课，每天晚上坚持看书到十一点才睡。冬天，由于衣服少，冷得很，常常靠跺脚取暖。到迎战的关键时刻，似乎比农忙时节的“双抢”还辛苦。由于营养不够，有时走路，整个人感觉轻飘飘的，不时耳鸣头晕。功夫不负有心人，高考大决战时，我以总分476分，离本科分数线仅差三五分，高出当年本省大专分数线整20分，进了本省湘北的一所师范专科学校。虽有些失落，但也可聊以自慰。

高中之后，全家欢天喜地。我第一时间去了小舅家报喜。当时，我想：假如有出息了，得好好地孝敬一下小舅。可惜，他刚退休不久，被自家的小狗咬了一口，却未当一回事，后来由于狂犬病突发，错过了治疗期，最后无力回天。当母亲告知我这一不幸消息时，已做教师的我请假从学校赶回来，天快黑时，到了小舅家。可能是回光返照，小舅见我来看他，便强撑着从床上坐起来，神志非常清醒地对我说：你赶回来干什么，会耽误工作。然后，问我吃了饭没有。未等我回答，便要家人赶快做饭给我吃。当时，我以为还会拖些时间，由于有课，第二天便回学校了。岂料，第二天晚上，小舅便走了，让我伤心莫名。

曾记得，有一年尝新节，母亲经常抱怨这个世界所能见到的唯一哥哥都不常来走动，被村民认为，娘家好像没有亲人似的。于是在赶墟的日子，母亲特地去了小舅任教的小学，请他到我们家来过节，小舅应允了。我们一家人高兴得像过年似的。小舅来那天，见着我们，便从裤袋中掏出了一些坚如磐石的水果糖，分给我们兄弟每人几粒，真让我们喜出望外！这是我平生当中第一次如此痛快地吃纸包糖，心里头不由得冒出了与东北“二人转”相仿的台词：亲舅就是亲舅啊！小时候，正如我一表兄弟不经意间提醒的：我们兄弟每个人头上长着的一千根头发中，有五百根属于他们那里。表述得多贴切！真是打断骨头连着筋啊！

往事依依，当年每逢春节去拜年，能见着的只有小舅。因为，大舅和三舅，我们还未出生就英年早逝。大舅是病死的。三舅在“大跃进”期间，因饥饿难耐，偷吃了生产队公共食堂的一点东西，被人发现了，说要批斗，他忍受不了羞辱，加之小孩太多，生活不堪重负，最后悬梁自尽了。二舅从军战败后落荒而逃去了台湾，当时生死不明。后来两岸“三通”时，二舅孤身一人，回家探亲过一次。那时，他们兄妹相见，抱在一起，相视哽咽无语。母亲不时深情地回忆着：二哥去台湾前，把手上仅有的一枚戒指取下送给了她。

据在台湾的表舅说，二舅的日子过得比较艰难。为了省电，家用的灯泡瓦数很小，节省程度可见一斑。但平时为人，严于律己、宽以待人，不属于自己的东西一概不要。在台湾经常被评为甲等警官。我读书期间偶尔给他写过几封信，在煽情的同时，也想从他那里弄几个零花钱。人穷的时候，真顾不得颜面。但他每次回信，都让我情绪跌到了冰点。总是顾左右而言他，说不愿忆及往事，更不愿意谈钱。估计挣钱少，负担重，老婆管得紧，所以一直回避这一话题。尤其是信中所引“天意从来高难问”之句，一直让我唏嘘不已！他是在为前途而伤感呢，还是因寄居孤岛而悲伤呢？无论如何，从字里行间可以隐约地感悟到：一位饱经磨难的平凡老兵，在时代的风云变幻中，深感人生的无奈。表舅写信告诉我，二舅在临终前，当舅妈把我所写的信给他看时，他已双眼模糊，只用手摸了一下，随即便流下了几滴浊泪。忆及人世间这些亲情，估计他多少有些感伤，岂能一切随风而去？

总之，那年月对我们来说，是一个充满动荡的岁月，整个社会心态是亢奋的，但人的思想却被禁锢着、压抑着、窒息着，人际交往空间逼仄，资讯获取渠道单一，让我们浑浑噩噩地生存在“不知有汉，无论魏晋”的状态。因此，经历过一些事情之后，随着太阳东升西落，季节的更迭，我也慢慢长大了。内心深处总有某种东西在潜流暗涌。刹那间，突然意识到：要离开乡村，除了考学，没有他途！于是，就是在这种心境的驱使下，进行着不屈不挠的奋斗。经过高中阶段的舍命一搏，终于暂且告别了乡村。

五

在寻梦的岁月里，“人的自主和自主的人”一直萦绕心际

1984年的金秋时节，我来到了洞庭湖边的一所师范专科学校入读。三年，弹指一挥间。在青葱的岁月里，对人生未来得及认真规划和细细思考，一切仿佛如昨，就到了说分手的时刻。1987年那个蓝蓝的天上一直飘着白云、太阳骄傲得连眼皮都不眨的6月，我便毕业了。

记得即将去上学的那些日子里，母亲就陆续在给我整理行装。她特意从市场买了一个时尚的大皮箱。读高中时用过的红漆木箱，那是父亲外出打工时用过的，有着丝丝缝隙，显得古老而沧桑，只好舍弃。买了红丝绸布，用来做被子外衬，另外还要用一块普通的布料，合起来才能把棉絮包起来，看起来像是乡村青年男女结婚用的，显得有些高档，但拆洗时比较麻烦。虽然要多破费点钱，但母亲是情愿而高兴的。她是个要面子的人，不能让自己的孩子在外面受到歧视。在母亲看来：即便再穷，出门在外还得有个讲究；欠账不要紧，慢慢来还。这么久的苦日子都熬过来了，还担心什么呢。何况儿子有出息了，今后还怕没好日子过？母亲把家里能卖的东西都卖了，包括母鸡生的蛋、母猪下的崽——本来是用来换钱给大哥定亲用的，也暂且搁置了。

那些日子母亲忙得特别开心，几乎把所有贴心的亲属都动员起来了，她也想到了成功的喜悦需要有人来分享。他们似乎觉得幸福原来离自己如此之近——我们的村庄多少代都没有出过像样的读书人了，这种事居然会降临到我们头上，真是难以置信！出人才了，整个家族的人都觉得脸上有光，因为乡邻议论此事时，会说某某家族的祖坟冒青烟了。

上学前，简单地举行了一个欢送仪式。父亲平时极少为家事做主，这回却破例发话了：一切从简！别惊动太多的亲戚，怕别人破费。按照父亲的意见，把父亲的兄弟，请到家里来小聚了一下。当时大家的境况都不太好，虽然我有两个伯父都曾是黄埔军校出身，年轻时在外也见过些世面，但生活的重负把他们压得没有兴致谈秦皇汉武。小酌几杯自家酿的土酒之后，偶尔所谈的话题，无非是我能有今天是赶上了好政策和祖上积了德啊！父亲高兴地附和着。

吃完饭后，长辈们纷纷从自己的口袋里，每人摸出了两元、三元、五元不等，皱巴巴的、充满泥污甚至血渍的人民币。这点钱对他们来说，来得真不容易。我见他们哆嗦着把钱交到母亲手上时，心里感觉酸溜溜的，似乎摆了个鸿门宴。

第二天一大早，母亲和大哥便送我去镇上等候开往县城的客车。大哥替我担着行李往前走，几乎一言不发，但是从他轻松快捷的步履中，可以看出其内心的快乐。到集镇时，一个远房亲戚不知如何得到了消息，只见他卷着裤腿、打着赤脚，嘴上叼着一根旱烟，神色匆匆地赶过来了。一见着我，便拉住我的手，寒暄了几句祝贺之类的话后，他硬塞给我两元钱，说是在路上买点零食吃。当然这是个由头，实则是为了表达一种人情。中国乡村社会几千年演变而来的人情世故，是西方社会难以理解的。我们除了延传、认同、发展，没有其他方式可以回避。不过也好，算是在贫穷的境况下，多出一点爱心，让人渡过难关。这份情，回想起来至今仍让我感动。多了两元钱，心里就多了一份踏实感。在苦水中泡大的孩子哪舍得随便花钱买零食呢，除非饿得实在不行了。

车到县城时，与被同一所学校录取的同学会合，当晚在县城住了一个晚上。由于他所寄居的哥哥家住不下，他哥便安排我与其同事搭铺。我一到对方家，无话可说，上床便侧身而睡。我想尽量不挤占属于别人的空间。因为，谁都不愿意让一个陌生人同自己窝一张床，除非你是一个貌美如花的异性。我内心充满着惶恐和歉疚，便小心翼翼地尽量不接触他的肢体，以免互相排斥。在忐忑不安中还没有缓过神来，对方便问我有没有洗脚，言语间显然充满了敌意与嫌弃。受了这种委屈，我内心显得更加不快了，再次感受到寄人篱下的辛酸。当时很想爬起来找间旅社去住，但是考虑夜已深，尤其是舍不得花那几块钱，只能咽下这口气装睡。真是人穷志短啊！

第二天起来时，我把当晚的遭际同他哥讲了，他哥便把其弟批评了一通，说没有把我招呼好、待客之道不周之类，我一笑了之。

早餐之后，我们便出发了。同学的大哥，由于其父去世较早，所以便充当了父亲的角色，自己弟弟考上了，心里别提有多高兴。他是县某公司的司机，经常去长沙运货。此时出差，也算用心，可以公私兼顾。搭顺风车到长沙，离岳阳不远了，又省了一段路费钱，真叫人高兴啊！同学的大哥当汽车兵造就的性格，一路上把大卡车开得似乎要飞起来，见车就超，仿佛见谁就要灭谁一样。车头还坐着公司其他的员工，我们俩只好坐在无篷盖的车厢中。

秋天的风，把头发往后吹得嗞嗞作响。沿途田野中迎风起伏的稻浪在泛着金波，此刻才真正体会到“喜看稻菽千重浪”的欢欣。远天起伏的山峦，五彩缤纷的霜叶在风中招摇，尽情地展示着秋天迷人的魅力。一条通往都市的大道，在我们面前不断延伸着。

我们在轰轰疾驰的车上，说说笑笑，内心惬意极了，对未来开始了五彩斑斓的憧憬。在美好的遐思中，飞驰的卡车突然来了个急刹，我的鼻子没有任何缓冲地撞在了汽车金属栏杆上，痛极了！一度感觉双眼冒金星。我以为鼻子被撞歪了，用手摸了一下，还好。不过，我感觉兆头不太好，求学之路或是毕业之后的命运可能会比较坎坷！

在毕业前的那个星期，学校广播电台所放的基本上是些“虽然我们已是天各一方”之类的绵绵情歌。对一个涉世不广、涉情不深的青年学子来说，离别不是快乐，而是一种曲终人散的愁绪。

毕业前夕，虽匆忙但有条不紊，我没有陷入惆怅之中。因为，在男欢女爱的情路上，仍是一片空白，没有什么需要割舍。在整理行囊的日子里，我首先把穿了两三年、让学校旁边的老太太补了好几回、垫上钢板、钉上铁钉、日渐沉重的皮鞋扔了。藏在皮鞋中那个不时冒出来，把我的脚刺痛得红肿，被打磨得卷曲而发光的钉子，也要和我说一声再见了；把从学校借来的伴随了两年多的二胡，恋恋不舍地还了；给班上的每一位同学都写上了富有哲理、饱含真情的留言，以示留念。觉得此生读个师专或许就到头了，所以，得注重毕业的仪式感。

当然，也有些青春年华不成熟的戏谑。其中，给同班一同学的留言，就有点调侃而不尊重别人。后来那本纪念册，转到别的同学手中留言时，发现我所写的那页被撕掉了。虽有些耿耿于怀，但同时觉得这种恶作剧已对别人造成了伤害，便深感内疚。散伙了，干吗还要去开那种没心没肺的玩笑呢？真是年少不懂事啊！将来还有多少次见面的机会呢？因为我们所读的学校，决定了此去的人生基本上只能在方寸的小舞台上，让生命之河波澜不惊地流淌着。

何时再相逢，真是一个遥不可及的话题。因此，临别的时候，我得与每个人打声招呼、道声珍重。关系好的叫一声兄弟，发达了别忘了咱们。关系一般或者不咋地，也要有个应付式的了断。因为，我们毕竟都年轻，无论做错了什么，都是一种幸福的回忆。然而，由于急于回去工作，就顾不了这些仪式，不能不说是人生历程中的一件憾事。三年师专生活对于一个农家子弟来说，虽没有彻底地脱胎换骨，但总算迈出了离开乡村的第一步。

追忆草样年华的一幕幕往事，心头还是暖暖的——在师专的日子里，我有过许多青春的理想或激情，也在朦胧与青涩中渴望过爱情。那时候，有点想成为一个文学青年。因为在那个崇拜诗歌的时代，如果是诗人，就很容易抱得美人归。当时，汪国真的诗红极一时，许多热恋中的年轻人，都会吟诵几句，以博得对方的好感。于是，我也付出了些许努力。为了寻找灵感，喜欢独自漫步，去得最多的便是南湖边上的三眼古桥。这座建于宋庆历年间的石拱桥，位于岳阳市区东郊，横跨南湖大堤，任凭风吹浪打，像泰山般安然地立在湖中。仿佛是湖中的一位处子，它不断地唤起我对历史莫名的向往。

每当太阳升起的时候，我怀着憧憬，总是如期而来——看晨曦中被露珠沐浴过的野草，看湖边被晨风吹拂而轻轻摇曳的金柳；每当夕阳归去的时候，漫步长堤，看横穿孔桥的斜阳，看远处烟波浩渺、青葱黛绿的湖光山色。当湖上突然出现翻飞着的白鹭时，我心中的希望随之而起；当湖上飘着的扁舟蓦然隐去时，我的心也被风吹凉了。一个年轻的学子，不知为何会如此多愁善感。

在三眼桥头，作为一个来自社会底层的农家子弟，总想着有一天能出人头地。于是，在不成熟的年龄阶段，不断地思考着康德、叔本华、黑格尔等这些哲学巨人，我也如哲人般在桥头踱步，思考着“人的自主”“自主的人”这些自认为高深玄奥的哲学命题，隐隐悟出了人永远只能在“人的自主”与“自主的人”之间苦苦求索，永远摆脱不了这一宿命。有时狂妄地在心底呼喊：“给我一个支点吧，我要把地球翻转过来！”

为了使早春的人生过得充实，去学校后边的那片林子寻梦成了我的精神归依。南湖边上的风景林在早春的细雨中，长得青翠怡人。多年后，在蛰居城市的孤独里，我特别思念那片树林，就像思念远方的一位初恋情人。那时候我经常去那片林子健身，非常渴望通过自学练就一身少林功夫，以便走上社会混江湖时底气足些。于是，我从微薄的生活费中省出点钱，买来了《少林醉拳》之类的读物，细细地研读，一招一式地揣摩。不断地用手掌击树，把手掌拍打得冒出了一层厚厚的茧，希望能练出铁砂掌。乃至如今，一些好友握着我肥厚的手掌时，便调侃着说是招财手，其实就是当年习武的结果。然后，给我矮小的身材增加一些自信。练久了，还真有些想找人切磋的冲动。

有一天，我见学校周边的村民想偷走学校林子里的两根竹子，本想与他过招，后来发现这小偷，躲躲闪闪，有所顾忌，想着自身小时候的艰难，意识到农人的艰辛，于是放弃了对他的干扰，让他顺利地把竹子砍走。

练得累的时候，便会躺在林子里，读着各种名著。在春潮涌动的日子里，我也有过许多关于情与爱的相思和向往。经常幻想着古典小说里那些白花仙子之类的可人儿，在不经意间翩然而下，与我在这片林子里幽会。当然这一幕不会出现，可是这种海市蜃楼般的幻想，给我早春的人生和对异性的朦胧渴求，注入了无穷的力量和勇气！咀嚼起来甘之如饴！

但是我的理想，在现实面前难以放飞。因为自从进师专的那一天起，命运就被规制定格了：做“人类灵魂的工程师”——从哪里来，到哪里去！这一说辞，初看有点像哲学命题，实则很简单——中学老师的命运在向我们招手。想在应届通过考研改变命运已被禁止，即专科毕业不能直接报考；另外想改行就得有个做大官的父亲。还好生活费不用操心，政府全包了。一个月二十三元五角，若不是大吃大喝，不去卡拉OK，不去泡妞，还是勉强够了。

无法改变命运，就得认命。于是，我便围绕做一个合格的中学教师，注意培养自身的综合素质。听课是在得过且过中进行的，多少还是学了点东西。但还是有些不尽如人意，因为师专的师资不像北大等名校，大师云集。这里有不少教师，被打成“右派”后，刚落实完政策，才重新安排上岗，在乡村的田野中蜗居久了，似乎还没有去掉泥土的芬芳，未经过回炉，便匆匆上阵了。怎么着都被耽搁了，所以上课时，他们有关来自田野的知识还是比较丰富，诸如讲母猪是如何生崽的、母猪生崽后胀鼓鼓的奶头有多少个，狗拉尿采取何种姿势等乡村野趣，讲得绘声绘色、头头是道，经常把大家逗得哄堂大笑。课堂气氛真好，但笑完之后大脑一片空白。

当然，也有些高手。涉及高深的理论时，旁征博引，口若悬河，讲得让人有一种云遮雾罩的感觉，仿佛进入宇宙黑洞般。由于年轻，听课时间长了容易饿，所以，最怕老师拖堂。一旦下课铃响了，若喋喋不休地讲那些不着边际、无趣乏味的东西，坐在教室后面的人，就会暗中敲桌子，以示提醒。还好苏格拉底的“认识你自己”、萨特的“英雄是自己的英雄、懦夫是自己的懦夫”诸如此类的名言，就是那个时候在一知半解中记住的，对此后的人生旅程多少有些裨益。

贫穷的家世、五短的身材、理想的困顿，用现代网络语言来说，就是集“矮穷矬”于一身，由此造成的自卑，使得爱的种子从来就没有在我身上播撒过。那时，还没有确立自己的审美标准，对情爱几乎一无所知。记得刚入校不久，与一批朋友同游君山，在瞻仰写着“君妃二魄芳千古，山竹诸斑泪一人”的“舜帝二妃之墓”前，其中一位长着黑眼睛、黑头发、黑皮肤的姑娘，向我抛了一个媚眼，与我多说了几句话，弄得我便有些心猿意马，似乎爱情要悄悄降临般。还好，由于没有涉足爱河，不知道爱情是啥滋味，所以没有在心底泛起任何情感的涟漪。

当然我熟悉的圈子中也有几个长得好看点的，用我们乡下话来说有点水色的，周末，偶尔会叫她们来帮忙洗一下被子，然后去买点花生、瓜子什么的取悦于她们。这当然是个由头，在那青涩年代，对异性有着天然的亲近与冲动。当好看的女人出现在身边时，便想与她们搭讪，但又不知如何开口，只好痴痴地挠头。哪有《红与黑》中的于连那般大胆、老练呢？在极度的自卑中渴求，在渴求中还是缺乏自信。曾经有位女同学送了我一张电影票，但没有相约一块去看，让我失魂般地琢磨了好些日子。有时候，在图书馆看书，突然发现对面的女孩在偷偷地看着我，抬头两眼相视，感觉怪不好意思，但会让我甜蜜地回味良久。虽然尝试过与女人接触，但始终没有产生任何情感发酵效应。

找不到喜欢我的女人，只好通过暗恋来解闷。我还真暗恋过几个女孩：那个普通话讲得很纯正的像是北方妞的图书管理员，每次找机会借书时，心都在战栗、头几乎抬不起来，我想若无其事地同她正常交流，可我的舌头却完全不听使唤，瞠目结舌、傻得可爱。我甚至还暗恋过学校周边一卫生所的医生，她有着姣好的面容、飘飘的长发、汪汪的眼睛、白皙的皮肤、高挑而柔软的身材、温柔而甜润的声音，身上雪花膏所散发的香味，让我感觉很舒畅，当她不断地变换着姿势为我诊断时，不经意间用身体的某个部位触碰着我肌体的任何一个部位时，都会涌现出一种情不自禁的悸动！随后，我努力控制着呼吸，想多制造一些机会，又不着痕迹地与她的身体进行合法接触。对于一个年轻的正在躁动中的生命体，这种诱惑而产生的快感真是无与伦比！我忘情地想入非非，要是能与她进行深度接触，那该是一件多么幸福而美妙的事情啊！我幻想着假若能有出息，我就会克服自卑，大胆地去追她。

于是，我内心经常莫名其妙地变得不安起来，上课也经常为此而走神，睡觉时经常把她当作性幻想的对象。因此，我增加了去医院晃悠的频次，偶尔远远地见她一次，内心就会澎湃着、躁动着。我内心幻想过多种方式，看能否约她见一次，以诉衷肠。但由于身世带来的自卑，直到毕业都未付诸任何行动。“所谓伊人，在水一方”的浪漫情怀，始终没有在我早春的人生中出现过。我伤神的暗恋就这样随风而逝了！花还没开，就凋谢了！我的爱情鸟压根儿没有出现过就飞走了！

在如歌的岁月里，自身没有爱，便用爱来捉弄别人。晚上我们经常在上床入睡前，评判学校或是班上的女人。由于在读的同学，大多数来自贫困的乡村，因此见着冰清玉洁、鹤立鸡群的美人儿，便会在品头论足中回味良久，然后便思忖着，这辈子若能找一个如此俊俏的媳妇该有多好啊！

而对于那些长得与审美标准有点偏差的女孩，就会移花接木编派给同室那个看似憨厚的兄弟，然后大家把火力集中，进行生动的细节白描——“杰克兄啊，今天我发现阿花姑娘，在上课的时候，经常用眼睛偷偷地瞟你呢，好传神！”“还有啊，当她瞟你的时候，还要把头发往后轻轻地一撩，美呆了！这种感觉千年等一回，杰克兄，抓紧啊，千万别错过！你不上，我上了！”杰克兄急忙辩解着：“谁喜欢，谁上！别往我身上扯！”但是，整个寝室六七张嘴全向他开火的时候，睡在上铺的杰克兄感到势单力孤、招架不住，于是就用被子把整个头蒙起来，变得沉默了。鲁迅先生说过：“不在沉默中爆发，就在沉默中灭亡！”以前还真体会不到，我们也暂时跟着沉默了。没过多久，杰克兄大喝一声：“我去你妈妈的！”接着猛然间拿一瓶墨水从床上砸了下来！在静夜中，这种声音很有震撼力，可把我们吓坏了。我们真担心杰克兄会变成一头野猪或是猛狮，在狂怒中找人拼命。于是大家变得更加沉默了，谁都不想做出头鸟。在被子里捂了一会儿之后，觉得里面的空气也不太好，突然有人在被窝中放了一个响屁，引得大家哄堂大笑。气氛缓和之后，大家又把话题巧妙地绕道再次转到了杰克兄身上。在众人的奚落声中，杰克兄无可奈何地保持着长久的沉默。他懒得理我们，于是大家只好在无趣中大睡。

事情到此并没有结束，恶作剧还在后头，人憨往往易被人欺。几天后，被指对杰克兄有点意思的那位女生，还真找上门来了——还书给他。当时杰克兄不在，于是本室有好事者炮制了一张便条，用铅笔歪歪斜斜地写道：“今晚八点，老地方不见不散哦！”再把纸条夹在所还的书中。随后，我们都装作若无其事地在寝室中各自忙着。不一会儿，杰克兄回来了。他看到了那本书，看到了那张便条。看完之后，很快便把条子偷偷地塞进了口袋。我们都在不经意间观察，然后大家会意地交换着眼神。只见杰克兄开始梳头发、打摩丝、擦皮鞋，这一系列动作完成之后，便气宇轩昂地哼着小曲出发了。

我们一群人也尾随而去。杰克兄在那片林子望了望，然后把双手插进了裤兜里，像香港影视片中耍酷的演员，开始在那片林子里徘徊着、徘徊着，半个小时过去了、一个小时过去了，心中的人儿一直没有出现。我们终于忍不住了，一哄而散，跑回寝室抱在一起狂笑不已。

夜深了，杰克兄垂头丧气地回来了。看到他那气呼呼的样子，我们忍俊不禁，担心杰克兄看出破绽后，气极拿刀来拼命。真的，捉弄杰克兄是课余生活中一件开心事。屡被戏弄，杰克兄闷闷不乐，感觉孤独而无助，我们便觉得他有些可怜。同时，他老不吭声，不屑与我们为伍，我们也感觉少了许多乐趣。

过了些日子，等杰克兄心情好了，哼小曲了，于是有人又会主动与之搭讪："杰克兄，杀一盘！"杰克兄怯怯地答："来吧！"于是，不管谁与他对弈，都会主动让他几个"车""马""炮"什么的，然后大家围在一起观战，先是沉默、屏住呼吸，等杰克兄不小心一个"车"被对方吃掉，杰克兄满脸涨得通红，想悔一步，对方不同意，大家就会起哄，弄得杰克兄只好作罢。总之，每个人都以赢杰克兄为乐事。

冬天来了，洞庭湖的北风没心没肺地把窗子吹得啪啪作响。我们躺在床上经常饿得睡不着，于是只要有人提议，几个同党，便会跑到校外奇家岭斜坡上所开的一家小店吃油渣炒饭。黑乎乎的饭店，常年油烟弥漫，门口不断地流淌着充满油渍的污水，但是其招牌出品实在是太诱人。六毛钱一大盘的油渣饭加进大蒜后，实在香得叫人恨不得一口就吞下去。人在饥饿状态下，哪顾得上什么叫不健康食品呢？吃完之后，自摸着圆而鼓胀的肚皮，便心满意足地归寝了。

睡在床上后，大家还意犹未尽地对油渣饭用文学的语言进行生动的描绘，弄得杰克兄心里痒痒的。但他囊中羞涩，经常是寅吃卯粮，于是支支吾吾地问我们："用饭票可以吗？"大家齐声说道："当然可以。"于是杰克兄不顾严寒，披起衣服就兴冲冲地往饭店跑，没过多久又骂骂咧咧地回来了。原来饭票不可以，于是我们又哄笑起来。

老逗人玩，既不道德，也影响关系。于是，为了寻找寄托，我参加了学校的二胡培训班，跟学校的一位专业老师操练。那时的二胡老师不知道究竟图个啥，每星期利用业余时间给我们上两次课，不收学费，真有奉献精神。他每次拉二胡时，边拉边甩头发的动作，简直酷毙了！老师忘情地投入，深深地诱发了我的学习兴趣。小时候走亲戚时，我家有几个亲戚都会拉几曲。记得我一表哥在洞房花烛夜的即兴表演，给我留下了深刻印象。虽把弦拉得歪歪斜斜的，嘴巴鼻子随之歪歪扭扭的，动作不咋规范，但也觉得好听。所以，便潜移默化地受到了影响，遇上了如此好的机会，得珍惜啊。我想若真能拉一手好二胡，或许会吸引怀春少女对我的关注。

于是，我便开始勤学苦练了。初学时，拉得不成曲调，像杀猪般嘶叫，招人嫌，便只好躲在公共洗漱间苦练基本功。洗漱间和公厕浑然一体，气味杂陈，味道虽难闻，但有着天然音响的效果。慢慢地拉得渐成曲调了，自我感觉有些悦耳了，便显摆着坐在走廊上拉，还真吸引了一些粉丝。尤其是当有女同学来男生宿舍串门时，拉得更起劲了。我们也模仿着老师的样，随着音乐的节奏，不断地摇头晃脑，把头发往后使劲地甩。随着技艺的长进，我们十几个人在老师的引领下，拉得越来越好听了。悠扬的旋律、激昂的节奏，真让人如痴如醉！以至，我们曾组队代表系里，参加过学校的元旦文艺汇演，还弄到了一小本本以示留念。

当然，让我坚持不懈的另一个原因，是这帮人里面有一个文静标致的姑娘。她几乎不说话，但每堂课都学得很认真。对我而言，她充满着神秘感。她的加盟使我隐隐有了某些不安的想法，但练了一年多，到散伙时，都不知道其姓氏名谁。当年，微信还未出现，主动与人搭讪不像现在这样老到。回想起来，那时候真胆小啊！不过，好在没有成就佳缘，否则整天在家琴瑟相调，饭都没有人做呢。

闲暇之余静思，觉得娱乐太多太厉害了，也不行。担心三年过去了，腹中空空，将来出去不好混，便潜下心来，还是想读点书。于是，便尝试着去图书馆泡泡。去多了，形成习惯后，隔天不去，反而六神无主，以至于有一次把借书证弄丢了，我难过了好几天。在图书馆，我如饥似渴地读一些在国内知名度较高的文学刊物，如果遇到一些佳句，便把它们认真记下来，以供写作模仿之用。

有了一定的文学素养之后，我也把自己扮得像个文学青年似的，兴之所至便胡诌几句，软软的、酸酸的、无病呻吟似的，现在读来，仍感羞愧不已。不过，那如歌逝水的年华，有诗作陪的日子快乐着呢。

当年所写的一些诗，现在读来仍然感到有着丝丝的温情。其中，有感于身世曾写下了《穷人》：冰冷的裤带勒紧我瘦弱的躯壳，任凭风雪肆无忌惮——我仍挂一件单衫 / 饥寒交迫，我把眼泪悄悄地掩埋 / 归乡的路，挎包托着心的负荷，伴着我默默地走过 / 小屋的木门被风抽打着，往日娇气的小弟忧郁地倚在门前，听凭狂风把枯枝抖落、把残叶卷过 / 黯淡的眼神示意病中的阿妈已然睡去 / 这昏暗的天、这黑而孤寂的小屋，从窗外扑来的风，使我和小弟同时打了个哆嗦 / 炉火的光也渐渐地淡下去了，早出担煤的阿爸还没有回来，风雪中仿佛移动着蹒跚的步履 / 回首翘望，漫长的等待，换来的是小弟的孤苦、我的落寞。毕业前夕曾写下无题诗：狼吞虎咽，腹中依然空空——饥饿，不能怪馒头里没有营养、排骨中没有醇汁 / 三年啊——吞进去的馒头从未细嚼，啃进去的排骨何曾品味 / 忍着饥饿去吧 / 明天的早餐得咀嚼的是知识、人生和社会！

为了急于成名，从而引人注目，一度沉迷于写作，尽管没有任何功底，居然斗胆向《光明日报》投出了人生中第一篇稿。那天去邮局的路上，尽管天不是太冷，阳光软绵绵地斜照在我的半边脸上，但我的心、我的双脚都在不由自主地发抖。当我在报刊宣传窗口记下报社的地址时，一口气写坏了三个信封，还是觉得所写的字很别扭。我想若编辑以字取人的话，见着这么难看的字，或许连拆信封的兴致都没有，就会把我的信扔到垃圾桶里。为了不让人知道我投稿的小秘密，非常谨慎地躲到学校邮局的角落里去写，我指望着一举成名天下知。写完地址后，当那个胖子邮递员大声地告知，挂号费为二毛八分钱时，我长长地吁了一口气，终于投出去了，而且内心祈祷着：但愿能发表！后来的结果却是石沉大海。

家境的清贫，使我过早地走上自己挣钱的道路。与我同去的中学同学，由于其父早逝，家境贫寒，学校为资助贫困学生，把为学校全体教职工做煤球、送煤球的业务承包给了他。他自做的同时，也雇工。我便成了他的打工仔。每个星期干一次，弄得全身黑乎乎的，大概可赚到两三块钱。当时挨家挨户去给人送煤球，初始有些不好意思，久而久之便习惯了。凡有进账，必大吃一顿，便会额外加一份平时舍不得吃的红烧肉。学校食堂的红烧肉，里面拌有八角、桂皮、大蒜、老酱油等配料，炒得油汪汪的，好吃极了。三两碗的钵子饭要吃四钵，吃得肚子像青蛙肚似的，沉甸甸的，走路都感觉肚疼，但生活似乎有一种说不出的幸福感。不过，打工赚点小钱，姑且只能解决肚皮的问题，总有一种想赚大钱的冲动。

那时，我们乡下已掀起了冶炼热，家人替我借了三百块做本钱。于是一到周末，我便到读书的那个城市四处寻找医院。因为医院放射科洗 X 光片的水是含银的，买下来，弄回家一经提炼，或许便可赚到钱。于是，一共做了两单业务。第一单去了本市的人民医院，很顺利地找到了有淀银水的放射科。一位四十来岁的中年女性知道我的来意后，很友好地把我拉到一边，轻言细语、神秘兮兮地告诉我，她家藏有我所要的东西。面对这突如其来的热情，的确缺乏经验，于是，我就跟她去了。到她家后，她小心翼翼地把一用报纸包着的黑乎乎的东西拿给我看，说是自己沉淀好的银粉，来了好几拨人看，由于价格谈不拢未卖，见我是学生、面善，出个合适的价就卖给我。

我一阵激动，觉得好事来得太快，有幸福从天而降之感。由于是第一次接触那东西，也不知是真是假，便装模作样地捻了捻，觉得是那么回事，于是经过讨价还价之后，八十块钱成交，相当于一个学期的零花钱。她还告诉我，可不能反悔，以后也不许来找麻烦。其实，做贼心虚的她，或许已在暗示我。但我实在是太幼稚了，拿回去炼后才知道上当了。

初次上当，第二次就更为小心了。跑到洞庭湖君山岛的一家小医院，遇见了我要的含银水，价格谈好之后便成交了。于是按村子里从事这项业务的人事先告知的方法，开始用化学药品沉淀。不知是因含银量太低，还是沉淀药放得太多，就是沉不下去，整一桶水像青蛙产的卵一样，混浊得很。这时候，我开始着急了。上次被骗了，这次又失利，本钱还是借来的，内心既惶恐，又沮丧。无论如何钱已花了，不管里面有没有东西，都得看个究竟。无奈之下，我只好从那家医院找来一口大铁锅和一盆煤火，通宵未睡，终于把一大锅水蒸发了。弄回家去加工，几乎一无所获，花出去的钱又打水漂了。可见，想偷偷地赚点大钱真不容易，后来便只好作罢。

钱没有赚到，女人找不着，学习也提不起兴趣，于是日子过得实在是平庸。几度寒暑，转眼就快毕业了。于是我经常幻想着，要是有一个当大官的父亲就好了，毕业后就可以在城里找份工作，再也不用回乡村了。

想什么，便来什么。正如“墨菲定律”所述的。在毕业前的最后一个学期，虽然没有当大官的父亲，但我生命中的贵人出现了。他是同村的一位婶婶的哥哥，在我家乡的一所地区中专任校长。在我眼里，他似乎就是战国时候平原君式的人物，能攀上这层关系，日后找工作就有了铺垫。

那年春节期间，得知他来走亲戚时，我们全家人兴奋极了——幸福为什么来得如此神速呢？我母亲简直客气得不行，把一年中准备接待客人用的所有好吃的东西都拿出来了——正式用餐前，先煮了一碗放了三个荷包蛋的面条。当时是乡下接待贵客的至尊礼遇，有点像外国元首来访时，放二十一响礼炮的规格。父亲不善于在这种场合周旋，但始终面带羞涩地微笑着，殷勤地倒着茶，全家人都处在兴奋中。然后，为了拉近关系，我言不由衷地按辈分叫起“舅舅”来了。初始有些别扭，多叫几次后也就顺溜了，别人还真以为是我的亲舅呢！他的光临似乎给我吃了一颗定心丸！因为临走时，他用一种成功男人自信的语气告诉我：毕业后就来上班！

于是，整个毕业那个学期，我一直沉浸在喜悦中、荡漾在春风里！城府深得不愿把这个好消息告诉任何人，生怕被别人知道后整出其他幺蛾子来，想到时候给同学们一个意外的惊喜！因此，临近毕业时，我便鼓足勇气给那位舅舅写了一封情真意切的信。

为信的开头如何起笔，我犯了难，究竟是写“亲爱的舅舅”“敬爱的舅舅”“尊敬的舅舅”或是“尊敬的某某校长”。而且，每次与他写信，都感觉不顺，没有经历过事情，也就不知日后隐含着什么。不管“亲爱”还是“敬爱”都有些肉麻，“尊敬的某某”似乎又显得有些公事公办，而我又竭力想和他套近乎，并想说将来若有出息了，一定要好好地报恩。人处在极度的卑微之中，真有点瞧不起自己，觉得自己就像《红与黑》中的于连那样工于心计。心里斗争了好一阵子，情急之下，终于无所顾忌地用了“敬爱的舅舅”。

信发出去之后，在那个资讯还不够发达正在向四个现代化进军的年代，不到两个星期，他就回信了。信中仍是一种成功男人的笔法和语气，他坚定地告诉我：一切都没有问题！毕业后速来！

此刻悬在我心中的那块石头总算落地了。于是，我长长地吁了一口气，心情好得想在短时间内，找一个女人来大胆地谈一场轰轰烈烈的恋爱。以此，来为我短暂的大学时光画上一个圆满的句号。

毕业前的最后一个星期，我把秘密藏在心底，兴致高昂地同关系较好的同学合影留念、互赠物品、饮酒话别。略为遗憾的是，毕业告别午宴的酒，没有喝尽兴。当时，学校还是极具人情味，为我们饯行时，准备了不少啤酒，本想一醉方休，但由于还没有染上喝酒的习性，加之用人单位催得太急，要求我当天下午就得启程。于是象征性地小酌了几杯，我便兴冲冲地坐上了南下的火车。

当时，送行的只有三两个人，除了我的两个兄弟之外，还有一位就是我曾朦胧暗恋过的女孩。我深情款款地凝视着她，怀着“天各一方”的不舍，期待着如果哪一天有出息了，就想办法把她娶回去。走的时候，似乎有一种“风萧萧兮易水寒”英雄出征式的悲壮——带着依恋、载着梦想！

坐着摇摇晃晃负重缓缓前行的绿皮火车，长达十多个小时后，终于第二天一早便从湘北到了湘南重镇郴州。这个被前人描述的“车到郴州止、马到郴州死、人到郴州打摆子”的南方之地，自从宋代秦观留下“郴江幸自绕郴山，为谁流下潇湘去”的佳句之后，名声便好些了。但无论声名如何，作为生于斯者，将来能在该城市安营扎寨，也就心满意足了。

于是，一下火车我便去了称作“舅舅”的贵人家住下来。虽感唐突，但在穷得身无分文的情况下，他们家给了我免费同吃同住的待遇。他贤惠的妻子曾在乡下种过地，随夫进城后，仍不忘初心，识得人间的寒苦，热情地对我说：“家里住得下，你花那个冤枉钱住酒店做什么，只要不嫌弃，我们吃什么你就吃什么。”简短的几句乡土话，听后真让人暖心！这真是一对善良夫妻！

而且，“舅舅”还特意安排人用其黄色吉普车，把我行李中的一部分运到了他所在的学校。这一切表明，进该学校，似乎是板上钉钉的事了，我已然成了他们中的一员。走进校园时，全校所有的职员，只要见了我都会主动示好。可见，那时的人际关系较为单纯，也说明校长在那个小天地里，还是受人尊敬。

更让我感动的是，他一直在打组合拳，想尽快敲定此事。于是，在炎热的酷暑中，中午不休息，也不坐专车，顶着烈日带我去地区教育局找人。一路上，我都在念叨着：这是多么好的一个人！多么好的一个干部啊！等将来有出息了，也得向他学习！在随后的岁月中，当我稍有点出息之后，之所以乐意帮人，或许是当年潜移默化地受到了他们的影响。回想那一幕幕如烟往事，虽然事终未成，直到现在我都心存感恩。那时，受到了如此的厚爱，感觉幸福极了！仿佛进入了“忽如一夜春风来，千树万树梨花开”的人间盛景。

幸福的时光，往往是短暂的，正如《百万英镑》中的主人公一样。在高兴中等待了半个月之后，分配前的一天下午，我去市教育局毕业生分配办打探消息。教育局的一位年轻时尚女郎，个子不太高，皮肤有些微黑，脸蛋有几分俏丽，声音比较好听，似乎是练过声的那种，如果她愿意我也愿意娶她做老婆的那类人，偷偷地亲切而友好地告诉我，明天一大早来拿派遣单，说是某某校长点名要我，教育局已研究通过。如此好的消息提前由美人告知，真是喜不自胜！

即刻便展开了想象的翅膀，开始了未来人生之路的畅想：我终于从一个乡村农民的儿子，变成了一个可以骑着单车、穿着干净而又流行的服装的城市青年了；可以娶城里老婆了；可以比较体面地回到乡下去显摆了，然后不时接我的父母来城里走走——因为往昔母亲每次拿钱给我缴学费时就曾唠叨着，这辈子要是能够清闲自在地在城里住上几天，死也值了；可以八面玲珑地去讨好一些权贵，说不定还可以飞黄腾达呢，这样也可以实现我已故爷爷所希望的“要是后辈有人去朝中做官就好了”的遗愿了。总之，我内心充满着种种既有些罗曼蒂克又有些堂吉诃德式的幻想。

在兴奋中辗转反侧地度过了一个不眠之夜后，第二天一大早便把发型做了精致的修理，然后哼着歌儿去教育局领那张决定我一生命运的派遣单。

走到教育局门口时，感觉气氛有些异样。果然，走进分配办以后，昨天见着还让我有点想法的女人，却见不到她那张和颜悦色的脸了。她冷冰冰直言不讳地告诉我，分配方案有变，回去等消息吧。听后，犹如心头被浇了一盆冷水，初涉人世，让我感到了权力的深不可测，但无力改变。潜意识中，隐隐感觉大事不好，我便开始有些灰心了。两天之后，分配方案终于公布了，我被无情地打回原籍。得此消息，犹如晴天霹雳，半个月的等待，空欢喜一场。回原籍之前，我沮丧而又幻想着“舅舅”能否力挽狂澜。他有些为难地去问了一下情况，便放弃了。我知道此时让他为我去做什么都有些牵强。况且，他已非常用心了。我毫无怨言，只好认命！

陡然间强烈地涌现出身世卑微、命途多舛的酸楚感。当我把行李从那所学校，再一次用其吉普车拖出来的时候，内心酸溜溜的！想在城市栖息的愿望已然成空，想娶城市姑娘做老婆的臆想成为泡影，十几年的奋斗换来的是如此结局——让我初尝了寒门子弟要出人头地真比登天还难的滋味！还好，在乡村经历过太多的磨难，这种挫折算得了什么呢？不过我还得感激“舅舅”，他慢条斯理地给了我临别赠言：“有出息的人在哪里都会有出息！是金子总会发光！”这句话影响了我此后的人生。

当我极其失望地离开那个朝思暮想、唾手可得的城市时，便发誓：一定要回来！

派回原籍时，“舅舅”还是例行公事地替我给本县教育部门的相关负责人写了一封推荐信，说与之有些交情，说不定会帮我。经过一次挫折之后，我再也没有以前那般盲目自信了。不过，我还得努力，进不了州城，进小县城也未尝不可。

当我心怀忐忑地揣着推荐信，冒着夏日的炎热，提着沉甸甸的、圆滚滚的、鲜嫩的大西瓜去教育局某官员家登门拜访时，已是大汗淋漓，不断地用手擦拭着从额头上渗到眼睛的汗水。领导夫人见惯了世面，应付我这种小人物还是游刃有余。她倒了杯水给我喝之后，礼貌性地告诉我，老孙不在家。话音未落，卧室里便传来了老孙接电话的声音。估计是某位官员打来的，老孙谦和地、毕恭毕敬地在卧室里应承着。谎言立马不攻自破，老孙的太太似乎觉得有些不好意思地说着："我还以为我们家老孙出去上班了呢，还没有走啊。"我感觉被忽悠了，作为不速之客，有些局促。没有坐几分钟，木讷地表达来意之后，很快便离开了。

随后，我又怀着无助的心情，同样地提着另一个大西瓜去找乡党——一位主管教育的科层官员。那时候还没有出来混过，总觉得他有至高无上的权力，需要仰视。后来，当我混得人模人样时，才知道，那种层级的官员，实在是人微言轻啊。求他办事，真有些为难他了。当时，我有求于他，因此表现得非常恭谦。只见他跷起二郎腿，打了几句官腔之后，顾左右而言他就把我打发了！真是高效干脆！意思是找他的人太多了，这个忙帮不了。以前，我有些爱钻牛角尖，暗恨他为什么不帮我。出来混的时间长了才知道，凭什么叫别人帮呢？可是，当年我哪有这种境界？随后，我便死心了：决定什么人都不找了，听天由命吧！

六

在山中与神仙做伴的日子里，山茶花悄无声息地绽放着。蛰伏于此、长路漫漫，却是我人生远航的原点

于是，在那个骄阳似火的七月，太阳充分展示着蓬勃热情的季节，我来到了石溪河边的那所中学。

本应早一天到，但出发前的那天下午，因客车司机停车与乘客打架，耽误了好些时间，一直吵到夕阳西下。第一次去一个新地方，方向都摸不清，就遇到这种情形，便感觉兆头不好，于是我只好折回县城。凡是从乡村中出来的孩子，经历过苦楚之后，尤其迷信。一旦遇到一点小事，便会浮想联翩。

为了有个好彩头，第二天一大早我便重新从县城出发了。汽车十分钟左右便出了县城，随后摇摇晃晃地拐进了一条逼仄逶迤、铺满沙子的山路，像老牛喘气般负重前行着。两边绵延起伏的山峦，属典型的喀斯特地貌，岩石上布满了松树、灌木和野花，尤以红杜鹃居多。山脚下，一条小溪绕山汩汩而去。车随山转，蜿蜒而去的群山中，偶尔能见着岩洞。昏暗的岩洞里，微弱的桐油灯旁，供着神灵。幽幽孤灯，不见人影。已是仲夏了，沿路上一种有别于蟋蟀的虫子，在无节制地像死了亲人般干嚎着。

山风不时来袭，为没有空调的车送来阵阵凉意，同时也带来了飞沙走石，坐在车上的人几乎都被弄得蓬头垢面。山路遥遥，不知何时能达目的地，也无心情去问人。

同车的大部分是农民兄弟们，三三两两地用他们的话语体系大声喧哗着，肆无忌惮地往车窗外吐着口水，全然不顾旁人的感受。从他们爽朗的笑声中，感觉到他们乐意融融，显然没有为每日三餐而犯愁。

我是在这个群体中长大的，他们的一切所为，对我而言，已是见怪不怪，习以为常了。但是经过多年的教育熏陶，我却感觉与这个群体渐行渐远了。此刻，陡然间一种空前的孤独与无奈感在周身弥漫着。既无心思赏景，也顾不得风沙染身，默然地想着今后的命运和出路——好不容易离开乡村，在小城读了几年书，以为是城里人了，现在又折回到比故乡更偏远的山里来了。个中滋味，只有自知。

在颠簸与困乏中，终于到了学校所属的镇上。此刻，正午的太阳火辣辣地烤着我的脸，不见风影。当我孤身一人把七件行李，从公共汽车的顶棚架上卸下来时，浑身湿透了。我有点迷信地望着那七件东西——“七”者、“出”也，心里充满着玄想。刚停下不久，提前被告知的一位家在当地的同学，准备了两担箩筐，正向我走来。

下车后，我们快速地把行李装好，然后直奔目的地。我的行李虽很简单，但是那些笨重的书还是压得我喘不过气来。在火热的阳光下，我俩铆足了劲，挑着重担在凹凸不平、软绵绵的田埂道上移行着。没过多久，肩被压得像板结的黄土般难受，脚步更沉重了，呼吸也变得更急促了，感觉到地球的引力实在太厉害。

我不断地用湿透了的衣裳，擦拭着额头上的汗水，人几乎要虚脱了。这时候我真正认识到了社会分工的重要。车站离我要去的学校约三公里，这点东西要是大哥在，简直就是小菜一碟。可惜我有些好强，加之大哥成家了，家里一大堆事等着他去忙乎，于是只好自己扛。走不了几步，便要歇一会，还好道路两边，那起伏的稻浪泛起的金波，在微风中欢快地招摇着，这熟悉的场景所唤起的少时劳作的印记，使我暂时忘却了迷茫与劳苦。

走了半个多小时，我有些累了，不小心脚一崴，所挑的行李的一头掉到水里去了。泥水把我的书弄湿了，也把我的心弄湿了。我冒出了一种强烈的预感：这将是我必须经受炼狱之苦的地方！在潮湿的心境中，终于把行囊挑到了落脚的地方。

进入没有围墙、没有校门的学校时，没有鲜花、没有掌声。

我似乎成了地下工作者，需要通过暗语与人接触。估计一时半会没人出现，我便只好站在学校操场边的古树下，先休息片刻再说。此刻，我强烈地意识到，若有伊人相送该有多好啊！可惜，在那个激情燃烧的岁月里，我的情感世界是一片没有森林、没有花草的空白。随后回想，反而是一件值得庆幸的事情，否则若过早地被婚姻和家庭所累，或许就没有今日在南方的天空悠然地看云彩了，更谈何诗与远方呢？由此想来，仿佛觉得自己是船沉大海后的幸存者，当时凄楚、现属幸运！

经过短暂的遐思之后，一个中年男人出现了，他自我介绍，说是学校的总务主任，简单地寒暄后，便领我进了早已安排好的房间。我所住的地方是学校入口右侧的一栋两层的筒子楼，外墙是红砖砌成的，内墙是泥砖垒成的。在斑驳的外墙上，不时有泥块掉下来，不过“大干快上”之类的红色标语仍依稀可见。学校旁边的村民茅厕的泥巴墙上，同样涂写着此类标语。

进入二楼所住的房间，约八平方米。布满尘埃的坑坑洼洼的木地板上，到处散落着书、纸等废弃物，可能是原来的主人离开时留下的。那些被调走或搬走的人，不打扫卫生，似乎成了一种习惯。

学校每到假期结束时，都有人调进调出。凡是有点背景的，混个一年半载，都会找门路调到条件好些的地方去。所以，条件不太好的房子留给新来的，便成了惯例。我刚来，不可能立马就走，但有了这种心理暗示后，就得考虑究竟准备在这儿干多久。

环顾房间，除了放一张单身木床、一个放脸盆的木架、一张书桌、一个书架之外，就没有打太极的空间。到了夜晚，依稀可见楼下渗出的丝丝灯光。真好玩——楼上楼下的灯光可以互用，楼上楼下的声音也可以没有障碍地传递。所以，楼下的人想“娱乐”的话，就得小心了，女人还得作出牺牲，即使感到非常“HAPPY”，也得把幸福的快感压在心田。否则叫床声、呻吟声，渗透力、感染力极强，容易让人产生一种分享的快感与冲动。

还好下面住着的是一位四十开外的搞后勤的中年汉子。由于近水楼台先得月的缘故，该汉子随时都可以给自己开小灶，想吃啥就炒啥，有好菜自然少不了喝两盅，因此整天把自己的脸喝得像个猴子屁股似的。由于长期受酒精刺激的缘故，加之其家就住在附近，所以除了偶尔和他的同党讲点山野中“娘卖瓜”之类的粗俗俚语之外，“娱乐”之类的事情，他很少在楼下进行。即便要干活，都是在关了灯、控制声音的情况下进行的，因为他知道如果把我吵得难受的话，我就会在上面不时通过跺脚来收拾他。还好，我们相处得还算和谐。楼下的声音听不到，可左邻右舍调情撒娇的声音却很刺耳，我只好姑且当作闲暇时光的娱乐。

躺在床上再次环顾四周，房间虽有些旧了，墙还是用石灰刷过的。虽然刷得凹凸不平，墙上布满了眼屎般大小的颗粒，但发黄的墙壁，像一张收藏已久的古画，使整个墙面充满了沧桑感。靠床的那面墙，既记了一些数字，又涂写了一首打油诗，使得整个墙面有些刺眼。我心高气傲地想着，反正此地不是久留处，管他呢。

老鼠们像友好的邻居，不时来房间自由地走动一下，看看有什么可以吃的，实在没有啥吃的，也不久留，拉泡尿或是屎便走了。当然，无聊时我们会把老鼠弄来吃。

一天晚上，隔壁的一位同事叫我去他房间吃夜宵。一碗香喷喷的东西摆在课桌上，我问是何物，他稍为迟疑了一下，然后便略显神秘地告诉我：鸽子肉。我完全放松了警惕，兴致高昂地大快朵颐，味道鲜美极了！两人吃得快见碗底了，劣质土酒也喝得差不多了，那位仁兄才慢条斯理地告知：老鼠肉。之后，我直想吐，感觉恶心极了。虽然这哥们让我上了一次当，但从此以后，邻里之间的关系就变得更为融洽了。

经年在外漂泊，不管住房条件如何，总算有了个人的空间，能自主地生活。寄居其间，心灵暂时可以得到安放，若是有个女人来恋一下，也有栖身之所，不由得乐以忘忧地感叹：生活还好！

学校的主体建筑，为坐落在正中央的行政楼。它是一栋两层楼的暗灰色的建筑，一楼用青砖、二楼用土砖砌成，是当地一座祠堂改建的，土改时被政府无偿征用。下面住着两户人家，上面供校长和行政人员办公用。走在二楼的木板上，整个楼板有一种晃悠悠的感觉，严格来说是一栋危房，所以楼上不能容纳太多人，尤其是在上面跳当年流行的迪斯科那决然不行，因为随时有可能坍塌。

办公楼后面的另外一栋也是由祠堂改建的，上面住着部分青年老师、部分带家眷的教职工，下面住着学生。学校入口的左侧，是一栋红砖钢筋水泥结构的三层教学楼，每层也设有两间教师住房。其他建筑则是分布在办公楼左、右侧后面的土砖别墅，像西北高原的土围子，每两间住一户人家。学校的教职工约五六十人。到这里来的工作人员，大抵由以下几部分构成：一部分是老家在当地的“半边户”，他们课余常要溜回家干点农活；一部分是工农兵学员出身的教师；一部分是和上面没有任何关系，被分配而来随时准备开溜的青年教师；剩下的便是挨了处分的人员。

于是，我没有选择地蛰伏下来了。整个生活波澜不惊，课后没有电视、没有报纸看，娱乐活动除了年轻人之间玩玩扑克，便是打篮球。遇到开心之事偶尔会高兴片刻，更多的时候便是在郁郁寡欢中，让岁月无声无息地流淌着。

教书之余，得想着仍在黄土地上耕种的家人。在我的四个兄弟中，我排第二。大哥性格木讷、本分、老实，几乎与世无争，似乎直接遗传了父亲的基因。大哥和大弟陪着父母，仍在土地耕种。另外一个未成年的小弟还在跟着我读初中。

父母已是年届花甲之人，生活的重负隐隐地传导给了我。我一直在想，有什么办法能使他们得到拯救呢？

尤其是我对大哥最有感情，少言寡语的他同父母一样，为了让我成长，付出的牺牲太多，完全尽到一个兄长的责任，成了我勇往前行的动力。虽然，平时我们相处的日子少，见面话也不多，但每当见到他那忙碌的身影、见到他那被太阳晒黑的皮肤，就会勾起我对往事的深情回忆。老实说，大哥没有读书的天分。记得在他十二岁那年，小学还差一年就要毕业的当儿，母亲见家中负担日重，就把大哥叫到身边说："崽呀，现在我们家庭负担实在太重，挣不到工分就没有饭吃，你不要去读书了，帮娘在家干农活，你看行不行？将来你长大了也不要怨我这个做娘的，娘实在没有办法。"大哥二话不说，就点头答应了。当时正在旁边的我，听到母亲这番话后，心酸得暗自流泪。从此，中途失学的大哥，成了母亲里里外外的好帮手。母亲没有生下女儿，村子里的人都说大哥比女儿还贴心懂事。

记得我读高中时，寄宿在离家不远的学校。盛夏夕阳的余晖把大地照得金黄金黄的，我与三五成群的同学，去学校门前的溪水中洗衣冲凉。此刻，远远地看见大哥，挑着一担煤沿着铺满沙子的公路，满头大汗、气喘吁吁、步履蹒跚地过来了。不时驶过的汽车所掀起的尘土，把他全身笼罩着，来回二三十公里的路，三四十公斤的煤炭，把一个十几岁少年的身躯压得变成了弧形。当时，我想走过去替大哥挑一程，但实在没有力气，直到他的身影完全消失在炊烟袅袅的乡村。我悄悄地拭去泪水，然后从心底警告自己：假若将来有出息了，一定得为他做点什么！他陪着父母见证的苦难、分担的忧伤实在太多了。

记得有一年中秋，村中许多家庭都沉浸在节日的喜庆里，母亲抿着嘴，神情木然，坐在自家大门口一针一线地缝着衣服，同时，鸡啄米似的打着瞌睡。一缓过神来她便唠叨着：今年这个八月十五没有钱，不过算了，有什么办法呢？我们兄弟四个基本上懂事了，没有钱买月饼，不吃月饼，也不会吵闹，但听了母亲这番话，心里很不是滋味。恰好，当天下午，村里有一户人家建房子，需要人挑砖头，每块 2 分钱，这下可把我们一家人乐坏了，母亲打发我和大哥去挑。大哥力气大些，每担挑六块，我只能挑四块，但仍感到压身。苦苦地干了整整一个下午，挣了三四块钱，于是买月饼的钱总算有了着落。当母亲把月饼买回来后，见小弟吃得津津有味的样子，我内心酸楚极了。

日子难过天天过。在艰难岁月中，大哥的婚事提上了日程。由于条件所限，费了不少周折，相了好几次亲，不是嫌大哥忠厚老实，就是嫌家境贫寒。还是母亲的表弟给力，把他的侄女介绍给大哥，虽也有周折，但他拿出了长辈的威严，使得女方不再挑剔，终结秦晋之好。

长子成婚，了却了父母的心愿，我们一家人都为之而高兴。在大家庭生活了一段时间之后，大哥自立门户了。因他结婚和建房积欠，整个大家庭留下了两千多元的债务，当时那笔钱，是一个沉重的包袱。我不知道父母如何处置该笔债务，我想分担却力不从心。我虽然吃上了国家粮，第一年每个月的工资才 74.5 元，几乎自顾不暇。

曾记得有一年暑假回家，坐在伯父家门口拉家常，忽见大哥刚从田间干完农活回来，正午的太阳使他获得了片刻的休息。只见他穿着一件湿淋淋的、汗渍斑斑而百孔千疮的衣服，一边擦汗、一边怯怯地向我走来，周身都被太阳烤得黝黑黝黑的，脸瘦得像刀削般，眼里也没有灵光，那副木讷的神情，与鲁迅笔下的闰土没有二致。

还有几步之隔，他便停下来主动对我说：你回来了。我说：嗯。然后他显得有些迟疑，怔怔地站在大门口，一副欲言又止的样子。我叫他坐。他说不坐了，家里还有一堆事。最后他终于鼓足了勇气，问我身上有没有钱，说家里买油盐和化肥的钱都没有了。我感到非常心寒，二话没说，便把身上仅有的二十元给了他，并告诉他不用还了。大哥拿了钱以后无语地走了。他老婆还在等着结果，他两个嗷嗷待哺的小孩，还在指望爸爸出去之后能买几个糖包子给他们吃呢。

由此，我感慨万端：大哥在乡村绝对是那种最勤快的庄稼人，在二十世纪八十年代中期，起早贪黑忙活一年都挣不到一千块钱，入不敷出实属正常。在未完全迈上现代化的社会，其命运同千千万万个农民一样，与苦难抗争便是他们的宿命。我还有什么可说呢？尽管我经过十多年的寒窗苦读，总算勉强摆脱了乡村的苦楚，但还是没有能力让身边的任何人得到拯救。于是，我不得不思考此去人生的路向！

如果想追梦，农家出身的孩子，无任何背景，无捷径可走，要拯救自己，考研便是窘途中的不二选择。主意打定后，我便像当年红军长征般，开启了新的人生苦旅。

此时，我重新审视：这里还真是一个人生启程的好驿站。此地山长水远，无人关注、无人干扰，课后有大量的时间可以用来自学。年轻真好，可塑性强，只要认定的事，矢志去追求，几乎没有不成功的。

在当年考研如同旧时考进士的年代，这里的少数热血青年教师，通过与命运的抗争，捷报频传，有一年就向国内两所名牌大学输送了两个研究生。此事使山乡沸腾了，整个全县教育界沸腾了。他们的横空出世，就像“十月革命的一声炮响”，把我们这群处在奋进中的年轻人惊醒了。

随后的年月中，接二连三有人高中，逐渐便声名鹊起。说此地风水好的奇谈怪论便传出去了，于是一些有志青年被分配到这里来，就不再抗拒了。其他地方的一些年轻女教师，对这里正在奋斗中的青年哥哥充满了好奇感，希望能成为郎君，期待郎君辛苦几年高中之后，带她们远走高飞。考研便成了那个山坳里中学的特殊现象。

考研最难攻克的是英语。为了打基础，我上班所领的第一份工资，三个月一块领，共二百多元，顾不上从中拿一份钱去孝敬父母，除购置一些生活必需品之外，花二百三十多元买了一台收录机和一些英语磁带。钱不够用，便向同事借了一百元。工具备齐之后，英语重新从 ABC 开始学起，人生神圣的考研之旅就这样悄无声息地起程了。

人生有了目标之后，日子就变得非常充实。没有时间忧伤、没有时间彷徨，更不会无病呻吟。我再次以一种英雄出征式的豪迈与自信，认真规划了此去人生的路向，勒令自己决不朝令夕改！

我的生活非常简单而有节奏，就像美国古典管理大师泰罗所设计的程序化的人。每天清晨六点准时起来，到学校后边那座布满了坟堆的山中跑步。巍巍井冈和我所在的山，都是罗霄山脉的一部分。清新的空气，醉人的景色，真是一个好地方。

春天，饱含养分的土地像哺乳期饱含奶汁的青春少妇，昼夜不断地哺育着大地孩子，使得漫山遍野的树更青、草更绿、花更艳。穿过田野的溪水，欢快而强劲地奔流着。冬眠的田野被翻耕后，种上了各种应节的作物，尤其是油菜花开时，金黄的花丛中到处有蜜蜂在嗡嗡地飞着，使得这片充满生机的沃土更具诗情画意。

夏天来时，初升的太阳斜斜地打在脸上。我追逐着太阳的脚步，在山岗上一边奔跑、一边思考着人生，内心经常会莫名其妙地产生无限的遐思。只见太阳穿过东边的山岗，透过丛林，朝着群山环抱的村庄泻下来。此刻，公鸡高亢地叫着，炊烟弥漫着、升腾着，随即农人赶着耕牛朝田野四散而去。农人“只管耕耘、不问收获”，明知稼穑之艰难，仍植根于泥土而生存的执着，一直在激励着我，使我没有任何理由回避生活的风雨。

秋冬时节，太阳有些变懒了，公鸡也不怎么叫了，四周的大地时常被轻烟似的薄雾笼罩着，有时轻烟又会沿着山梁四散开来。在山岗中跑步，随处可见枯草中的坟堆，有时担心鬼魂会从中升腾而出。还好几年过去了，一直没有遇到鬼。不过失意时，心境会变得灰暗起来。

白天有课上课，无课则自学。中午午休一会，下午只要不下雨，和师生们打一场篮球。打球时，我经常打后卫，要么教职工和学生打，要么混打，偶尔也会组队到邻近的学校去比试。比试完后，弄餐饭吃，算是改善伙食。我体能不错，像兔子一样，跑几个小时没问题。有时，在学校内打球，为了刺激一下，会赌几瓶汽水或是菠萝啤什么的，谁输了谁就跑到学校门口，那里有一家教职工家属开的小店，随时可以买到。然后大家席地而坐，嘻嘻哈哈地喝起来，也是一种穷快乐。坚持运动，晚上学习效率也随之提高了，往往能集中精力学到深夜，几乎每天都如此。

长期高负荷的学习和工作，长期潜意识的忧虑，使我经常犯病或做噩梦。胃病还长期折磨着我。一旦季节变冷，尤其是冬天来时，山区的夜晚特别寒冷，这种季节胃病易犯，越冷痛得越厉害。特别是夜深人静时，经常疼得要用手按着。如果绞痛时，只好放下书，倒在床上打滚，一旦疼痛稍稍减轻时，便又开始发奋苦读。

此刻，我特别渴望身边有自己的女人，希望得到心灵的抚慰、希望能够患难与共，不再想“星夜赶科场”这档事了。总之，内心世界极为脆弱。

病来了，乡下医疗条件差，只好病急乱投医。有一次到乡村集镇买了一些被孵化过的鸡蛋，已够邪门了。随后，又遇上了一个来自贵州的卖假药的老太婆。她在地摊上摆了一些从山上采来的不知叫什么名字的狗屁药，把它吹得天花乱坠、神乎其神。我抱着试试看的心理买了一些，回去按老太婆的说法如法炮制，结果服下去后，拉了一个星期的肚子，不见任何疗效。近一个月的工资就这样被骗了，还好没有被医死。

犯病的时候，阳刚之气虚了，内心深感落寞。于是到了晚上特别怕鬼，在睡梦中好几次梦见过鬼。有一天深夜，刚睡下，就觉得有一股阴风忽地把房门吹开，一个黑影迅速飘到床前来了，我努力想去拉灯，但手始终够不着灯绳，内心焦急得很。被鬼吓醒之后，全身出虚汗，感到惊恐万状！为消除恐惧，整夜只能开灯而睡。

我之所以怕鬼，除了因过度熬夜而体虚，长期精神高度紧张之外，另有他因。记得刚分配来的那年，学校一工友每回去集镇买菜，都要酗酒。不知道是人生没有方向感而浑浑噩噩度日，还是生性贪杯使然，一天上午，我和学校的一位体育老师正在小河边洗衣服，夏天的河风吹得让人有一种久违的惬意感，我们正无所顾忌地谈论着思春的话题，突然见到一具尸体从上游集镇方向顺水漂来了，一看便惊呆了！原来就是本校的工友。估计是喝多以后，挑着担子歪歪斜斜地掉到了水里，无法自救便被冲下来了。当我们把他从水里捞出来后，体育老师懂急救，于是我配合着使劲压工友的胸部，结果无力回天，天堂的路把他引走了。

顿时，我感觉头部发麻，进而有些担心害怕。因为曾与之有过节，怕他变成鬼之后来报复。死前不久，他兼管烧锅炉。有一次我因打球错过了供应开水的时间，求他开门打点热水洗澡，被无情地拒绝了。当时年轻气盛的我，大声呵斥过他。他见势不妙，嘟哝一会之后，还是无可奈何地开了门。此后，他每见到我就温和多了。但他死后，还是不断给我带来了噩梦。因为我所住的房间，离他被抢救的地方仅几米之隔。

每当夜深周边乡村的狗“汪汪汪”地狂叫成一片的时候，小时候听大人们说过，那是鬼出来活动的时候。我不敢睁眼看窗户，而且随着夜的加深，狗叫的声音越凄厉，就越让人害怕。无奈之下，我只好把灯打开，把窗户关紧，躲在被窝里强迫自己入睡。这种担惊受怕的日子，至少持续了半年左右。

最后，我不得不向校方提出要求换房，等到有老师调走的时候，终于搬到了办公楼后面那栋祠堂改建的房子去了。

可是好景不长，旧鬼走了，新鬼又来了。鬼魂似乎总在那个区域潜伏着，真是阴魂不散啊！因为新搬的房子后面，是一座绵延起伏的坟山。整座坟山杂草丛生，错落无序。平日里还好，杂草把坟堆湮没之后，或许便会把鬼忘掉。

可是每当清明节来临的时候，凭轩四望，青山满目，一片肃然。祭祀后的坟堆被修整之后，插上了各式各样的花，蜻蜓、蝴蝶、蜜蜂和麻雀，还有些不知名的鸟儿在坟堆中繁忙交织地穿梭着。我不知道这些生灵们，是否会惹恼长眠中的亡灵们。亡灵们找不到撒气的地方时，说不定晚上就会到我的寒舍来敲门。即便与邻为善，或是井水不犯河水，但是眼前的情景，也常常容易使我顿生人生在世，草木一秋的悲凉感！

所以，许多个夜晚，当我情绪低落而怕鬼时，哪怕天气再热，都会把窗户关得严严实实。

尤其可恼的是，当地有一个很不好的风俗。即周边村子里的人死了，安葬时总是要吹吹打打地经过学校，而且还要在学校的操场停一会，说是让亡灵在此休息片刻，让它记住归乡的路。一到冬春季节，这种丧事活动特别多，几乎每个月都会梦见鬼上门惊扰。

我把这种情形同学校的老人们讲了，他们才告诉我一些隐情：土改时，我所换的居所，被活活地打死和吊死过几个人。一位工友的老婆见我年轻，不想被鬼吓坏，于是告诉了我一个驱鬼的魔方，即弄一些茶叶和米用纸包起来，放在枕头底下，然后鬼就不敢来了。我如获至宝，不管是否灵验，立即照做。于是，心里便稍感踏实。我想总算可以安稳地睡个好觉了。可是，没过多久鬼似乎又如约而至。我真的被鬼吓破了胆！有时反躬自问，从没有做过亏心事，何至于如此怕鬼呢？真是百思不得其解！

于是瞅准机会，我又开始了第三次换房，最后搬到了新建教学楼三楼的一间红砖房。该房由于前临操场，后是一片旷远平坦的田野，空气通透，加之学生多、人气旺，即便有鬼，可能也被驱走了。从此，再也没有做过怕鬼的梦了！总算让我安然度过了教书生涯中的第三个年头。

尽管我在百折不挠中追求理想，但偶尔也会渴望爱情，因为正处在思春的年龄。尤其是每当“无边落木萧萧下”的秋天来临时，这种渴望会变得无以复加，像水浮莲一样在心里疯长。乃至有时我会莫名其妙地生出一些怪想法：假如有一天，我突然离开了这个世界，连个女人都没碰过，岂不是太冤了。这种奇怪的想法一直折磨着我。

乡村中学的娱乐生活实在太贫乏了，精力过剩的问题经常疯狂地折磨着我——经常在床上打滚，经常感觉烦、烦、烦！于是，好想找个人来陪。就像多年后流行歌里所唱的：当你孤单你会想起谁，你想不想找个人来陪。谁来陪我呢？我甚至曾向上帝祷告过，希望上帝能满足我这个见不得人的心愿。“所谓伊人，在水一方。”可是，我的伊人在何方呢？

有时候，面对秋天的落叶、冬天的衰草，会独自坐在备课桌前对镜沉思、独自发呆良久，甚至啥都不想干，愈为强烈地涌现出“孤馆寒窗风更雨”“落花风雨更伤春”的悲秋情怀或浮生若梦的感慨！

没有事业的男人，找个好女人谈何容易呢，即便幸运地遇上了，往往也会在世俗功利欲的侵袭下失之交臂。记得刚毕业那年冬天，邻近乡村学校的一位老师，他相恋了好些年的漂亮女友，由于他所处的境况不好，没过多久，女友便没有任何征兆地移情别恋了。于是，这条汉子便一个人像失魂似的，独自躲在房间把一瓶劣质白酒喝得精光！那天我偶然去串门时，长时间敲门无人应，只听见微弱的呻吟声，便知情况不妙，赶忙叫来几个学生，破门而入。当时没有救护车可叫，便把躺在地上的汉子抬起来迅即往医院赶。冬天的寒风夹着冷雨，吹打在我们脸上。乡村的夜晚尤为漆黑，道路是泥泞的，心情是急促的，我不顾一切，带着几个学生深一脚、浅一脚地往镇上医院疾驰。为情落到这般地步，完全可以理解。在那般境况下，找个好老婆真的不容易！

同样，当年我所待的中学，大龄青年也不少。听他们闲聊时说躺在床上思春，真让人欲火难耐。这群青年哥们，读了点诗书之后，就不知道自己姓什么了，找老婆的名堂多了，总希望找一个知书达礼的温柔贤惠的可人儿，可是在利欲面前，常常被弄得灰头土脸。条件太好的女人，怎么会嫁给乡村穷教师呢！几经挫折，年岁日大，终于认清了现实。为了解决生理本能和传宗接代的问题，只好退而求其次。有的找了村姑；有的尽管找到了吃皇粮的，要么太老太丑，要么没有工作，总之，有些不尽如人意。

尤其令人痛心的是，有一年冬天，一位工友刚新婚燕尔。夫妻俩正处在热恋期，乡下的老婆不时来学校慰劳。一天晚上，工友照例在凌晨三四点钟起来给食堂的锅炉加煤，就在这个空当，不知是哪个色胆包天的歹人，竟爬起来冒充工友钻进了女人的被窝。初始工友的老婆以为是自己的男人回来了，就闭着眼睛任其折腾。这小子可能从来没有碰过女人，猴急得狠，或许是用力过猛，或许是姿势也不太对，急急忙忙哼哧哼哧完事之后，工友的老婆感觉有点不对劲。睁眼一看，黑暗中虽看不清是谁，但她意识到，处在陶醉中的不是自己的男人，于是便大喊：强奸啦，强奸啦！

工友听到静夜中的叫喊声，马上往房间飞奔。当他气喘吁吁地赶到时，那坏小子已消失得无影无踪。见着嘤嘤而泣的妻子，工友气得似乎想放火把整个筒子楼烧掉，落得个白茫茫大地真干净！那阵子，谁见着他，都不敢拿正眼瞧，生怕他找人拼命。

第二天，警察来了。那时候，没有摄像头，破案难度系数比现在大多了。住在筒子楼的所有男人们都成了嫌疑对象。幸好警察还是有些职业经验，主要盯着那些大龄青年。可这帮人被公安重点盯了一段时间之后，进行了多项心理测试，包括上课时都有刑侦人员去旁听，不知道是年龄大了老到些，还是死猪不怕开水烫，抑或真不关他们事，总之，心理素质好得没有露出任何蛛丝马迹。村姑也没有什么经验，现场保护意识不强，没有留足证据。折腾了几个月之后，公安实在没有办法，只好放弃了。倒霉的工友兄弟，吃一堑长一智，从此把老婆放到乡下雪藏起来。

一些老光棍说，人到了备受煎熬的思春年龄，长年闻不到女人香，生理需求压抑到极限时，无论做出多么荒唐的事，都可以理解啊。虽然我非常渴望，但还没有沦落到非理性的地步，不过思春的折磨迫使我盲目地追求过爱情。

我曾经冒失地给一个性格比较温柔的女孩表达过好感，当女孩矜持了几天反过来追我时，我却莫名恐慌地打起了退堂鼓——觉得她不是我一生中要相守的女人。随后，我又跃跃欲试地折腾过几次，由于没有这方面的经验，最后都失败了。

记得有一次，不知是谁带来了几个刚毕业的女大学生，在同事房间一同玩了会扑克，其中一位女生让我有些好感。她开朗的性格和好听的笑声，以及她身上所散发出的青春活力，像磁铁般吸引着我，曾使我一度魂不守舍。于是，我便向她发出了一生中第一封真正的求偶信。虽然时间抓得很紧，可还是花了一个星期的时间进行铺陈，我几乎是用毕生的才情来向伊表白的，而且字里行间不由自主地堆砌了许多华丽的辞藻，洋洋洒洒写了好几页纸，起、承、转、合恰到好处，我骄傲地认为几乎可以作为情书的范本来读。然而，这种直抒胸臆的情感流露，却没有得到女人的回应，“我本将心向明月，奈何明月照沟渠”，真是羞煞人啊！

无聊时、空虚时，只好孤独地坐在学校后面山坡的草地上，真想面对苍天大声呼喊！还好，山野的冬日里，山茶花以其娴静、温婉的身姿默默地怒放着，常给人带来意想不到的惊喜。

求偶信没有得到回应，情绪一度低落，但并没有气馁，反而更加激发了我勇往前行的斗志！有时，我把人世间的因缘，比作天上的云，任其飘来荡去。

其实，有时爱情来叩门的时候，可能还没有心理准备。我在邻近学校认识了一位实习的姑娘。她长得模样端庄，美丽大方，见人都会主动微笑着点头。上帝或许觉察到我的心思，闲来无聊去外面游荡时，通过一哥们引见，不到一个星期，我们便熟了。因哥们是其同事，她礼节性地约我们去其房间坐过。一进去，便能闻到其所散发出的女人香。

那时候的云山深处，不知道有香奈儿、毒药、古龙之类的香水，但那味道比香水好闻多了，充满着诱惑，充满着刺激。对于一个处在激情年代的青年来说，绝对是一剂毒品，比灵丹妙药更具杀伤力！闻着那种特有的香味，我内心舒坦极了！

一个刚成熟的玉女，比一个刚长出来的青苹果，可能更需要阳光雨露的滋润。在山野中，能与这样成熟、丰韵、俊俏得比小芳好看十倍的女人相识，哪能没有想法呢？我不是圣人，也不想成为柳下惠！于是女人的出现，成了我沉闷生活的好奇对象。我开始有了“少年维特的烦恼”，心神莫名其妙地变得躁动不安起来。

老是惦记着什么，很纠结的样子，就像后来我那曾处在青春发育期的小子——既想玩游戏，又要做作业，最后作业未做完，回学校交不了差怕老师骂，于是就向我们哭诉说：他大脑中有一团云或是雾什么的，一直在盘旋着，弄得他没有心思做作业。真是父子同心，当年的我似乎就是这种云里雾里的状态。

实在坐立不安时，我便开始寻找对策，否则无心学习。我想得找点什么借口与之正常交往起来，但又找不到恰到好处的理由，我担心女人一眼便能看出我的心思，让她有优越感，使我变得无地自容。于是，我在盼望着、盼望着，像小孩子在腊月盼望过年一样。在盼望中等待，是人生中最为幸福的事情。我心海的柔波，像明月高挂在东山一样澄明极了，生活仿佛找到了新的归依。但我心底里暂时还没有任何邪念，因为在狭长的人生过道上，对于一个尚不充分了解的女人，我是不会贸然选择去沙漠中耕种。我只想在荒芜的情感沙漠中，悄无声息地寻一片绿洲，觅一种精神慰藉。我是在“细雨湿衣看不见，闲花落地听无声”的状态下，调节单调而沉闷的日子。

因此，我不想刻意去讨好，不想去大献殷勤，哪怕满山遍野都开满了玫瑰花、栀子花、百合花，无需付出任何代价，我也不想随意去摘一朵戴在女人的头上，然后去刻意营造一种野性的浪漫。如此孤高、特立独行的个性或许偏偏易引起女人的好奇。尤其是周末，我去她学校比较频繁，大家渐渐熟了。

女人便主动找我搭讪。她喜欢开小灶，经常在寝厨一体化的狭小房间里弄得哧哧地冒烟，然后散发出诱人的菜香味。她不喜欢吃独食，有好吃的东西都会叫周边房间的人来分享，然后换来我们由衷地点赞。相熟了之后，就很自然地到同事们的房间串门。相互之间就可以随便找点开水喝喝、借本书看看，甚至聊大天。于是关系就顺其自然地升温了。青春期的男女，在一个不受规制约束的时空中，心照不宣地有了某种默契。

有时候，我特别期待着周末早点来临或是太阳早点落山。哥们看出了我的心思，便经常留我在他们学校过夜。他便另外找地方去混。

因为，我尝过在他们学校过夜的甜头。记得有一次天黑在其学校楼道上行走时，走廊的灯泡坏了，为了克服恐惧或是避开迎面而来的人，我故意把楼板踩得特别响，恰好女人迎面走来了。她没有吱声，也没有避让，却故意用身子来蹭我。对于一个从未与异性有过肢体接触的人，顷刻间我心在跳、血在涌，难道这就是女人传递给我的春之声吗？

女人的家住在大山深处。有时周末从家回来时，偶尔还会带点好吃的东西叫我们去分享。有时，我会情不自禁地沉浸在幻想带来的幸福中。她待在该学校，纯粹是暂时过渡的，实习完就得走。

而我得去远方寻找理想，不知功成名就之后会是什么结果。因为“异乡花草留人住”“名成方恐误归期”的事情，难以保证是否会发生在我身上。于是，我只能与之保持着适度的友好，以至于将来远走高飞了，即便情感受挫，还有一个回旋的空间。

日子在那个神仙也不知道今夕是何年的大山中静静地流淌着。一年一度的暑期快到了，在学校待久了，实在闷得发慌。出去一趟谈何容易，要出校门，前门是泥泞的田埂道；后门是黏性极强的黄土山路，只要下点小雨，沿路走去，鞋子被黄土越粘越重，甩都甩不掉。

去路途中拦往县城的班车，就要碰运气了，若是人多，挤不上去，司机连车都不会停。在公路边等的时间长了，本来就憋了一肚子气，若遇到下暴雨时，连个避雨的地方都没有，只能被淋成落汤鸡。真是苦不堪言！所以，能不出去就尽量不去。实在想出去了，便要鼓足勇气。

于是，我便和几个朋友相约，假期组织了一场郊游。出去能否好吃好住且不说，在大山深处的小镇说不定还会遇上一朵金花呢。事实上，莽莽的深山老林，山好水好，往往孕育了不少秀色可餐的姑娘。于是选择了井冈山脚下的一个山区小镇，作为出游的目的地。

我们每人借了一部自行车，女人也应邀在列，顶着火辣辣的烈日出发了。中途风云突变，一阵响雷过后，天下起了倾盆大雨。沿路无处可躲，大树底下又担心被雷击，只能被淋着。想不到常年不出门，出门招风雨，真感觉懊恼。但既然出来了，就只能往好的方面想。不一会，风雨骤停了，太阳又露出了红红的笑脸。我们又说说笑笑地在路上你追我赶着。经过十多个小时的骑行，终于可以看到井冈山的毛竹了。那青青的毛竹常常会把我带到那火红的、激情燃烧的岁月。

到达目的地时，天已乌黑，先找个小饭馆，填饱肚子再说。饭后，由于太累了，于是每人只好在镇上花几元钱，找一间便宜的小木屋住下来。躺了一会之后，缓过神来了，然后辗转反侧，又睡不着了。于是，我试探着去敲开了女人的门。她也同我一样，没睡。

我偷偷地单独约她去小镇的酒馆小酌，她欣然答应了。几杯土酒落肚之后，仿佛同是天涯沦落人，于是两人不分性别、不由自主地称兄道弟起来。这是我的老毛病了，无论走到哪里，只要喝两壶之后，就会随心所欲与人这样亲切地叫着。一旦有朝一日发迹了，或许就会把这些所谓的兄弟们忘得一干二净！没有办法啊！人的一生要认识多少人呀，尤其是若有点小出息，想结识你的人太多了，哪里顾得过来呢。那天喝了不少土酒，然后飘飘然像得道的神仙要上天了。

于是我约女人到小镇周边遛遛。随后，漫无目的地来到了一条小河边，就像当年同“村里有个姑娘叫小芳”约会一样，我们静静地在桥头边的石墩上坐下来了。大山深处的夜啊，寂静得连青蛙尿尿的声音都能听到。月亮升起来了，那晚的月色像朱自清在《荷塘月色》里描写的那样，真是美丽极了、温柔极了。还好，没有唱眠歌，因为我还没有妻子和孩子。我们聊啊聊啊，不知道聊了些什么。

桥下的溪水在静静地流淌着，偶尔有些不想睡觉的鱼儿在水中闹腾着，不时弄出点助兴的声音来。大自然中的生命真具灵性，人类高兴了，它们也能感悟到。而时间在静静地流逝，我们的心在悄悄地搏击。

那时候，国学功力稍欠火候，还不能动辄就背“忆梅下西洲，折梅寄江北”，也不知道还有“一枝红艳露凝香，云雨巫山枉断肠”这等诱惑女人的佳句。就这样言不由衷地，谈一些不咸不淡、没头没脑、没有任何实质意义的话题，始终找不到突破口。我真着急啊！天马上亮了，这千载难逢的机会就要浪费了。

此刻，夜更深了，山蛙叫得更响了，山鸟叫得更欢了，山风也吹得更勤了。山上许多动物尽情交欢之后，也开始惬意地休眠了。女人也变得更沉默了，她似乎感到有些冷，用双手抱着自己的身子，不由自主地往我身上蹭着、蹭着，不一会又闪开了。她把头偏过来，斜斜地看着我，似乎在试探着、暗示着、鼓励着我。

可我懂什么，当年又没有进过MBA恋爱培训班，大学课堂也没有学过这些内容，何况我又不是那种灵泛得动辄就可以举一反三的人。当女人靠过来的时候，我就把身子移一下，她再靠我再移，我有点欲擒故纵地装绅士。她以为我在同其开玩笑呢，于是就哧哧地笑了起来，连月亮也随之笑弯了腰。现在想来，觉得自己真像个二百五，傻得可爱。

随后，夜更深了，月光更皎洁了，风更凉了，女人的身子抖动得更厉害了。没有办法，我只好把她僵硬的身子像搬砖头一样，搬到我身边来，把她的脸轻轻地、轻轻地贴在我的脸上。此刻，我的心跳得更剧烈了。

为了控制情绪，我开始作深呼吸，然后在内心唱起了《黄河大合唱》。我和女人再也不说话了，我们在享受这宁静而美好的时光。抱着，慢慢地紧抱着，抱得她似乎在喘粗气。我不知道下一步还要干什么。我们抱得越来越紧了，越来越兴奋了，随即又变得越来越疲劳了，还好始终没有任何实质性的动作。几天的郊游很快便结束了，我们都有些恋恋不舍，真想在那遥远的深山老林里，无拘无束地谈一次地老天荒的爱！

“有了初一，便有十五。”这是我小时候听得最多的母亲常挂在嘴边的一句土话。有时，我真佩服自己的母亲，斗大的字一个不识，却常常讲一些至理名言，能恰到好处地用通俗的语言，表达深奥的道理，也成为我日后的行动纲领。

自从我和女人有了隐情之后，每回见面时，眼神都有些暧昧了。我开始为之变得魂不守舍。如何去巩固现有的成果呢？打铁不是要趁热吗，这是我村子里聋子爷爷说的。

回校第二天，我就想有所行动。这一天，整个世界没有谁比我更希望天快点黑了。我盼啊盼啊，天就是不黑，我有些懊恼，不时看看窗外。我想天黑了，去她学校晃一下，给她一个惊喜！

当我怀着惴惴不安的心情来到她学校时，隔窗敲玻璃，得不到回应，急死我了。女人似乎是隐藏在深山老林的、经验老到的猎手，一直没有现身，似乎在跟我捉迷藏。欲火刚被撩拨起来之后，很快便熄灭了。我觉得其不可捉摸而变得沮丧起来。我也想有尊严地把自己往深水区潜伏着，让往事随风而去。于是，我只好咬紧牙关悻悻而归！

日子仍在简单地重复着，我装着心若止水般为理想而继续奋斗着。一个夏日周末的黄昏，我又去她学校串门了。当天实在太热了，热得连平日里叫得烦人的知了也不吭声了。而其学校的抽水机因故障而罢工了，没有水冲凉。作为男人根本不算一回事，往河水里一钻就解决问题了。而女人却不太方便，因为她们去溪水里泡，怕河水太急把人冲走，另外怕河水中的小动物侵扰。当年没有任何老师家有空调，天热得让人浑身不自在，作为青春期的女郎，既爱干净，又要面子，总不能臭烘烘就上床呀。于是，女人和她的闺蜜商量着，要我作陪一起去游泳。估计，她想了好些日子，觉得初恋不能就这么断了，于是，就导演了这一出戏。我说，一拖二我怕，万一两人溺水了，不知道先去救谁。女人一听就不服气地说："哼！还不知道谁救谁呢！"有了她如此大胆保证，我便兴冲冲地去了。

此刻，直觉告诉我，冥冥中的爱情似乎马上就要来了。不是有人说过，人的一生中机会来了，就要好好地抓住吗？我穿着短裤，露着上身，顶着夕阳的余晖，悄悄地、屁颠屁颠地尾随着她们出发了。

一到溪水边，尽管是夏日炎炎，但汩汩的山溪还是有些清凉。由于正处在丰水期，山溪流得欢快而湍急，走进深水区，双脚很难站稳，而且青青的水草不时缠绕着双脚，使得在水中活动稍有不便。女人用水把上身打湿，稍作深呼吸后，很快便向深水区游去，她的闺蜜尾随着。我准备工作还没有做充分，又担心她们中有人不识水性，所以还是在浅水区观望了一会。后来发现她们如鱼得水，游得流畅极了，不时在水中玩些花样，使得夕阳中的水面不时泛出金波，整个溪水因为她们的出现而变得灵动起来，我感到非常惬意而放松。没想到在这千年荒芜的山野之中，在奔流不息的溪水里，也会上演着亘古未有的现代浪漫爱情故事，这蛰伏期的人生还有什么遗憾呢？

女人游了一会，发现我还没有下水，便迅速折回来，“哗”地把一些水泼到了我身上，使我不由自主地打了个冷战。接着，我们便打起了水仗，当然是一对二。还好女人的粉拳所搅动的水是温柔的，似乎蕴含着丝丝柔情。她们见我有些招架不住，便停下来了。

此时，我看着女人温婉传情的眸子，似乎要向我倾诉着什么。直到我盯得她有些不好意思的时候，她突然把我拖下水了，很快我们便像自由的鱼儿一样，向下游畅游而去。我们肩并肩地游着，女人不时有意用她的脚趾来勾我的脚底，弄得我心里痒痒的。我真的感到不好意思，因为那是我人生中第一次与异性，在泛着情感涟漪的氛围中亲密接触。但是她似乎娴熟得很，我有一种被她主动挑逗、牵着鼻子走的青涩感。但我情感的暗河被挖开了一个缺口之后，很快便潜流暗涌着，甚至要以决堤之势向大海奔去。不过理性告诉我，以当时女人的条件，是难以下嫁给我的。我没有足够的信心去攻克那座情感的堡垒，尽管我志存高远，但内心始终还是显得有些自卑而灰心。

一个多小时很快就过去了，夕阳有些疲倦地早已隐没在大山之中。水面上的金波被揉碎之后，了无踪影。此刻，一阵山风吹来，我们都感觉有些凉，尽管彼此都不愿意回去。但觉得来日方长，加之才相识不久，也不能恣意妄为，只好归去。女人走在前面，我望着她的背影浮想联翩。这个女人值得我用一生去追求吗？暮色苍茫，群山苍茫，我也不知道，下一步阶段性的人生该往何处去？

我们的情感在持续发酵，彼此似乎有一种心理归依了，感觉生活是多么幸福和快乐啊！难道这就是初恋？从此，我在走向远方的征途上，动力十足！女人也开始试探性地关心我的生活了。

一个炎热夏日的黄昏，女人怕我中暑，要我去她学校，喝她亲手熬的绿豆稀。我幸福得几乎脸都要变形了。隐隐觉得，爱情真的像闪电般来临了，我得有心理准备。

当天晚上，她约我去其学校后面的山上散步。为掩人耳目，要我先走，她随后就到。我没有任何迟疑就答应了。当我们来到布满荆棘的山岗时，选了一个不易被人发现的地方相依而坐。随后，她痴痴地盯着我，眼睛似乎像夜明珠般。她用力咬着嘴唇，我们彼此都不吭声。此时，即便有鬼从丛林深处的坟堆中钻出来，我们也不会怕。我的心在加速地跳动，脸红得像关公。

我有时感到疑惑，是山野太寂寞难耐，还是她真的爱上了我，抑或是她感觉到了我将来的前程，想先买一只潜力股？尽管我们如胶似漆地约会过几次，但是她极少敞开心扉同我畅谈未来，使我内心感觉很不踏实。我也只能是走一步看一步了。无论如何，能在穷困潦倒之际，萍水相逢，调剂一下久居山野的沉闷生活，未尝不是一件幸福的事情。更何况，假如我一事无成，生米煮成熟饭了，娶其做老婆也不枉此生。

此刻，在暗淡的星光中，山中传来了声音。只见两个学生喁喁私语地正朝我们所坐的地方走来。于是，我们都努力克制着不发出声来，正襟危坐着等他们走开。

随后，我们开始了理性的交流。女人在试探着，问我有一天在考研高中之后，能否带她远走高飞。我觉得事情来得太快、太突然，尤其是考研实在有些遥不可及，而又不能胡吹牛。感觉目前自身一无所有，底气不足，因而内心变得异常的不自信，进而感觉非常的虚空。所以，沉默着回避了这一话题。加之，我对其情路一无所知。短暂的相逢，就轻率地许诺，万一其另有隐情，将来岂不是退路都没有？一连串非常现实的问题直面而来，我开始变得谨慎而自私。因为我曾发过誓：一定要有出息地离开这个地方！不能因为一个女人，使我的青春在这场没有足够心理准备的恋爱中变成羁绊，进而使我今后相对漫长的人生毫无建树。社会强加给男人的责任与义务，很小的时候就在我心中埋下了种子，我一定要让这颗理想的种子生根发芽，然后长出参天大树！

于是当爱情真要来临时，我却打起了退堂鼓。女人感觉到我态度的游移，内心显得非常失落，似乎觉得我并未对她付出真情。其实，我得设身处地为她着想，从功利计，若我毫无出息，她所买的潜力股岂不是亏得很惨？她还年轻，条件相对不错，还有诗与远方在等待着。而我现在算什么呢？当我们经过理性的思考和掂量之后，都变得世俗起来。我深深感觉到未来的迷茫与身世的飘零，然后，理性地作出决断：我们之间无非是激情岁月的邂逅。

于是，很快我们又回复到往日平静的生活。以至于在随后的日记中我无病呻吟地写道：昨天的事已经过去了，昨天的事也许还仅仅是开始。昨夜是深沉的，昨夜并不深沉。昨夜就任其过去吧！女人偶尔也会找个借口，到学校来找我，似有重温旧梦、重续旧情的味道，我只好非常矛盾地虚与委蛇，一直保持着适度的距离——决不突破“马其诺防线”！我也不知道那种青春萌动、激情四溢的年龄，怎么会有如此强的抗风险诱惑的能力！

经历了一场短暂的相恋之后，我的情感之旅，便没有方向地再次陷入了孤寂与迷茫。每当夜深人静时，经常一个人伏在窗边，六神无主地久久凝望着天边的星月发呆。有时候，醒来之后，觉得彷徨无所去，真想找个地方去溜达——用现在我小子《在父亲的乡愁》一文中所描述的：我老爸在老家待不了几分钟，就出去“遛弯”了。看来知父莫若子。喜欢“遛弯”，确是我的习性。但那时，找地方“遛弯”，又谈何容易呢。

首先得是心灵上的知音，去了得管吃管住，若再热情点，还可以小酌几杯，让单调沉闷的生活得到释放，由此获取新的奋斗动力。有时，好不容易找到了一个可去的地方，但一些所谓的朋友表现出的虚情假意，并没有使灰色的生活有任何的生机，反而陡增了一些新的不快，于是又想迅速回到自己的栖身之处。

有时候，我觉得男人的“男”，应改成困难的“难”。初涉情路之后，就像患上了毒瘾般，不时暗恋着女人的味道，常常为幻想中的女人变得焦灼不安。有时候，质疑自己：要不找个女人结婚算了？这劳神的奋斗何时是个尽头啊！

有时，母亲也嘀咕着：你年纪不小了，和你同龄的人都成家了，你也该成家了。而且，母亲也暗暗地在托人做媒。于是，有段时间我便开始有意识地关注女人了。尤其在课堂上，眼睛变得不安分起来。有时，见着班上个别长得俊俏的女孩，上课会走神。

求偶信息发出去之后，陆续有些好心人充当起了红娘。偶尔，我也会有些好奇地去相亲。去镇上的小医院看过一个姑娘，脸庞长得有些夸张，似乎有洗脸盆大，用“二人转”中的行话说，长得还是有些抽象、有些困难；去商场看过一个服务员，眼睛一边大、一边小，而且看人一般不用正眼；还有一个是主动追上门的，皮肤黝黑得会让人产生不适感。

根据“木桶理论”，幸福婚姻不能被短板所取代，但是青春期潜在的欲望与成长的渴求，常常使我欲罢不能。

一旦夜深人静时，我经常感到孤独、感到无助，需要人安慰、需要人倾诉，但是如愿的“所谓伊人”始终没有出现。在百般的自我折磨中，精力消耗之后，只有沉沉地睡去。

天亮时，走进校园、走进课堂，见着那些步态轻盈、青春年少、含苞待放的女生便会产生强烈的好奇感。但我不断地警告自己：为人师表的身份和所追求的前程，我不能做出任何越雷池半步的事情！于是，我压抑自己——没有希望地折腾还不如寻找理想的黎明。

在那山野之地，在平常的生活中缺乏热门话题。人们却喜欢制造话题，尤其在情感方面较为敏感，易被无端猜疑，学生也喜欢凑热闹瞎掰。一天，我同一名女学生分别从建在山边的男女厕所出来，女孩可能是出于害羞，故意放慢脚步默然让我先走。这时，迎面走来了两位女生。乡村学校的孩子，见着非任课老师基本上不会主动打招呼，我也懒得搭理她们。可当她们从我身边走过时却窃笑起来，真让人感到莫名其妙。对此情形，我没有时间和精力去理会，由它去吧！有时，实在感觉太闷时，便想找学校高年级的女生聊聊，不管她们是否心有所属，至少可以调节一下沉闷乏味的时光。

在人生的困局中，我真正明白了当年作为一个中学教师的社会地位和人生轨迹，从到菜市场买菜都可以看出咱们的生活状况。每个月拿着几十块钱工资，一到菜场上就精明得像个乡村妇人，每分钱都要同卖方去争，有时甚至会争得面红耳赤，以至乡村的集镇都知道了这帮人，是有名的“小气鬼”。乃至有时菜市行情好的话，都不卖给咱们。本来是一个崇高的职业，却过着如此捉襟见肘的生活。还有退休后，将来住到什么地方去呢？当年乡村学校没有产权房，且各方面的设施都不配套。难道再次回到乡村去？

那时候我是多么讨厌乡村。在臭气熏天的茅厕里，连尿尿都容易被蚊子叮咬。我小时候就暗暗地发过誓，总有一天要离开这个鬼地方！

虽然我也曾在小学作文中，违心地描写过一些田园牧歌式的讴歌故乡的佳句，无中生有地写着“牧童骑在牛背上，在夕阳的余晖中吹着牧笛归乡”之类的话，完全是受了台湾校园歌谣的影响，其实压根儿就没有这回事。从小就累得要死，哪里还有心情去吹牧笛。况且买牧笛的钱从何而来呢？另外，经常是食不果腹，又哪来的力气吹呢？和我一同生存的农民几乎都生活在极度的贫穷中，有几人会犯这种精神病呢？现在想来都觉得荒唐可笑。就像我小孩曾在小学作文中瞎说道：我小时候的玩伴是一位非常乐于助人的人，一天隔壁邻居老王家起火了，他为了挽救生命财产，奋不顾身地投身了火海，见此情景，我感动得泪流满面。我问他啥时发生的事，他见我看出了破绽，有些不好意思地告诉我那是瞎编的，我还没看完便把作文本抢走。我完全能理解小孩的心思，无非是为了完成任务或是博取老师的好感，看能否作为范文在班上来读，进而满足一种不成熟年代的虚荣。

既然乡村的记忆是如此的苦涩，好不容易走出去了，现在转了一圈又回来了，那滋味真不好受啊！乡村教坛生涯实在太艰辛。多少年以后回望还在坚守的同仁们，我内心深处无时不涌现出对他们的崇高敬意！

当年太多的时光，基本上是百无聊赖地守着太阳东升西落。人生在窘境时容易产生悲观情绪，心情也极其糟糕，总会莫名其妙地横生出伤感的情绪来。正如我在一首诗中写道：春天有许多伤心的泪，要等夏天的太阳把它们拭去。所以，在那段日子里，我有时觉得自己有些另类。心情不好时，便会借机滋事，令人不快。尽管事后，我也在反省：少一点火气，就少一些事端；少一些作为，就少一些烦恼；气顺了，人生就顺了。人处在命运的低谷时，一些名人名言还是能开启心智的。苏东坡的“古之立大事者，不惟有超世之才，亦必有坚忍不拔之志”；古人题联的“水宽山远烟霞迥，天淡云闲今古同”等都让我甘之若饴、品味良久。

但我有时候却是一个思想上的巨人，行动上的矮子。我也干过些不三不四的勾当，曾吃过学生拿来、后来才知道是偷来的鸡，算是对我丢失六十元国库券的一种报复性补偿吧。曾记得响应政府号召，因摊派而买了点国库券。每个月辛苦工作，所挣的钱不到一百元。为了存钱娶老婆，平时给父母买点什么都舍不得，好不容易积攒的那点钱，却不翼而飞了，真叫人生气！所以，没有地方出气，能不吃鸡吗？其实，生气与吃鸡之间，没有任何逻辑关系。是我把它们瞎扯到一起了，还吃得心安理得！

我所任教的学校与农场没有多大区别，学校外围临河的地方，圈了几十亩菜地。凡是教职工只要愿意，就可自由开垦，像南泥湾一样，蔬菜完全可以自给自足。我尚未成家，因此不想把青春消磨在这些养家糊口的琐事中。况且，每次见一些教职工从学校厕所挑大粪浇菜，弄得整个菜园臭烘烘的就很反感，尤其夏天来临时，这种臭气被风吹得在校园里随处可闻。当然，我能体谅那些已婚的老师，他们大多是“半边户”，即老公吃国家粮，老婆吃农村粮。婚后，老婆随夫而来，生了一堆孩子，没有活干得想办法，张口都得吃呀。一人教书难以养活一家人，于是家属们就各显神通。在学校种菜呀，养鸡呀，养鸭呀，养狗呀，养兔呀，有人还想养猪呢，可建猪圈得费不少力气，说出去不太好听，只好作罢。五花八门，搞得学校俨然一个标准化的农场，哪像一个传道授业的地方呢？

鸡多了，没有圈养。鸡也像人一样，喜欢闲庭信步，有时候还会放肆地溜到学生宿舍去觅食，吃饱喝足之后，想排泄了，不像幼儿园受过教育的小孩，懂礼貌、守规矩，它们喜欢随地大小便，有时干脆就飞到学生的床上去拉，把被子弄脏了，让学生们愤怒至极。

乡村长大的学生，浑身充满着泥土的芬芳，多少带有点野性，哪有那么多循规蹈矩呢？于是，一旦被子被弄脏之后，他们便守株待兔，只要鸡一进寝室，二话不说抓起来，把脖子一拧便没有了声息。然后，没有家室的年轻老师的住处便是他们销赃的地方。

当时，我没有经过文明社会的充分洗礼，实在没有高尚到送上来的生意不做。学生信任我，那我只好笑纳：来者不拒，多多益善！当然，只干过一次。在那艰苦的岁月里，有免费鸡吃，真是神仙般快活啊。当然，也会喝点小酒助兴，一边吃，一边喝，一边哧哧地笑。不过得提醒那些小子们，一定要做好保密工作。学校的婆娘们，一旦鸡被偷了，会在学校四周，骂骂咧咧地绕一圈。我们除了偷笑，还能做什么呢？

偷吃鸡以后，整个人神清气爽。上课时，谈笑风生，好一副周郎战赤壁的范儿。尤其讲起人生哲学，就更为精彩了。只见坐在前排那小子，矮矮的，听得入迷了，连口水掉下来也浑然不知。坐在教室各个角落的女生们，怕笑得失态，大都捂嘴窃喜。他们愉悦的笑声，对我的课堂教学是一种安慰和勉励。

但我爱管闲事的性格，有时也会招惹麻烦。学校有一个叫阿花的烧饭女工，每天天刚蒙蒙亮，就会披头散发，把自己装扮得像《神雕侠侣》里面的小龙女似的，然后挑着自己累积拉下来的小便，就往菜地里去了。所以，每逢早餐时，经常不见人影。学生们一群群蜂拥过来了，他们既饿也担心上课会迟到，于是都站在饭堂门口敲着饭盒，闹哄哄的，像乡村集市般热闹。我也是其中一员，也要吃饱后去上课。这种情况见多之后，心情不太好，于是，便多次向后勤主管反映。真是人微言轻，无人理我，一切依旧，便觉尊严屡遭践踏。

有一次，我心绪糟透了，一股无名火迅速上蹿，一脚把门踹了。学生们无需要动员，就一窝蜂地拥进去自行装饭，而且个个都用劲把碗压得沉甸甸的。这天的早餐没有收到餐票，损失由谁来赔呢，真没有人去过问，最后便不了了之。通过这一闹，此后，开饭时间准时了好一阵子。那些不负责任的工友们，见到我也没有以前那么牛了。也许他们在暗中骂我，但是在公开场合还是老实多了，我要的就是这种效果，对待一些不按规矩行事的人，不能用常规的办法处理问题。因为那是一个真正的所谓有序中隐含着无序的底层社会，他们信奉的是典型的弱肉强食的丛林法则。

还有，我所穿的衣着不那么传统保守，什么西装、中山装都叫它们一边去！夏天经常喜欢穿无袖黑质紧身衣、喇叭裤，虽然廉价，但穿出了个性。我的头发也留得比以前长了，有时还会把头发烫得像西洋卷毛。当然，只有一次。那时回老家休假，我一堂弟在镇上的理发店找了个女朋友，为了介绍给我认识，就带我去了那家店。当年，正流行烫发，于是他鼓动我也改变一下发型。加之，他们处在热恋期，他的女朋友展示了最好的技艺，烫了一个令人非常满意的发型，让我高兴得几乎几个月既不想洗头也不想理发，怕破坏这一酷酷的造型。当然，那时不愿意理发，一方面的确是没有钱去消费；另一方面到集镇上去理发总要走一段较长的泥泞路；还有就是乡村理发师，贴近我耳根理发时，嘴里常常会发出一股古怪难闻的气味。我的另类个性得到张扬后，在那个特殊的环境中，人身安全与尊严也似乎相应有了保障，少有人来惹我了。但是，还是会遇到个别挑战者，我只能以叛逆者的血性应对。

一天上午，县教育局来人了。他们的到来对学校领导来说，是一件欢天喜地的大事。校领导绞尽脑汁想把接待工作搞好点，但在那个物质贫乏、大吃大喝还没有成风的年代，无非是在食堂加几个家常菜而已。学校离集镇较远，每天工人只去买一次菜，买回后没有冰箱可以储藏，只能按人头供应。若是不提前打招呼，菜买少了，来客人之后，教职工吃菜就会受到影响。若遇到这种情况，只好把客人吃剩的菜热一下再卖，有时去迟了连剩菜都没有。

那天上午我连上了四节课，去食堂打饭时，食堂师傅牛气冲天地告诉我：没菜了！我细声细气地同师傅商量着，能否再炒点，随便应付一下即可。老师傅大腹便便、俨然一副县科局级干部的派头，嘟嘟哝哝地对我一副爱理不理的样子。我在他面前俨然成了一个乞讨的。更可恶的是他嘟哝一阵之后，干脆叼着根烟，把食堂门一锁，一走了之。我可怜的一点师道尊严，被羞辱得体无完肤。

于是，我斗士般的性格再次被激发了，擅自踹开了厨房门，自当厨师，把食堂所剩的菜，都一锅煮了。我的行动得到了学校另外几个年轻老师的响应。他们见我煮好了，都凑过来，围着锅子美美地享受了一回免费大餐。我以为会再次惹来麻烦，可事后一直没有任何人找我聊聊，于是我又一次感觉心安理得。看来人有了血性之后，别人就开始躲你了，加之我身边还有不少盟友啊。在岁月的沉思中，我经常为年轻时的冲动和鲁莽深感后悔，觉得自己像一个不成熟的顽童。但我又不断地找理由为自己开脱：谁在年轻时不干点犯浑的事呢。

最难熬的日子是暑假。时间长，很孤寂，但却是集中学习的最好时光，因此我坚持在学校扎根。大部分教职工离校了，整个学校像座幽静的大庙，阴森森的。夜晚连路灯都无人开，去户外山脚下的厕所，既怕蛇，也怕撞见鬼。睡觉都怕鬼敲门。

学校食堂关闭后，吃饭成了大问题。夏天的菜没有冰箱保管易变质；每天去菜场，天热路远，耽误时间，因此买菜便成了一种负担。为了苟活，只好强迫自己每周到镇上去买一两次菜。

晚上睡觉，没有电风扇，经常热得透不过气来，也只能用蒲扇摇摇。蚊子多得像让人讨厌的老妖婆，蚊帐未挂好，这些家伙便会设法钻进来，太困了又不想起来修理它们，便整夜只能在床上不断地拍打着、不断地翻滚着。所以，真希望悠长的暑假早点滚蛋！

教书生涯，时间长了，一切都变得程序化了。没有兴奋点，有时实在让人感到厌倦。正如恩格斯所描述的那样："从大门扔出的历史现实，又从窗户进来了。"周而复始的单调生活，似乎让人进入了一个难以挣脱的困局。所以，只有新学期开学、新生入校时，短暂的一些日子会让人产生新鲜感。因为在一张张清新的面孔之中，总有几个长得花容月貌的姑娘，会让人暗生情愫。

太闷的时候，也想出去走走。尤其在周末，感到特别寂寞。解闷的方式不多，偶尔只能折腾家访。有次，一位复读生，平时同年轻老师的关系相处得还不错，便主动邀请我和另外一位年轻老师去他家走访。他家就在井冈山脚下的茫茫林海里。我们坐车到小镇时，还要走二十多里山路。虽然跋山涉水比较辛苦，但是能出去散散心也是一件乐事。一路辗转颠簸，到傍晚时，终于到了。

一入门，眼前的情景把我们惊呆了。这是一户非常贫困的家庭，本来就没有多少收入来源，加之该生复读了几年，把家读得更是一贫如洗。两间泥瓦房，被柴火熏得黑乎乎的。家里除了几样简单的木制家具之外，几乎见不到现代工业品。潮湿阴暗、凹凸不平的泥地板上连张木凳都放不稳，用我父亲的口头禅来说：属于死穷烂毛豆的家庭。

但他的父母却热情得不得了，杀了一只家里生蛋的老母鸡来款待我们。经过柴火煮熟的鸡，吃起来确实香喷喷的。由于我们走山路的时间太长，体力消耗太大，饿极了，便放开大吃。但在吃的过程中，发现他的父母和一个老光棍哥哥几乎没有动筷子，把好吃的都让给我们。我们内心开始变得不安起来，于是，只好装斯文，不再狼吞虎咽。

吃完晚饭后，走出屋外，山风阵阵，凉气袭人。月光皎洁，明河在天。由于走了大半天的山路，我们感觉困乏极了，吃完饭便想睡。但是他家住不下，离镇上又太远，交通非常不便。于是，我们只好在他们家人的安排下，来到了本村家境条件稍好点的支书家找了一间杂物房，临时铺了一张床。床旁边的地上堆放着草木灰，灰上面两条黑乎乎的木凳上架着一具上了黑漆的棺材。见此情景，我们哪能睡呢，内心害怕得很，但又不能表露出来，只好把油灯点到天亮。第二天一大早便赶忙走人，此后，再也不提家访的事了。

为换口味，偶尔会弄几个菜犒劳自己。但时间长了，自己做的菜不好吃，对食堂所煮的菜也感到厌倦时，便会光顾摆在学生食堂外面的外卖小摊。开学期间，那里有好些家属做的菜，可以任意选择。不过我还是喜欢祁师母做的。她已是五十多岁的人了，所讲的土话，让人听得似懂非懂，往往成为别人取笑的对象。不过，她性情温和，压根儿不生气，而且每回去买，虽然打菜时手抖得比较厉害，但分寸还是把握得较好。既要赚点小钱，又要让人吃得可口，希望争取回头客。尤为可爱的是，她一边颤巍巍地打着菜，一边又爱唠叨：这么多的菜就卖这点钱。有时见她给的菜太少，我们这群年轻老师便一边表扬菜实在好吃，一边趁其不注意时，偷偷地到盆里去多夹点，然后迅速逃跑。随后便会听到嗔怪声，但她也不会太计较。

如此多的家属卖菜，盗用的都是公家的电。电炉多了，变压器经常因超负荷运行而烧坏，使得学校经常断电，学生晚自习都成问题。

有点资历的老师便集聚在操场上大骂学校没有规矩，使得校长很为难。当然最有资格骂人的是祁老师，他是老牌本科生。当年学校也就三五个而已。于是他就显得特别牛气，开骂的声音尤其大。校领导在这些无欲无求的老同志面前，只好低声下气做检讨。每当开教职工大会时，第一个提意见的非祁老师莫属。他的意见特别多，估计在山窝里待久了，平时又没有卡拉OK，情绪得不到释放，所以经常牢骚满腹，教了几十年书，还是操一口纯正的土话，似乎乡愁很浓的样子。每次他都用土话开场，然后，越说声音越洪亮，越说越激动，像个职业演说家。而且，他还喜欢伸出手掌来打比喻，每次都得用上好几个比喻。有时他会为青年老师争取利益，然后换取我们的起哄、迎合、欢呼、鼓掌。其间，偶尔也会有青年老师来插科打诨。一位也有点资历的油滑青年老师，会笑嘻嘻地说：你看你看，我们祁老又开始打比喻了，今天晚上打了三个比喻。话未完，便引来了一阵哄笑，弄得校领导有点尴尬。

经常断电，师生们意见很大。无奈之下，学校只好派行政人员去各家暗访，后来发现祁老家的电炉功率最大，这种贼喊捉贼的伎俩弄得他很没有面子。此后，学校出现类似的问题时，他忍了一阵子，不再强行出头了。

有时，在学校的操场上，饭后大家会不约而同地聚到一块，进行无所顾忌的民主议事。若有一段时间见不到祁老时，我们会想念他，因为只有他才可以底气十足地向学校一切看不惯的东西吹响进军的号角。

每当他斜歪着头一出现时，总是额头发亮，呈现出中年男人生活自足之后的幸福光芒。然后，我们便会同他嘻嘻哈哈地打着招呼，随即就会有人引出话题，像带路党一样，把他带到沟里。还真是的，当他把头发往后稍许整理后，便开始议校政了。初始声音还比较神秘而微弱，然后慢慢地越讲越激昂，尤其是喝点小酒之后，借着酒劲就为一些鸡毛蒜皮的小事开骂了。我们这群年轻人，不怀好意地引出一些话题，由他来借题发挥，以充分展示其斗士的风采。我们便可以静静地歇会儿了，以一种隔岸观火的心态，乐呵呵地等着好戏上演。我们觉得他混得不容易。一个五十年代毕业的老牌本科生，那年月算稀缺资源。他说其同学大部分都混到了一官半职，甚至连他教过的许多学生也混得人模人样，而他却几十年如一日，窝在山沟里，守着那几尺见方的堆满了粉尘的讲台，每月领着那几秒钟即可数完的捉襟见肘的工资，心情会好吗，不好又能如何呢？

其实，他也想巴结领导。每任新校长来时，他都会从市场上买一只老母鸡、一大块猪蹄什么的，然后请新任校长喝两盅。在酒酣耳热之际，顺水推舟地反映一下学校的有关情况，痛陈原来的领导如何如何不好，换取作为多朝元老的优越感，随后期待着通过这种方式换取点什么，直白地说弄个比校长小点的职务。我们也以为是水到渠成的事，然后试探着、带着调侃味儿祝贺他。他也会喜滋滋地同我们打哈哈，幻想着一有机会即可兑现照顾我们这帮小兄弟的承诺。

然而一旦新校长熟悉情况之后，就没有祁老什么事了。谁会喜欢闺中怨妇般的人呢？偷鸡不成又蚀把米，他能不生气吗？在他心情不好的日子里，我们一般都会离他远点，也不主动与之搭讪，然后我们年轻人便会大声地故意讲一些学校的新鲜事儿，以引起他的注意。他本想憋着，但就是控制不住。当他斜歪着头，慢慢靠过来时，又要发表高见了。此时我们又成了战斗的集体，他喜欢放炮的性格备受我们的尊重。

其实，我们学校还有一个与他资历相仿的元老级宝贝，也姓祁。我们同样叫他祁老，可这个祁老却是个事不关己高高挂起的人。由于家庭负担重，一门心思就想着如何使现有的生活质量提高点，作为老油条，上课随便应付了事，但是他把祖传的木工手艺发挥到极致。自家的家具便是从学校四处找来的木料做成的，完工之后会叫年轻老师观赏，以换来年轻人的啧啧称赞，然后他便得意地用烟斗抽着卷烟。

因此，在平凡的环境里，待的时长了，才知道自己过的是什么日子啊！他们的今天不就是我的明天吗？这驱使着我寻找出路的紧迫感便更为强烈！

每当新年的钟声敲响时，我都会习惯性默默地端坐在残缺的、开着裂缝的、油漆斑驳的备课桌前，思考着未来的人生路向。

尽管考研之旅极其艰辛且心里没底，信心受挫时，会怀疑自己能否“暮登天子堂”。但是，舍此无他路可走。在那个困局中，没有“好风凭借力”的关系，没有“时来天地皆助力”的运气，所以，只能硬着头皮前行。在奋斗的过程中，特别渴求境况比自己好的朋友们的慰藉。有一年元旦，收到了几个好友的贺岁卡，所教的一个学生从县城给我送来了两斤面条，让我高兴了好些日子。随后，一朋友主动地张罗着，要把他在当地乡镇某单位上班的外甥女介绍给我，弄得我春心大动，觉得新年要转好运了，岂料随后不断经历着的一些挫折，才知苦日子还长着呢。

三年时光，在失意与进取中晃悠悠地过着，没有出息的人生极感沮丧。我曾饥不择食、急功近利地考过那种不太正规的研究生，那些专业考题基本上是些时政方面的东西，而我久居山野，既无电视看，也无报纸读，几乎与世隔绝。考完之后心里没底，但总幻想着人生会出现奇迹，可最终还是折戟沉沙。由此，我不再在忧郁中浅唱低吟了，也不再等待上帝施恩了，与其在码头上等待希望，还不如在扬帆中寻找理想。反正，我认定的路一定要坚持走到底！

然而，我所栖身的学校，快要关门了。由于地处偏远、条件艰苦，师资弱、待遇次、生源差，多重因素叠加在一起，以至每年高考，考不上几个学生，学校的声誉越来越差，导致招生人数逐年递减，教学资源被严重闲置浪费。尽管我一直敬业爱岗，但学校这艘船快要沉了，任凭我如何努力去打扫甲板有什么用呢？于是，在学校最后清盘的日子里，我开始变得懒散、泄气，老想着出去玩。

无所事事地混了些日子之后，学校正式收到了县教育主管部门关于高中停办的通知，转由当地镇政府改办初中。一些老师便欢欣鼓舞。他们以为停办之后，就可以离开山沟，到更好的地方去。其实，除了个别有点门道的，大部分人员的安置成了问题。于是，有些人像猴子样，整天上蹿下跳的，通过运作找到了好去处。而我坐以待毙的性格，只能听从所谓组织的发落。谁不想到县城去呢？可是这种想法对于我而言无异于白日做梦。啥关系都没有，啥资源都没有，天上能掉馅饼吗？我能去的地方除县城之外，其他各镇区分片而设的县办中学倒是可以选择。在乡镇之间，挪来挪去，去哪所中学都差不多，于是我对去向问题，兴味索然，由它去吧。有些上了年纪的老师，便想趁机早点退休，以结束程序化的职业生涯。于是，他们便在无聊中寻找空虚，而我却在空虚中寻找未来。

在别人的唆使下，我也半推半就地去投机钻营过。出于礼节，当时花了十几块钱，买了点所谓的人参大补酒和高级奶粉，当年假冒伪劣产品在乡村小卖部盛行的情况下，拎着这点可怜的可能还是伪劣产品的礼物，心里也没有多少底气便去了某位官员家投石问路。他的家人还是保留了乡下人的传统和友善，接待了我，并留我吃了午饭，但没有见着官员。我的心情又一次变得很失落。因为无论是毕业后找工作，还是在工作当中，我都曾想攀上这个关系，尤其是他当了一定层级的领导之后。以至好几次去找他，甚至在不知情的人面前吹嘘过这种关系，指望通过他助一臂之力。

记得有一次偶然在老家的镇上突然撞见了他，当时我有点想讨好地尾随着，而他掉头看了我一眼，半句话没有说就昂首阔步扬长而去，弄得我灰头土脸、无地自容，恨不得找个地缝钻进去！

显然，他压根儿就没有把我当回事，所以我心里空荡荡的。估计没什么戏，我转而心痛那点可怜的钱又打水漂了。要是把这些东西拿回去孝敬自己的父母该有多好啊！毕业几年了，都没有在他们身上花过一分钱。可谁叫我是这种命呢？既然无所归依，只好自暴自弃地数着学校关门的日子。

天下事往往有出人意料的时候。与我朝夕相处的一位同事，由于有点社会关系，早经运作，弄到了一个去省城进修成人本科的指标，便暂时有了归处。相较之下，我却是也无风雨也无晴，便感心灰意冷，因此，特别想出去散心。

于是，那天陪同事去县教育局报名。此刻，一位人事主管帮其报完名后，不经意间抬头望了我一眼，简单地问了我的有关情况之后，便说现在还有一个政治类的指标，而当天是报名截止日，若无人报指标就浪费了。他问我是否愿意去，他向领导请示一下即可。陡然间，天降大喜！我激动得近乎用颤抖的声音回答着：太好了！随后，他去了一下领导的办公室，很快便将此事定下来了。从此，我从心底里记住了这位生命中的贵人！人世间的幸福，如此无任何征兆就降临了！此后，我便暂时有了安身处——能带薪读书，是多少中学教师梦寐以求的事情啊！既可到省城开眼界，同时学历和水平均可随之提升。于是，乐滋滋地回到学校，潜心一个多月，稍稍复习一下，便上了成人高考的考场。考试无非是走过场，题目容易得几乎没有挑战性，不久我便收到了入学通知书，一切似乎都顺理成章。

上成人本科之后，我思想曾有些游移，考研之路还要继续走下去吗？人生之路是否会在此拐弯呢？我内心仍然感到一片茫然。

七

在镰刀留下的根墩里，农人的艰辛一直在激励着我前行！

在20世纪90年代那个稻浪滚滚的金秋时节，我终于离开窝了三年的乡村中学。教书生涯，便告结束。

在读成人本科期间，根据组织安排，个人关系挂靠在老家镇上的一所县办高中，工资由该学校逐月寄。人生总算有了新的转机，姑且获得了在省城喘息的机会。

一进省城之后，视野开阔了，想法也多了，曾对考研之路有些游移，随后很快便否定了自己。人生既然确定了目标，就不能三心二意！再也不能失去这次机会，于是我认真地重新制订了学习计划。我坚信改变命运的人永远是自己！尽管在求学的道路上历尽千辛万苦，对自信人生的锐气多有挫伤，但我在真正审视自己的时候，仍然觉得人生并不是在赌博。因为它不需要赌注，它需要的只是一种永恒的信念和执着！因此，不让韶华付流水。

于是，我不时像文学青年、哲人般，不断地在日记中写些鞭策自己的文字：希望是精神的鸦片，是上帝布施给弱者的吗啡，是黑夜通向黎明的走廊！尤其是在日记的扉页赫然写着：只要你心中装着金色的秋，你就会收获你曾播撒过的种子。现在看来，这些东西读起来有点酸馒头似的味道，但那时，对人生还是一种很好的激励。

因此，我选择的道路一定要心无旁骛地走下去！成人学院是一个新的熔炉，多半是中学在职教师来回炉，大都是些成了家的中年男女。面对同龄人大部分有了家小，而我仍是孑然一身在外漂泊，难免有些失落。我也曾想过，一边操持学业，一边找个过得去的女人成家，但要找一称心如意的伴侣谈何容易呢。女人始终比男人活得现实，画饼充饥是很难让女人为你心动的。她们不知道你究竟有多大的潜能，未来是否能成功，是否能给她们带来幸福的生活，因而不被选择不是她们的错。所以，就我而言，面对现实是治疗情伤的良药。为了创造美好的未来，为了抱得美人归，就只好在情欲难耐的青春期舍弃凡夫俗子的生活，再次忍受教书生涯时曾经历过的苦行僧的生活。

有时，我也向往凡人的生活。如果没有远大的理想，在这里混两年，拿张本科文凭回去后，日子总会好过些。于是绝大多数人都是抱着一种小富即安的心态，得过且过着。

学习负担不重，伙食也好，娱乐生活还行。每当周末来临时，《耶利亚女郎》的舞曲便在饭堂改成的舞厅中袅袅响起。这群中年男女，一个个把自己打扮得光彩照人，便直奔舞厅消遣去了。

拿工资读书真好，没有太大的生活压力。因此舞后，若对某个女郎有了好感，约她出去吃点嘞螺、喝点啤酒，还是不成问题。通过这种方式，真使一些孤男寡女沉溺于爱河，有的甚至游走在情感游戏的边沿，所以婚外情若隐若现。男女只要搂在一起，默契得很，有的跳着跳着就跳出了感情，后续故事如何演绎不得而知。如此神奇的土地、如此诱人的快乐，夜深人静时，我也心痒过，也曾好奇地想玩一把火，但由于时间匆忙，德法束身，最后便只好克制不去冒险。

在这个班里，我遇上了以前师专的另外三位同学，其中一位曾是同室，现又同居一室。虽然时隔三年未见，也无久别重逢的亲切感。人就是这样，都没有太多出息时，志趣不同，即便是久别的兄弟相逢，也难以泛起强烈的情感涟漪，还是各走各的道。

同室的六人中，四人来自同一地区，剩下我和另外一位兄弟分别来自其他不同的地区。我们俩相邻睡上铺。他给我留下的深刻印象，便是晚上睡觉经常磨牙，哧哧地，像老鼠偷吃东西发出的声音一样。尤其睡到半夜三更，突然被吵醒，听到这种声音，怪吓人的。其他几位兄弟，有一人崇尚港式生活，能说几句粤语，哼几句粤语歌，是否标准不得而知；梳子不离身，总是把头发弄得顺溜顺溜的，属于“男人混得好，头发往后倒”的那类，似乎是来自大户人家的派头。

齐聚寝室，听他们用家乡话调侃、骂人是一种享受。一个没有由头地说：你是我儿子呀！另一个立马就会愠怒回怼：你奶奶的，你是我儿子呢！你一句、我一句地骂来骂去，有时候就直接过招来着。看有点文化的人斗嘴打架，对于紧张沉闷的学习生活，是一种好的调节。我不持立场，不去调解，隔岸观火，真的好玩。不过动手之后，不要几个小时，又啥事都没有了。仿佛是纯真年代的一群顽童。面对这群人，其奈若何。总体而言，一窝人相处得还是其乐融融。

学院的教师基本上凑合着，不少是工农兵学员出身，大都是正规高校进不去，就到这里来了。上课讲正儿八经的东西不行，讲三教九流的东西却头头是道。也有几个刚出道的拥有硕士学历的年轻人，当年高学历还比较稀罕，所以会被学员高看一眼。就在这几个高学历的类似于文学青年的教师当中，有个别上课时爱扮纯情，往往冬天还没有到来，就喜欢在脖子上系一条围巾，像《围城》中的方鸿渐，经常把一只手捂在胸口，似乎心有千千结。

特别是那个讲“耗散结构”的年轻人，学富五车，充满激情，可他所讲的问题，由于我悟性不够，始终没有听明白。不过还是有几位待嫁的大姑娘，睁大了充满求知欲的眼睛。偶尔会恭谦地问几个类似于“土豆烧得太熟了是否好吃”方面的问题，使得我们的青年哥哥，在轻而易举地解惑之后，颇有成就感似的，沾沾自喜地望着女孩笑。笑得夸张时，也会溢出一丝口水挂在嘴角，然后青年哥哥就会将可爱进行到底——不经意间用手把口水不声不响地擦掉。好在不需要像高考那样追求升学率，上课只要不捣蛋、不得罪老师，考试及格没有问题。

不管上什么课，我都显得非常安静，像个自闭症患者。我总是坐在教室的最后一排，靠着墙壁，静静地看着考研方面的专业书。若没有引人入胜的话题，头也不会抬一下，非常识趣地遵守课堂秩序，做一个安分守己的好学生！看书时间长了、累了，就把凳子不断晃动着往墙上靠，以舒缓压力。偶尔，我也会失神地用猎人般的眼睛搜索班上那几位长得有点水色的女人。不过，除了欣赏解乏，也没有太多其他方面的想法。

但隔壁新疆班那位长得像丁香花般的姑娘，曾弄得我有些春心荡漾，纯属单相思那种感觉。她扎着马尾辫，戴一副银丝眼镜，五官棱角分明，可能是天山雪水滋润的缘故，皮肤白净极了，胸部起伏有致，看人的眼神总是秋波逼人，气质温婉。纯正的普通话和细柔好听的声音，使人有些情不自禁。每逢在走道相遇时，我内心恐慌得很，既想与之主动问好，又觉得怪不好意思。因为素不相识，缺乏底气。为了寻找机会与之套近乎，我认识了他们班上的一位男同学，然后在一个周末的晚上，我随之参加了他们班的舞会。经他介绍，我鼓足勇气邀请她跳了一曲。她轻柔的舞姿和大方的举止，使我内心有一种青春少男少有的悸动。但我无实战经验，不知如何下手，跳了一曲之后，由于不够主动、不够自信，她频频被其他人约了，使得我再也没有机会。曲终人散之后，连联系方式都没有留下。我闪电似的暗恋就在一种酸楚中隐退了。于是，我便更加坚定了要出人头地的信念：没有成功的事业，哪来理想的佳人呢？！

成人本科读了一年之后，我的治学功力在日趋精进。于是，我做通了所属中学校长的工作，他非常痛快地给我出具了报考证明。于是，我便报考了西北一所大学的研究生。我对学校和专业的选择非常谨慎，专选偏远地方师范类院校的冷门去考。一则是县教育局有一则不成文的、让人生厌的限制性条款，在职教师只能报考师范类院校的研究生；二则偏远院校或许竞争不会太激烈。因为我太渴望成功了，想早点摆脱当下的困境，希望以此来证明自己。

考试那天，我去了岳麓山脚下的一所大学应考，被编在第一排。监考的是一对青年男女。那男的长得咋样记不清了，那女的还算中等吧。两个青春男女可能是到了谈情说爱的年龄，因此，自从考卷发下来之后，两人窃窃私语地闲聊着，一直没有消停过。尤其是极具挑战性的英语考试，他们制造的噪声，使我内心感到非常愤怒，但我只能选择容忍。

为了准备这场考试，付出的实在太多，不想因此事而节外生枝。可能是太紧张了，以至于我的膀胱胀得特别厉害，不断地想尿尿，但也没有提出诉求。无论如何，他们的私聊确实影响着我的心情，内心恨不得要找其爹娘去问罪。因为往往考研都是英语难过线，所以看得特别重。还好，由于平时做足了功课，结果出来后，英语高出全国录取线15分，即60分的成绩，让我大吃一惊。

不过，结果还是令人大失所望。虽然总分考了336分，英语、政治（70分）由全国统一划线的科目都考得不错，总分也超出300分的分数线不少，但有一门叫国际共运史的专业课，我认为考得还不错，居然只给了36分（当时全国规定，单科不能低于45分），而且这个分数是在电脑打印单的基础上，用钢笔改过的，人为的痕迹非常明显。几十年过去后，重审那张分数单，我想当然地认为，显然是被人做局了。估计，内定了需要照顾的人，全国统考的分数不好做手脚，便只有在他们能掌控的环节打主意了。所以，象牙塔并非净土。

如今，若当事人还在，我真想请他喝两盅，否则我可能就得待在离故土很远的风沙茫茫的地方过日子，哪有今天在生机盎然的南方热土上喝咖啡的雅兴呢？单科有一门没有过线，这一年我就白忙活了，内心难过了好一阵子。经过多次考场应验：凡是坐在前排所进行的考试基本上是失败的。这或许就是我的宿命。

虽然初战失利，但是英语能考出让许多圈内人望而却步的成绩，给了我不少信心。不过，我的压力越来越大。因为两年期的成人本科只剩下一年便很快就要毕业了，如果再考不上，回到本县的那所中学，将又是一种什么样的滋味和境况呢？！一门心思要出去，而且动静也闹得不小，若再次回到原点，沮丧与伤痛实在难以承受啊！

于是，我几乎舍弃了一切，开始咬牙立破釜沉舟、背水一战之志。我完全成了一个非常勤奋的农夫。披星戴月自不必说，把一切欲望都深深地掩埋了。考不上研究生，绝不找女人结婚！

其间，虽然有几个钟情于我的姑娘，偶尔可以感受到她们的眉目传情，但没有时间去回应。我在教中学时认识的一个来自大山深处的姑娘，曾深情款款地给我写过几封信，似乎要把一生托付给我，同时，非常用情地给我织了一件毛衣。当我收到人生中第一件女人所寄的信物时，望着那一针一线编织起来的构图，内心还是充满着感动。如果我要是没有出息的话，找这样一位温柔似水的山里姑娘做老婆，未尝不是一件幸福的事情。我的内心曾犹豫过一阵，但很快就否决了。“在康河的柔波里，我甘愿做一条水草”的情感冲动的涟漪在哪里呢？青春男女相识过程中，连手都没有牵过，这哪像谈恋爱呢？左思右想，于是我内心反而感到释怀。既然没有爱情又何必要去搅乱别人的心扉呢？

多年以来，我一直在压抑中超然地过着有理想的自在的成人生活。再忍忍又如何？当然，实在需要调节了，就跑到学院的舞厅去晃悠，看能否找到临时可以聊聊的。

于是在一个月儿弯弯的周末晚上，当《耶利亚女郎》的歌曲再次在舞厅回荡时，一位扎着小辫的姑娘出现了。姑娘个子有些矮、身材有些胖、眼睛有些大、皮肤有些粗，浑身充满着泥土气息。她紧紧地贴着我胡乱地跳了几圈后，就开始与我交流了，然后便记住了我的寝室号。第二天就带着一个和她一般模样的姑娘来了。我礼节性地接待了她们，内心却充满了排斥，有一种立即想逃离的感觉。在我的冷漠中，她们呆坐了一会就走了。隔两天她独自来了，当时我正有事要出去。她很委屈、很失落地看了我一眼便走了，后来她托人转告我，正如粤语所表达的：中意我！问我怎么办？我回敬道：凉办！不过我感觉还是有些心灰，怎么经年来认识的基本上是些长得有点困难的女人呢？仔细想想还是自身存在短板。从此，我便更加坚定了没有事业不找女人的信念！

当然，在不经意间也邂逅过心仪的女人，但无时间与之周旋。曾经有一少女向我发出过暧昧的信息，初始被我回绝了，后来经她再三邀请，我实在感到孤独、感到苦闷时，有一天终于答应了陪她去公园溜达的意愿。

那是一个初夏的周日，正是楚天大地草长莺飞的时节，我们迎着和煦的风来到了公园。伊穿着一套碎花白色连衣裙，洁白的肌肤和窈窕的身材，对于一个情场新手来说，不知如何应付即将或许就会发生的恋情。走进公园花丛中的时候，伊老练而又主动地把手伸向了我，我紧张而又略带羞涩地抓住了她的手，心跳骤然加速，难道这就是爱情吗？真的像潘金莲的竹棍，来得如此唐突？没有任何前奏，没有任何压力——没有像于连那样，若晚上十点以前还没有握住市长夫人的手，就要一枪把自己崩掉！

我们在丛林细草软绵的地上相伴而坐，伊怕弄脏自己漂亮的裙子，于是特意在草地上垫了一张报纸。初夏的风把泥土和花草的芬芳，没有任何客套地送进了我们的心扉。伊把眼睛移过来了，温婉地看着我，额头上渗出了丝丝细汗。我真的缺乏全球化的战略视野，不知道如何进行“危机”处理，觉得自己很傻、很天真。老实说，我真的还没有在情感的江湖上混迹过，没有那种随心所欲、游刃有余的高超技能，那些年的书真把我读糊涂了，简直比二百五还二百五，对人世间的一切美好的东西，恍若绝缘，我只有被动地应对了。

我觉得伊就像一位人生博导。当然不是平常酒桌上所戏称的：

“博导、博导，一搏就倒”的那种。她把身子微微地移过来了，移到离我没有缝隙的位置。然后，她把早已准备好的水和零食放在地上。她没有先吃零食，而是“唉”地叹了一声，随后便谈起了理想，谈起了未来，谈起了即将毕业后的归途。她把过往的人生进行了没有多少哲理式的勾勒，还好没有谈天上的星星和月亮，也没有谈太阳和月亮永远不在同一个轨道。

虽然我听得有些迷离，有些心不在焉，但没让我厌倦。因为她的未来和前程，与我何干呢。我对她一无所知，对这场情是否能演绎下去，没有任何心理准备。尽管伊有着青春少女成熟的韵味，有一种楚楚动人的魔幻特质；尽管她的汗，香艳如“毒药”之类的香水，让我灵魂深处不断地渗出一些邪念来，但我真的不知道伊葫芦里卖的是什么药——是寂寞难耐已久想逢场作戏还是想给未来不确定的人生寻找归依呢？尽管我内心充满着期待，充满着灼热的渴望，但我不能主动，不能轻易亮出家底，我得在提防中欲擒故纵。

当我变得沉默时，伊也沉默了。伊安静时，仿佛有着天使般的纯洁。她努力变换着女人独具魅力的表情，竭力想把自己装扮成一个羞涩而纯情的少女，以引起她心仪的男人的爱恋。伊开始咬着嘴唇，用手撩了一下青丝，然后又把头往后仰着，用一种含着汪汪春水般的眼神看着我。时间在一分一秒地流逝，我在默默地背着“盼望着，盼望着，春天来了”之类的诗句。我真的是一个十足的大傻瓜，每每好不容易遇上一个女人，常常手足无措地背那些无关主题的诗句，而无任何实质性的动作。没有勇气把自己变成一头公牛，向相逢的女人主动出击！从上午一直坐到太阳快要回家了，也不知道要干点什么。

我们居然就这样没有目的、没有意义地耗着，耗得肚子开始有些饿了。我本来就低血糖，一饿就出虚汗，然后脸色苍白。伊以为我情绪太激动，心脏出问题了，赶紧拿出手纸，帮我擦干额头的汗之后，关切地问我，怎么啦?我告诉她，没事，只是有点饿了。于是，伊急忙把零食拿出来，开始试探着喂我，这样我们的亲密度也随之升温了。东西没有吃完，我们便开始相拥了。太阳终于回家了，月亮露出了温柔调皮的笑脸。我们就这样在一起相处了十多个小时，我以为回去后会利用夜色作掩护，续写我们未完的故事，但是没有，什么都没有！

我有些弄不明白女人的心思，加之我所为之奋斗的事业尚未成功，没有过多的时光与之缱绻缠绵，后来很快便到了伊的毕业季。她没有向我道一声珍重就走了，情感的酒酿像啤酒泡沫一样瞬间就消失了。多少年以后，在沉静的岁月里追忆逝去的日子时，想了解伊的人生境况，但已是黄鹤一去不复返。我们之间短暂的春情便如烟般消逝了。

几近而立之人，平静如斯、寂寞难耐的生活，在日复一日地延续着。有时养精蓄锐之后，对异性的渴望无以复加，乃至经常做一些如痴如醉的春梦。不是说追求快乐是上帝都不能拒绝的本能吗？只能请求上帝原谅了。

天下事往往想什么便来什么，而且无需冒险。一天下午，一位妙龄女郎冒失地闯进了男人浴室。当我进去冲凉时，女人见我嫣然一笑，然后很快便护着白嫩而饱满的奶子恰到好处地蹲下去了，只留给我一个S形的侧影。澡堂金属管中流淌出来的水，从她光洁嫩滑的肌肤上流过，流到丰韵浑圆的臀部时，真是美极了，所有名家笔下的油画，都难以勾勒出如此“清水出芙蓉，天然去雕饰”般的神韵。恨不得立马冲过去抱紧她，即便是肌肤之亲，也是件非常幸福的事情。然而理智告诉我，天堂与地狱便是一念之间的事情。不能如此鲁钝！

女人是同学的同事，刚从一小县城来探友。在同层楼住了几天之后，有一回在走道上不经意相见了，她送给了我一个暧昧而羞涩的微笑。女人美丽的胴体让我想入非非了好些日子，甚至成了我性幻想的对象。

为了排解性苦闷，有时胡诌几句诗歌来发泄。当然，这些诗歌大都是无病呻吟或是空洞无物的。诸如“每一个冬天的日子，我都会在天宇之间呼喊太阳。在我的真诚里，太阳会为我留下一片温暖的天空”。还有不少已经遗忘了。那些酸不拉叽的东西，不能为我困顿的处境，带来任何些许的改变。我只好姑且放弃这一爱好，等有一天出息了再说吧。

再次大考的日子临近了，绝不能打无准备之仗。我坚信：付出必有回报！

于是，我依然以农人的执着和艰辛，耕耘着心中那片神圣的土地。春节决计不回家，卧薪尝胆地练苦功。本来，到了这种年龄还没有一个属于自己的家，心里还是有些落寞，尽管母亲时刻盼望着我回去。学校放假了，食堂也停火了。所以春节那天，我用电炉烧起饭来，白菜与瘦肉一锅煮，味道不咋地，只好将就着吃。有的考生跟老师沾亲带故，被请去到老师家过年。而我不愿轻易给别人添麻烦，便只好孤零零地窝在宿舍中，过着一个人的春节。

让我感动的是在三天的考试中，同班的一位同党，在我没有提出任何诉求的情况下，其女友做饭时主动帮我一块做了，吃起来真让人暖心！虽然那哥们没有考取，毕业之后也不知道他们的归宿，但当我有点出息之后，在岁月静好中便会偶尔想起他们，有时真想为其做点什么。

考完之后，感觉不错，于是每天都在忐忑中等待揭榜。一个月之后，成绩终于出来了。43 人报考，我居第二。招三人，上线者刚好三人。于是，心里稍感踏实，但听过来人说，面试很重要。

若导师不满意，也有可能不录，且会从其他高校调剂。于是，我得提前去导师家认门。据说我未曾谋面的导师病了，于是，我礼节性地去医院探望着。导师见着我时，便很高兴地向同室病友介绍："这是我的研究生。"如此表态，让我吃了颗定心丸。当时，我内心高兴得真想大醉一场，或者找个心爱的女人去大恋一场！

大局已定、大功告成！因此，成人本科毕业后的那个暑假，我过得特别轻松而愉快。经过五年含辛茹苦、百折不挠的奋斗，终于"中举"了。在那个考研如同中进士的年代，真是不易！"春风得意马蹄疾，一日看尽长安花"的得意之情油然而生，春风骀荡、天宇高远、大道平阔，人世间一切美好的盛景，似乎在我面前次第展开，我仿佛沉浸在世人的鲜花和掌声中，如痴如醉！

此刻，我特别想做的事：立即回家！一种功成名就的自豪感一直在心底荡漾着，背着空空的行囊，感慨万千地踏上了归乡的路。

回家打开柴门，白发苍苍的母亲得知我高中之后，满脸洋溢着幸福的笑容。见家里没有鸡蛋了，她立马出去说要到村子里买几个鸡蛋回来给我下面条。实则，是想把好消息快速传递出去，逢人便说她儿子回来了。很快，母亲便回来了，并急忙打开煤火，开始弄东西给我吃。除此之外，她也找不到合适的话与我交流。

父亲还是一副修行到家的样子，无论在什么情况下，都是宠辱不惊，但从他沧桑而刚毅的表情上，还是可以领略出其内心的无比喜悦。他明显加快了抽旱烟的速度，从喉管中发出了平日里少有的“嗞嗞嗞”的欢快声。父亲自言自语地引用了我未曾谋面的爷爷的话说：我们这个村子好多代，都没有出过像样的读书人了，更没有出过在朝廷当官的。如今，将由我来逐步实现家族的文化理想。这一石破天惊的消息，能不让他们激动吗？

而我在高兴之余，却隐隐涌现出一种酸楚感：父母都是六十多岁的人了，在土地上挣扎、辛苦了多半辈子。虽然我高中了，但近而立之人，仍是孑然一身，即便将来有点出息，不知他们能否享受到我带来的幸福。

随后，喜讯在村子逐步传开了。首先是生产队的头儿来了，他是父亲的平辈兄弟，平时关系不错。只见他长满白花胡子的脸上堆满了笑容，一进门便大声亲切地叫我侄子，说我为整个宗祠争了光，将来不得了，出门都是坐飞机在天上飞。虽然他表达得有些词不达意，但我能听出其意思。

因为，在我童年的时候，经常是天未泛亮，每逢他出门捡狗屎路过我家门口时，就见我倚靠在楼上的窗台边，借着微弱的曙光，咿咿呀呀地读着书。随后他逢人便说，这个奶崽将来不得了！如今竟被他言中了，能不高兴？

父亲赶忙从自家的坛子里舀了一大碗自酿的土酒，恭恭敬敬地端给他，然后自己也盛一碗，两人就这样喝起来了。

不久，家族的亲属们陆续来了。他们在道喜的同时，纷纷都在给我描绘未来五彩斑斓的前景，弄得我有些飘飘然。母亲瞬间把炉火烧得通红，在加紧做下酒菜，弄得炉灶上热气腾腾。整个房子，人越聚越多，好像乡村开集市般热闹。我家的祖坟冒青烟了，再次成为乡邻们热议的话题。此刻，我感觉生活从未有过如此美好！

长年紧绷着的神经，终于可以放松了。在家没待几天，我便去了县城。说是与同党们去分享快乐，实则还是想去显摆！

当然，还有重要使命在身。因为当年成立县考研协会的时候，我也置身其中。当时，我们这批有志青年，充满了理想和激情，聚集在一个号称博士的兄弟家里，几杯啤酒下肚之后，就在思考着要做一件对同仁们有意义的事情，即成立了考研协会这一民间组织。该组织仅仅是为了志同道合者的前途而设计，宗旨很简单：凡是高中者要为后来者，提供一切考研之便利，包括介绍认识导师、提供信息和资料等，然后便是当年高中者要集体凑份子钱宴请后来者，给他们输血打气，加强联谊，以形成团体的力量。在这一风气的感召下，在不到十年的时间里，本县上百名青年才俊，经过不懈奋斗，纷纷涌进了全国多所高校继续深造，出现了群星璀璨的喜人形势。后来官方得知之后，也欣然加入了宴请成功学子的行列。因此，每到暑期时我们便会不约而同地在县城集聚。

对酒当歌，人生几何！这一年终于轮到我们做东了，这是多么自豪的一件事情！到了县城，整天处在喜悦之中。我们在请人的同时，也在接受社会各界的祝贺。不管认识与否，因为连带关系，我们的饭局在一段时间被各式各样的人安排满了。无论到谁家，都摆满了菜、盛满了酒。真是美酒飘香，幸福绵长！

经年的风雨漂泊，使我感慨良多。从乡村走进城市、从城市回到乡村，又从乡村迁回到城市，不断地在乡村与城市之间奋斗着。但是，一个来自社会底层的农家子弟，在通往城市的道路上，何其艰难！

八

在枫叶飘红的时节，秋日的爱晚亭披上了华丽的盛装，为人生的盛宴拉开了帷幕

快乐的时光转瞬即逝，在幸福的大背景下含着隐忧。要去读研了，而我却被折腾得几乎身无分文。于是，当务之急便是想办法去弄点零花钱。点子很快便冒出来了，我有点名不副实地以一个在读研究生的名义，发了一张暑期英语培训的虚假广告。当年，也没有人来揭穿我。在乡下赶集的日子张榜之后，名人效应非常明显，当天就有 30 多人慕名而来。每人收费 30 元，时间 1 个月。有了这么多人，足以开班。于是，我借用了读成人本科时所挂名学校的教室。校方送了我一个人情，没有收一分租金。我亲自授课，偶尔有几个该校的女英语教师客串一下，她们对我非常友善，都是免费帮我上课，使得我有点过意不去。这样就净挣了一千多元。在当时可不是一笔小数，因为当时我一个月的工资才一百多元。

在岳麓山的枫叶尚未飘红的季节，我怀揣着“自信人生二百年”的心境，来到了名山脚下毗邻千年名院的学府问道。其实，在我内心深处，一直潜藏着一种名校情结，从师专到成人教育学院，这些不足为人道的学校，一直是我心中的隐伤。经过中原逐鹿，能有机会进这所学府，虽不能与国内一些名牌大学相比，退而求其次，姑且可慰藉人生了。平生能有第三次机会入高等学堂，我对自己基本上是满意的。无论前路如何，总算又有了新的起点。

于是在兴奋中，开始认真规划着往后三年的人生。初步构想：读点书、找个婆娘、赚点零花钱，然后便以绅士般的风度走出校园。当年的研究生，尚未批量生产，还是奇货可居。而且毕业之后，大都有一个较好的前程，因此在校期间，整天荡漾在春风里。加之，师大女孩多，一万多人中，一半以上是女生。且大多数来自农村，毕业后基本上要从教，且难以保证都留在都市。对于一些不愿回原籍尤其不愿回乡村的女生来说，找一个拥有高学历的人做依靠，是她们择偶的理想选择。

每逢周末晚上，我们这些未成婚的大龄青年，在个别已婚哥们的调教下，稍作修饰，便三五成群、嘻嘻哈哈地到学校舞厅晃悠，去感受岁月流逝对人生所产生的压迫感，去感受现代学子对未来的向往，更重要的还是去捕捉未来那个属于自己的另一半。

歌声响起时，我们就买一元钱门票，便可在由体育馆改造而成的简易舞厅四处穿梭着、游荡着。坦白地说，像我这种比海平面高不了多少的男人，在那些地方瞎转悠毫无优势可言，要拓展自信的链条，就得靠那张尚未到手的文凭。每当我去约那些颜值较高的女孩时，基本上会被拒绝，弄得脸上红一阵、白一阵，心里很不爽。好在五颜六色的灯光，掩饰了这一局促难堪的场景。加之在社会上混了这么多年，多次经历这种遭遇之后，脸皮也厚了。

有时，女孩不配合，就会做思想工作，甚至质问对方：不跳舞到这里来干什么？有时，甚至有点不讲道理，强行抓住她们的手就往舞厅中转，不跳也得跳！然后，主动暗示她们，自己住在学校哪一栋，通过显摆自己那点可怜的身份来博取女人们的好感。有些女孩确实很现实，知道我的身份之后，跳起舞来就默契轻松快活多了，几圈下来似乎成了知心朋友。有的跳到中途就可以应邀出去吃点嗍螺、喝点啤酒什么的，然后至少有几个星期会成为我闲适人生中约会的对象。这样，下回去舞厅便可以邀上她们。有了相对固定的舞伴，就可以减少尴尬。泡的时间长了，经验也老到了，随之自信心大增。经过交往了解，如果觉得在眼前晃悠的这些女孩，并非我所喜欢的那款，随后便会慢慢地疏离她们。

光阴荏苒，物换星移。我再也不想孤独地度过这难得的学海人生了，想着只争朝夕地找一个心仪的女孩，于是，在反复掂量自身条件后，一直在为之持续行动着。有时，在情路上我感觉真沮丧，近三十年的美好光阴虚度了，连一个“同桌的你”都没有。而且以前凡是那些长得稍微俊俏的女人都很少正眼瞧过我，情感的天空几乎是一片空白。我反复提醒自己，不能再让时光付流水了，必须趁着青春的余晖，重树自信，“JUST DO IT”（付诸行动）！

我整理了自己的账目，多少还有点零花钱可供支配，于是便量体裁衣把自己装扮了一下，如水手在航海前把罗盘准备好一样。我精心准备了几套当年流行的品牌衣服。由于个子不高、不够挺拔，又花几十元买了一双鞋跟约有一寸厚的白色波鞋。每次出门时，都把自己弄得很光鲜，使得整个人精神抖擞、气宇轩昂的样子，然后走路时尽可能把脚跟往上提，使自己显得高起来、飘逸起来。用这种姿势走路，久了确实很累，但为了拔高一点，只能辛苦自己，这也是我一直想找高个女人做老婆、改良基因的缘由。所以，时至今日当我见自己的小子呼呼往上蹿、比我足足高出一个头时，高兴着呢，觉得当年的决策实在是太英明了。在那个激情似火的流金岁月，我确实约会过好些女孩，我的婚姻观也在寻找中日益成熟。

我找的第一个女孩是本系同届的本科生。她的皮肤比较黑，但身材比较好，眼睛比较亮，牙齿比较白，尤其是声音很好听，用银铃般的声音来形容也不为过。那是我第一次去她们宿舍找一个同乡而不遇，她主动与我搭讪认识的，于是我就顺水推舟不谈找老乡的事了，主动与之攀谈起来。当然，那时我还是缺乏与女孩聊天的经验，东一棒西一棒，天上一句地下一句，像外交谈判似的，谈得比较紧张、比较刺激、比较辛苦，偶尔也会冒出几句调皮话逗得女孩窃笑起来，但我内心显得有些紧张而慌乱，她可能觉察出来了，让她产生了好感。她见我有些口干舌燥，便想倒点水给我喝，然后让我继续表演着。由于没有多余的杯子，于是她把自己刷牙用的杯子简单地清洗了一下，牙膏也没有完全清洗掉，便倒了一杯热气腾腾的水放在我面前的书桌上。

此刻，我逐渐对女孩有了一定的好感，觉得她懂事，一种被女性关爱的奇异而微妙的感觉，在心底滋生着。喝下几口热水之后，由于天热，加之过度紧张，觉得好热好窘，尿意顿生，浑身不自在，便想尽快逃离。但女孩好听的声音使我的脚像灌了铅块一般沉重，好不容易逮住一次机会，不谈出个子丑寅卯来能走吗？此刻，我真希望时间过得慢些、再慢些，晚自习的钟声敲得更晚些，尤其希望她同室的女生们都谈恋爱去。可是，夜已深，人已陆续归寝。女孩也开始打哈欠了，我感觉有些不好意思，于是留下联系方式之后，便喜气洋洋地离开了。

我有些失神地盼着周末快点来临，因为我说过要请她去爬山。还好，她没有违约，穿着新生入学时的军训装，英姿飒爽地与我上山了。她这身装扮，使我这个学党史专业的人，很容易联想到井冈山时期的女红军战士。真想穿越时光隧道，回到那火红的岁月，回到那“战地黄花分外香”的年代，演一出经典浪漫的战地爱情来。

岳麓山秋天的枫叶开始飘红了，充满血色，饱含情愫，可路边的野草却在不断地枯萎。在这样的季节，尝试着初恋估计没什么戏。为了显示绅士风度抑或掩饰个儿太矮了的窘境，我让女孩在前面走着。女孩也不问我为什么约她出来，只是一个劲儿地谈她的家世及其周边的社会关系。谈及有关她父母的事比较少，估计在土地上耕种难以产生上央视的新闻，于是花了不少口舌描述着有关她干妈的故事。我却越听越没劲，是不太懂事，还是市井气息太浓?

我开始小心地揣摩着。我身上这点按天计算的可怜的生活费，或许是谈不起这场恋爱了。因为每次我去买点什么时，女孩从来就没有客气过，若假惺惺地提醒我，说句“别破费呀”之类的，我都不会计较。作为一个农民的儿子，从小受母亲的影响，节俭惯了，陡然间内心对这种女孩产生着一种排斥感。随后，她又把话题转到干爹身上。我再也没有心思，听她没完没了地讲这些不着边际的市井故事。我担心她过一阵子或许还会扯到干爷、干奶中去，觉得她的社会关系有些复杂，但了无新意，令人乏味。接触了约两个星期，我顿生的情感，便像雾、像雨、像风一样消逝了。

出师不利，心有不甘。我便像一个经验老到的猎人一样，开始寻找下一个目标。当年流行“一周恋爱法”，讲求速战速决。正如一位兄弟声称的，如果同一个女孩一个月之内，都谈不好，还谈什么谈，似乎底气十足的口吻，给了我无穷的力量。于是，我便鼓足勇气，再次出征了。第二个女孩是在款款音乐声中出场的。

她身穿一件黑色的质地柔软而价廉的蕾丝连衣裙，脚穿一双肥大的高跟鞋，胸部有些坚挺，臀部有些肥硕，腰身有些宽厚，还算有些三维感。那时没有“大S”这个说法，但基本上属这一类吧。

让我高兴的是，当我把手伸出去，恭谦地向她发出邀请时，她没有过多的矜持，像老朋友一样，微笑着就拉着我的手，进入了舞场。一迈步，腰身柔软，曲线玲珑，款款有致，节拍正点，笑口常开，舞感好极了，属于那种容易让男人产生成就感、自豪感的女孩。当音乐的节奏更强劲时，当灯光调得更幽蓝时，女孩高耸的胸部开始不由自主地在我胸前摩擦着，弄得我心里酥痒酥痒的，在那激情澎湃的年华，我很快便想入非非了，我们心有灵犀地贴得更紧了。这感觉太好了、太爽了，为什么幸福来得如此迅猛呢？！

当音乐声缓缓停下来时，我们有点意犹未尽、依依不舍了。于是我在内心念叨：今夜她是我固定的舞伴了。每跳完一曲，我就站在女孩身边，似乎是一对默契的恋人。我们开始交流了，我还是使出了惯用的老套手法，先表明身份。女孩得知后，便显得更加主动、更加温婉、更加热情了，我感觉到了女孩的成熟与老练。但我还是有一种想与之继续交往的强烈愿望，于是便把住址告诉了她。

一个周末，女孩由她的同学陪着，到我的寝室来了。我热情得像夏天没有被乌云遮挡的太阳，很快就倒了两杯水，除此之外别无其他可哄女孩的东西了。为了掩饰内心的不安，我在寝室中东摸摸、西摸摸，不断地尽干一些与主题无关的活儿，甚至不敢正眼瞧瞧女孩的眼睛。随后，我马上调整了情绪，努力使自己变得镇定起来，莫急莫慌地与两个女孩闲聊着。对我有好感的女孩，始终面带微笑地看着我，很少说话，似乎对我显得有点崇拜的样子。陪伴而来的女孩，觉得是局外人，也很少吭声，两个女孩配合得还算默契。在闲聊中时间过得飞快，但完全忘了聊了什么。我试探着与之接触，并作深度了解，于是便很客气地留她们俩吃完饭再走。她们也没有怎么客套，半推半就地留下来了。

我借了室友的饭盆，打了几个饭菜。尽管那些金属饭盆，不是掉了漆，就是缺了口，若不小心吃会刮破嘴皮，但是女孩们压根儿就没有嫌弃，而是很高兴地大口大口地吃着，而且不时发出愉快的笑声。一天的时光很快便过去了，女孩要回自己的学校。

我有些不舍，但又不能表现得太急。猴急是恋爱的天敌，虽然我在这方面还缺乏足够的经验，但悟出来的道道就是这样。而且，我比较自信地认为，这个女孩对我有好感。

果不其然，第二天，女孩便从她学校打电话来了。守门老头大声叫喊着："409、409！电话！"我从四楼飞奔而下。听到了女孩的声音后，内心激动得近乎在颤抖。女孩关切地问我，吃了饭没有、胃痛好些没有之类，俨然感情很深的夫妻般，我顿觉自己是多么的幸福啊！

为了保持电话畅通，我对宿舍守门老头突然友好起来，专门买了一包便宜的白沙烟孝敬他。

我一天一天地数着日子，周末又如期而至了。女孩又来了，不过第二次是一个人来的。这次好像涂了口红，头发也梳理得比较精致，像电影中演大户人家的太太般端庄，胸部还是烘托得高高的，当然没有玉龙雪山那么高。看来，女孩很快便进入了角色。我也得认真点。白天是如何度过的已经忘了，我有些讨厌自己的记忆力不争气，但晚上却记得很清楚：女孩留宿了。这是我一生中始料不及的事情，我感觉她太随便、太轻率了。是我的人格魅力吸引了她，还是她的天性而为呢？我内心有些瞧不起她了，但我又暗自佩服她的勇气。是福不是祸，是祸躲不过，我得以积极的姿态迎接新纪元的来临，但我也不知道这艘汪洋中的小船如何漂荡。

女孩很向往很紧张地躺在我的床上，且煞有介事地警告我，可不准欺负她。女孩没有把衣服脱掉，尤其是把敏感部位都包裹得严严实实，像铁桶般牢固。这种欲盖弥彰的做法，极大地引起了我的好奇心。当时我就幻想着，应像新婚燕尔般，果敢地拥抱啊，接吻啊，摆弄得翻江倒海，折腾得分不清天南地北、日月星辰。其实，我经常犯“思想上的巨人，行动上的矮子”的毛病，啥都没有干，或许在酒桌上借着几两猫尿的劲，就会吹得天花乱坠。

既然爱情开始了，难道逗号后面，就要急着画上句号吗？我以一种稳操胜券的心态，等待着每一个黄昏的降临。对于一个没有真正谈过恋爱的男人，没有多少经验可以让我游刃有余。于是，在这场恋情中，我一直被女孩牵着鼻子走，我也只好跟着感觉走一回了。因为，在我内心深处，女孩并非我真正心仪的那种，在我没有找到理想的归宿之前，只能同她虚与委蛇。我不得不就此批评自己道德人格的卑微，一边做自我批评，一边又“坏事”照干。

又一个周末来临了，女孩说她要带我去见她的父母。在传统的相亲模式中，此举是再正常不过的事情，但我觉得这一幕来得太快，真让我始料未及。才见过三两次，就要如此这般，我有些不情愿，但在我没有真正读懂女孩的心思之前，不能就这样放弃。于是，在一个秋雨绵绵的早晨，我朝着女孩约定的地方走去。

隔着几十米远，就看见在山巅之上的她了。我本想轻松愉悦地来句“HELLO”，以示问候，但见着她这般造型，瞬间便兴致全无。只见她撑着一把黑色的雨伞，且雨伞的把柄特别长而粗壮，像水泥浇铸的电线杆一样，孔武有力。再细看，雨伞已黯然失色，像年久失修斑驳的房子外墙，它很容易使我联想起小时候母亲赶集时常用过的那款式，与戴望舒在《雨巷》中所描写的“撑着油纸伞，独自 / 彷徨在悠长、悠长 / 又寂寥的雨巷 / 我希望飘过 / 一个丁香一样的 / 结着愁怨的姑娘”的意境相去甚远。如果这把伞提供给卓别林大师当魔术道具或是给那些特工当作自由棍，然后里面暗藏一柄小巧的手枪，或许比较应景。“那河畔的金柳，是夕阳中的新娘”所呈现出的神韵，此刻为何迟迟没有出现呢？总之这把失去光泽的雨伞，不够灵动、缺乏诗意，成了我潜在的忧伤。我不知道为何会如此神经质地在乎这把雨伞，难道细节决定命运，在恋爱场上也适用？再看她那双宽大的高跟鞋，天衣无缝地装着那双肥硕的脚，使得二者之间非常匹配。太协调了，协调得不忍细看。这种装扮和造型，使我感觉到伊的不好看、不高雅，充满着浓浓的泥土气息。

于是，我又隐隐生出了失落感：这么多年的书白读了！要是我还是山野中的那个穷小子，还是罗霄山脚下的那个教书匠，能如此这般地找一个大学生做婆娘，或许真的心满意足了。但是谁叫我要挣扎着走出那个地方呢，谁叫我要从远山走向这座城市呢？当然，如果我还没有摆脱那种境况，这个姑娘也不会如此费心地来相约。我很快从内心打起了退堂鼓。随即我有点后悔的是不该轻易答应她去见其父母。在找不到任何借口的情况下，从地摊上买了些黑而发软的香蕉等水果，我只好硬着头皮随之而去。

湘江河边的秋风，在我心绪不佳的当儿吹得更乱更欢了，似乎要有意与我作对似的。随之秋雨越下越大了，天空混浊而低沉。我感觉浑身发冷，女孩的身体也在不由自主地抖动着。她用眼神往后默默地看着我，可能在向我传递一种信息，希望我能抱抱她。我却没有表达应有的爱意，还在自顾自地随她前行。同时，我一直在后边观察着、思考着，这是一个较有主见且老到的女孩，浑身充满着随时准备当家做主的气息。虽然会疼人，但似乎缺乏小资情调，还在城市品位生活的高墙之外徘徊。日渐滋长的虚荣心，使我不能就这样找一个如此土里土气的女孩过日子。接触时间不长，我青春期的激情很快便消退了，在恋爱季节都缺乏激情，将来又如何能相守一生呢？于是在陪女孩前行的路上，在近一个小时的寂寞挣扎中，我感到路越走越漫长了。

最后，我们总算来到了市郊的一所暗灰色的小医院。一入病房，女孩细声地与其父母打着招呼，并郑重其事地介绍我姓氏名谁，我象征性地点了一下头。女孩的父亲，似乎礼节性地从床上坐起来，同我打着招呼，随后，很快又躺平了。女孩的母亲在床边伺候着，同时用拘谨的眼神，在仔细地打量着我，夫妻俩似乎在对我进行大考。

我居高临下地扫了他们几眼，感觉那是两个地道的中国式的农民，同我的父辈没有两样。在寒暄中，她的母亲说：“啊呀，你还是个学生，来就来啰，花钱买这些东西干么子啰？”听着像是官场应酬或是电影台词般的客套，我内心窃喜得想笑出声来。但我还是努力抑制着，因为我压根儿还没有进入角色，我太想尽快逃离了，不想和他们套近乎，只好演戏般地应付着，哼哼哈哈，连一句起码的称呼都没有。倒是女孩还是热情地向她的双亲大人介绍着我的情况，生怕他们不同意似的。不到半个小时，我就和女孩离开了。但是女孩对我客气得不行，执意要带我去她读书的学校。我不想伤其自尊，试图和她在友好的气氛中作最后的告别。于是，坐着公共汽车随她去了。

秋雨仍在不知疲倦地下着，女孩觉得去她们寝室不方便，于是我们便来到了学校的凉亭下。凉亭本是最容易滋长爱情的好地方，可是“长亭外，古道边，芳草碧连天”情感发酵的场景氛围全无，这恋爱如何谈下去呢？憋死我了。由于是周末的午休时光，天冷得在外面几乎见不到行人，整一所大学显得特别空寂。我们木然地坐在冰冷的亭子下面，听秋雨淅淅沥沥地敲打着亭盖。我隐隐觉得女孩是有故事的，她也觉察出了我对其内心的窥视与冷淡。担心这刚被点燃的情爱的火苗，很快就会熄灭，于是她便采取了主动。她想用真诚融化我，于是咬紧嘴唇之后，终于开口把前世今生的情路告诉我。问我是否在乎以前她的那段情、那份爱。她一启齿，我便在内心深处坚定地说“NO”！当年，我被几本书读得像个传统的老学究，思想守旧得很。但我还是好奇地想听完她的情事，看是否对我以后的情路有所启发。

此刻，雨越下越大了，我的心也愈来愈凉了。我不愿意自己的情感生活有瑕疵，所以，决计不想与之再周旋下去了，因此显得尤其轻松。我觉得她还是比较单纯，为什么非要把这些东西告诉我呢？持续一两个月后，我不想再浪费时间，于是当她再来找我时，我便开始玩失踪了。

有一天，当我从寝室的窗户往下看时，突然发现她来了，我便迅速把门关好，然后便躲进了厕所。女孩等了一段时间后，没有见着我，便悻悻地走了。三番五次遭此际遇，女孩便知道了我的心思，也就不再坚持了，于是这段情便就此告终。我有一种爬到山顶后，长吁一口气的轻松。但我内心还是感觉歉疚，觉得她是善良的，可不是我喜欢的那类。值得庆幸的是，没有越过底线真好。否则，就没有如此容易脱身了。由此，我便可以继续前行。

不过，姑且我需要休整一下，觉得还是该读点书了，于是便跑到图书馆，借来了一大堆书躺在床上品味。我读过梁实秋的《雅致人生》、周作人的《雨中的人生》等散文，与当时社会上流行的“潇洒走一回”的人生主张，有些冲撞，使我在思想上有过短暂的迷失，但我很快便明辨了方向。我觉得人生本来就是流动的诗篇，没有固定范式，饿了就吃、累了就睡。诗酒趁年华，一切无需等待。简约些，想多了就复杂了。但是，找女孩的心思还是没有消退。为了通过学英语而认识外语系的女孩，不时去外语系大楼门口的“英语角”晃悠，总想找个长得顺眼的女孩聊几句，看能否在聊的过程中滋生爱情。聊过不少，长得好看点的女孩，又使我有压力。长得不好看的，与她们谈婚论嫁的兴致是零，还影响心情。于是，后来干脆连“英语角”也不太想去溜达了。

读研的日子真好混。除了第一学年要集中修英语、日语和政治外，专业课所占时间较少。当年我所读的专业只招了三人，因而上专业课时就被安排在一小房间，类似于开座谈会。先生高兴时，我们也可以插话，甚至讲一些笑话。当时先生在课堂中的口头禅是“这个问题怎么弄呢”，我们也没有弄明白，从哪里弄起，找不到方向，找不到入口，也就在哄笑中不弄了。其实，先生是一个外冷内热的人。平常与之相处，大家略显拘谨。我算比较幸运，至少在先生家混过一顿饭吃，其他的兄弟姐妹们就不知道是否有这种礼遇。一天上午 11 点半左右，先生要我把所写的两篇论文送给他看。不巧他老家来人了，正吃着饭。先生和师母叫我一块吃，我推辞了。但他们再三邀请，于是我只好正襟危坐地在先生旁边，吃了我一生中最紧张的一顿饭。当时有些饿了，见着可口的饭菜，本想多吃点，但又放不开，只好意犹未尽地放下了碗筷。

想当年先生在学术方面对我的指导颇为用心，另外几个专业课老师，对我们也很关爱，上课就显得更为轻松愉快。偶尔也会从外地请几个专家学者来讲学，多少能开眼界。以至在硕士毕业论文答辩时，先生对我所撰写的论文给予了较高的评价：“论文题目是经过反复酝酿斟酌而定，选题构思、结论都还有一定的新意，逻辑结构严密，既有理论学术价值，也有现实意义，尤其是对此论题的写作进行系统论述的还不多见，而作者却在此方面进行了努力。”

先生一定调，参加答辩的小组成员都是圈中人，以先生在史学界的名望，大家都很尊重其意见。因此，论文评阅人范先生率先发言：论文让人耳目一新，即选题角度新、有意义，阐述问题新；能把文化学、历史学、思辨哲学相结合，不是一般的就事论事；对传统文化有理解，文章充满了唯物史观的精神，抓住了当前亟待解决的问题，很有导向作用；框架结构严谨、论述清楚、有深度。答辩主席唐先生接着说：该文章有许多优点，选题好时代感强，结构严谨布局合理，观点新，是一篇少见的好文章，令我一口气读完；所要说明的问题，主次非常鲜明，有二分之一的篇幅论述市场经济中的奉献精神；知识面广、涉及面广。

先生听到这些评价之后，不断含笑点头回应着。我感觉到先生内心是非常满意的。当唐先生宣布论文通过时，我内心的喜悦之情难以言表。毕业在即，先生征求过我的意见。他说，其实我是可以做点学问的。其本意要我留校，一边继续读他的博士，一边从事教学研究。若我不同意，他也愿意推荐我去中央党校考其好友的博士，而且，还专门为此事写了举荐信，让我深受感动。考虑到在校待的时间太长，家庭经济负担日重，当年大学教师的薪水实在太低，于是权衡再三，决计还是要出去挣钱，以解决生计问题。先生只好尊重我个人的意见。回首点滴往事，先生在传道授业解惑方面的丝丝温情，至今仍萦绕心际。

幸福的日子过得真快，转眼到了第二年冷雨稀疏的暮春时节。一天早上，我照旧到岳麓山上晨练，只见岳麓山的春天仍沉浸在一片青葱嫩绿的静美之中，晚樱与小叶女贞次第开放，乌青的松柏、碧绿的枫叶与嫩黄的樟树构成了一幅层次分明的立体画，大自然巧夺天工的设计总是和谐成趣。在这片青葱的世界里，偶尔也夹着几棵秃树，在枝丫间藏着一鸟窝，使我即刻产生欲攀缘而掏鸟窝的冲动。

随即童年乡村生活的场景在记忆深处徐徐展开。虽然少时因生活艰难强烈地排斥乡村，但内心深处又有着丝丝依恋，隐隐不想作别。当年，每逢夕阳西下，挥动着竹竿、赶着水牛在乡村的田埂上晚归时，遇着在田埂歇息的农人，便会自动停下来，让水牛且去沟中痛快地洗个澡。趁此机会，与农人一块靠着田埂上的湿软稻草席地而坐，随后看他们慢悠悠地抽着自卷的旱烟，听他们不设主题的闲聊，也是一件挺有趣的事情。有时，特别是父亲在场，听大人们没有由头地表扬我如何能干时，内心喜滋滋的。父亲在默然中把旱烟抽得更响、更欢了。想着这些，不觉乡村岁月仿佛如昨。

我的研究生生涯整个基调是快乐的。除了学习、恋爱、打工带来的快乐外，与周边同学的相处也是其乐融融。

其中有一位名叫“哥哥”的人，是我们的开心果。我的一个同门师兄是一个不怎么爱读死书的人，但却经常能营造快乐的氛围。尤其是夏天喜欢光着膀子，穿着花短裤在寝室的走道上晃来晃去，乐乐呵呵地大声嚷嚷着。为了让紧张的学习时光流淌得快些，便经常寻“哥哥”逗乐。由于“哥哥”脾性温和宽厚，所以师兄不时去轻敲“哥哥”宿舍的门，我便尾随着。师兄一边敲门一边模仿女孩轻柔而尖细的声音叫着：“哥哥、哥哥！”“哥哥”以为是女孩找，便迅即把门打开了。当“哥哥”微笑着出现在门口时，发现被人恶搞了，便表现出愠怒。于是，立马想把门关上，但我们还是嘻嘻哈哈、大大咧咧地挤进去了。

然后在“哥哥”房间海阔天空地闲扯着，当然以思春话题居多。有时扯得太久了，让“哥哥”感觉极不自在，想换条内裤也不便。于是，“哥哥”换内裤时便只好钻进蚊帐内，把蚊帐门关得严严实实。师兄见状，便会蹑手蹑脚地走过去，把蚊帐门轻轻拉开一条缝，然后尖声地叫着：“哥哥！”吓得“哥哥”一惊一乍的。“哥哥”又会表现出很生气的样子说道：“哟，你这个人真讨厌！”弄得我们哄堂大笑。其实，我们知道，无论“哥哥”如何生气，他都是友善的，不会伤我们的自尊，以至于经常有恃无恐地找他去玩乐。“哥哥”泡得一手好吃的四川榨菜，比商场买的涪陵榨菜还好吃，用一个袖珍的坛子浸泡着。我们便心心念念地惦记着，到了他房间，便会盯着那个小坛子。

有时候饿了，等他出去尿尿时，我们便会偷偷地揭开坛子弄点尝尝。一听到他回来的脚步声，便赶快吞掉，随后又装作若无其事的样子。过了一会，大家你看我、我看你的，然后又哈哈大笑着，终于被“哥哥”看出了破绽，知道我们又干了坏事。当“哥哥”得知我们偷吃了他的东西之后，也不怪罪，反而更大方地把它拿出来让我们品尝，并有些得意地告诉我们制作方法，还希望有一天我们去他老家做客时，他会尽地主之谊请我们吃个够。同学之间，没有利益冲突时，相处得还是挺和睦愉快。所以，每当忆及“同桌的你”，感觉格外的温馨，便更觉得同学少年时那份情的弥足珍贵。

其实，三年的时光很短暂，学习主要靠自学，所以待在床上读书、睡觉的时间较多。赖床时间太长，并非好事，容易想入非非，也是梦之温床。梦醒之后，还得回归现实。有了情梦，就得付诸实施。于是，我像吃了春药般开始了追梦行动。

一天晚上，我心血来潮地来到了岳麓山脚下的一所大学影院看电影。电影放映前，影院内的灯光是幽暗的。在灯光的变幻中，幕布前显得影影绰绰。此时我旁边坐着一位妙龄学生妹，她主动问电影什么时候开始，我便绅士般地告诉她不知道，然后冲着她笑笑，显得很放松的样子。这时，妹娃子立即把正在嗑的五香瓜子递给我，示意一块嗑。我毫不客气地抓了一把，妹娃子高兴了。我知道这是一个正处在青春择偶期的姑娘，和我一样，有着同样的寂寞。她既然如此主动，我只好半推半就地顺水推舟。

我们之间的故事就这样开始了：电影开演之后，我们不断地小声就电影中的情节进行着讨论，其实彼此都没有听清对方在说啥。但我们需要这种亲密无间的接触，用这种文明人之间大雪无痕般的肢体之间的相互碰触，女孩的体香沁入了我的心田。有了一定的铺垫之后，就再也难有宁静的心境看电影了。我趁着影院中的微光，打量着女孩。女孩的眼睛很大很圆，皮肤很白，红唇圆润，说话时嘴巴里似乎能流出水来。胸部也发育得恰到好处，像山东的大热馒头，浑身活力四射。只是女孩的嘴太宽了点，当然没有长江、黄河那么宽，但与美国影星朱莉的大嘴相仿。那时我的审美标准还不太喜欢这一类，其整个外形在我这就打了折扣了。若不是爱得太深，不久就会生厌。

但我们是第一次接触，作为一个饱食终日的青春男子，对于一个含苞待放的女孩的体香有着天然的神往，更何况伊是如此主动呢？说实在的，我再也无心思看那电影了。电影里究竟讲了啥子故事，根本就不是我要关注的焦点。我满脑子充满着欲望，不管是否能够与其擦出感情的火花，能否开花结果，真没有去细想。我只想践行平日蓄谋已久的“快速恋爱法”，在没有找到心仪的女孩之前，再次把她当作爱情的试验田，以填补情感的空白。总之，我内心所想的都不怎么健康、不怎么纯洁，但感觉很刺激。

于是，我不断地用眼神去瞟她，不断地把身子往她身上蹭。试探没有遭到抗拒，便知道有戏了，女孩似乎同样充满着渴望。正如《少年维特的烦恼》所说：哪个少女不怀春呢？同时，我立马还想到了《诗经》中的佳句：有女怀春，吉士诱之。由于女孩给了我信心，我便成了“吉士”，于是便显得更大胆了。我在逐步升温的激动中全身出着虚汗，血液不争气地加速流动着，像要流出血管来。

我又开始试探着把手往女孩身后搂着，她丝毫也没有抗拒，更没有把此举视为轻薄，似乎很温馨很幸福地享受着。知道女孩芳心大动，似乎从心底里吸纳了我，于是便更加放肆地把手放到了伊的手心上。此刻，一股强大的电流瞬间传遍了全身。我立即想起了当年去新疆的火车上几乎相仿的一幕：从长沙坐火车去乌鲁木齐，要四天三夜才能到达。火车在不慌不忙中有节奏地前行着。由于没有钱买卧铺，因此，占据座位底下的地盘，用报纸垫着美美地睡过去也是一种奢侈。车到兰州附近时，夜太深、人太困，我贴着火车地板和着铁轨的声音在酣睡着。突然与我紧邻的睡在另一头的一位少妇在睡梦中翻了一下身，然后不自觉地把她的那条雪白修长而又圆润的大腿架在了我腿上。那是我人生中第一次在一种不经意状态下，零距离被动地接触女人的肌肤。一股强大的幸福的电流真把我击昏了，这种自天而降的诱惑有几人能抵挡住呢？！

此刻，这一场景再现了。我再也不想扮纯情了，再也不想错失这撞上来的艳福了。我更为大胆地把手放到女孩的后面紧紧地搂抱着，女孩很顺从地依偎过来，像热恋中的情人般默契。这时，我恨不得今夜的灯光彻底地熄灭！然后给我们的相逢营造一个浪漫隐秘的环境。我们真的想拥抱、想亲吻，可是灯光一直随着剧情在忽明忽暗中闪烁着，使得我们不敢放肆。影片换带时，灯光灭了，我们利用这一难得的时光把脸相贴着。虽有些烫，但感觉好极了。为什么幸福来得如此仓促，如此没有任何征兆呢？有了心灵的默契，于是再也不想待在这个无聊的地方看这无聊的电影了。我提议出去走走，女孩没有任何迟疑地与我手挽着手便走出了影院。

在黑暗中，我们来到了爱晚亭。那时，还没有受网络小说的启发，对“停车坐爱枫林晚”还没有出现新的注解和调侃，也没有时间去想那些文人们所想的无聊话题，只想争分夺秒、抓住机会好好地聊聊，以便加深了解。可是，一到长亭边，所有的前缀都免了。两人像久别的恋人，迅速地进入状态，激情相拥、激情相吻。这究竟是情，还是欲呢？与女孩短时间的相恋，一度填补了我空虚的时光。生活，真的像人间四月天！

不过三年的快乐时光，也有隐忧。因为除了读书，要赚钱，要恋爱，还要找工作。当然，所有这些事情只能交替着进行。书易读，钱不易赚。还好那时各种学历班满天飞，由于我有过在中学教书的经历，所以系里一到周末就安排我们这群人到全省各地去上课。无论是中专、大专、本科班，还是政治、经济、公关英语、市场营销等科目，总之只要开课，都能通杀。一天能赚一百四十多元，而且所到之处接待都很好。尤其是考前上重点辅导课时，学生基本上都会来。大课室里，经常是黑压压地坐着二三百号人。

其中美少女不少，她们专注的神态，使我上课的兴致极为高昂，总觉得时光很短暂。

课后，办学点都是盛情款待，好吃好喝的，弄得像大过年似的。最好吃的是乌鸡炖人参汤。那时，乌鸡是新鲜玩意儿，看起来鸡皮黑乎乎、皱巴巴的，第一次喝感觉味道鲜美极了。当时，与我同去上课的哥们，不顾喉管被烫伤的危险，低头像鸵鸟般张开嘴便大喝，喝得呼噜呼噜直响。见他喝得额头直冒大汗，我忍俊不禁。尤其是几杯当地米酒下肚之后，酣畅淋漓，顿感人生快意极了！

持续上了一段时间课之后，大约挣了三千多块钱。对于一个月生活费只有一百多元、湖湘的大学老师月薪平均只有三百元左右的年代，这可不是个小数目。于是，我们这帮人便开始变得牛气了，除了穿点小名牌，打点摩丝之外，偶尔也搞点小赌来怡情。也就是每局赌个块把钱。有时，学校的年轻老师也找我们玩。记得有个年轻老师为了赢我们的钱，打牌时，牌风很不好，不是喊牌，就是偷看牌，要不就耍赖不给钱。后来，我们干脆不同他玩了。可见，当年的老师还是穷啊，在牌桌上斯文扫地。

无所事事时，大家便凑在一块闹。只要有人提议去撮一顿，马上就会应者云集，不过是轮流做东。总之，有钱之后的日子痛快多了。

当然，上课也有被骗时。有一年暑期，我通过哥们介绍，每天冒着炎炎烈日，吭哧吭哧地骑着一辆破单车，去一家传媒系统所办的中专学校上课。每堂课下来，就在心里盘算着赚了多少钱，心里乐滋滋的。可是上了一个多月后，那个狗屁民办校长玩失踪了，弄得我一分钱都没拿到，恨得只好咬牙在心里骂娘。由此，我觉得这种小打小闹的方式赚钱太慢，没意思，做梦都想发一笔横财。

机会终于来了，读研的第二个年头，借了一笔钱，与自家兄弟冒险买回一批含金的废渣。回家一炼，净赚了一笔数目可观的钱，真是爽呆了！

不过其间的艰险，想来害怕。不知当年哪来的勇气。当时我们租了两台卡车运废渣，从秦岭往神农架转澧县直到郴州老家，辗转几千公里，山道崎岖，路况不好，车况也不好，车经常坏。一天下午，当夕阳的余晖照着神农架神秘的原始森林时，两边的风景美不胜收。若不是俗事在身，去观光旅游，真是一个让神仙都感觉好玩的地方。

当我们的车队正在铺满沙子的曲折坎坷的土路上缓缓行进时，突然大货车的刹车失灵了，车一下变得像脱缰的野马，往山道下轰然前奔，而山路却越来越陡，动力加速度使得车行驶得越来越快。我和司机并排坐在车头，只见司机紧紧地握着方向盘，咬紧牙关，一言不发，眼神死死地盯着前方，豆大的汗珠从他的额头上不断渗出来，尽量选择坑坑洼洼的路面往下滑。这时候，我暗恨自己怎么如此倒霉呢，第一次出来闯荡，就摊上了这等事！随即只好闭上眼睛听天由命。同时，又在心底默默地反复向神灵祈祷：保佑我们平安！保佑我们平安！好在下坡的路越来越崎岖不平，遏制了车速，最后车缓缓地靠着山边停下来，总算捡回了一条命。此刻我还在暗想，吉人自有天相！惊魂脱险之后便在心底告诫自己：今后得多做些善事！

车经维修之后，又缓缓启动了，但我们已有十多个小时未进食，因为沿途没有见到店子。当务之急得想办法解决饥饿问题。还好，往前走一段路，终于在山腰中见着了路边小店。只见店中简单地摆了几样东西，我们便要了一些馕饼，顾不得口干唇燥，张口便吃，塞得喉咙无法下咽。车到某县境内时，夜已深。经过一检查站，突然冒出了七八个执勤人员。由于不是违禁物品，执勤人员象征性地查看了一下，没有多说什么就让我们走了。但还是让我紧张得出了一身冷汗。若是真的被拦住，不知会生出什么幺蛾子来。过了澧县，天下起雨来了。路有些滑，影响了行程。我心里直犯嘀咕，车况不好，怕路上出事，于是不断地提醒司机，慢点行驶，只要安全到家即可。离家越来越近了，心里才稍感宽慰。

东西运回家时，如果用传统的办法冶炼，成本非常高，而且回收率低，不一定能赚到钱，于是我又开始琢磨着如何用新工艺提高回收率。我找了一位大学的博士乡党，请他做了一个湿法提炼的实验，结果做出来了，工艺比较简单。但湿法提炼需要大量的盐酸。于是我们又跑到株洲化工厂去买。货联系好之后，几经周折，找到了专用车和专用桶，终于把盐酸运回家了。但心里还是没底，不知道进入实操阶段之后，效果究竟如何，只能硬着头皮前行了。如法炮制，后来还真成功了，由此我成了老家湿法冶炼第一人。

这一单，让我挣到了人生中第一桶金。作为一个学生，拥有了一定的身家，走起路来都有轻飘飘之感。虽然读了不少书，还是掩饰不住暴发户般的冲动。

于是，我开始关注名牌了。我跑到长沙市最好的百货商店购物了，再也不必怯生生地担心售货员用一种鄙夷的眼神看我了。我大声大气地问售货员，什么贵就买什么。售货员见我如此大方，笑盈盈的眼神中充满了光芒。我在学校食堂吃饭不用看菜价了。以前，超过二块一份的小炒，像香干炒肉丝，里面放了不少大蒜、芹菜，还拌有姜丝、红椒丝、豆豉之类，外浇一些酱油，色香味俱全。站在炉火前，看见师傅不断地抛着铁锅，不断地使菜在油烟中翻滚，似乎在故意勾引人似的，望着那熊熊燃烧着的炉火，闻着从锅中不断飘出来的沁人香味，真让人垂涎三尺！我便有一种餐餐都想吃小炒的冲动，但摸摸口袋中用橡皮圈捆起来的菜票越来越薄时，便又要抑制这种欲望。而且规定每星期最多只能吃一回。现在，喜欢什么就吃什么，小炒算什么，大炒也没有关系。虽贵些，但是口感好极了。隔三差五我便会叫三五学妹去学校周边的小饭馆撮一顿，弄得青春期的女生们，感觉倍儿爽，觉得哥就是亲哥般，太好了！我有些虚荣地用自己所冶炼出的金子，给母亲打了一枚戒指，以示孝敬。同时也给自己打了一枚，上面刻着“富贵”两个字。虽有些俗，但还是真切地感受到有钱的日子真好！

阔起来之后，变得更为自信。我把自己包装得很光鲜，像个大款，频频出现在公众场合，准确地说是出现在各色女孩的视野之中。在岳麓山脚下的那所大学影院所邂逅的那个女生，似乎对我有了一定的依恋，也愿意以身相许，但必须对其负责。如若欺负她，便会叫人来收拾我。她本属民风彪悍地之女，放此豪言，感觉好像混黑社会似的。这妹子真厉害呀！在暗含着威胁的前提下，我胆怯得不忍心去伤害她，因为她并非我特别喜欢的那盘菜。我们若即若离的相恋很快便无疾而终了。

我又一次本能地变得空虚起来。我的青春再次像没有灵魂的躯壳。我特别渴望像牧羊人那样，挥动着鞭儿，赶着羊群，在茫茫的大草原上，四处漂泊、到处流浪。

该收拾一下心境了。寂寞是治愈寂寞的良方，但不能在寂寞中沉湎太久。我在寂寞的孤旅中不断寻觅着，其间又一个女孩出现了。

她来自北国，是我一个朋友的乡党，在一次聚会中相遇的。她有着白净的皮肤，圆而大的眼睛，丰硕的身躯，尤其是那鼓胀的胸部，宛若成熟的水蜜桃。这一切都表明着，这是一个风韵十足的漂亮女孩。她可能着迷于自身所拥有的这一切，因而使她显得有些骄矜。只是，女人丰满的身躯像南极大陆板结的冰块，太厚重了。尤其是搂着她旋舞时，腰部缺乏青春少女应有的柔性，不像陀螺般旋转自如，尽管她在努力地配合着，但还是让人感觉到像一架生锈的、安着轮子的钢琴，笨重得很，跳起来真让人感觉很费力、很辛苦，转不了三两圈，便会全身冒大汗。

她像蘑菇菌般的红唇即使在昏暗的灯光下，也会泛着金波；还有她那双迷人的大眼睛始终不安分地在舞厅搜索着、游移着，有一种生怕见到熟人的局促感。怕什么来什么，那天她在舞厅中向一位帅哥微笑地点着头。我有点吃醋地问了一句，那小子是谁。女孩一点也不掩饰，说曾是她固定的舞伴。这一回答，让我对其印象一落千丈。原本我同她初次接触时就很审慎，甚至很挑剔，加之同她跳舞时，缺乏默契，影响兴致，找不到男人应有的自信。这一幕出现后，我真想早点逃离。由此，我在心底里告诉自己：先了解吧，或许仍是红尘中的过客。

可随后的日子里，女孩全然不了解我的心思，经常出人意料地像特工一样，闯进我那零乱的寝室，而且表情显得有些严肃，有些心神不宁，压根儿没有青春少女应有的那种羞涩，世故得像见过大风大浪的洞庭湖的老麻雀。她如此急促地来找我，当然是有缘由的。我以小人之心揣摩着，她即将大学毕业，或许需要找一个人作为依靠，然后在都市待下来，否则广阔天地中不尽如人意的地方随时都会向她伸出橄榄枝，这对于一个漂亮女孩来说是不公平的。但是毕业找工作在即，新生活的希望却是如此黯淡，她才意识到自己并非天之骄子。她不得不重新审视眼前的困境，希望能抓住一根救命稻草，指望我那点可怜的身份或是社会关系，能帮她一把。即使当下留不了城市，将来还可以随我而去。因为当时的研究生还是有点市场，颇受社会尊重。

我怀揣着一种不可告人的目的，或是对她青春丰腴胴体的向往，推着那辆从二手市场弄来的破单车，带着女孩吱呀吱呀地，在都市的大街小巷穿梭着，像无头苍蝇在城市的街头到处乱飞，更像一个没有方向感的水手在城市的汪洋大海中漂泊着。

由于女孩吨位重，我又没有起重机的动力，有时觉得骑车太累，就改坐公交车。偶尔有点眉目，还没有坐下来，就被那些所谓的老乡或是熟人打发了。其中，城市某个学校的掌门人，既是我的校友，也是乡党，得知这一信息之后，我想当然地认为，他可能会帮我。于是，我乐滋滋地把这一资讯告诉她。而且，我有点势利地算计着，假如能把她留下来，与之居家过日子或许也是件幸福的事情。去前的一个晚上，我满脑子想的都是些不纯洁的东西。而且，越想越兴奋。可是，第二天下午，我们贸然去见乡党时，简单地寒暄了几句之后，他便要我们把资料留下，届时有消息再说。我们诚惶诚恐地觉得机会来了，于是，我便得寸进尺地说，能否请他留个电话号码，以便联系。他便把话题岔开了，说有机会，就联系我们。这才使我意识到，他分明就是在应付着。于是，我只好同女孩扫兴而归。

出去了好几回，都是没有希望的折腾。此刻，女孩明显地感受到了我的力不从心，以至于在又一次撞运不成，回归的公交车上，我疲惫至极，想与之亲近一下，以缓解疲劳和沮丧，当我试探着与之相拥而坐时，被无情地拒绝了。此时，我感觉她是一位中规中矩的好女孩，只是性格太强势了。同时，我预感到她可能要另辟蹊径了。于是，我只好采取了冷处理的办法，随后好些日子没有搭理她。我想，不该来的就让它悄无声息地过去吧!

突然，有天下午我还在午睡中，突然听到了楼下电话的召唤声。我稍稍整理了一下衣服便往楼下飞奔而去，心脏在加速跳动。一接电话，便知是她打来的，说约我下午去爬山，并告诉我她准备了一些吃的东西。我有些纳闷地揣摩着，怎么突然变得如此温柔而富有女人味呢？难道我身上还真有些闪光的东西，值得她爱恋？我欣然应约前往，内心深处却又一次充满了想法——真的该让她付出一点什么了。我稍作装扮，便随之上山了。

岳麓山真是一个天然的恋爱港湾。不同的季节有不同的风景，不同的风景会催生不同的情愫，尤其对热恋中的情人。可那天对我而言，却不尽然。在去岳麓山的路上，我跟在女孩的后面。她的臀部被适中的裙子包裹得精致曼妙，像夏天刚成熟的水分十足的西瓜，圆润而性感，给人以无限的遐想。如果她已成了我的女人，真想出其不意地捏它一把。但我还是咽着口水控制了邪念，任秋天的风，恣意地吹拂着女孩丝丝的长发，我依然不曾自乱方寸。

当她把带来的塑料布铺在枫林下的枯叶上时，我就势与之并排坐了下来。此刻，秋风柔情地吹着，似乎显得很不经意，但让我感觉很舒坦，且不断地有殷红的枫叶打落在我们身上。太阳落山之后，顿感秋风萧瑟，寒意四起！但我们还是那样保持着间距，像小学男女同学坐在同一张课桌上，用小刀划一条界河，泾渭分明，似乎是井水不犯河水，安分守己得很。我感觉自己越来越像一个守旧的绅士。

当然，女孩带来的零食还得吃，以掩饰我内心的不安。坐到天黑了，我们也没有肢体上的任何互动。来之前，要好好同她恋一下的美好愿望，早已逃离得无影无踪。因为，理性告诉我，如此强势的女孩不是我驾驭得了的。女孩见这样坐下去，坐到星星和月亮都归隐了，也没有任何青春男女应有的激情，觉得受到了冷遇或是伤了自尊，归寝之后，从此再也没有来找过我了。

虽然我内心深处感到释怀，但没有举行任何告别仪式，无论是否有过爱恨情仇，我还是感到有些纠结。在她即将毕业的日子里，有一次在木兰路的斜坡上偶遇时，女孩扫了我一眼之后，很快便把头低下去了。从其眼神里所流露出的冷漠，我感觉自己像一个传教失败的教徒，有一种莫名其妙的挫败感。我偶尔也反思过，这些年，在巫山云雨的情路上，真还没有遇到过一见钟情的，总是磕磕碰碰的。古人所描绘的“执手相看泪眼”的爱情，为什么就没有在我身边出现呢？

我有些灰心地在床上躺了些日子，像一个处在孤岛中等待救援的流浪儿。于是，趁此空隙，我如饥似渴地读起了《白鹿原》。那里面充满情欲的描写，使我灰暗的人生获得了一种新的原始动力。我边看边回味着，至少在精神方面暂且找到了归依。

经过一番心境的调适，我又重新进入了太阳就是太阳、月亮还是月亮的日子，但我还是要寻找我的月亮。时令已进入中秋，难道还见不到月亮？我经常无聊地背诵着鲁迅先生所写的“秋天的后半夜，月亮下去了，太阳还没有出，只剩下一片乌蓝的天”，来没有由头地调侃中文系研究鲁迅文学的那几位才子佳人，然后又涌现出怅然若失感。目前，我的境况是在情路的追逐中，仿佛月亮下去了，连乌蓝的天都没有了，莫名其妙地慨叹着“明月皎皎照我床，星汉西流夜未央”。没有经历过爱情生活，却像个独守空房的闺中怨妇，感叹着长夜漫漫，真是羞死人呀！但天下事往往是否极泰来。

中秋节的那个晚上，月亮没有商量地照旧冉冉升起来了。岳麓山的秋风又开始发情了，不断地变着法子呼呼地吹着，枫叶在瑟瑟秋风中抖落得满地都是。望着一片片被吹落的枫叶，望着生命的日历被一页页撕去，我不知道该拾起哪一片，让逝去的岁月留下印痕。

白天，我还在落寞地寻思：大过节的日子，良辰美景奈何天，今宵应往何处去呢？我魂不守舍地枯坐在寝室中，想起母亲小时候，见我心不在焉时的骂人话：“你失了魂呀！”不由得会心一笑。

当天下午，我的左眼皮开始没有节奏地跳动着。小时候母亲告诉过我“左眼跳喜”。当然，那是不懂科学常识的认知，但这一说法还是深深地印在了我的脑海里。我想，今天会有什么好事出现呢。

我在等待着，期待着。正当我感觉彷徨无所去的时候，没过多久，果然一位素昧平生的人找上门来了。当其“笃笃笃”地轻敲着空寂的房门时，我略带惊喜地把门“吱呀”地打开了。

只见一位少女，微笑着立在了门前。少女略带羞涩地毛遂自荐道，她是为其姐考研的事而来向我借书。我感觉非常突兀，因为不认识其姐。不知道她是通过什么路数找来的。经介绍才知，其姐在成人本科期间比我高一届。看来我考研成功，在那个学校还是有点知名度的，于是便有些暗自得意。女孩长得胖墩墩的，有点俄罗斯成熟女人的风韵。皮肤白嫩光洁，嘴唇丰润，牙齿纯白，两眼圆而有神，扎着两条粗壮厚实的辫子，微笑的时候，面部表情怡人可爱，这些表征弥补了她身材矮小的短板。不过她所穿的高跟鞋，使她的线条看起来还是比较流畅顺眼。我感觉到她是经过精心装扮慕名而来。我又有些沾沾自喜地在心底念叨：考个研究生真好！居然还有粉丝了。

我叫女孩坐下来，然后绅士般地用那个沾满牙膏的漱口杯，为其倒了杯温水。她没有嫌弃地端起来，轻轻地抿了两口。然后，我便居高临下地像导师给门徒上专业课似的，拉开了话题。基本上是我一个人在侃侃地神叨着、表演着，女孩用一种近乎膜拜的眼神望着我，不时泛出秋波来。好长时间没有见着这种秋水伊人般的眼神了。我似乎又想背《诗经》中那些勾引女孩的佳句了，可惜功力不到家，总是知道个大概，不能完整地引用些句子。

卖弄不成，但我的虚荣心一下膨胀得要到火星上去了。用长沙话讲：咯个伢子下不了地呢！这种感觉实在太好了，怎么会有如此的成就感呢？成功得连不认识的人都来了，而且还是妙龄少女！她长得咋样，全然可以忽略不计。我得抓住这个美好的时辰，同她周旋下去。不知不觉已到吃晚饭的时候，岁月静好！

在择偶的年代，即便再小气，我都得别有用心地请她吃顿食堂所做的饭再走。我装得很大气地拿了室友和邻舍同学的几个大饭盆子，趾高气扬地吹着口哨打饭去了。一路上见着那些同党们，像思乡的人儿回家过节般，纷纷急匆匆地往寝室赶，我都同他们高兴地频频点着头。同党们见我心情如此之好，便有人同我调侃：又来小妹妹了？！我便不置可否地同他们打着哈哈。女孩没有拒绝在我宿舍静静地等待着。全然不谈借书的事了。

当我打饭回来时，她在翻看着我书架上的书。这一举止表明，或许她对我有兴趣。随后，我们在略显暧昧的气氛下，开始了中秋节的晚餐。当然，我没有买月饼。因为，小时候穷怕了，没有怎么吃过，所以不太喜欢吃。因为那时候的五仁月饼，硬得像砖头，一不小心会把门牙磕掉。正如酒桌上某兄弟所调侃的，当年的五仁月饼从飞机上掉下来，正好一车辆驶过，月饼未压坏，但其陷进去却把路压坏了。无论找什么理由来诋毁月饼，其实，还是舍不得那几块钱。农家出身的孩子爱算计的天性，不时从内心流露出来。

我边吃边琢磨着下一步的行动。试探着问其中秋之夜有何安排，她脸有些绯红地挤出一句："其实也没有什么安排。"我顺势便说今晚岳麓山的月儿非常圆，是赏月的好时光，要不一起去爬山赏月？女孩故作矜持地沉默了一会，很快便欣然答应了。于是，我们像一对默契的恋人，很快收拾好碗筷，稍作内务整理，便开始上山了。

我再次感叹：岳麓山，真是一座风情山！是快速催生爱情的福地。凡是莘莘学子，若来此地问道，不谈一场天昏地暗的恋爱，真是莫大的遗憾！

秋天的夜晚，月亮兴高采烈地升起来了，天空亮堂得没有一丝云彩，秋风悄无声息、不知疲倦地吹着，不时把一些经不起折腾的树叶纷纷吹落下来，飘洒在我们头上，打在我们身上。由于初见，不知道该如何开始我们的话题，我只好在女孩后面爬着。山路有些崎岖，踩在堆满枯枝败叶的缓坡上，一不小心便易跌倒。所以，女孩走得极为认真，偶尔走不稳时，我便会小心地用手去搀扶一下。在扶的当儿，感觉到女孩全身在微微地颤抖，显然有些紧张。我在想，她是在提防着我呢，还是在期待着什么。我们很少吱声，慢慢地往山上爬着，彼此都能听到逐渐加重的喘气声。

月亮也慢慢地移到中天了。如一汪春水似的月光，从斑驳的树丛中静静地洒在我们身上，秋风也变得更为柔情了。女孩有些冷，不断用双臂抱着自己的上身，偶尔回头用眼睛望着我。这含蓄的暗示，对于一个久经情场的人而言，比做高等数学题容易多了。我试探着轻轻地把手搭在了她的肩上，做搂抱状的伊丝毫没有拒绝，也没有发出任何声音，但我感觉到其全身颤抖得更剧烈了。此情此景，我强烈地感觉到，秋风秋月真是怡人的催情剂，香奈儿香水算什么呢？于是我把女孩搂得更紧了，她全身酥软地靠在我身上，我们再也不想往前走了。

于是，顺势就在脚下厚实的枯叶堆上坐下来，然后开始了我们的相拥。我们在秋夜中抱得紧紧的，抱得呼吸变得更加急促了。这时哪怕给我一个国王，我也不想去做了！天底下哪有如此幸福的事情呢？不知拥抱了多久，抱得月儿有些西斜了。女孩加速的心跳和发烫的脸，使我感觉到其进入状态的速度太快了，旋即使我又隐隐地生出一丝不安来。

我有些疑惑，为什么幸福又一次来得如此不经意而迅猛呢？此刻，月光如春水般地洒在我们身上，像我从未见过的慈祥奶奶的手，在抚摸着我们。

夜已深、人已静，秋风吹得更欢了。天凉好个秋。女孩明显感觉到冷气袭人，连练过童子功的我都有些挺不住了。我便问她，今晚何处去呢？我担心她会委婉地说还要回学校。可出人意料的是，她说天太晚，其所读的学校相隔较远，学校的大门早已关了，且公共汽车也停开了。

我知道该如何做了。我装作温情得不得了的样子，试探着和她商量：要不去我寝室坐一个晚上？当年的学子，没有动辄开房的习惯，也舍不得花那个冤枉钱。女孩没有任何迟疑地便随我而回。

此刻，感觉自己仿佛是汪洋中的一叶扁舟，不知道命运之神会把我引向何方。回到寝室，既没有洗漱，也没有脱衣，更没有局促感，像一对久别的恋人，一上床便把对方抱得紧紧的。学生床本来较窄，这时我却嫌它太宽了。作为一个从未和女人有过深度接触的男人，在这个月白风清的夜晚要学会克制，真要有“夏握火、冬抱冰”的忍劲。我真不想做现代的柳下惠，让自己瞧不起自己。在拥抱中，女孩不断地发出“哼哼”声，情欲之火，把我周身烧得热血沸腾。

当我想蠢蠢欲动时，理性之水悄然从我头上浇了下来。彼此都缺乏了解，恋爱的速度却如此之快，似乎太轻率了。当我们冷静下来时，都感觉太困了。很快，便精疲力尽、安分守己地开始端坐着酣睡了。事后，我又暗自庆幸着没有给彼此造成任何伤害，也为我将来进退自如留下了后路。

一觉醒来之后，已是日上三竿。我见伊满脸红晕，像初春的晨曦，但我心里却有些懊恼，觉得这女孩太率性了，值得去追求吗？看来，这或许又是一个充满故事的女孩。农业社会祖辈们留给我的传统观念，一直在困扰着我。若其曾经沧海，我内心便断然难以接受。于是，尽管我和她有了一夜的厮守，却感觉自己一直是行走在病急乱投医的情路上。虽然感觉她善解人意，但至少在身高海拔上与我一样，存在明显的短板。乡下骂人时“你咯呷死矮子”的口头禅，时常在我耳边回荡。这是我的隐伤。因为个子太矮，在青春期求偶时，弄得我处处不自信。鞋子都得尽量买底厚点的，而且还要在鞋中加层垫子，走路时昂首挺胸，使自己尽可能高一点，但时间长了累得够呛，真是活受罪啊！尤其是在舞厅找舞伴时，在那些高挑的女孩面前，总觉得有一双火辣的眼睛在盯着我，盯得我极不自在。因此，我内心发誓：一定要找一个高个女人来改变这种基因！正如，当今我老婆偶尔对儿子所调侃的：儿子呃，你将来还是要找一个高个子的姑娘呀，否则，你们家祖传的矮个子基因又会变回去。所以，当年我隐隐觉得对方并非意中人，因此我始终没有突破自己的道德防线：不娶就别毁了别人！

一个星期后的周末，伊在没有与我约定的情况下来了，可能感觉到初试爱河的甜蜜。我在楼下的凉亭里正吃着晚饭，我的一位死党发现了。当他告知这一消息时，我便迅即告诉死党如何应对。因为伊认识我的死党，相遇后想必会通过他打探我的行踪。

应对策略确定之后，立马朝着寝室狂奔，把门关上之后，开始学会了“躲猫猫”，我的心脏一直在剧烈地跳动着。伊“笃笃笃”的高跟鞋的声音越来越近了，仿佛是战场上的炮弹，在不断地向我袭来。

我慌忙倒在床上，然后用被子把头蒙起来，以躲避这短暂的危机。我暗骂自己：怎么如此没有出息呢？！不就是正常的恋爱吗？恋爱中的男女谁没有经历过这些套路呢？我又没有伤害她，怕啥子呢？缘未到，就开溜，有什么错呢？我给自己注入了安魂剂之后，跳动着的心脏才渐渐地平稳下来，镇定自若地装睡。

伊用柔和的声音敲着房门，我一直默不作声。连敲了几次，我还是不理她。伊便自言自语道：怎么又不在呢？“又不在”几个字告诉我，难道中间她还来过？伊说“又不在”时，声调拖得比较高，可以从中听出其隐隐的不满。恋爱中的少女当然不能把自己弄成像被人抛弃的悍妇。我想其也只能克制了。随后，伊在自言自语中站了一会之后，走开了。或许是找邻居问我的情况去了。过了一段时间，又来敲门了。

我再次像死猪不怕开水烫的架势不吭声，伊有些生气地说着：怎么会这样呢？！我暗自得意地想笑，但还是控制了情绪。随后，伊像谍报人员一样，来突袭过好几回，都被我躲过去了。过了好些日子，没有来了，我以为可以安心了。

人有时候真奇怪，不来的时候又希望她在不经意间出现。想什么，便来什么。过了几个月，伊又偷袭着来了。当时，我矛盾着，是否还见她一面呢？但理智告诉我，伊不是我理想中的女人，于是我还是克制着避而不见。伊只好彻底失望而归。从此，伊真的死心了，再也没有在我的眼皮底下出现过，我也心安理得地摆脱了这场小小的危机。我的恋爱就这样一次又一次如烟似的消散了。没有付出，没有感伤，来得快，去得也快，到了该恋爱的年龄，我不能再听之任之地拖下去了。我需要继续寻找我的太阳、我的月亮。

研究生生涯，有喜有忧，但总的来说，还是我人生中极为惬意的一段时光。虽然每个月只拿着一百多元仅够维持基本生活的工资，后来挣了一笔可观的钱，使我的底气更足了。我无需为考试而读书，也无需为前途而担忧了。毕业后，享受国家政策的红利，随便找个大中城市待下来，一点问题都没有。我奋斗的初衷不就是为了实现城市梦吗？

为实现毕业前找个老婆出去的愿望，我又开始疯狂地进行着寻梦之旅。每当学校放假时，为了省钱，我哪儿都不去，留在学校呼呼大睡，养精蓄锐之后，晚上便到处溜达。

在 1993 年国庆节假期来临时，夜晚师大舞厅的歌声照常响起，我情不自禁地便独自来了。由于不少学生外出，所以人比往常少了许多。此刻，一位穿着红色毛衣略显拘谨的少女在舞厅外围，立即引起了我的注意。我怯生生地走上去请她跳了一曲，少女不张扬的个性，使我觉得有似曾相识之感，于是好奇地与之多聊了几句。其间，我随口问她："你是生物系92级的吧？"少女有些惊奇地问我："你怎么知道的？"其实，我是信口开河却言中了。

几天前，我的左眼跳过几下，"左眼跳福"的说法再次得到了印证。我预感到缘分可能要来了。接下来的时光里，我不断地主动相邀，少女都不曾拒绝，使我的虚荣心得到了满足。我想打听其名字，但她只告诉我姓，不愿告其名，说名字太土不好听，我心里有些着急。最后，我还是从她的同伴处得知了。经过简单的闲聊，对少女有了好感，冥冥之中觉得这就是我想要找的女孩，于是我有些虚荣地告知其居所。我所住的研究生楼，是一个特殊的文化符号，是块金字招牌。曾几次尝试过这一招，似乎屡屡受用。

利用这种身份，找个俊俏点的女孩做女朋友或是老婆，基本上不会遇到多少障碍。幸福的时光真是短暂，曲终人散之后，我再次果敢地作出决策，约其第二天晚上继续跳舞。她犹豫了一会，最后还是答应了。第二天晚上六点，我准时去了女生宿舍。门卫是位中年阿姨，是舞厅中的常客，估计见着我面熟，便一反常态地放松警戒，让我顺利地混进去了。我想，这是上帝都想成全我的美事。我略带紧张地敲开了门，她正在静静地等着我，让我既紧张又高兴。没有过多的寒暄，我们便携手去了舞厅，仿佛热恋中的情侣。在优美的音乐旋律中，彼此配合得非常默契，舞会在兴致高昂中很快结束了，我感觉有点意犹未尽。有了第二次铺垫，我们仿佛一下就热络起来。

打铁要趁热，第三天我便约女孩去橘子洲头，她几乎没有犹豫就答应了。早上七点半，我吃完早餐，便骑着自行车到她的宿舍后面，大声地叫着她那富有乡土气息的名字。她即刻从窗口露出了红红的笑脸，算是应承，没过多久便素妆出现了。当我把自行车骑着前行时，女孩体态轻盈地上了车，然后我们俩便兴高采烈地向目的地进发。

湘江河畔四季不息的风，在吹拂着两岸美丽的大地。已是深秋了，橘子洲头，瑟瑟江风在呼呼地吹着，草木在江风的吹打下失去了生气；江水同夏日相比，处在枯水期，因干涸而缺乏韵律，在缓缓地流动着。在该季节恋爱，虽没有春的浓情，却仍有秋的诗意。

凭栏回望江渚边的岳麓山，五彩缤纷的枫叶在秋日的阳光下，绚丽极了，我的心境瞬间变得极为舒坦。我不断地告诫自己：人生无论在什么境况下，都要不屈不挠地去奋斗！何况是追求一个女孩呢，有什么不能攻克的堡垒？

当太阳升到中天之后，我和女孩的爱情在喁喁私语中滋长着。

我曾经听说过许多农家子弟娶了城市女人做老婆之后，不孝顺父母的故事，这让我时刻充满着警惕。我对女孩的孝道极为在乎，没有任何商量的余地。于是我非常坦诚地同她交流着人生观、价值观，女孩基本上是认同的，我感到了她的本分和内心的温柔善良。

随后，她送给了我几颗红豆作为定情物。我数了数，发现是单数，心中便留下了阴影。她却安慰我，总有一天会补成双数，于是我又为那个双数而期盼着。女孩曾对我表白：好女不嫁二夫。我很赞赏其对中国伦理文化的借鉴性吸收。而且，在那段时间里，我经常会做一些怪梦："一天晚上，我生了一个男孩，孩子赤身裸体，体格健壮，很有活力。我俨然以孩子父亲的身份，抱着他出去散步。但天还冷，孩子又没有穿衣服，我担心冷着他，便把孩子紧贴着我的衣服，抱着他直往我梦中的黄兴路住处跑。但我不知道出发地是何方，往黄兴路需从哪儿走，坐公共汽车是否会挤着孩子，考虑完之后，我还是兴冲冲地抱着孩子往住地跑。孩子挺乖的，但不久拉出了屎，把我的手弄脏了，随后孩子哇哇地大哭着。我想孩子或许是饿了，但他妈却不在身边。她回老家了，这几天只好用米浆喂他。"醒来却是一梦。可见，到了这种年龄，该成家了，她或许就是我要找的女人。

可是，刚接触没几天，她便要离我而去。我不明就里，估计还没有思想准备，内心还在斗争着，弄得我的心七上八下的。可我毕竟是经历过岁月沧桑的人了，面对人世间的风霜雨雪，都能泰然处之，用理性去面对。佛说：该来的一定会来！所以，不能操之过急。

经过两年多的接触，情感多有波折，但我一直在努力化解危机。女孩曾经嫌我比她矮，而我狂妄地引用了德国铁血政治人物俾斯麦的话告诉她：高大有什么了不起，把他的头砍下来不就矮了吗！女孩听后沉默了。记得有一次她用红心笔留给了我一封绝交信：我可能要永远离开你！进入热恋后，遇到这种情况，真是百思不得其解。

当时，我的灵魂有一种被掏空的感觉，在长夜的孤床上辗转时，想着那如烟往事，想着我和伊的呢喃细语，想着我们之间的共同承诺，我的心在剧烈地激荡着。我不是多情的种子，但希望它撒到土地上之后，能开花结果。然而，我深耕过的土地，种子才刚撒下去，却刮起了风，响起了惊雷，我期盼中的爱情，就这样被无情的风雨洗劫了，能不“长太息以掩涕兮”！长夜漫漫过春时，沦陷情感应有涯。

经过三思，我不想践踏灵魂来博取女孩的欢心。缘来缘去、缘尽缘空，有缘无分、有分无缘，太正常不过了。我本想送伊一句名言：人生最大的不幸莫过于在可珍惜的年代不懂得珍惜，当他懂得珍惜的时候却又失去了可珍惜的年代。但我又觉得太过牵强、太过黏糊，这不是我的个性。

随后，我写下了如下的诗篇来纪念刚刚逝去的情感漂泊的日子：在如烟的日子里，你我都在寻找——你在寻找理想，而我在寻找归宿！面对北去的湘水，你感到的或许是生命的悠悠，而我感到的却是生命的沉重！你对生命仅仅还是一种感悟，而我对生命却是一种感伤！你有天真的童年、活泼的少年、快乐的青年，而我的童年是苦难、少年是忧伤、青年是迷茫！你我的日子啊，有多少能交织呢？！

情绪低落了一段时间之后，我对自己又开始充满了信心，这是社会阅历所造就的。我有着强烈的心理暗示，我相信伊最终离不开我。尽管彼此之间的感情起伏跌宕，仿佛情感之河几度淤塞，最后都被我疏通了。伊有诗为证：命中注定我只能是你的鸟儿，只能站在你肩头歌唱；命中注定我只能是你的星，只有你这唯一的一片天空。在时间的沙漠里，我愿是你心中的驼铃，或是供你歇憩的绿洲。爱原来是酒，喝了便是思念。读着这首情诗，我内心幸福淡定极了。即使未来仍充满着变数，经历多了也就习以为常。

事实证明，经历了五百零一天断断续续的接触后，情感的涟漪又起波澜。由于其家人反对，我研究生快毕业的那个学期，相约正月十五去火车站接新年归校的伊，结果她爽约了。两个多小时的等待，314 车次晚点后，望见了熟悉的身影，但其全然没有往昔那副兴高采烈的模样，我隐隐感到了不妙。回校后的第二天，她来到了我的宿舍，依依相守了二十多个小时，告诉我今天是她和我相处的最后日子，以后不要再去找她了，并还回了我母亲曾作为见面礼送给她的二百元钱，要走了她自己两张单身照和我的一张单身照底片。还说要我把所有与之合影的照片及就其所写的日记都给她，这我可没有答应。这一切表明，她似乎显得很决绝。很晚了，她要归宿了。

刚走出门，一阵闪电惊雷掠过，已是早春了，天突然下起了倾盆大雨。临分手时，我反而比上次淡定了，内心深处并未掀起江海波浪，像个文学青年般对她说：假如命运把你判给了我，你还会来找我的。伊表示了沉默，直到把她送到宿舍门口被门卫拦住时，伊接过了我递给她的行李，说了声“谢谢！”便消失在雨中了。我冒雨走在灯火稀疏的木兰路上，路虽不长，但在雨中彷徨着似乎看不到尽头。我步履蹒跚，突然觉得无处可去，便只好默然地归寝，拐弯上坡时，顿感心身疲惫。

新学期的第一个周末，没有了约会，一种久违的孤寂感徐徐袭上心头。尽管已是早春了，我突然感觉到仿佛晚秋般的沉闷。我无奈而孤单地去了久别的舞厅。去怀旧还是寻梦？自己都不知道。霓虹灯依然以其固有的疯狂，自顾自地旋转着，并以其特有的自傲扫视着四周的冷暗。我似乎觉得这世上一切美好的东西，正在以蒙太奇的手法次第向我告别。我找不到往日的感觉，难道真的失恋了？没有待多久，我只好藏着苦涩的念想，回到了那间让我栖身了两年多的 409 房。

三年的学习生涯即将结束，因为工作初定，我已准备到南方热土去寻梦，所以感情之事只好任其在郁闷中慢慢释怀。同时，一直在思虑：我南下后，如果明年毕业的伊不能随去，由她主动放弃这段情，我心里反而会好受些；若是因我的缘故而抛弃了她，会觉得一辈子难以安宁。

因为伊毕竟是我青春年华中，真正意义上相依相守的女孩，而且也让我付出了深深的感情。天下事，往往不钻死胡同时，却会出现峰回路转、柳暗花明之景。

一个多月后，伊的两个姐姐，一个弟弟来了，算是正式来考察。以我当时的历练，应付这种事情，太小儿科了。他们来了，我当然表现好得一塌糊涂。我把自己弄得很光鲜，又叫我曾经中学的同事、正在一同读研的哥们的老婆买来了水果。在等他们来的空当，我还是显得有些紧张，不断去洗手间尿尿，可能有七八次之多，心脏也在加速跳动着。于是，我在内心骂自己：怎么如此不争气呢！这种心理素质，将来如何应付大场面！另一方面，我又开始向过来人讨教应对之策。

等了较长一段时间，仍未见他们过来，我便主动出击去了女生宿舍。那时的女生宿舍监管很严，男士不得随便进去。于是在宿舍门口说了一大堆好话，终于把守门的老头说通了，限我五分钟出来。进了女舍，我便鼓足勇气怯生生地敲开了426的门。坐在门口的两个女生见我进来之后，不好意思地坏笑着，旋而便低下了头。一问伊，她们便说出去了。伊的床上躺着一位正在看书的与我同姓的女同学，她对我不冷不热的态度，使我有些讨厌她。因为她曾要伊与其一位在邻校身高一米八以上的表哥相好，似乎想挖我的墙脚。我从心底里表现出了小家子气的鄙夷：光高大好看有个屁用！随即，我立马打断了自己的思路：此时想这些不愉快的事，真不是时候，得想办法解决当下的困局。我估计他们可能去我那儿了，于是便迅速往回赶。

回到寝室，果然见到了伊和她的姐姐、弟弟。见面时，我像领导人一样说了句：你们好！伊的姐姐笑而作答，而其弟却是摇头晃脑着笑而不答。伊说把其弟送到我处来睡，我欣然同意。他们上来之后，我便热情地为他们倒茶、削苹果。伊的弟弟把茶一饮而尽，而其姐却未动嘴唇。我们无关痛痒地谈天说地，聊了一个多小时，由于晚上11点，女生宿舍要关门，她们只好起身告辞。送走她们之后，我和伊的弟弟躺下来聊天。

不一会儿，伊又气喘吁吁地跑过来，说她的大姐与大姐夫来了。这时已是 10 点 40 分了，我赶忙下去迎接。当我走到宿舍大门口不远的半坡上，看见几个人影在晃动。我又和原来一样，打着同样的招呼。伊的大姐夫毕竟是乡镇干部，反应很快：这就是小马吧？便伸出了手，我也伸出了手。而伊的大姐反应则慢半拍，处之泰然。由于时间太晚，几经客套，女的由伊领走，男的则到我室就寝。在一阵不痛不痒的闲聊中，我们便睡了。

第二天陪他们到岳麓山逛了一个上午。面对山上随处可见的被秋风扫落的枯枝败叶，我的心情并未受到影响，反而想到了秋天的累累果实。它们使我很快想起小时候上山砍柴的情景：要是这座山在我老家该有多好，我就用不着去远方砍柴了。可见，小时候的生活印迹对人的一生影响有多深！一路闲聊着、拍拍照，时间很快便过去了。中午请他们在实惠酒家吃完饭后，仪式便结束了。我们的爱情就算在了解中瓜熟蒂落。既然找到了爱情，我也开始收心，不再到处去折腾了。

1995 年春节，在婚事未定下来之前，按习俗我去了未来的岳母家探亲。此前，在她同学的指引下，我曾偷偷地去过一次。找到了她二姐家的住所，见她正抱着外甥女在下面玩，未同她家人打照面，便把她直接接回长沙了。这次算正式登门相亲。一到她家门口时，其父母和家人均不在，可能到田间地头忙活去了。

家里的门上了铁锁。

随后，其弟弟不知道从哪儿冒了出来。正在读大学的弟弟二话不说，身手敏捷地用一只手爬上窗，直接把一扇窗卸下来，然后翻窗而入，入屋把未上锁的另一扇门拉开。当时，我便在想：邵阳乡村的治安真好！如此容易登堂入室，居然就没有小偷。不过，那时一般的农家也没有什么东西可偷，大家都穷啊！到了晚上，我未来的岳父、岳母和其他家人都回来了。他们热情地接待了我。晚上洗脚时，岳父亲自帮我打洗脚水。不过他用了一个刚洗完菜的木桶，里面充满了油渍。当他把水放到我面前时，岳母用嗔怪的口吻，把岳父骂了一通：哪这么哈呢！弄得岳父像犯了错的小学生，立即退到了灶屋的门后面，呆若木鸡。我立马感觉到岳母的强势、岳父的老实。

晚上休息时，我和女朋友睡在阁楼上。不知是人为抖烂的还是老鼠咬的，被子破了一个大洞，像塌方的窑洞冒出了一个大窿隆，盖起来感觉有点冷，好在爱情力量高于天，也就凑合着睡了。由此，我想门当户对真好！否则，我还会有心理压力。通过上门相亲，尽管他们没有直接表态，总算迈出了第一步。不过，我内心还是很自信，这门婚事就这么定了！

既然婚姻大事无需操心了，我得规划好毕业后的人生旅程。虽然已初定南下工作，但父辈们曾说，我们家曾富有过，但家族几代都没有出现过在朝廷为官的。从他们的话语中，我读懂了某种潜在的家族文化理想。于是，当初还是打算到本省的党政机关中去谋一份职业，尽管那时机关的工资很低。找了几位刚毕业进机关的乡党，想托他们找点门路，但由于人微言轻，作了稍许努力之后并无结果，便在淘金热的驱使下直奔南方而来。

九

南国真好！或温暖或炽热，迎着打在脸上的阳光，终于从真正意义上进城了！

20世纪90年代初，祖国的大江南北到处流行着“东西南北中，发财到广东”这一口号。在“淘金梦”的驱使下，我怀着强烈的憧憬，背着简单的行囊，越过五岭山脉，来到了南国这片热土。南国大地，最令我向往的地方是深圳和广州。于是，第一站我便搭上风驰电掣的火车，向中国南边飞奔而来。

当我下车的时候，初夏午后的太阳像一个朝气蓬勃的少年，显得极其阳刚。这时候，海风没有轻轻地吹，海浪也没有轻轻地摇，灼人的热浪使整个人感觉要被蒸发似的难受。我没有选择地顶着炽热的太阳，挤出了熙熙攘攘的人群。为了方便，我从地摊上买了一张地图，便直奔目的地而去。在我曾经的同事、后因考研而先行一步来到深圳的同党处，喝了一碗乌龟煲汤之后，稍作休整，第二天便开启了我的找工之旅。

穿梭在深圳的大街小巷，鳞次栉比的高楼大厦和满街的翩跹丽人，使我对这个城市有一种近乎膜拜的向往。当时的深圳似乎成了一个时代的名片，要是能在此地谋一份职业，不知会令多少人艳羡。走在街上，只见那些匆匆忙忙行走的人群，牛气十足得个个都像用麻袋装钱的土豪。见着这些人的精气神，我隐隐地感到有点自卑，但更激发了我在这个城市扎根的青春梦想。于是，想找一份工作的渴望便更强烈了。

我到处打探用人消息，不辞辛劳地奔走。每到一处，遇到那些主子不是说“好的、好的，你先把简历放下”，就是说“你怎么不早来，我们刚招满人”诸如此类敷衍式的套话。他们张嘴时，明显感觉到趾高气扬。这使我多少有点挫败感。不过，一想到“愿将忧国泪，来演丽人行”所激发的斗志，我便又开始热血沸腾地寻找着下一个目标。当我向一位乡党求助的时候，他语重心长地告诉我，在深圳找工作要先准备好两双皮鞋。在他的鼓舞下，我依然四处奔走着。

幸好，我的一些先行而来的乡党，能让我在他们的办公室打地铺，偶尔也会带我去大排档喝价廉的啤酒，喝得五迷三道的时候，再带我去阳光大酒店广场观赏入夜而来的四海佳丽，这样才使我的失落感稍许减轻了些。然而忙乎了几个星期之后，工作还是没有着落。名义上是我毕业的学校和所学的专业不够牛，其实还是没有人脉的缘故。我没有时间和心情去怨天尤人，必须在毕业前找到接收单位。于是，我不得不悻悻地离开深圳转而北上广州。

当火车冒着滚滚浓烟、喘着粗气“哐当哐当”地驶进广州火车站时，我心里一片茫然。太阳依然出奇地火辣，天上也飘着一些白云，整个大地一片金黄，这样的阳光使我再次充满了激情。我想有如此良辰美景相迎，不发财真难啊！不过，我还是非常惶惑地望着前方黑压压、缓缓移动的人群。

为了消除紧张，我哼着“不要问我从哪里来”的早已流行过的歌谣。忽然间，一个穿着铁路制服模样的人向我走来了。他晃着证件，悄声对我说：“先生，要交进城费。”我问：“要交多少？”“不多，就 200 块。”我心里直嘀咕：真是改革开放先行一步的地方，连进城都要交费！我看那人躲躲闪闪的样子，感觉有点不对劲，便自言自语道：“不对啊，进城都要交费吗？”于是我嚷着要去找警察。此刻，一名警察正好走来，那小子见状便逃之夭夭了。

我终于舒缓了一口气，便往 30 路公共汽车站直奔而去，我想得尽快逃离这个鬼地方。我摸着内裤中存放的 1000 多元人民币，仍然还是胀鼓鼓的，便放心了。由此，我内心真是感激我的母亲。临行前，正如《游子吟》中所描述的：临行密密缝，意恐迟迟归。母亲给我缝了一个连八仙都难以觉察到的钱包，教会了我如此藏钱之道。不过，我再也不能哼小调了。

在公共汽车上，我小心地躲在一个周身都无人的角落，尽管午后的瞌睡不断地折磨着我，我也不敢有半点疏忽。此刻，我真希望身处茫茫大海的孤舟上或是在浩瀚无垠的宇宙飞船上，这样我的钱就安全多了。当年，广州火车站的水真是很深啊！

我摇摇晃晃地在缓缓行进的公交车上，保持高度警惕地坐了两个多小时后，终于来到了中山路的一座办公楼。那里的一间豪华办公室里坐着的那位国企党务负责人，就是我的乡党。我是慕名而来，当我毛遂自荐地出现在他面前，正襟危坐地聊了半个小时之后，他非常热情而又爽快地告诉我："小伙子，没有好地方去就到这里来！"此刻，我几乎不相信自己的耳朵，真想在乡党的办公室，现场给他表演一个类似于孙悟空的筋斗。

我再也不想回到田野了，也不想听那些乡村风格的民谣了，那些常常唤起我苦涩回忆的歌谣，让它们姑且找个地方安歇吧。我需要在都市开始新生活了。

于是，在乡党的关照下，我开始了到南方来的第一份工作。我曾暗下决心，一定要好好地珍惜这份工作。我得先养活自己，然后再考虑赡养仍在乡村耕作却日渐衰老的父母。我进了一家上万人的半军事化的大型央企，在党务部门从事抄抄写写等方面的工作，其实也没有太多的事。我用五笔打字，就是在此期间对着字根表学会的，随后虽然冒出了一系列新的输入法，但我始终不改初衷，它使我终身受益。

部门主管是从基层成长起来的，他们学历不高，有些小聪明，尤其爱钻牛角尖。我的出现，可能给他们造成了一定的心理压力，于是有些不怀好意地提防我，不时在外面阴阳怪气地讲些闲言碎语诋毁我，似乎要用围墙把我隔离起来。还好，由于机构精简的原因，在机关只混了两三个月，我便被分到更为基层的公司，说是去镀金。

我所去的地方，是集团属下的一个两百多人、但机关只有五十多人的小企业，主要搞工程。工作仍是在办公室做文员。相处的人员基本上是些同总部机关沾亲带故、文化素质较低、忙闲不均的一群人。当然，我的高学历在这种环境中成了另类。他们当中一些人见着我便避开，全然不想与我为伍。我想放下身段与他们讲些嘻嘻哈哈、不痛不痒的话题，试图与之套近乎，他们却是哼哼哈哈地应付我，甚至不想搭理我。

而我刚到广州这个繁华的都市，几乎没有亲朋好友，仿佛置身于一座孤岛。晚上要不躺在床上看书、发呆、思春，要不无所事事地游荡在街头，吹江风、数星星、看月亮。于是，我再次感到了人生的孤独。

读了这么多年书，却干着大材小用的活，实在是没劲。我隐隐感受到这份工作的无趣，但又有些虚荣地掩饰着这种无趣。还好，没有太多的事可做，当年却可以拿到比同城相当级别公务员高三倍左右的工资。走在街头摸摸裤袋中鼓囊囊的钱包，多少还是有点自信。刚来，既然无法立马离开这个地方，就得琢磨着如何与这帮人打交道、如何与他们周旋，我得适应这一生态、话语体系，融入他们的思维和行事方式之中，否则这帮人会在后面把我当作书呆子来恶意攻击。

头儿们是几个在工地上成长起来的汉子。太阳把他们的皮肤晒得古铜色般，但他们个个气宇轩昂，估计是荷包里都装满了钱的缘故。不过他们有一点不太好，就是开会的时候，像乡村中一些不太懂道理的妇人，总喜欢为一些鸡毛蒜皮的小事吵吵嚷嚷的，甚至还用广东土话骂娘。弄得我这位新来的经常是忍俊不禁，只好把肚子憋痛。还好，有几位老资格的员工，为了打破僵局，便趁机油腔滑调地插科打诨说些“哩哋也，好难讲”之类的土话，随即人群中引起一阵哄笑。头儿们在哄笑中只好改变话题。

我所在的部门有好几位女性，都是被照顾而来的，她们的工作除了喝水便是聊天，然后便是上洗手间。当然，她们也会见风使舵在头儿面前晃悠几下，问头儿要不要买卫生纸、毛巾、牙膏之类的东西，工作实在是清闲。但作为平凡人小日子过得有滋有味。其中，有一个女人较为“八婆”，她作为部门主管，和我面对面地同坐一办公室，经常有些显摆地暗示我，其兄是集团公司的大领导，其实也没有多大。

那时候，我刚起步，对行政级别虽然不是太高的官员还得当回事，好汉不吃眼前亏嘛。在这个低素质的群体中，对权力尤为迷恋和崇拜。中年女人凭着这一靠山，便有了颐指气使的资本。自己不做事，整天在外面瞎跑，摆出一副要管我、训我、控制我的欲望和架势。对于这种不是一个层面上的女人，我压根儿就不想理她，只好静下心来，写点东西来打发时光。女人见我不是她碗里的菜，自觉没趣，便经常借与别人打电话之机来含沙射影地教训我。说某某在某单位四年来未写一篇东西，现在都做了领导，听后让人讨厌至极。不过她倒提醒了我，正如社会学妥协理论所述：在这个让人不适的环境中，得学会妥协。

没过多久，我的部门主管换成了一位四十多岁的中年汉子，同样是面对面地坐着。时间久了，为了打破沉闷的局面，也会拉拉家常。他说自己是从越战归来的，还好，也不怎么吹嘘，对当年金戈铁马的场面，只字不提。估计也是乏善可陈。他的工作除了用家乡方言与中年妇女打情骂俏之外，偶尔也会起草一些通知之类的小文稿。不过，他在起草的过程中，规定自己一天只写几个字或是几行字，像一位修道很深的作家一样琢磨着每个字。真是字字值千金啊！头儿一来，问他在忙什么，他便会郑重其事地说：“啊呀，好忙啊！一直没有停过！”然后又会装出一副一本正经、埋头苦干的样子。领导一走，他又东家长、西家短地聊开了。坐在他对面，看在眼里、喜在心里，当然不能揭穿他，何况他偶尔也教我一些对付头儿的招数。在那样的年代，这种人实在不多了，真算得上我进入业界的启蒙老师。由于单位小、事不多，尤其是无需写大材料，我真觉得英雄无用武之地。于是，一些人对我的存在不以为然，觉得我是一个只拿钱不创造效益的人。工作将近一年了，也没有几个人搭理我。无所事事的生存危机感在强烈地压迫着我！觉得此生不能这样耗着。

好在，单位食堂的伙食搞得还不错。吃饭不要钱，不过碗要大一点，随便装。当然得早点去。因为不少有家室的，一个人上班，全家人免费就餐。所以，那个年轻的厨师总是不太友好地看着那些用大盆子装饭菜的人。因为饭菜没有了，他会被领导呵斥着重做。同样的劳动几乎每天都要重复几次，所以难免有些怨言。我体谅他，觉得我是他的同盟军，因而即便饭菜再紧张，他都会事先把我那份留着。真是天涯逢知己！

我的住所，也安排得不错。两人住一间，类似于小教室，可以在里面跳探戈。在南方的大都市中，作为单身汉，能有这样的起居条件就算很奢侈了。没住多久，同室的同事有了女友，很快又要结婚。为了找婚房，他不太友好地对我说，要我搬出去住。去哪里，他不管。这是我在新的工作岗位中遇到的一个小难题。经向单位反映之后，被告知无处安身，便委婉地拒绝了这一无理要求，弄得双方都不愉快。为此产生争执时，我便大声宣言，如果可以的话，假如你出差了，把你老婆交给我来伺候行不？！类似于流氓的行径，他终于意识到不好玩。最后，他只好另想办法搬走了。此刻，我一下感觉到独居一室清净多了。

我的业余生活不够丰富多彩，许多时光待在单位的娱乐室，被动地看些当时风行的《玫瑰之约》之类的节目。因为公共娱乐室的电视遥控器常常掌握在强者手中。当然我不太抵触他们所看的节目，因为我也已经到了“欲将心事付瑶琴”的年龄。何况，我已心有所属了呢。为了打发寂寞无聊的时光，我也尝试着去约会。记得曾在一风情酒吧，约会过一位用广东人口头禅所说的靓女，喝掉了一杯标价 168 元的所谓法式薄荷酒。我用小农的心态，把它折算成父母一个月的生活开支后，心疼了好些日子。此后，我再也不去赴那些不着边际的约会了。

一到夜深人静时，我便钻进办公室，偷偷地去打长途电话，和远在他乡的伊人说些情话，真是省了不少钱啊！日子就这样悄无声息地过着。除了上班，就是读书、吃饭、睡觉，然后便是无奈地看着太阳东升西落。

在这种单调乏味的日子里，我得继续寻找理想，并为之作些铺垫。我偶尔也会写一些激发鸿鹄之志的日记，背一些“吴宫花草埋幽径”“何处春江无月明”之类的诗句。然而，学无所用、前途渺茫；结婚生子、赡养父母的责任像一座无形的大山，压得我有点喘不过气来。我愈来愈感觉到年轻的生命仿佛是一条没有涛声的河流，因而难免生出一些“落花风雨更伤春”的情怀。

在乡党的再次关照下，我从下沉的小企业，再次折回去了总部。在企业的所谓“核心”部门，继续从事着“齐抓共管”之类的工作，说具体点还是抄抄写写。但是我所写的那些东西，经过不同层级的所谓上司们乱涂乱改以显示其高水平之后，结果却是面目全非了。到了终端的头儿那儿，招来的却是“就这水平？”的责难。更为严重者，曾经一个工地出身的小子，官不大但口气很大，居然当着我的面毫不留情地说“写些什么玩意儿”，真让人憋气呀。一个正儿八经的科班生，写出来的东西，估计没有按他们所期望的套路而为，竟被这帮连半桶水都没有的人羞辱成这样，能不难过吗？

除了写作之外，偶尔也会陪领导出差。第一次陪人出差，是位上蹿下跳的主儿，为了考验我，享受着我为他拎包的快乐。他兴冲冲地往前走时，我紧紧地尾随着。一位拥有高学历的人为他拎包，我明显感觉到，一路上他都处在兴奋当中，而且不断地在饭桌上当着下属公司一些头儿的面表扬我，使我感觉有些飘飘然，但内心还是有些书呆子般的难受。拎了几回包之后，我总觉得还是有些不太对劲，于是接下来的日子就不拎了。随后，反差很明显，主子就拿工作来说事，绕着弯子批评我。我知道问题的症结所在，但揣着明白装糊涂。其实，为领导拎包，培养的是一种服务意识，在职场上再正常不过了。可是，我还是书生意气太重。

其间，涉猎过集邮，并非有该爱好，也是受领导的影响而为。他是个邮迷，在本单位集结了一批粉丝。他告知要找个时间节点来集才有纪念意义。于是，要我从研究生毕业来广州工作那年开始集起。而且，当他自掏腰包帮我买了几本邮票年册，悄然地送到手上时，我深受感动。在他的影响下，我对此事有点上心，好长一段时间都在关注该行业的动态。除了集邮，还从工资中挤点钱买些钱币等收藏，但我的动机并非出于兴趣爱好，而是时刻想着发一笔横财。所以，我不时在心底掂量着那点藏品的市场价格。有时身边零花钱不够，或者是打牌输钱了，就会想着拿它们去换钱。动了几回念头，最后还是放弃了，因为我觉得，若要靠卖点藏品来换零花钱，那是真没出息！当然，集邮属于小打小闹，但由集邮发展到收藏，既增长了知识，又得到了相应的回报。从投资的角度而言，还是合算的。

在广州工作一年多之后，我年龄不小了，在得过且过的同时，便琢磨着该结婚了。此际，女朋友已大学毕业来广州工作了。为让结婚拥有一个窝，在部门上司的关照下，顺利地分到了一间加层的钢板房。二十多平方米，不过窗户太小，又渗水进来，且有一水龙头装在后窗处。住在该层的住户需要在这里取水，于是对生活形成了干扰。厨房和厕所多家共用，诸多不便。尤其是厨房中的煤气和炒菜的油经常被一些爱占小便宜的家庭盗用，只能迁就着。女朋友偶有抱怨，也无他法。当年在南国大都市，许多家庭几代人尚且挤在斗室中，我们能有如此独立的空间，总算可以勉强过日子。该陋室使我们的恋爱生活多少充满了一些浪漫色彩。由于隔声效果不好，每当夜深人静时，隔壁邻居女人咿咿呀呀的叫声，常常弄得我辗转反侧、夜不能寐。于是，我不得不加快结婚的进程。1997 年 8 月 26 日，我们终于办了法定手续，这样，就可以名正言顺地居家过日子了。婚后的生活和谐而快乐。虽然，两个人之间因为磨合不够偶有小吵，但不影响珠江之水滚滚东流。

不过，简单而程序化的工作时间长了，愈来愈使人感觉乏味。尤其是我不太喜欢工作中，个别层级不高的管理者，每次开会时总喜欢说“我认为总的来说是好的，但是也有不足”之类的套话。我不知道他这一判断的依据是什么，是进行了定量分析还是定性分析？而且他所讲的这些套话时常会被主管打断，弄得他常常莫名其妙地向周边的工作人员发一些无名火。我又不得不十分克制地与之共处着，毕竟我还年轻，还要发展啊！但这种人际环境、工作氛围、成长空间与我的快乐工作法则和向往相去甚远。我不能仅为多挣几个小钱，而把此生陷在这逼仄的空间里。我得想办法开溜了。

于是，我便利用闲暇时间，不断地去一些在广州混得还有点脸面的乡党家里走走，在结识人脉的同时，寻找机会挪位。当时的社会接触面实在是太窄，在一些聚会的场合，少数老乡平时喜欢把稻草吹成金条，而我听风就是雨，没有弄清楚这些人的根底，缺乏明辨能力，便兴之所来，拎着水果或是烟酒就草率上门了。

记得有一次在火车上通过闲聊认识了一位八竿子打不着的乡党，她吹嘘与当时的某官员关系好得不得了，于是我急功近利地同她套近乎，没过几天就拎着东西上门了。当我提出看能否请她引荐一下，她很快便转移了话题，说只是在某个饭局上见过一面，并非此前其所吹嘘的那等关系。如此一说，我只好忍住心中的不快，悻悻而归。如此这般地折腾了好些回合，最后都在“哈哈哈”中不了了之。随后，我开始反省，不能再瞎折腾了。于是，经过一段时间的沉寂之后，我便又开始暗下决心，还是要通过自身努力改变人生困局！

十

考试是通向胜利的捷径，它帮我叩开了机关的大门，不同的道路、不同的风景在不断延伸和徐徐铺开

当我作出这种抉择的时候，机会就来了。1997年，南粤大地率先在全国进行公务员招考。我抱着试一试的心态报了名。我知道自己的实力，不能往热门的地方去凑热闹。于是，我选了一个常人或许不太感兴趣的地方去考。“命运总是垂青于有准备的人”这一格言，又一次在我身上显出了灵光。公布考分时，我的名字赫然在目，居然还是第二名。随后，经过其他几轮角逐，便成了第一名。尤其是面试时，考官问了一个“‘会议纪要’是否需要盖章”的问题，没有从事过机关文秘工作的，基本上会被问蒙，而我果敢地回答“不需要盖章”！事后，有人告知，只有我一个答对了，觉得我基本功不错，便录用了。进而，我成了一位名副其实的公务员。

多年来，我几乎成了考试专业户。就升学而言，经历了从初中、高中、专科、本科、硕士研究生到博士研究生的考试，其中小学无需考，博士研究生因态度游移未考上。还参加过律师、保险、职称等从业资格考试。但真正改变命运的考试，却只有三次，一次是跃农门、一次是考研、一次是考公务员。第一次是身份的改变，由吃“农村粮”变成吃“国家粮”；第二次是地域的改变，由农村娃变成城里伢子，从乡村真正走进都市；第三次是职业的改变，由普通的国企员工变成机关公职人员。我的命运总是通过考试而改变！因此，再次感激中国的考试制度，使我能幸运地在不同的阶层之间流动，真的比魏晋的门阀士族制度好多了。我无需像那个时代的寒门子弟愤青般地骂“他妈的”了。因为那时候的寒门子弟，几乎没有上升通道，所以羡慕投胎好的那群人，觉得他们能在上流社会过着有滋有味的生活，是因为有个好妈，便随口就来了一句“他妈的”。我经常自豪地用考试这一招，教育身边的后辈们，使他们心悦诚服。尤其是考上公务员之后，我有些虚荣地吹嘘：那可是平均一百四十多人在角逐一个名额啊！

更让我沾沾自喜的是，终于实现了祖宗三代没有人在朝廷当过差的文化理想，而且还分到了一套虽是被别人选剩的福利房。我得在这里幸福安康地繁衍生息。在家庭生活中，我一直秉持着营造正能量家庭氛围的理念。

不久，我小子出生了。在他出生的前年，与深圳的友人一起上凤凰山。我和妻均抽了两支上上签。妻还说，她在一汪泉水处正欲洗手时，泉水井边的石壁缝隙间忽地喷出一股水来，正好溅在她手上。等她反应过来希望还有这种际遇时，却再也没有出现过。妻觉奇怪，以为是圣水，仿佛冥冥之中得到了神灵护佑似的，为此而非常高兴。随后，去烧香致谢，她所持的香燃得极旺。当然，这些东西不能太当真。

到第二年的 12 月 22 日，一个花好月圆的晚上，当儿子躺在床上，不断地牙牙学语喊着爸爸、爸爸时，孩他妈逗他，要他改口叫妈，他却怎么也不改，只是哧哧地笑。对于我来说这一连串接踵而来的好事，真让我感觉到幸福像花儿一样！

刚进机关的时候，我曾暗暗地发誓：得混出个人样来！因为抒情的岁月已不再属于我，必须得像老牛负重般去践行，让残存的青春燃烧起新的火焰。为了使自己的人生像传统中国文化人那样有着特定的格，在广东一批名家送书法下乡的场合，我便率性地杜撰了几个字，随后向一位名家讨了一幅墨宝，由其挥毫抒写了“棋静棋动”四个字，在自家客厅的墙上挂了 20 余年。在“棋与人生”这一话题上，自古以来，文人方家均有不同的见解。唐朝宰相张说的见地尤为独到：“方如棋盘，圆如棋子；动如棋生，静如棋死。”受其影响，自编的四字，算是自勉。

于是，在谋生的工作中，我表现得极为认真踏实。由于岗位分工不一，有的人整天忙于迎来送往、吃吃喝喝，而我整天却在伏案写材料。当年电脑没有普及时，写材料比现在更为辛苦。有时候，一万字左右的单位年终工作总结，一两天便拿出来了，真是费尽心机、毫无怨言。忙了一年多后，许多事情开始熟悉了，同事之间的关系便慢慢融洽起来，出去集体活动的机会也渐渐多起来了。这对彼此之间的沟通和联谊是有益的。

机关工作基本上是程序化的、线性的，但人际关系却是非程序化的、曲线交织叠加性的。在领导面前混得活泛的，领导带他们出去活动时，往往都是使用肢体语言或是“老家来人了”之类的暗语。感觉自己在边缘外行走，一度影响着自己的心绪。因此，我不得不学会调适心态。如何混进他们的圈子呢？睡在床上时，也在思量着。设计了好些方案，但醒来时却又觉不易付诸实施，个性和良心都接受不了，只好不了了之，最后还是在圈子外游离着。农家子弟出来混，当所有资源都匮乏时，特别渴望获取一些资源，以改变生存的困境，并赢得社会的认可。但是要迈出这一步，向一个新的台阶攀升，真难啊！尤其是偏离了方向，可能面临的是万劫不复的深渊！处在起点阶段，奋斗的过程都非常艰辛。进取心屡屡受挫之后，的确会流露出丝丝的沮丧感，曾经涌动过的建功立业的渴望，只好姑且掩埋起来。

过了些年月，虽然领导换了一茬又一茬，但由于生性使然，只顾低头干活、不善于抬头看路，同样难以融入新的圈子，所以对未来的前途深感茫然，心情也随之变得低沉起来。只好安慰自己，慢慢学会重新适应吧。其实，在机关与什么人共事，是没有办法选择和改变的，尤其面对上司，遇上了好的便是缘，就得好好珍惜；遇上了不咋地的，就得认命，竭力学会去适应，否则一辈子可能被搭进去。

当年，在一个机制体制尚待健全的职场，领导往往处在一个相对的制高点，掌握着一定的话语权。他们既要用人干好活，同时，又不希望身边的人添乱。所以，用什么人，才是他们最为关注的事情。我是一个做事不多事的人。除了干活，基本上是深居简出，活在自己的天地里。所以，领导也不会太在意我的存在，但出于安抚，偶尔也会找我闲聊。说对我印象不错，要我好好干，不要受社会上一些不良现象的影响，应多学一些好的东西，不要给人以清高的印象。任何领导都喜欢聪明人，都不喜欢不听话的！虽是三言两语，但还是点中了我的软肋。因为我的确是有些心高气傲，算是性格的短板吧。在日后的职场生涯中，我想努力去改，但生性如此，谈何容易！于是，凡事若不受领导待见时，当思己过，多体谅领导的难处。我不断暗暗地告诫自己：不可害人，但需防人；宁愿负己，绝不负人！

新时代未来临之前，职场生态让人欢喜让人忧。其实，职场是个染缸，是个江湖。在职场中经历过一些事情之后，我才逐渐悟出一些道道：从政是一门学问高深的职业，是一种高智商的博弈。在这个圈子里，各色各样的人都有，良莠不齐，好坏难分。好人居多，但坏人也不缺。有时，其实就是“一粒老鼠屎效应”。老鼠屎虽小，却容易把一锅汤搞坏。所以，在这种地方混，就得打起十二分精神。人没有欲望，易被人糟蹋；欲望过多，易显痛苦。如何处理欲望的度，真是一门大学问。职场学问多，用心去琢磨。干好活、守底线、不惹事，做事不跟人，任何时候都是生存之道。在特定场合下，处事还得学会圆滑。在趋势面前，该附和的要附和。不能随便树敌，更不能恶语伤人。

其实，人活着成功与否，大凡是由机缘际遇造就的。任何事别太较真，可与人斗智，但不可与人斗气。正如叔本华所说：别拿别人的过错来惩罚自己。其实，权力这个东西，既是天使，也是恶魔。既可造福，也可惹祸。但人性的贪婪，使许多人为之朝思暮想、疯狂追逐。得其者，有的往往无所不用其极。不自律自省，难免会干些伤天害理之事。小时候曾听父亲说过：一代做官九代牛。当官与做牛，是否存在逻辑关系，没有去深究。但是，一直引起了我的警觉。我不断告诫自己：与其让后人遭罪做牛，还不如不做官！要做，就得“俯首甘为孺子牛”。所以，多行善、多积福！

成家立业后，家庭负担、社会责任，像一座无形的大山，压得喘不过气来。尽管前路漫漫，但还得努力负重前行！因为我不再是在山中砍柴的时候，常常望着天边飘着的白云，感叹“王侯将相宁有种乎？”的那个懵懂少年了；也不再是在乡村中学耗着时，望着山涧汩汩而流的小溪发出“昼短苦夜长，何不秉烛游”的那个愁肠百结的青年了。我急需为一家人的生计营造好的环境。因为当时连最基本的温饱问题尚未解决，更谈不上建功立业。好长一段时间情绪波动较大，我对人生时常有一种无奈的恐慌感，乃至内心一直被一种张力压迫着。正如黑格尔所描述的那种状态：看吧，将要抬你出去的人已经站在门口了。

因此，我急需寻找人生的方向。我特别渴望通过社交，拓展自己的生存空间。于是，我盯上了县同乡会这个平台，做了一个没有组织任命、不拿工资的秘书长。于是至少与来自故乡的、在同城混得还算比较光鲜的人物基本上相识了。只要有活动，会长会通知我，或者有些人会直接找到我。于是，我得热心地去为南来北往的人张罗着——今天叫张三、明天叫李四来买单。那时候，稍有点职权的，都会想着法子拿公款来折腾，然后换取一种在乡人面前似乎还混得不错的虚荣。于是，利用这些机会，我不断地去混饭吃、找酒喝，不断地利用喝得似醉非醉的机会和状态，同别人称兄道弟。此时的我，开始学会了投机钻营。老婆见我常常是夜夜笙歌，初始有些不满意，我就甜言蜜语地哄她、骗她，今晚又认识了谁谁谁、对我的发展如何有帮助之类的鬼话，使她在不满之中充满着希望！

在沉闷的生活之中，偶尔也想在微薄的工资之外，找点发财的门道。因为，家庭负担实在太重。其实，在权与钱的关系上，始终未找到平衡点。无论为哪一方而奋斗，都不是人生的要义。但舍弃二者，又断然不可。因为社会大都以这些世俗的东西，作为评判人成功与否的标准。没有权，不能为社会或自己做些有意义的事情；没有钱，不能施恩于人，帮人解决现实的困难。尤其是当一日三餐的问题都没有解决好时，易显斤斤计较。甚至连打的时，也会为一块钱而与的士司机争得面红耳赤，然后挨一句“没有钱就别打的”这样极具侮辱性的话。所以，常在权力与金钱的追逐中摇摆不定。最后，觉得当务之急还是弄点钱实在些。

于是，在一位校友的指点下，去华信证券公司用 3500 元开户，了却了多年来想入市博一把的心愿。在那胖子哥们的帮助下，当天就通过电话委托下单买了津滨发展和深圳机场两只股票，过了几天，第一次交易时赚了 116 元，当时心里颇为高兴，以为发财的门道终于找到了。如今，20 多年过去了，不算利息，本金几十万元便像雪花般飞逝了。这就是愿赌服输的股市！好在没有听信另一证券公司一乡党的瞎掰。那小子曾出馊主意，叫我把房子抵押出去，贷点钱来好好玩一把。若真按其所言去做，正如互联网上所调侃的：败家居首位的，便是卖房去炒股！可能亏得连底裤都没有了，然后一家人被赶到街上去露营。

其实，35岁那年，真的感觉邪门，诸事不顺。工作与生活中，偶尔有小人作妖，弄得心气不好，只好想办法回避逃离。职业生涯失意之后，便想在经商方面寻找机会来平衡心绪。于是，在一帮乡党的忽悠下，合伙开起了餐馆。然而，这笔投资参与者众，都缺乏相应的经营管理经验，最后便是血本无归！好在投钱不多。一堂弟见势不妙，便把投进去的十万元及时抽出来了，若让他连带弄亏了，我的心理压力就更大了。我所投的那点钱，当年也是一笔不小的数目，而且是全部家当，也算花钱买了个教训。

心气不顺时，连打点小牌都输钱。不会玩麻将，被乡人唆使，初玩时一夜几乎便把当月的生活费输得精光，让人心痛了好些日子。看来，想从别人那儿弄点零花钱，真不是这块料。亏了之后，咋办？当然在老婆面前，只能报喜不报忧。随后，由于自家兄弟向我借钱做生意，而我几乎已是弹尽粮绝。无奈之下，只好把放在手中好长一段时间、平时舍不得花的五千元港币拿去换，在高额利差的驱使下，被家门口的街头骗子骗得精光。当时，真觉得倒霉透顶！回家时，在家门口遇见老婆去上班，便有气无力、三言两语说及此事。老婆的脸色非常难看，随后只来了一句：我说你什么好呢？！就匆忙往单位赶。我感觉像一个做错了事的三岁小孩，沮丧极了！

紧接着父亲因眼病急需动手术，当时银行账户上连吃饭的钱都没有了，幸好在广州打工的两个兄弟的钱由我代管，只好从他们存折上挪腾，从而帮我渡过了难关。

我庆幸自己找了个好老婆，否则会把家里闹得鸡犬不宁。转而又想：假如老婆强势些，我就不会随心所欲地行事了，或许会避开接二连三的倒霉事。有人说，怕老婆的人有出息，像胡适先生那样，或许是真的。虽然流年不利，心情灰暗至极，但总算给死水一潭的生活带来了一丝涟漪。

岁月就像白云山的风、珠江的水，来了又去、去了又来。每当新年的钟声敲响时，除了对过往岁月的思考日益深沉，对足迹的追忆愈发深刻之外，对未来的期待却仍然感觉无奈。无论如何苦心经营，仍深感职途前路茫茫。我苦不堪言地在机关默默地做一颗“螺丝钉”——对头儿所讲的话，总是言听计从；对头儿所分配的工作，总是不折不扣地去完成。哪怕他们经常在夜总会对酒当歌，而把我撇下挑灯敲键盘，我毫无怨言。头儿逢会便表扬我，但是几年过后，在晋升问题上，仍一无所获！虽然高票当选过后备干部，最后却不了了之。想有尊严地活着，却得不到晋升；想与人为善，却总有人使绊子。我知道不断被这帮人忽悠着，然而又无可奈何，于是，便逐渐表现出对这份没有成就感的工作的厌倦来。

可是，我年纪不小了，拖家带口的，再也经不起折腾，费了这么多的周折，好不容易进了这一行当，难道又要离开？于是，在一种矛盾的心态中，我开始不断地寻找机会。我“一山望见另一山高”的性格，再次表露出来了。

为了突围，我不断关注着当时日渐流行的“公选”游戏。我尝试着报考了某市区一副处的位置，第一轮笔试虽入围，但由于功力不深、火候不够，只好陪着别人走过场。但没有气馁，我知道自己的命，是折腾的劳神命，是赶考的命。只要还能折腾，就不会放弃。于是，我又一次开始了换工作的奋斗。在不断地寻找中，再次寻到了机会，终于离开了那个一言难尽的地方。

我的人生稍有转机，是进入真正的机关大院之后。因为以前我所工作的地方虽然也是机关，但游离在核心机关之外，而且所处的位置也不怎么扎眼。办公楼是一层楼的平房，像个临时公棚。当时确实正在建办公楼，所以，一旦有人问我在哪里高就时，基本上是含糊其词地敷衍着。现在不一样了，这个梦寐以求的深宅大院，始终给人以神秘感、威严感。每个大门口、每座办公楼都有武警把守着，弥漫着端庄厚重的气息，以至亲朋好友问我在哪上班时，会大气自豪地把这些场景描述给他们听，同时也能满足我光宗耀祖的虚荣心。经过多年的漂泊，三十多岁了居然还能到这种地方来工作，哪怕是工资少些都感觉到无限荣光。理智责任告诉我，不能再没有目标、没有方向地折腾了！

当我被人领进那栋旧式的由红砖砌成的三层楼、据说曾是民国年代军阀所住过的别墅时，一位中年汉子以一种好奇的眼神，双手抱胸地站在门口打量着我。当然他不是为了迎接我。初次见面，本想与我搭讪，但又有些不好意思。后来，我们同处一室办公。该室还有另外一本处副职，我们三人共居一室，没有任何隐私。面对面坐着的便是处室的副手，是一位古道热肠的汉子。学中文出身，颇具才情、充满幽默感，属典型的性情中人。

为调节气氛，免不了要开些成人之间的玩笑。取笑的对象便是站在门口迎接我的兄弟。这位仁兄，生性随和，也好相处。每天上班时，尽管他已是五十出头的人了，但仍显得朝气蓬勃，有着阿诺德·施瓦辛格式的强健体魄，我们偶尔称之为“阿诺”。在下面无人配合的情况下，俯卧撑一口气能做七八十个，而且不喘粗气。于是，文学语言式的描绘便会从他身上开始，创作者就是那位副头儿。我初来还不熟，基本上是附和着大笑，时间长了，也随便些了。阿诺经常直白地说喜欢“做爱”之类的事。后来熟络了，我便带着诗意地点拨他，应该改成“我们做、我们爱”，听起来就顺溜多了。阿诺还有一个爱好便是数钱，当然是同室的副头儿瞎掰的。副头儿说阿诺喜欢把每一千块钱存一个存折，然后每天晚上第一件事便是躲在被窝里数存折，见着一堆存折心里爽呆了。

在调笑中，日子过得飞快。办公室的气氛和谐起来了，工作效率也随之提高了不少。后来，副头儿升迁了，只剩下我和阿诺同居一室。这时候我有些怀旧了，还是以前三人同处时快乐啊！

我的活儿主要是文字方面的，不断地写，不断地过着平淡无奇的日子，不断地听那位仁兄唠叨。有时他绘声绘色、喋喋不休地讲些乏味的话题严重地干扰我写大材料时，我只好友善地想些新招打断他，告诉他最近夜总会正在招“公关先生”之类的信息，叫他去应聘。他立马就会好奇地问：在什么地方？显得孩童般的天真。我便告诉他，就在大院门口的电杆上张贴着呢。他还真会偷偷地溜出去看一下。等他看完回来，发现没有这回事，便又会叽叽喳喳地说：你小子骗我。

还有一次，我严肃地同他讲：无需动手术，也不用吃药，可使男人下面那个东西轻松变大。那位仁兄睁大了好奇的眼睛，张着嘴望着我：什么东西呀？我告诉他，寄钱过来便告知。他努努嘴，欲言又止，眼睛直溜溜地看着我，期待立马告诉他。见他一直被这个好奇的话题困扰了好几天，后来我还是免费告诉其标准答案：放大镜！他顿时高兴得像六岁的顽童。随即我们一阵哄笑。

老实说，在机关还没有混着一官半职前，生活相对乏味而单调。若长时间呆呆地坐在办公室写材料或是处理琐碎的公务，实在很闷，所以需要一些玩笑来打发这种波澜不惊的日子。在穷开心中，让日子过得舒坦些，既调节了气氛，又增进了友谊。由此，平凡的日子就在快乐中无声无息地溜走了。

冬去春来，2003年的春夏之交，一场突如其来的“非典”疫情，在全国蔓延。广东属重灾区，疫情夺去了一些无辜的生命，其中包括一些为救治病患而牺牲的医务人员。为高歌英雄的感人事迹，我服从组织安排，被抽调去北京待了一个星期，对广东所涌现出的英模们的事迹进行深加工，在全国各地巡回演讲时，英模们的事迹催人泪下、好评如潮。载誉归来之后，获得了组织的表彰，职业生涯有了一定的成就感。

在辛勤耕耘中蛰伏待变，2005年底，组织上关照，终于晋升为机关中层副手。在春节回乡的日子里，喜悦之情，溢于言表。据族谱记载，在我所在的几百人的乡村，这也算是改写了村史。我的父辈们齐聚一堂端起杯喝土酒时，流露出了满满的幸福感。在机关混，上处级是一道坎。虽经周折，能越过这道坎，真的感觉很开心。而且，暗暗地提醒自己，今后得继续努力工作，处理好各种人际关系，尤其要真诚待人。

自从晋升之后，单调乏味的机关生活，似乎在不经意间掀开了新篇。同仁们对我更友好了，繁杂的活儿也可以相应少干了，出去应酬时坐主位的机会相应多了，酒桌上睁大眸子的姑娘们叫“哥”的声音也圆润悦耳了，生活似乎展现出一片阳春三月的美好景致。

幸福的附加值像产业链一样在延伸着。2006年，去日本考察学习。从东京一路北上，直到北海道。几乎把整个日本游历了一番。其中，北海道的秋天给我留下了美好的印象。

深秋的北海道，早已有了冬的寒意。放眼远望，四周的景致，别有一番神韵。此前，在日本狭长的岛国上像赶集般，游历了东京、大阪、京都、神户、德岛等，对都市的感觉似乎有些麻木了。而且，沿途我不断地在作一些机械的类比。从外观上看，这些城市与北京、上海、广州等中国的大都市有何迥异？身处异国他乡，别人的城市再好，也难以唤起我对它们的丝毫依恋。

然而，进入北海道之后，那漫山遍野的红叶，傲立在高耸的山岗上，栖息在逼仄的石缝里，躲闪在茫茫的林海中，藏落在幽深的河涧里。车随盘旋的公路逶迤而进，红叶不断地呈现出新姿，真是摄人心魄。那金黄色的枫叶和绚烂的红叶相依而生，前世结下的情缘，今生岂能了结呢？间或有几束红叶挤在高耸的白桦林中，做着神秘的鬼脸，像养在深闺中的少女，玩着孩提时代的迷藏。秋风袭来，她们带着冷傲的妩媚与娇羞，与你温情脉脉地作别，使你心无所倚、神无所归。忽然间，有山溪洒脱地从山涧飘逸而出，像一条白色的练带，更像浴后的少女，似乎在随红叶飘舞。天上翻腾着的白云，使澄明的蓝天，不再孤寂。白云似乎也在向红叶亲切地挥手，同时，似乎有点爱怜地暗示着：好好保重，冬天就要来了！看那高高的山岗上，到处布满白雪。秋深了，冬天还会远吗？层峦叠嶂的群山中，怀抱着一湾湖水。其中，洞爷湖便是湖的精灵。看哪，斜阳隐去后，她的每一寸肌肤，都像碧玉，更像蓝天。天空和湖水在这里依依相融，和谐共生。晚风吹来，湖边摇曳的红叶，像是在为天空和湖水这对自然的恋人，举行一场旷世婚礼。为何大自然也喜欢把美好的东西都堆砌在一起呢？

据导游介绍，北海道这个安卧在日本北部的占地面积达8万多平方公里的岛，当年只住着四五百万人口。与人口密度较大的中、南部相比略显清冷。作为原住民的爱努族人，据说祖先来自蒙古，至今已有一万多人散居在该岛上。其祖先是如何漂洋而来？他们经历了怎样的艰辛与苦难？今天日本文明的高度演进与他们有着怎样的内在联系？既然大和民族，似乎与中华文明同源同宗，为什么侵华时却是如此血腥残暴？他们作为人类的良知哪去了呢？我对日本的历史知之甚少，内心深处一片茫然。公路两旁的稻田，横卧在丘陵中，虽小但比较规整。从外表上看，与中国乡村的稻田无异。

环山而建的村落，房舍大体是组装而成的建筑，精致而典雅。看不到炊烟，更看不到猪圈与茅厕。一些生锈的机器，横七竖八地散落在村庄周围。秋收过后，田间地头很难看到农人的身影。据说乡村中大部分年轻人都进城了，若不离开乡村找对象都有些困难。剩下一些年纪较大的和年幼的留在乡村。

我们访问过一些农家。由于不存在城乡二元结构，这里的农民，每家大约耕种1000多亩地，当年年收入约在800万日元左右。农民和城市上班族没有任何区别，他们享有医疗保险和养老保险等待遇，拥有充足而自由的时间外出旅游，对城市生活没有表现出任何的艳羡。汽车对日本人来说并不是什么奢侈品，北海道一般的农家都有好几部。乡村小道四通八达，把掩映在丛林中的别墅有机地联成一体。不时可见一些放学归来的孩童们穿戴整齐、有序地沿着公路往家走。沿路两边店铺林立，但是很少见到店主和顾客。琳琅满目的商品，包装精致而且排列整齐，都明码标价。据说日本同质同量的商品价格在任何地方都一样，所以不管选择在何地买，心里都比较踏实。

来到北海道的城市札幌，宽阔整齐的大街上，长满了白桦林，枝繁叶茂。尽管已是深秋了，但这些浓密的树叶仍显得生机勃勃。街道两旁的高耸建筑并不多见，而且排列得比较规整，墙面都像水洗过一般，让人耳目一新。街上的行人不多且步态轻盈、神态安详。步行购物街，人流稍大些，但无论你走进哪家店，日本姑娘都会向你温柔作揖。这不正是“最是那一低头的温柔，像一朵水莲花不胜凉风的娇羞”场景的重现？另外，不用担心会有小偷来光顾。总之，你会感到，一切都是那么自然、随性。

入夜了，凉风习习，札幌市的灯火与中国东北的城市有着许多的相似。行人在闹市区，依然是比肩接踵，小汽车在街道缓缓地行进，一有红灯或是行人穿过斑马线，车辆立即就会停下来，尤其见不到摩托车的喧嚣。不管是迷路了，还是需要寻求其他方面的帮助，日本人都会友好耐心地帮你，从外在而言，看不出他们对中国人的不友善。走进酒吧，和年轻人喝两盅，他们都会兴奋地与你打招呼，还会用英语告诉你，中国和日本永远不需要战争。整个夜的城市都是那样的温馨和有序。不管是乡村还是城市，从人们自足、自信、友善、祥和的表情上，可以看出，生活在和平社会中的日本人们还是比较幸福的。

访日归来之后，好事接踵而至。在愉悦的工作中，受组织的委派，2007 年，进省委党校中青班学习。在 80 多位参学的处级干部中，我已没有任何年龄优势，但为人真诚、善良的性格，使得这批学子大多数愿意与我为伍。由此，社交骤然增多了。

在前后四个月的日子里，除了学习，偶尔也会去小酌。酒过三巡之际，彼此“兄弟、兄弟”地叫着，亲热得很，气氛也相当活跃。

正如曹丕《与吴质书》所述："每至觞酌流行，丝竹并奏，酒酣耳热，仰而赋诗，当此之时，忽然不自知乐也。"感觉生活惬意极了！将近半年的学习生活很快便结束了，你来我往的社交状况相应维持了两年左右，后因大家都在忙乎，际遇不一、心境不一，于是，人际圈便逐渐萎缩了。随后只剩下性情相投、处境相仿的几个人，偶尔还会联系。最后随着岁月的流逝，由于各人的境况不一，交流愈少，人际圈就变得更窄乃至回到了原点。

我的机关生活，从事功的角度而言，默默无闻地做了不少基础性工作，但可圈可点的东西乏善可陈。新规没有出台之前，下班后能让人放松或者抒怀的便是晚餐小酌几杯之后，偶尔也会去夜总会吼一吼。

那是一个纸醉金迷的世界，也是一个醉生梦死的世界。所有的快乐和忧伤，都可以在对酒当歌中消解迷失。当年，社会变得如此浮躁、轻狂，一些所谓的成功人士，仿佛是欧洲文艺复兴时期所涌现出的资产阶级新贵，竭力在追求着一种骄奢淫逸的生活，社会似乎在沉沦，民族的斗志似乎在消解，的确值得反思。

我经常冷眼静观、忧心忡忡地琢磨着职场形形色色的现象。这是一个高智商人群的集结地，是一个显规则与潜规则并行的名利场。如果没有较高的智商、情商，就找不到上升的门道。如果不会游刃有余地使用显规则和潜规则，就彷徨无所去！往往是显规则办不到的事情，潜规则却可能出奇制胜。所以，如果一个社会没有健全的刚性的制度约束，要治理得平稳和谐有序，何其艰难！

我反复坦诚地说过，我的个性存在短板。本来性格是个中性的东西，投缘者便是优点，不投缘者便是缺点。我也经常反思，为什么就不能调适呢？我经常拿乡下的狗来类比，狗能改变吃屎的本性吗？虽然这种比喻打得不恰当，但从娘肚子里带来的东西，要改变真难啊！所以，致使职业生涯偶尔受挫也在情理之中。心高气傲的个性，使得在职场难以被接纳。各种错综复杂的人际关系，剪不断、理还乱，有时候真让人摸不着北。在现实面前，一度只好采取“郎骑竹马来，绕床弄青梅”游戏人生的态度。偶尔也会去酒场频频举杯，大谈风花雪月，自我调侃玩味，来消磨沉闷的时光。

当年稍许年轻时，每次提升，还暗暗觉得有些自信。于是略带显摆地印了几盒名片，遇到适当的场合也发几张以满足可怜的虚荣心，一直用到职务变动为止。我曾告诉自己，每次职务晋升，只印一次名片，用完即止。一定要等到再升时才印，因为我有些踌躇满志地认为，这一天很快便会来临。可是三五年转瞬即逝，岁月的钟声不断地叩击着心扉，我像农夫一样埋头苦干啊耕耘啊，指望着秋天有个好收成。可是寒暑易节、春种秋收，秋天一轮一轮地过去了，秋风一次一次吹落了黄叶，我人生事功的粮仓却仍然空空如也。

在漫长的职业生涯中，我非常辛苦、极其虔诚地，在近乎苛求的境况下，从事着职场鲜有人愿意干的文字活儿。其冷暖心酸，真是一言难尽！人生不称意时，心情、心绪、心态都会随之悄然改变。随后，不断地有人升迁了，而我依然只能在冷板凳上耗着。我隐隐地感觉到整个环境的深不可测、人际关系的微妙复杂，甚至让我突然冒出一种久违的危机感。我不得不学会把自己包裹起来，加倍小心地保护自己，一种从未有过的本领恐慌感袭上心头，难道真的被时代淘汰了？我似乎再也回不到从前那种逢人便调侃的嬉笑人生状态。平日里那些无事打个电话、有事热心捧场的所谓哥们儿也都相继隐形了、失踪了。我只好调整心态，使自己不断地在快乐中，脚踏实地地干好这份养家糊口的工作。

十一

久居职场，逢迎不易。且去南洋苟安

是的，人生无论面对什么际遇，都要学会微笑生活、快乐工作，不能让负能量影响自己和他人。我得换一个地方把自己藏起来，好好地反躬自省。

由于组织的关照，2010 年我去了中大和东南亚那个弹丸之地学了三个月的公共行政管理，使我的灵魂姑且有了一个可以安放的时空。这种公派的学习，还真有意思。除了可以放松之外，经常可以出去小酌，同时可以积累一些人脉资源，所以我高兴得比六月里喝天山上的雪水还惬意。

中大两个月过去之后，终于盼来了为期一个月的新加坡之行。

6 月 20 日，是我们赴新加坡的出发时间。原定于 1 点 25 分起飞，结果还是晚点了半小时，这就颠覆了我固有的出国班机大都不会晚点的观念。飞机晚点其实并不重要，只要不从天上掉下来。因此，无论晚多久，我内心宁静得很。

我不是一个叽歪的人，也极其讨厌叽歪之人！这或许是我做人的一个优点。凡是在团队活动中，应保持着男人应有的风度，不抱怨、不制造负能量，尽量给群体带来愉悦。所以，一进入机窗，便闭目塞听。此刻，正是中午犯困的时候。虽然机上有些嘈杂，但我还是非常放松地打起了瞌睡，似乎要把几十年未睡饱的时间全都补回来。感觉几十年的奔波，内心确乎有些累了，得好好地休整一下。刚入睡梦佳境，飞机的马达突然轰轰地响起来了，被吵醒后，仍感疲乏，但精神好多了。飞机在滑行中，突然发力，昂然地向着南方的天空飙去。我像往常一样暗暗地在心里祈祷：一路平安！于是又开始闭目养神。

陡然间，飞机来到了南海的上空。极目窗外世界，我被蓝天白云深深地吸引住了。看啊！白云在大海与蓝天之间构织着各种美丽的图画。它们一会儿像一堆堆错落有致的蘑菇，一会儿像一团团纯洁的棉花，一会儿像一朵朵盛开的天山雪莲。尤其是白云在大海上堆砌云山的时候，阳光强烈地从天空泻下来，直面阳光的云朵被太阳照得纯白，灿烂极了。阳光背后的云团，却显得有些灰暗、有些沉静，像闺中的少女微闭红唇、略带羞涩，她们似乎在等待着什么，是在等待太阳王子的拥抱吗？天开始渐渐地暗下来了，在云山险峰的旁边，蔚蓝色的大海在安详地守望着，没有狂风暴雨的海水偶尔会泛出一些抒情的涟漪。此刻，一弯新月淡淡地、静静地挂在天上。天空中的风在呼呼地吹着，云在风中像失了魂似的游走着。“月上柳梢头，人约黄昏后”之佳句，不觉涌上心头。

回想过往岁月中的故人，“如今安在”的情丝悄然萦绕心际。但内心又强迫自己：过去的事情就让它们永远过去吧！转而我又情不自禁地在心海里涌出了“月明星稀，乌鹊南飞”之境，难免生出兴尽悲来的感慨。

人生实在是太短暂了！许多事情都是有心无力，错过了却又挥之不去。就像往昔岁月中相逢的故人，一旦闲来无事，便会挂记心头。回望那些如烟的日子，就会追悔韶华易逝带来的不安。我也曾在互联网上苦苦地寻觅过，试图了解别后她们的近况、踪迹，幸福亦好、艰辛亦好，只要活着就好。但她们都太平凡了，以至在互联网上，像大雪无痕般，了无踪影。年少不经事，玩情也好、弄情也好、怡情也好、伤情也好，岁月过去后却仍然是旧情难了。不知要以何种方式与往事干杯、同往事告别！只要在别人的梦里还残存着情，无论是爱还是恨，就够了。

遐思中，白云又变着花样在黄昏的天边尽情地撒欢。它们像人类童真时代的一群顽童，一会儿横卧，一会儿戏水，一会儿追打，一会儿翻筋斗。当飞机从云层穿行时，它们做树倒猢狲散状，调皮地四散开来。稍作躲闪，然后又集结在一起快速执着地追逐着飞机前行。在三个半小时与白云相伴相随中，飞机终于安全抵达了新加坡。

岁月不居，时节如流。于是，我仿佛又变成了一个青春学子，得好好珍惜这一个月难得的学习机会。除认真听课、用心观察这个社会之外，每天晚上都会静心写一些观感日记。

六月的新加坡，气候多变，属于典型的海洋性气候。一会儿阳光明媚，一会儿大雨倾盆。入岛的第一个周末，清早起来，只见狂风卷着乌云、拥着海浪向小岛恣肆而来。黑沉沉的天似乎被海水淹没了，然后天公以一种异乎寻常的骄狂向其统治下的大地倾泻着，天地之间浑然变成了一张巨大的奔腾而下的水幕。瞬间分不清天、分不清地、分不清东南西北，整个岛仿佛是漂流在海上的孤舟，时刻面临着被大海吞没的危险。

此刻，你才会真切地感受到生活在小岛上的生灵，在极具毁灭性的大自然面前是多么的恐慌和无助。倾盆大雨下了不到半个小时，新加坡河就浊浪滚滚。由于河道宽且直，河水奔向大海时，并没有掀起惊涛骇浪。

雨后的新加坡宛若青春的浴女，清新飘逸，别有韵味。天边偶尔有几朵暗淡的残云，在漫不经心地飘移着，不知道要飘向哪里。随即天边幻化出了一道彩虹，瞬间便勾起了我对乡村往事的回忆。小时候的乡村，只要是夏天的雨后，经常会出现彩虹。可是，随后几十年在都市漂泊中，由于生态环境的变化，要见一道彩虹仿佛成了一种奢望。

远在异乡为异客，时间虽短，乡愁却如炊烟般袅袅升腾着。这种乡愁，在国内我所生活的都市也曾有过，但到了国外为何却是如此强烈呢？我不知道自己是否已经老了，常常会触景生情。而我所追忆的往事，却总免不了与小时候在故土经历过的东西，缠绕在一起，使人有一种“羁鸟恋旧林”之感。人其实真是个奇怪的动物，年少时的一切奋斗都是奔着都市而来！但在都市生活了些许年头之后，却又生出了逃离感！为何会如此快地产生归意呢？或许是在异乡没有灵魂、没有归宿的漂泊所致吧。身居国外，姑且可与人世间的一切亲朋故旧，作一次短暂的告别。累了，就可以安然长睡，让灵魂在没有任何负荷的清静中放飞。

但我又无时不牵挂着生活在乡村中的两位年近八旬的老人。尤其是每当冬天到来时，母亲常常被慢性支气管炎折磨得异常痛苦。若是在新加坡能找着这些灵丹妙药，为母亲解除痛苦，这一趟就来得更值了。尽管平时每次回家探视父母，心绪易被母亲不厌其烦的絮叨弄坏，但久居在外，又无时不惦记着他们的一切。虽说我不太善于表白，但为人子者必须尽孝。我曾在朋友圈放言，连父母都不孝顺的人，不能作为朋友交。

为了治好父母的病，我曾干过病急乱投医的蠢事。结果，不但没有解决问题，还加重了父亲的痛楚。父亲两次手术失败，使他眼睛近乎失明、腿脚不灵，每天像坐牢般地窝在家里，算计着岁月留给他的最后时光。想着两位吃了一辈子苦的老人，担心着他们随时会不辞而别，而我在他乡又难以尽孝，如果他们有一天真要离开这个世界，也要走得安详、井然有序，让晚辈没有遗憾地为他们准备后事。想着人世间这些生离死别的细节时，我不禁悲从中来。

刚来到这个岛国，为何会无端地生出这些想法呢？可能还是受传统文化的影响所致吧。中学时，在《西游记》的章节中便读过“父母在，不远游，游必有方”之句，告谕我们，作为游子，无论走到天涯海角，都得回到父母身边。因为这个世界，除了他们，还有谁能为孩子们的成长付出艰辛呢？想着这些之后，岂能超然物外？面对天边的彩虹，面对这个在大海的怀抱之中，有着充足的雨水、温暖的阳光、百花争艳的花园城市国家，虽然也会涌现出人在他乡、风景这边还好的想法，但毕竟是别人的土地，与我何干呢？

当然，有时我也会想，在自然界的万千变化中，再美好的地方，如果没有人类的涉足，这种纯自然、原生态的环境即使美到极致又有什么意义呢？一个国家亦好，一种制度亦好，无论如何美好，如果不与时俱进，就像鲜花般，总会有凋谢的时候。在中华民族筚路蓝缕的迁徙史上，漂洋过海、寻找生计，值得自豪的真正由华人掌控的域外之地便是新加坡了。这或许就是这片土地吸引我的初衷。

人生一世，草木一秋。到新加坡来，就要学习其好的管理模式，为全方位了解新加坡社会，主要渠道是听课和参访。听课是一件辛苦事，尤其听那些无趣的课时。

一天上午讲新加坡政府机构的公共问责和监管体制，涉及公共财政和政府采购工程。由于了无新意，坐在前面的一个哥们开起了小差，在网上浏览着时尚女郎发达的胸部。他不知道从哪个角度能看到“实质性”的东西，一会儿斜起头来，一会儿把眼睛凑近网页，一会儿移动着网页。他的做派引起了后面几位同学的注意，于是大家窃笑起来，而那位仁兄却浑然不知。当笑声惊扰他的“春梦”时，他才不好意思地用手直挠头。坐在我旁边的一位女同学正在网上玩“偷菜”的游戏，她抱怨网速太慢，弄得“偷菜”进程受阻，致使“市场菜价”大涨；同时影响了游戏的积分，便不断地用力敲打着键盘。随即，有人传出了哈欠声，这种声音深具传染性，弄得我不得不猛喝几口浓咖啡解困。当然，我管不了别人，也不想得罪人，但得管好自己。其实，我向来就是一个孤独的思考者，所以活得或许累些。

在这些日子里，我不断地思考着。新加坡成功之处：主要得益于威权统治，得益于强有力的政党政治。

自从被组织去参观新加坡人民行动党总部时，便悟出了这一道理。那天，我们三三两两不经意地在街上行走着，突然在高楼林立中出现了一栋低矮的经过整修后灰白色的办公楼。导游告诉我们，这便是人民行动党总部。这栋四层楼的建筑，没有电梯，过道显得有些逼仄，过道上的马赛克砖片已显苍老，洗手间内墙上的石灰，在纷纷地脱落，露出潮湿发霉而又略显斑驳、沧桑的墙面来。院子里停满了各式各样的车，这能增加停车收入。其中好些是货车，有的正在卸货。一些老人正在院子里悠闲地散步，没有任何人对我们的来访感到好奇，保安、武警了无踪影。经了解当年总部的专职人员才 14 人，这就是一个强势的执政党的办公场所。

人民行动党为了长期执政，一直在如履薄冰地行使着人民所赋予的权力。新加坡强调市场竞争，也注重社会和谐。正如李光耀所讲的：太极图中的阴阳必须调和，如果一个社会的“阳气”过重，即竞争过度，则容易产生一些摩擦；但如果“阴气”过重，社会就会丧失前进的动力。

在新加坡看来，政府有“大”“好”“强”之分。“大政府”未必是“好政府”“强政府”。他们不向往“大”政府。他们有自己的逻辑：恐龙很大已经灭绝，蟑螂虽小至今还与人类共存。

一个“好政府”才是“强政府”，所以一直致力于追求构建威权体制，以降低社会发展成本。

他们认为，新加坡是一个小国，没有办法和大国相比。大国是大海，不用放鱼苗，可直接从大海中捞鱼；小国是水池，必须撒鱼苗，才可捞鱼。通俗点讲，就是经济发展先于民主政治。

他们对于官员同样实行问责，但实行的不是责任无限追究制，只有事件的直接责任者才担责。因为新加坡实行的是精英政治，官员的培养和成长不易，人才难得，所以不会轻易处理官员。这样反过来也容易培养官员对国家、政府、人民的忠诚度。

长期执政，何以保廉？他们崇尚“以德养廉，使人不想贪；以俸养廉，使人不必贪；以规固廉，使人不能贪；以法促廉，使人不敢贪”。

李光耀认为，一个国家的成功之道在于杜绝贪腐、维持高效率及拥有能快速应对世界改变的人民。由此，我真切地感受到了因制度不同而产生的治理差异。即便再好的治理体系，由于国情不同、水土不一，可以相互借鉴，但不能全盘照抄。其实，政府的治理绝非易事，需要有伟大的掌舵领航者，需要有高超的政治智慧与合适的土壤。

政治，是一个非常复杂的东西。思考愈多，徒生烦恼，所以干脆不想了。因此，每天晚饭后，与室友在新加坡河边疾步走，成了必修课。

新加坡河是一条母亲河，也是一条风情河。长约 3 公里、宽 50 米，与世界上任何其他江河相比，不过是小家碧玉，偶尔会在狂风暴风中奔腾汹涌，呈现出壮丽的景观。沿河两岸，绿树成荫，风景怡人。尤其是雨后的天空澄明极了，海风徐徐地吹着，金色的斜阳柔柔地洒在河面上，泛起无数金波。

入夜时，沿河两岸的灯光次第亮起来了，灯光和斜阳揉碎在河面上相依而睡，仿佛是一对旷世恋人。此刻，如果携着心上人来河边散步，做小鸟依人状，浓情蜜意如涟漪般，悄悄地融进这缓缓流淌的河水里，这样的人生又该是多么惬意！

河上轻轻漂过的游船挂满了各式各样来自东方古国的红灯笼，此情此景仿佛置身于秦淮河畔。可惜听不到旧日秦淮河上的笙歌声，也听不到欸乃的摇橹声。残存记忆中的摇橹声迟迟没有出现，《桨声灯影里的秦淮河》也难以唤起我对一个沉没了的时代的精神追忆。尽管历史是在传承中走过，但我们还能回到那个时代吗？在异国他乡怀旧，虽然能寻到一些相同的文化基因，使心灵得到稍许的抚慰，但毕竟有了文化差异，想探究引发差异原因所产生的好奇心，使我们加快了向新加坡河畔继续前行猎奇的步伐。

新加坡河畔最繁华、最热闹、最时尚的地方当属克拉码头。

克拉码头百年前还是一个商铺和仓库林立的凡俗之地，熙熙攘攘、嘈杂脏乱，经过今生的装扮却成了新加坡最迷人的景点之一。那些橙黄色的古老建筑仍散发着19世纪西洋建筑的气息，显得慵懒而矜持。白天观光客不多。然而，每当夜幕徐徐降临时，克拉码头就像一个刚刚苏醒、充满活力、魅力十足的风情少妇，展示着迷人的风采。

沿河两岸布满了一百多家大小不一、风格迥异的充满四海风情的酒吧。英伦的、欧美的、印度的、日本的、拉丁的，应有尽有，其中不乏主题吧。一家叫“诊所”的主题吧尤为引人注目。只见服务生穿着护士制服，客人们则悠闲舒坦地坐在高脚凳上，身边放着输液架，架子上挂着一包包类似“鲜血”的鸡尾酒，酒里面的管子直通客人嘴中。不细看还真以为是在医院就诊呢。舞厅和酒吧里音乐飞扬，不同肤色的人在其中穿梭着。

克拉码头旁边有一个圆形广场，整个广场由一个巨大的像蘑菇云般的伞覆盖着。餐馆、酒吧、音乐厅和沿河两边的酒廊错落有致，将五彩缤纷和炽热的情感融入了流动的波光中，摇曳出多姿多彩的幻影，使夜色下的克拉码头更加诱人。川流不息的人群和流光溢彩的景致，仿佛有一天彩霞、一河繁星在这里相映成趣。河面上时有古朴的游船驶过，不时传来绵绵的情歌。在这如梦如幻的光影里，我期待着发生点什么。

此际，正值足球世界杯激战正酣，徜徉在克拉码头广场，强劲的爵士乐正在欢快地奏响。随即，和着重金属的节奏，一位穿着华丽的泰米尔姑娘，在热情奔放地跳着民族舞。姑娘婀娜的身姿、扭动的屁股，伸展自如、曼妙无比，其舒展的舞姿所溢出的情感，如大江奔流，直抵汪洋。此刻她仿佛就是人间高贵的女王。四周簇拥着成百上千的青春少年。沉浸在快乐巅峰中的少男少女们在女王的引领下，极具韵律地扭动着迷人的屁股。一些人开始兴奋地呼喊着、尖叫着，还有什么高潮能如此让人忘情呢？！作为一个迁客骚人，如果今夜无酒，就很难融入这个属于青春的世界、属于万国的狂欢。

于是，我高兴地举起了酒杯，在酒精的刺激下，和南来北往的游人尽情地用真诚和友好的眼神交流着，因为我不想被这个充满着风情的异国之夜遗忘。无论是白人、黑人，还是黄种人，大家都在这里友好相处、尽情地狂欢。可谓此景只应天上有，人间难得几回闻。纵使是人间天堂，也难得有如此和谐呢。

在新加坡期间，没有朋友圈，没有饭局，所以用不着去考虑来自应酬方面的干扰。倒是最近处在中考、高考期间，来自国内的朋友，因子女就学问题向我求助。由于电话资讯费用太贵，所以不是太要紧的电话基本上不接。他们理解也好、抱怨也好，只好听之任之。不经意间品味人生，仿佛觉得这一辈子常为别人而活。稍有点儿出息之后，指望帮忙的人多了。如果没有行动，没有尽到应尽的责任，就会讲些闲言碎语来诋毁你。其实，他们哪里知道在外奋斗的艰难呢。所以，在无形中我感到了生存的压力、社会的压力。

在新加坡城市的街道上溜达，若不经意观察，感觉和国内的街景并无二致，但稍用心观察还是会发现一个有趣的现象，就是这个城市少了些醒世劝善的公益广告。满眼的郁郁葱葱、四处的花红草绿，反而使人陡生一种单调来。

即便乏味，但购物还是能让人捡些便宜。一天周末，来到位于乌节路的免税商店，林林总总的世界名牌，让人大开眼界。估计都是真货，故价格不菲。本想在这里淘点便宜货，但一旦把新币折算成人民币，小农意识不自觉便流露出来了。想起小时候母亲在乡下养一头猪所挣的那点钱却要维持一家人的生计时，面对这些奢侈品，我内心暗地里骂：什么东西，我才不想买呢。同去的兄弟说，新加坡的东西一旦免税后是很合算的，于是又经不起这份诱惑，一边欣赏，一边又隐隐地有了想买的冲动。还好不管你买与不买，服务员总是充满着热情，堆满了笑容。他们不会用国内极个别服务员“瞧你也买不起”那种侮辱性语言来戏弄你，所以不买反而成了一种内疚。最后还是待价而沽地买了些便宜货。花了一些钱之后，有些心痛，于是只好到远东购物中心吃了一份五块钱新币的快餐，便打的回酒店休息。中午昏昏沉沉地睡了约半个小时，儿子给我打来电话，以成人的豪气非常兴奋地告诉我："爸，我考上二中了，219名，你不用去找关系了！"这一好消息立即使我兴奋了，4700多人报考，只取前250名，真为这小子高兴。这是我出国以来听到的第一单好消息，如果这个时候身边有酒，我可能要不由自主地狂饮来庆祝了。

待了半个月之后，刚来的那种新奇感便在逐渐消退。每天除了上课、吃饭、散步、睡觉等单调的程序化的生活之外，感觉有些乏味。回想在家的日子，那种人伦之乐非常甜蜜。想着、想着，希望时光快点流逝。

日子在程序中行进。按照课程设计，"邻里探险之旅"，便是课堂教学内容之一。即组织我们去体验新加坡的社区民众生活。所谓探险，有些言过其实。无非是让我们自己坐地铁去，参访新加坡东北部的宏茂桥社区。从多美加上车到宏茂桥有八站路，地铁里的设施和广州地铁没有两样，只是规定很严：不能在地铁里吃东西、喝饮料、嚼口香糖等，如有冒犯，等待的惩罚一定不轻。这个国家是靠罚款出名的，通过罚款达到严管的目的。可见，在一定程度上，城市文明是管出来的。经过严管，再行引导，文明的素养便逐渐提高了。还好地铁里的人不是太多，只是肤色不同的人种进来之后，气味杂陈，所以香水便成了异味的最好掩饰剂。

即便香水有毒，也只能忍受。

宏茂桥社区是一个老式社区，房子是政府统一建的，凡是政府所建的房子被称为“组屋”。由于岁月的风雨沧桑，房子都显得有些破旧了，所以政府花钱给它们进行了装扮。着色为橙黄，和国内铁路两旁的建筑色调类似。这里居住的基本上是中国人，从大排档的摆设，到空气中飘出来的虾酱味就可以感受到。所以，一个民族的印记，无论你走向何方，经历了多少风霜雨雪的洗礼，诸如成长基因、文化基因都是难以改变的。

这个由贫民窟改造过来的社区，居住着从事农业、技工、零售业等普通华人，人口十余万，相当于国内一个中等县城的规模。从外往内走，除了一栋栋住宅外，便是商店、银行、邮局、警所、诊所、菜场、餐馆、图书馆、幼儿园、发廊、大型停车场、演艺台等生活配套设施，除火葬场之外，其他设施几乎一应俱全。

由于社区太大，难以在短时间内参观完，于是我们便有选择地来到了社区银行。银行里人员屈指可数，有的在办存取款，有的在看外汇价，有的在看股票行情，有的可能是来闲逛吹空调的。我想把这一场景拍下来，立即被银行里一女员工制止了。她讲着英语，打着手势，尽管我不懂她在说什么，但从其表情可以看出，她不满意我这样做。可能觉得我是来踩点打劫的或是拍照侵犯了别人的肖像权。被同行者提醒后，似乎觉得是这么回事，我只好作罢，继续随大流前去“探险”。

由于拍照被阻，心里感觉“拔凉拔凉的”。于是，便漫不经心地来到了社区的一家律师事务所门口。透过玻璃门，只见里面端坐着的一位时髦女郎正在搽脂抹粉。看来作为一个法治较为健全的社会，或许是没有多少官司可打了，以至于门可罗雀。由于女人秀色可餐，我无聊得有些好奇。如果女人愿意的话，真想进去和她聊聊以消磨时光或解旅途的孤寂。但是女人连头都没有抬一下，以至我愚蠢的想法立马被打消了，真怕影响自身形象啊！吃不到葡萄，也不说葡萄酸。

于是，我把见到靓女的资讯告诉了走在前面的一位兄弟。他当时没有留意，经我这么一说，便有些好奇地折回来“补课”。他装模作样地用手把头发往后梳理了一下，然后小心翼翼地往门缝里窥视着，像一只发春的猫。看完之后，我们随即交流了一下观感。那位兄弟说，这姑娘还不错，如果有缘能与其相识就好了。于是，在品评的过程中，我们俩哈哈地大笑起来。当然，旁人不知道我们之间的秘密。在嬉笑之中，心情顿时好多了。

于是继续往前走，不久我们便来到了一大排档。只见塑料棚下的桌旁，三三两两地坐着一些上了年纪的华人，有的在喝茶，有的在抽烟，有的在看悬挂在头上的电视。电视里正在咿咿呀呀地唱着京剧，他们看得津津有味，真是一幅“若无闲事挂心头，便是人间好时节”的盛世图景啊！

走着、走着，有些累了。尤其是天热，我大腿内侧有点黏糊的感觉，走起路来很不爽，不时要用手去擦拭一下，似乎显得不雅，于是便坐下来休息一会，趁机喝点冷饮。离12点集合还有较长时间，只好用这种方式来消磨。

溜达了几个小时之后，得按原路返回。在地铁口集合时，由于还有部分人未到，便只好坐等观望，还好不断地有靓女从地铁中走出来，这时候男人们都睁大了眼睛，然后一起品头论足，有的干脆偷偷举起了相机，把美女的倩影收藏起来。人在无聊的时候，就会有各种闲情逸致。虽然“邻里探险之旅”没有给我带来太多的兴奋，但是让我们看到了新加坡社区建设的成就。

诚然，城市社会的基石是社区，每个社区就是一个社会。社区治理好了，政府的基石就打牢了，建设美好、幸福、舒适的家园就不是一句空话。诸如新加坡鼓励小孩就近父母买房，以便照顾，由此可获得相应的补助；每个社区不同人种按比例设置，不使任何一个族群独大，以此促使种族的融合；社区组屋的一楼均为公共场所，方便民众开展相应的活动，包括祭祀的灵堂均可在此设置，照顾了华人的风俗习惯。

总之，新加坡政府为了精心经营这个国、建设这个家，在提供安居的同时，融进了人伦，渗透了文化，传递了价值，构建了千万个和谐的家。在这个大家庭里，每个人都是独立的有尊严的个体，每个人都是社群的一分子，每个细节都非常重要，每一个部分都是远景的一部分。这个家永远属于自己的城堡，这个家永远属于自己的未来。

为把新加坡最好的一面展示给我们看，去植物园参观是一件怡人的事情。孩子小时，偶尔也会带他去广州的一些公园玩儿。孩子渐渐长大了，这份闲心或是兴致没有了。所以，在异国观园，不经意间唤起了我初为人父的甜蜜回忆。

新加坡植物园是一个典型的热带雨林园，森林茂密，物种丰富，空气清新，环境宜人，游人众多。进植物园虽无需付费，但有些特别项目却没有免费的午餐。园中可观赏的东西名目繁多，但最吸睛的还是兰花。兰花是新加坡的国花，深受国人喜爱。

入得园来，满山遍野的兰花在绿茵交织的丛林中盛开着，只见金黄的、橙黄的、紫色的、白色的兰花，像刚成熟的少女，玉树临风、争奇斗艳。但是最惹人爱怜的还是白兰花。这些白色的精灵，初看像百合花，一簇簇、一丛丛、一片片，开得纯白尽显、娇嫩极了，没有一丝倦意、没有一点媚态。海风在吹拂着，吹得它们在轻轻地招摇，像一个个微醺之夜的丽人。空气中的雨丝，像母亲饱满的乳汁，用一种深深的眷恋在哺育着自己的孩子。我想用手轻轻地去抚摸，但怕染了它的高洁；想用嘴唇去亲吻，但怕亵渎了它的灵魂。我只好静静地欣赏着、守望着、沉思着。

只是兰花的生命太短暂了，我不得不为这一娇艳而又如过眼云烟般的生命感到惋惜。为什么人世间凡是美到极致的东西就如此韶华易逝呢？想想去日苦多、来日充满荆棘的人生，不免生出一丝惆怅来。

身处异国他乡，纵使时光易逝，也应倍加珍惜这种情缘。于是，赏花之后，在一个响着闷雷的下午，我们来到了新加坡西北的飞禽公园观鸟采风。

齐聚在类似于古罗马角斗场的台阶上，当主持人简单致辞之后，鸟类表演开始了。那些涂满口红、身着红绿相间外衣的鸟儿们一露脸，立即在人群中引起了骚动。第一个节目便是鸟儿们在玩穿环的游戏。这群训练有素的鸟儿，很自信地一口气穿过了摆在不同位置的三个环，赢得了游人的热烈掌声。同样的把戏持续进行了几轮，气氛慢慢变得闹腾起来，打瞌睡的孩子们也被吵醒了。主持人洋洋得意地在台上大声煽情。随后，音乐变换了节奏，从激昂变得舒缓。

这时一群白色的丹顶鹤像芭蕾舞演员一样，扇动着美丽的翅膀款款出场了。在主持人的指挥下，它们绅士般地向游人们点着头，不过还没有舒展地跳一曲优美的芭蕾舞便退场了，让人感觉有点像跑龙套。在兴味索然中，我感觉有些困乏了。

此刻，最精彩的节目出现了。只见一个长得像风尘小姐、艺名叫阿美娜的鹦鹉呱呱登场了。当主持人把麦克风放到它嘴边时，它骄傲而自信地依次用英文、马来文和中文说着客套话。我只能听懂它所讲的中文和简单的英文。随后，它用中文从一二三直数到十，数到“十”时，声音特别大，而且还会用卷舌音，真是个天才的模仿者！最后，它大声地用英文唱起了生日歌，旋律有些像卡拉 OK 的歌手在表演，只是从它那杀猪般的吼叫声中，我感觉这鸟儿沾染了人类的油滑气。然而，现场气氛却在一浪又一浪的叫喊声中，进入了高潮。

当日晚饭后，我们来到了北部的夜间动物园。莽莽林海，我们感到空气异常的清新。天一直在下着细雨。走进园门口，只见傲立着两个以马来土著人为原型的黑色赤裸雕塑，袒露着傲人的双乳，水不断地从双乳中缓缓流出。一名洋人男青年有些调皮地弯着腰，吸着从雕塑女人黑色奶头中流出来的水。年轻人一边吸，一边微笑着对着相机的镜头。

入门再往里走几步，又见一群来自马来西亚婆罗洲土著部落的英俊猛男们，正在进行着吐火表演。据说，这个部落的人有着能够吃玻璃、吐火的传统神技，不知道这些人的祖先是否曾到少林寺学过。这群猛男们头扎花巾，高举火把，显得孔武有力。那阵势，似乎有点像梁山泊聚义的好汉们。他们近乎赤裸地在台上扭动着身躯，喊着号子。此时，助兴的音乐声越来越激昂了，台下来自世界各地的尤其是少男少女们更加兴奋地舞起来了，尖叫起来了，似乎高潮又要来了。人越涌越多，像海浪一样，一波又一波！这时候，那帮英俊的汉子们，把他们健壮的肌肉展示得更加迷人。吐火表演结束后，不觉夜已渐深。

随后，我们又夜游了动物园。动物园有上百种、1000多只动物。它们在夜间漫不经心地吃草、溜达、睡觉。我们坐着电瓶车缓缓地在森林里穿行着，首尾的车队变成了一条长龙。每到一个动物栖居点，美女讲解员便用纯正的华语介绍着：这是叫春的猫，那是玩小聪明的狐狸；这是喜欢玩金鸡独立的火烈鸟，那是耍奸使诈的狼。当她讲到体重达四千公斤的大象时，便略带伤感地说小象长到十五岁，就要离开母亲跟着父辈们去混江湖了。于是我对小象生出一种莫名其妙的同情来。在森林里穿行了四十多分钟后，所有动物参观完了，随即讲解员声情并茂地说，人与自然的和谐共生来之不易，假如人类不珍惜对生态环境和野生动物的保护，说不定过二十年之后，就看不到这些可爱的家伙了。

逛了一天之后，真累了，倒头便睡。第二天，为全方位深入了解新加坡社会，按行程安排，观光了圣淘沙和金沙赌场，当然我们不会去参赌。

圣淘沙赌场是新加坡最早的赌场，不过政府还是给了它一个

“娱乐场”的雅号。晚上八点的时候，娱乐场的大堂，华灯齐放。强劲的重金属音乐在迎客的大堂回响着，伴随着音乐的节奏，几个年轻的时尚女郎穿着“三点式”在大跳艳舞。一群顽童正在外围模仿着搅局，他们天真无邪、无拘无束的神态引起了围观者的哄笑。不过来宾们的兴奋点并不在此，稍作观摩之后，人潮逐浪地往赌场的大厅奔涌而去。

赌场的门口，赫然写着“娱乐场征税”几个大字。虽然新加坡是个以华人为主的社会，并非所有的公共场所都用中文招牌，但赌场中的所有告示牌都含中文，对华人的关照可谓用心良苦。

赌场分好几个区，一楼有新加坡居民区、外国人区；二楼设钻石、金、银会员卡和受邀者专属区。我们因为不是来参赌的，诚惶诚恐在二楼的专属区门口，好奇地观望了一下，怕被人驱赶而受辱，便迅即离开回到普通区闲逛。

普通区的大厅摆满了赌桌、老虎机等不同赌具。里面人头攒动，男女老少，不分种族、不分国籍、不分宗教、不分信仰，为了共同的目标、为了共同的欲望，穿洲过洋走到一起来了。这么多人，这么多赌资，居然见不到几个保安，更见不着警察，真是一个和谐的赌场啊。然而，此中究竟暗藏了多少玄机，隐藏了多少罪恶？天下熙熙，皆为利来。既然是因欲望而来，就会展现出对欲望的渴求，就会变成欲望的囚徒。其实人生，不就是在不同程度地为欲望作困兽斗吗？小赌怡情，多属自欺欺人。

赌场内设有餐馆，但是用餐的人少得可怜。坐在餐桌旁的客人，基本上只简单地点几样填饱肚子的东西，脸上几乎都挂着倦容。偷鸡不成，又蚀了一把米或许是最后的结局，于是在苦涩的咀嚼中仍在琢磨着是否再去博一把？看吧，一位颤巍巍的老太太正在赌场内的柜员机上小心翼翼地取钱。有了这笔钱后，老太太又缓缓地朝着赌桌走去。

赌场一角的爵士乐在悠悠地演奏着，两个穿着暴露的女人在抒情地唱着安魂曲。其实，这注定是一场没有观众的演出。谁有闲情到这种地方来欣赏音乐呢，尤其是那些输了钱的赌客。赌场的另一个区域，坐满了一群试图来赚点生活费的社会底层的人。他们把脚架在老虎机的空当处，手指夹着低档而刺鼻的烟草，一脸茫然地盯着老虎机，希望能给自己带来好运，可结果却让他们摇头叹息。

转完了一个赌场，又来到金沙赌场。同圣淘沙赌场一样，中文在这里受到了空前的重视，华语似乎就是这里的母语，几乎所有的工作人员，都会用纯正的京腔同你说“先生，您好，有什么可以帮到您”。你绝对不会有身处异乡的陌生感。

走进赌场，在非常空旷的、至少有一个足球场那么大的厅中，摆满了成千上万个五花八门的赌具，平时没有到过这些场所，还真叫不出名字。金色的灯光，把整个大厅照得喜盈盈、暖洋洋，用金碧辉煌来形容，一点都不为过。小赌的主儿大多坐在老虎机旁边，不停地敲打着键盘，想碰碰运气，其神色是焦急的、慌张的、无可奈何的。一位长着苦瓜脸的中年妇女，面带愠色，用力猛敲着键盘，可能又输了吧！

在赌场逗留了一段时间之后，感觉有些压抑，于是便随众去海边观看演出。

观《海之颂》节目实在是一件让人难受的事。在海边沙滩的上空，帷幕拉开之后，七个毛头小孩先是咿咿呀呀地用英语讲着什么，随后没有由头地在沙滩上唱着、跳着。在边唱边跳中，故事演绎着：蔚蓝色的大海中曾经睡了一个叫安妮的美人。不知睡了多久，睡得让海边的男人们眼红了。一位长期在海边生活的穷小子，春心萌动，便想唤醒这个睡美人，想娶她做老婆。但是，他又非常担心万一把睡美人唤醒之后她又和别人私奔了，那岂不是鸡飞蛋打？因此他显得很矛盾，不过，最后睡美人终于被唤醒了。随即，只见水幕上不断交替出现着米老鼠和唐老鸭两个动漫画面。于是，我便更加犯糊涂了。动漫画面与爱情故事，两者有什么瓜葛呢？故事演绎到最后时，在月黑风高的海滩上：一会儿喷火，一会儿喷沙；一会儿刮风，一会儿地震。然后在云雾缭绕的海上升起了一个长得有点像梦露的靓女。我实在没有耐心看下去了，只好提前离场。

由于闲逛的时间太久，感觉困极了，便提前回到了旅游车上休息。这时，那个平日里整天堆满笑容的导游登场了。他无事献殷勤，把放在车上的纪念品拿出来推销，说他的价格比什么地方的便宜百倍，又比什么地方的好百倍。他一边摇，一边介绍着其中一款叫鱼尾狮的铃铛时，这该死的玩意不争气，没有摇两下，像经不起风寒似的，铃铛的下半部突然掉了下来，在大巴的地板上砸出了清脆的响声，弄得大家哄堂大笑。此刻，我的倦意也随之消退了不少，反正我不想买导游推销的东西，只好重新闭目养神。

四海采风，吾生所愿。每到一个新地方，总想尽可能多晃晃、多看看，什么都想了解，正如太白先生所吟唱的："五岳寻仙不辞远，一生好入名山游。"芽龙弯虽不是名山，但却是一个深藏故事的地方。出于好奇，去芽龙弯观风月，以消磨时光。芽龙弯是新加坡的红灯区，当地人有些不屑地称之为"黑区"，除了风尘女子之外，也是外来劳工集中的地方。一入芽龙弯小巷，我即刻便感觉到新加坡作为一个正经严肃的国家的形象正在走进历史，他们在为改变原有形象而踽踽独行着。无论是建赌场还是开风月场，虽说这个国家与时俱进的步伐没有停止，但潜藏着隐伤。其实无论多么美好的社会，总会露出一些"病"来，这实属正常

——有多么美丽，就有多么忧伤！

离别的日子越来越近了。回国前一天，去了新加坡垃圾填埋场。当我们坐二十多公里的游船，穿过烈日当空的大海后，填埋场便到了。这个叫做实马高岛的填埋场，是在一个小岛上通过围海而建起来的。与其说是一个垃圾岛，还不如说是一个美丽的花园。成片的沙丘上，次第长出了野树、杂草、花儿。据说这些野生植物的种子是鸟儿们带过来的，使得沙丘上显示出了蓬勃的生机。人类活动使鸟儿的空间被边缘化了，所以它们只好在这个地方苟活。为了向世人证明该地方没有受到多少污染，还种上了红树林。整片林子枝繁叶茂、郁郁葱葱。蛙儿在林间跳跃，鸟儿在林中欢歌，使得整个小岛充满着生命的意趣。遥望远方，白云缓缓地飘过来了。白云下面，小岛星罗棋布，白帆点点。海鸥在蓝天白云下自由地舒展着美丽的身姿，海浪在微风中泛起粼粼的波光。尽管阳光是如此灼人，但躲进海堤旁的凉亭中，只觉凉风习习。

极目大海，心无杂念，顿感人世间原来一切还是听造物主的安排会显得更自然、更真切，何必要劳神去思虑那些不着边际的东西呢。其实，凡尘世间的事情，来来去去，缘尽缘空，一切都由他去！富亦好、贵亦好、尊亦好，都不过是过眼云烟！以恬静之心看沧海横流、看潮起潮落、看云舒云卷。以失意之情，做得意之事；以得意之势，做失意之人。若此，何处春江无月明？！

总之，在一个月的学习考察中，新加坡留给我的印象是：把东方伦理和西方理性结合得如此完美，让人觉得生活过于逻辑、过于严谨、过于世俗、过于传统，有着温情脉脉的面纱，但缺乏世俗的闲适；有着“小荷才露尖尖角”的风花雪月的生活情调，但又呈现出乍暖还寒的威权政治桎梏下的抑郁，还是“上帝的归上帝、凯撒的归凯撒”，可能更符合人性。

十二

岁月不居，繁星闪烁着长河

回国之后，对职业生涯的归途仍充满着期待。于是，我心气平和地等待着、等待着，冬去春来、花开花谢，又是几度风雨几度秋，而我期盼中希望的明灯迟迟没有出现。由此，心情又一次变得静默起来。

但出于职业操守，在工作上不能有任何懈怠。工作之余，我像一个农人坐在田埂边守望着太阳东升西落，有时也会琢磨着，下班后找谁去喝一杯呢？如果被拒绝了，如何给自己台阶下？如果没有被拒绝，又找什么人凑局呢？在职场混的人，高度决定影响力。即位置决定资源，资源取决于地位。天下没有免费的午餐，在名利场上表现得太明显了。无职无权，无人理；有名无实，无人睬。混得一无是处，鬼都不会来敲门。

所以，在职场上被人尊重是自己赢来的，不是靠别人施舍，由此，才能换取门庭若市的人气。年轻时，我也进取或是钻营过，但天性使然，怎么努力都没有同道中人那般轻车熟路。于是，机会一次次错过了。随着年龄的日渐增长，一直被闲挂着，有时会冒出“闲敲棋子落灯花”的心态，试图归隐。但我一直在调整心态，使自己慢慢变得闲适起来。

人生处在低谷的时候，需要精神的力量来滋养，于是我开始翻阅西方哲人的著作。叔本华说：所谓辉煌的人生，其实不过是欲望的囚徒。这一名言，至少一段时间成了我精神的归依。因此，我开始学会了休眠疗法。与公务无关或是不太紧要的活动，基本上不参加。因为作为配角，主动点，别人认为你想出风头，被动点，又说你人生没有目标和方向，横竖都由掌握话语权的人说事。便只好采取在什么山上唱什么歌的做派，一切任时光去见证回答吧！

凡人世间的事别太在意，反而会有出人意料的惊喜。有一年我曾参加了境外的一次公务活动，当时的头儿去了。在夜宴上，大家在一起兴高采烈地喝了点小酒。头儿问我有什么想法和诉求。我豪迈地告诉他：什么想法和诉求都没有！在头儿的话语中，我隐隐悟出了好事要来的感觉，于是喝得更为放松了，似乎好戏就在后头。还好，没有空欢喜一场。回来不久，便弄了个“调研员”，算是正处级了。

虽然仍被闲挂着，但工资还是涨了一点。我感觉人生在一个新的缓坡上，可以稍稍地登高远眺了。尽管看不到“白日依山尽，黄河入海流”的景致，但仍心存着“欲穷千里目，更上一层楼”的想法。于是，全身心地投入工作，以不负时代、不负韶华。

且行且珍惜地工作、学习和生活了一些时日，感觉这种温水煮青蛙般的生活状态，实在有些乏味，便时常会涌出一种混混就退休的想法，再也没有年轻时的那种激情和冲动了。遇事能避就避，逢人能躲就躲，俨然一副名士派头，逍遥自在得很。混迹于社交场合，由于虚荣心使然，从不派名片。因为压根儿就没有印过名片。如果随意派发名片，遇上了不谙职场规则、不懂语言贿赂的人，某“调”某“调”地叫着，听起来还是很别扭啊！

在赋闲的日子里，不能与人倾诉。把自己内心的伤疤或短板，揭示给别人看，除了让人小瞧之外，还能解决什么问题呢？需要解忧，只能同家人或是朋友在一起，拿杯小酒，爱怎么闹就怎么闹。其实，人的一生，像大海的波涛，或波平浪静，或潮起潮落，非常正常。想通了，自然就好过了。否则，就会被无形的秩序搅得心神不安。拿无形的，说不清、道不明的东西来扰乱心绪，何必呢？所以，无论在什么艰难困苦的境况下，内心始终都充满着幸福的因子。退一步想，与往昔比，真有云泥之别！

十三

人生不易，经行处，总有祥云缭绕

其实，人生大都还是多姿多彩的。每逢在蛰伏时，便会有幸福来敲门。又一次因学习充电，到国外去走走，姑且算是天降甘霖般的好事。

2012 年 2 月 8 日，美国之行悄然降临了。没有留过学的心结，以这种方式得到了释怀。

所去的人员均为出版界的管理者。是日，本团人员要求 7 点半之前必须到达白云机场。为培养小孩的责任心和孝心，我于前一个晚上告知他六点必须起床，然后送我下楼。虽然事小，但小孩做到了。从前晚他帮我整理电脑、摄像机、MP3 等一切旅途用品，蓦然间发现小孩长大了，知道为大人分担了。因为电子类产品，多是我不熟悉也不愿意拨弄的东西，他却兴趣盎然地帮我弄好了。一些怕我不会用的窍门，都悉心提醒我，使我感到特别欣慰。有时候，真觉得有家万般好，有孩万事足！

9 点 50 分，从广州飞香港。两者相距太近，几乎没有闭眼便到了。离两点过五分转机去旧金山的时间还有两个多小时，我们只好在机场里面闲逛着。机场内的奢侈品商场摆满了价格让人瞪目的商品，其中就有爱马仕包包。那是中国富豪们爱追逐的奢侈品之一，随便一个包差不多就要花掉当时我一年甚至十年的薪水。我感觉到了资本的可恶。其实每次身处这种地方时，就会感觉到无钱的压力，进而产生自卑感。然后又会聊以自慰，既然选择了这种循规蹈矩的职业和清贫的生活，就得学会平静地面对。

由于早起的缘故，登上飞往旧金山的飞机之后，感觉有些困了，但内心还是充满着快乐。望着窗外的世界，飞机向蓝天翱翔一段时间之后，很快便进入了茫茫的太平洋上空。

天边火红的太阳，恣意地照耀着水天一色的世界，飞机起飞时，我们就被这个浑圆的世界包围了。没有风的天空，白云安详极了，东倒西歪、懒洋洋，扭曲着、倦怠着，毫无生机地把太平洋铺满了。不过，单调的画面，并没有在我内心激起多少喜悦，留给我的却是刺眼的灼痛，由此便更增添了困意。

空姐不断地在用英语说着什么，求学的时候可能觉得是一次良好的学习语言的机会，到了这种年龄，学习的积极性大减。于是，我倦怠地合上了双眼，开始了本想任凭风吹雨打的长睡之旅。但下午 4 点 20 分左右，吃午饭的声音却把我吵醒了，加之也有些尿意，只好起来。此刻，只见空姐笑容可掬地用好听的英文和中文交替说着服务内容，顿时让我陡生好感。吃着她所送的饭菜，更觉美味极了。不到十分钟，便吃完了。

随后，我的心情开始舒坦起来。望着窗外的天空，夕阳在 4 点半左右就开始降临了。这时太平洋上空，远处被红色的彩带辉映着，近处的雾开始变得稀薄了。冷气流在洋面上飘散着，雾也开始翻滚着、奔走着、追逐着。随后阳光渐渐地暗淡下去了，洋面上飘起了雪一般的雾，有些凄美、有些落寞。到了 5 点的时候，天几乎变得更暗了，远处的天边泛着昏暗的光，匍匐在低矮的洋面上，像一幅缺乏生气的水墨画。近处的洋面上飘浮着像北国草原上形似于蒙古包的积雪。积雪掩映之外的间隙地带，有的地方群山起伏、千山万壑，有的地方像江河沼泽，芦苇丛生、星罗棋布，似乎有轻舟在穿行。处处暗藏玄机，遍地布满陷阱，就像人生的旅程布满了荆棘。5 点 10 分的时候，暮色苍茫，洋面上稀疏地飘着几条若隐若现的彩带。不知道是天上的繁星留下的辉光，还是洋面上栖居的岛民布下的灯火，抑或是飞机身上的航灯洒下的一路星光。

面对着高空下的茫茫大海，多少总让人充满着惊奇、充满着温暖、充满着希望。飞机骄傲而又安详，孤独而又神圣地在无垠的夜空中奋勇地前行着。有时候，常常会怪异地冒出一个可怕的念头：飞机长时间飞行，也会疲劳，万一掉下来了咋办？但这时候，没有办法控制了，生死由命。回望远方的天空，星星变得更为稀疏、无神、无助了。我不时把头伸向夜色茫茫的洋面，继续追逐着亮光——找啊，找啊，找不着。我感觉有些疲惫、有些气馁，不时想闭一会眼睛来安神。面对眼前没有风，没有雨，不见惊涛，不见狂浪，了无生机，让人绝望的大海，我无助而又茫然地思考着造物主，为什么在人世间要制造如此凄清空寂的场景呢？我有些灰心但还是充满期待地守望着，于是再次睁眼看着夜雾茫茫的洋面。突然间，有一点星光在移动着。哦，原是船在漂移着。光虽是那样柔弱、那么孤单，但还是让心渐渐地温暖起来，让人感觉洋面不再是死一般寂静了。当星光和船的航灯全消失时，机翼上的灯光在一望无际的洋面上孤独地洒着一路星辉。

够了，茫茫的太平洋！兴尽之余，不免觉人生之有限、叹宇宙之无穷。思及过往的人生，常常在沉闷的时候，不知是何种力量会在调皮的玩味中，送来一股清新的空气，让人不至于完全窒息。一个社会进入平稳期后，想在名利场中青云直上，不时隐隐悟出：鲜明的个性或许就是成长的天敌！个性的改变完全取决于自己，而在一个越活越固执的年龄，要进行性格上的脱胎换骨，真的太难！向平庸低头、向世俗低头、向没有尊严的人生低头，即便能换回形式上的些许荣光，但是灵魂被炙烤时却会使人颜面扫地。人活着，不要被子孙或世人戳脊梁骨，不要让自己都瞧不起自己！成功与否，由他去！

其实，人世间许多事，成与败、得与舍、是与非等繁多的哲学命题，就是皓首穷经，都难以求得一个绝佳的答案。只好在“阁中帝子今何在，槛外长江空自流”的叹息声中，求得心理平衡。世间事往往是孜孜以求而不得，不刻意去追求的东西却又像幸福的天使，在你睡眼蒙眬时就来敲门了。完美无缺不是美，残缺不全才是美呢。正如哲人所道：上帝为你关上一扇门，必会为你再开另一扇门！

坐了长达 11 个多小时的飞机，终于在旧金山着陆了。旧金山又称三藩市，是美国西部一座较大的城市。当年人口近 80 万，早年在此拓荒的华人不少。放下行李，草草吃了午饭便去了培训的斯坦福大学。这是一所与麻省理工、哈佛、加州大学伯克利分校齐名的学校。建于 1885 年，占地约 35 平方公里。楼房基本上是 17 世纪西班牙传道堂式的黄砖红瓦建筑，拱廊相接、绿树成荫，在古典与现代的交映中充满了浓浓的文化和学术气息。据不完全统计，截至 2012 年，该校出了 1 位总统、50 多名诺贝尔奖得主、1000 多位亿万富豪。

下午 2 点准时开课。主讲教授叫玛莎，一位年约 50 岁的女性。她用好听的英语，同时带着具有亲和力的手势讲述着斯坦福大学辉煌迷人的历史。尤其强调这所大学有一种很浓的创业之风，集产学研于一体，喜欢挑战，只要是革命性、颠覆性，甚至毁灭性的研究，学校都高歌欢呼。他们向学生灌输的理念不是毕业后去哪里找份好工作，而是如何创办公司去改变世界。

创造无处不在，但是创造在不同的文化背景下有着不同的诠释。把旧的东西打碎，这种创造会得到高度赞许。她的开场白没有讲稿，但思路清晰，能体现其作为全球一流大学教授应有的水准。

她强调合作，认为团队合作是全球化的趋势，但合作模式需重新定义。管理团队的艺术就像乐队指挥统筹一样，但比指挥乐团更为复杂，尤其是创意产业中要听从多个指挥的命令。电子时代一切皆有可能，我们已处在一个不被遗忘的时代。即使新的媒体产生，旧的媒体也不会隐退。正如中国哲学所讲的：新的变成老的，老的变成新的。往常，我听别人讲什么时，觉得自己有些水平，首先会从内心产生排斥感，但是她的开场白，立即让我产生了认同感，所以开始用心听课。

接着一位来自中国上海的教授，温文尔雅地接着美国教授的话题继续阐述上述观点。他以电动车在硅谷的研发为例，展望着电动车研究的前景时，就像描述西方迷人王子的风采一样，玛莎教授坐在台下随时回应着。她很自豪地告诉我们：她的儿子很有钱，买了一部电动跑车送给她，车型酷毙了。教授有些得意地向她致以谢意。接着他强调颠覆性的创新，就是要颠覆过去无用的东西，因为无用的东西会起干扰作用，转而谈到了硅谷精神，即不迷信，不相信权威。把互联网中的经验和技术推及其他方面，用新媒体做广告节省成本，成功之后另转他行。最后，他归纳硅谷的法则：学会宽容，共同分享，失败不抱怨别人，失败之后重新出发。第一天的课就这样结束了，我如释重负地打起了时差带来的哈欠。

赴美第二天，由于时差的原因，晚上实在太困，虽然 10 点多便睡了,但没睡多久,就做了一条毒蛇扑过来的噩梦,被吓醒了。一看时间才夜里 12 点多，于是又强迫自己再睡。睡到 3 点多又醒了，只好打开电视消磨在异国的艰难时光。

早上起来时，由于前天没有记准出发的时间，所以八点一刻要出发了还没吃早餐，只好匆匆吃根香蕉上车。此刻，旧金山的高速公路已是车水马龙，非常繁华。各式各样的车在无拘无束地狂奔着。公路两边长满了高大的阔叶林，以澳洲桉树居多。这种树看起来像人长了牛皮癣似的，树叶婆娑，树皮层层往外脱落，但其身姿伟岸，在沧桑中展示着倔强的个性。公路两旁布满了房舍，为了减少噪声的干扰，沿途两边修了长长的防护墙。

离斯坦福大学不远处的防护墙外，有一座修得像赌场筹码堆叠样的建筑，那是甲骨文的办公楼。甲骨文老板，虽然住豪宅，有私人飞机，可以和克林顿去打高尔夫，但其少时的人生历程异常坎坷。导游为了调节沿途的气氛，便开始简单地讲述着甲骨文老板的传奇：小时候，埃里森母亲的男友，也就是他的父亲在越战时阵亡了，留下了两个不谙世事的小孩。母亲没有办法，只能求助当初在家当保姆的一位以色列籍的阿姨，要她帮忙领养一位。于是埃里森就同他的养母来到了芝加哥求学，经受了人生中最不堪回首的日子，这也造就了他艰苦卓绝的奋斗意志。后来他见硅谷充满黄金机会，便选择了来此创业，于是才有了今天的成就。这也印证了中国的一句古话："天将降大任于是人也，必先苦其心志，劳其筋骨。"无论导游讲得正确与否，姑且听之。

还好，没有塞车，二十分钟左右，我们便来到了斯坦福大学。导游依然不忘其责地给我们讲着该校的历史。尤使他们感到自豪的是美国的大学，面向社会开放，内中许多设施社会人员均可使用。这所大学只有一百多年历史，但林荫密布，古木参天，空气清新，布局闲适。低矮的欧式建筑错落有致，多为杰出校友或是社会名流捐建。每栋所捐之楼都写有捐赠人的名字，这对后来者的确是一种激励。

建筑物所占面积只是学校面积的极少部分，该校许多地方仍被森林覆盖着。为了吸引社会力量办学，学校把其中一部分土地出租给企业作为研发基地或经营场所，使得这所大学较好地与社会资源保持着良性互动。我对中外名校，均有一种自卑情结，因为没有进过名校，考不上名校，或许是天资不行，也与小时候所处的环境有关。所以，我寄希望于自己的小孩，因为他所处的环境比我好，又具有相应的天资，所以只好适当地给孩子施压，让他了却父亲未竟的心愿。

赴美第三天，时差还没有完全适应。按照日程安排，当天的课照例是在玛莎教授的开场白中进行的。由于内容不太吸引人，出于礼貌，只好装模作样地听着。最难受的是，要不断地与瞌睡作持续的斗争。昨晚因睡得太迟，早上叫床铃响时，困得实在不想起来。在国外我有写日记的习惯，所以每天都很晚才睡。

心情不好时，天也开始变脸了。晨曦中的旧金山告别了前两天明媚的阳光，下起了毛毛细雨。早餐后，我们来到了一个临时租借叫感化院的地方，听美国教授讲跨媒体出版战略。这位金黄色与灰白色的卷发杂糅，蓄着花白胡子，全身穿着紫色衣服，连袜子都是花色的美国老头，俨然一副老式牛仔的打扮。他像个古董商，头头是道地讲些高深而又不着边际的东西。老头的装束，让我产生反感，因此连他的课都不想听。几次想合上眼小睡一会，但万里迢迢来这里瞌睡，影响实在不好。只好挣扎着，眼睛半睁半闭地听着，在黑暗不通风的会堂中度过难熬的时光。

老头还算通人性，讲到结束时，他见大家昏昏欲睡的样子，来了一句美国式的幽默："在倒时差的情况下，坐在黑暗的房子里真是难受。"引起了大家一阵哄笑。在笑声中睡意减轻了些，好不容易熬到下课，真想找个地方睡一下。但美国人没有午休的习惯，我们只能保持同步。

于是，带着浑身的疲惫，下午来到了一家广告公司继续听课。此刻，我感觉到思睡的折磨比思春还难受。当我们情绪低落地走进广告公司内部会议室时，讲台上的演讲者，没有客套，直奔主题。离谱的是授课的老教授，居然把自家的狗也带来了。

狗狗很听话地坐在教室中惬意地打着瞌睡，此时我倒有些羡慕狗狗的生活状态——想睡就睡，多么自在啊！狗狗安睡的样子，使我的睡意更浓了。转而我又想，美国佬的这种行事方式，难道体现的是东西方文化的差异？

下午的课共有七人轮流出来讲，内容极其枯燥乏味，与其说是讲课，还不如说是竭力在推销该公司的相关产品与服务，与中国走江湖的游医无异。我一直在盘算着何时能结束这难熬的时光。到了这般年龄还被折腾着，真不是个事儿。还好美国人的时间观念倒是一流，绝不拖堂。当最后一位夸夸其谈者突然提高声音说话时，我轻吁了一口气，终于解脱了！

没事的时候，我便用心观察旧金山这座城市。旧金山是一个多雾的城市，属地中海气候，冷气流上升过程中遇到暖流，便形成雾。一年之中，雾期长达三分之二，是世界著名的雾都。这里的雾离地约一百米高，不像云，不会轻易形成雨。这里的雾像棉花一样柔软洁白，像初恋情人一样柔情似水。雾在城市的上空盘旋着、飞舞着、飘移着。一丝丝、一团团、一簇簇，它不会让整座城市笼罩在五彩缤纷的雾中，像一幅水墨画一样，会留出一些空间，让人欣赏夜空中的星星和高而蓝的天。

旧金山是一个多山的城市，大大小小的山包，布满了树丛、开满了鲜花，错落有致的低矮别墅掩映其中，充满个性，但又不致张扬。夜雾下，山伸到哪儿，雾便追到哪儿，像夜的精灵。昏黄的灯光远看像火把，近看像甲壳虫小车在蠕动。音乐声起时，又仿佛是夜的盛大派对。

深冬时节，不时落下的丝丝细雨，催醒了似乎冬眠已久的树叶。山坡上、公路边、海岸边，那嫩绿的、羞黄的叶儿、花儿、藤儿都开始舒坦地伸展着迷人的身姿，展示着青春的活力。海风轻轻地吹着，带着娇柔的私情、调皮的冷意，给你全身温柔地抚摸着，在你耳边喁喁私语着。作为远在他乡的游子，自然会想起远方的亲人，悔当初为什么没有相邀做伴成行呢?

持续倒了几天可恶的时差，昨晚终于从 2 点半酣睡到第二天上午 9 点 45 分。睡饱之后，人也神清气爽多了。由于当天不用上课，所以感觉很惬意。不过，离 10 点出去观光的时间不多了，只好草草地洗漱一下，早餐也只好啃几块备用的饼干。

刚准备出发时，只见大堂门口聚集着我们的人，看他们神色紧张的脸，估计出事了。一问究竟，原来我们当中的一位女同胞用早餐时，去拿吃的东西，才几十秒时间，回来后便发现放在座位上的包不见了。除了钱财，尤其可恨的是连护照也被偷走了。同时被偷的还有一位同吃早餐的其他团的旅客。看来，金融危机下的美国并非净土，也是一个充满了邪恶的地方。此事一出，大家的心情随之都受到了影响。所以去旧金山市区参观的路上，欢声笑语便没有了。

处在雨季中的旧金山昨晚下了一场滂沱大雨，路面显得潮湿而干净。被雨洗过的天空深蓝而高远，但城市的低空却依稀升腾着缕缕白雾。金黄的太阳普照着四周的大地，泛青的树叶在阳光的沐浴下显得格外迷人。

来自太平洋湿冷的风不停地吹着，我们观光的第一站便是旧金山第 39 号码头。只见海边的长堤上，有人在遛狗，有人在跑步。其中一位金发洋妞系着腰包，把牵着小狗的绳系在腰上，然后一边拿着哑铃伸展手臂进行平衡运动，一边小跑着，引来了路人的围观和窃笑。码头附近的小型广场，一位留着长发的中年男子，用萨克斯慵懒地吹着冗长而沉闷的美国乡村音乐——没有生气，没有活力，没有激昂的乐章，没有抒情的旋律。四周没有人去认真欣赏，也没有人给小费。我仿佛觉得，这种音乐可使大海中的航船触礁，可使地球越轨，让人烦躁得想尽快逃离。

为了避开难听音乐的干扰，我迅即离开了广场，转到了码头的另一侧。此时，大海的护栏边挤满了围观的人群，几个淘气的小孩在“嗷嗷”地叫着，原来是在模仿海狮的声音。只见大海中许多海狮像猪一样躺在铺设的木板上，互相嬉闹着，不时发出“嗷嗷”声，显得有些慵懒，似乎失去了在大海中追风逐浪的勇气。

半小时后，我们便离开码头，来到了旧金山的艺术公园。开放中的公园，由一座二十世纪初世博会留下的罗马式建筑和一个比我家乡村鱼塘稍大点的小湖组成。湖边稀疏地长着一些饱经风霜高矮不一的树。树开始泛青了，绿树婆娑，雍容华贵。湖周边长满了青青碧草，厚厚的、软软的，让人感觉到匆匆而来的春的脚步。湖边不见风、不见涟漪，太阳还没有下山，月亮也没有升起来，见不到文人抒怀中月明风清的景致。

湖上一群飞鸟在游人，尤其是孩子们的呼叫、追逐声中，被惊扰得不时在低空中盘旋着、飞舞着。

湖边一侧的缓坡处，是一栋栋精致高档的别墅，橙黄、深绿、朱红的外墙，与湖边的景光相辉映，居此福地，也算快意人生了。

这一片湖水，不知道是否有灵魂、是否有思索、是否有生命律动的脉搏？微风过后，水波荡漾，湖边随风招摇的杨柳，或许才是逝水年华的见证者。

周游了半个多小时，摄影爱好者过足了瘾之后，我们在约定的地方上车，准备去吃午饭。

由于车停错了地方，司机可能要被罚七百多美元，于是心情烦躁得与导游在车上大吵起来。是制度的严苛，还是世道的艰难？我有些同情司机，估计这几天又白干了。导游也只好在火气消停之后，自言自语地嘀咕：美国现在没有钱了，只好加重罚款。

车在沉闷中行驶一会之后，我们来到了旧金山的中国城，在一家叫“湖南又一村”的小餐馆解决中餐。作为湖南人能在远隔重洋的地方，见着故乡的名字，无论餐馆与故乡是否有关联，心头都不由得渐渐地暖起来。餐馆虽小，味道不错。大口吃起来，感觉特别香。本想探究餐馆与故乡的渊源，追问当年那些漂洋过海者到此地谋生的艰辛，由于时间太紧，只好作罢。其实，人活着，无论在哪里谋生都不容易！

草草吃完后，便直接去旧金山大桥参观。此刻，海边起风了。瞬间乌云把蓝天遮盖了，太阳随即隐去了。只见海浪在呼啸着，成群的海鸥贴着海面在迎风飞翔着。这时候我在心头默诵着高尔基的《海燕》：“在苍茫的大海上，狂风卷集着乌云……”转而又想，得趁着暴风雨来临之前，抓紧拍照。迎风站在桥头，观看着这座被涂着紫红色油漆的跨海大桥，跨度虽不算宽，施工难度现在看来也不算大，但是从斑驳陈旧的桥墩，可以看出其沧桑的历史。

回想一百多年前，中国驻美公使馆陆军武官谭锦镛，因不堪忍受美国警察的殴打侮辱，在旧金山大桥投水自尽，在近代外交史上记下了沉重的一笔。在那个风雨飘摇、山河破碎的旧中国，中华民族有什么尊严可言呢？沉思之余，此刻海风越吹越劲了，暴风雨似乎很快就要来临，于是我们赶紧回到了车上。

随即，去下一个参观点——玛丽亚教堂。如果不是导游提醒，这座典雅豪华的建筑，竟是二十世纪七十年代的佳作，令人难以置信。其建筑风格既不是哥特式，也不是欧罗巴式，而是一座罗曼蒂克式的现代化建筑。教堂的主体部分呈四方形，屋顶十字架直向空中延伸。教堂门口正在为婴儿入教进行洗礼仪式。神父站在一个圣水池边，借着烛光在咿咿呀呀地诵经，旁边围满了穿戴整齐的信徒，据说是婴儿的亲属，跟随着神父在齐诵着。在洗礼中的婴儿，非但没有大哭大闹，还不时用微笑挑逗着围观者。

下午，参观完市政办公楼之后，便安排去自由购物。当年苹果手机风靡全球，于是去苹果专卖店成为首选。走进专卖店，人头攒动，尤以华人居多。在美国的一些卖场，时尚奢侈品商店随处都能见到华人的身影。

我因肠胃不适，趁机去了隔壁一家卖成人衣服的商店找厕所。美国的厕所不叫 WC，而叫 Restroom。厕所在二楼，需通过电梯才能到达，而电梯的按钮标示不明显。我的英文功力派不上用场，于是就试探着同服务员讲着找 WC。正在忙活中的服务员听不懂，随即叫了一位年轻的华裔服务小姐来帮我。华裔服务小姐侧耳倾听着，但还是未听懂我在说什么。于是，我不断地用手势比画着，但她一直未弄明白。我内急得不行，直冒冷汗，急着想快点逃离。可是小姐却又偏偏热情得不甘罢休，执意要领我去收银台，找另外一位华人小伙子。那小子也未听懂，僵持在收银台前，真是难受极了！这时，正好走过来一位会中文的中年华人妇女，才算帮我解了围，使我得到了拯救。看来学了多年的半吊子英语，关键时候却沟通不了，不得不为我们传统的英语教学方式感到失落。

2—3 月份是旧金山的多雨季节，昨晚下了一整夜大雨。早上起来，仍感春寒料峭。宾馆门口几株盛开的樱花，迎着寒风冷雨在瑟瑟发抖。天上的乌云正在次第散去，似乎要向人间展现一个明朗的天。然而，随即天公开玩笑似的又下起了倾盆大雨，半小时左右雨又停了。这里的天，时阴时晴、时云时雨，真像小屁孩搞恶作剧般。此刻，火红的太阳把大地照得一片金黄，气温也骤然升高了。我们的心情也随之好起来。

上午的课，是在一个由比利时年轻人所创办的小公司进行的。年轻人的开场白说，在比利时创业就像攀登阿尔卑斯冰山一样艰难，说完便像其他西方人一样，习惯性地抖动着双肩，并把双手摊开，以示幽默。另外两位合作的年轻人，轮番给我们介绍着公司迷人的前景。当然，他们也为失败准备了潜台词：一个事物刚开始时，谁也难以预料能否长大，如同当年没有人知道互联网能如此神奇而快速地发展到今天，就像谷歌当年租车库进行创业时，未曾想到而今有如此的辉煌。所以许多故事告诉我们：必须勇于尝试！硅谷的精神就是勇于探索，无惧失败！一个世纪前，这里涌现了大批淘金客，当今这里又冒出了大批高科技的淘金者。因此，这里许多有抱负的人，宁愿放弃优越的工作环境，冒险去创业。

尽管这帮年轻人讲得头头是道，可是在没有咖啡或茶叶刺激的情况下，瞌睡又开始在严重地折磨人。我努力控制着自己不要出洋相，可还是有些不争气地像晚年的老母亲一样，坐在木椅上，头像鸡啄米似的不断地晃动着，困倦极了。此刻，要是能睡上五分钟，都要感谢上帝。还好，不是孤军奋战。坐在我旁边的哥们，居然大胆地把头斜靠在前面一张空椅子的靠背上，呼呼大睡起来。后来由于椅子的重心失衡，便直接倒向了旁边的花盆，弄得“咣当”大响，随即课堂发出了哄笑声。那哥们感觉有些不好意思，便挠一挠头坐正了。我的瞌睡也在哄笑声中被唤醒了。随后，我像前些日子一样，一直在注意着下课的时间，真的难熬啊！

为了消磨时光，我不断地往洗手间跑，尽管金融危机的阴影还未散去，不过美国所到之处的厕所都打扫得比较干净，而且都备有手纸。客观而言，其厕所文明还是进步明显。听了几天课，别看那些洋人西装革履，手舞足蹈、恰到好处地讲着他们的理念，但一旦涉及自身的商业利益，都是三缄其口，不会抖出任何对我们有价值的东西，自私的天性表露无遗。

在旧金山的日子，每堂课都由玛莎教授主持。她每天的开场白都离不开天气，就像中国人碰到熟人打招呼“吃了吗？”一样。

那天上午，玛莎教授依然穿着华丽高档得体的衣服惊艳出场了。通过连续几天的观察，她的服装总是比较考究。从她的装扮可以看出，作为美国中产阶级知识女性，骨子里始终流露出高人一等的优越感。她轻言细语像百灵鸟一样的话语，学富五车的谈吐，缜密的逻辑，敏捷的思维，严谨的治学态度，刻板的敬业精神，不容颠覆的时间观念，让我们真切地感受到其文明素养。

然而，她依然不能脱俗。她走上讲台，微笑着说：“雨过天晴了，虽然我们这里不是花城，但也有很多花。我感到难过的是，今天是我们在斯坦福学习的最后一天了。经过这些日子的相处，我喜欢你们的提问，有些事情我明白，尽管我们理解的角度不一，但是我们的互动至少有了一个良性的开始。有人问机构之间的合作，我是研究此问题的，回复你们是我的职责。无论如何，人与人之间需要合作，通过合作使二者之间的关系变得更为融洽。”

说完之后，一位来自香港、三十多岁的中年女性上场了，给我们上了在斯坦福的最后一课。为了向我们示好，她简短地说了几句粤语。随后，为了显示其已完全融入了美国社会，再也没有说自己的母语，而是用一口流利的美式英语在授课，主题便是美国出版业的法律框架。阐述相关问题时，基本上是泛泛而谈，明显感觉到底气不足。当大家提出问题后，她能非常友好而谦和地回答，但是对问题的看法比较肤浅，就像汽车在雨后充满油渍的公路上滑过一样。听了一会之后，索然无味。于是我再次展示了绅士般的风度，沉默着。

沉默时最容易犯困。这一路行程都被瞌睡干扰着，想偷睡一会，但又担心有失体面，便只好不断地喝浓咖啡提神，不断地故伎重演着通过上厕所打发时光。好在女人面容姣好、气质优雅，充满着柔情，所以我不忍心提一些刁钻古怪的问题，让其难堪。我不时暗自欣赏着女人，窥视着她的内心世界，这样也就不觉时光难过了。

玛莎教授一直坐在教室后面，为了调节学习气氛，不时插话以激发大家的兴趣，同时提醒授课者注意授课内容的分寸。只要是华人教师授课，她都会坐在后面。实则，是一种监督。我感觉玛莎教授的问题似乎比我们还多，仿佛是一个勤学好问的学生。说实在的，我不讨厌她的提问，因为她的声音好听，所提问题也有一定水准，能从不同角度反映美国中产阶级女性的所思所想所悟。我想她年轻的时候，一定是个知性女人。在属于她的那个时代里，一定有着惊艳的青春、美丽的故事。她的话题容易使我走神，容易把我的思维带到她过往的世界，有时真希望她多提问来消磨无聊而又无奈的时光。

香港女人的课，足足扯了两个小时，缺乏核心观点，听不出所以然，在大脑中难以留下深刻的印记。整个课堂气氛沉闷至极，对心性真是一种修炼啊！由于她漂亮知性，气质优雅，课后本想与之搭讪，但没有找到合适的话题，反而怕暴露出自己的肤浅，便只好失落地目送她离场。

坦诚地说，斯坦福精英荟萃。但由于时间太短，仅两个星期的学习，既无缘与一些名流相识，也不能学什么东西。虽然离别的时候到了，但再也不会像年轻时那样，像一个多情的种子，生出惆怅、难舍的情愫来。不过，被这个坛子染过的泡菜，不管时间长短，总会留下一点点味道来。

告别斯坦福的那一天，进行了有仪式感的结业典礼。主持人依然是玛莎教授。每个学员都像新闻发言人一样，进行了自我满意的小结，翻译逐字逐句地翻译着，也不知道翻译得是否精准，就当是走过场吧。

轮到我时，经过一番琢磨，煞有介事地讲了三点体会：科技革命使传统出版业正面临着挑战，但数字出版业的兴起并不意味着传统出版业会受到毁灭性的打击，所以我们既要有危机意识，同时又要学会两条腿走路；新技术革命的到来，出版业不再是单一的产业，出版流程在加快、产业链在伸延、合作领域在拓宽，所以我们要加强跨地区、跨行业的合作；中美在文化出版产业方面存在着巨大的商机，所以我们要相互学习、相互借鉴、相得益彰。最后，当天是美国的情人节，我把《西洲曲》的两句诗送给各位：南风知我意、吹梦到西洲。我们的梦就是回国以后，把我们的文化出版产业做大做强做好。结业典礼结束后，我们每个人从玛莎教授手中接过斯坦福培训证书，并与之合影留念。

我们离开斯坦福的时候，已是下午六点。天似乎带着离别的愁绪，下起了绵绵细雨，但是玛莎教授和她的助手还是冒雨把我们送上了车。此时，望着离去的玛莎教授，望着即将离开的校园，想着此生或许再也没有机会来了，内心还是涌动着一种依恋和不舍。

课堂教学结束之后，剩下的时间，便是去旧金山、洛杉矶、华盛顿、纽约等地参访。

第一站去的是距旧金山南部200公里左右的蒙特利海滨公园

观光。由于不用上课了，大家都显得非常轻松。一上车，彼此之间嘻嘻哈哈、说说笑笑，气氛很快便开始活跃起来。18人的团队女士们占了11位，所以一旦话闸被打开，她们就像一群麻雀，叽叽喳喳地说个不停。讲得最多的是美国的名牌，最喜爱的是COACH包包。所以，话题集中到包包时，个个都流露出满意的神情。不时，还拿出来互相欣赏着，以获取他人的赞美。大家尤其满意的是价格的低廉。无论是什么价买的，都比国内便宜多了，于是便想着下一站还要买。我不想搅她们的话局，只好默然地坐在车上，闭目养神。

当天火红的太阳，把整个加州大地照耀得一片金黄。天空见不到一丝云彩，天蓝得像太平洋澄明的海水一样，海天一色，浑然一体。中巴车在南下的高速公路上奔驰着，经过二十分钟左右的急驶，就见到了美国的乡村世界。

由于对美国乡村的一无所知，所以我便张开眼，沿途悉心地观察着。位处太平洋东海岸的加州，起伏的山峦由南向北逶迤而去，山峦海拔普遍不高。高速公路从山峦之间的峡谷地带依山环海而去。近海的山坡上零星地分布着低矮的树丛，只有土地潮湿的低谷才会出现乔木。树丛中有青绿的橡树、乌黑的矮松、落叶的白桦、斑驳疯长的澳洲桉树，另外还有一些不知名的灌木花草。丛林之间的地带被一些还未发青的野草铺满了，使得山与山之间几乎看不到裸地。公路两旁的平缓地带，绿油油的青草、金黄的油菜花，争奇斗艳地点缀着这片充满生机的土地。一些翻耕过的黑漆漆的土地，盖上了薄膜，长满了嫩绿的草莓。偶尔还能见到一些蔬菜和果木培植基地。金色的太阳，湿润的土地，已经泛青的生命，这一切都在昭示着这片土地的春天正在来临。

山坡上不时可以看到被栅栏圈养的牛，一边甩着尾巴，一边在悠闲地啃着人工种植的草，同时在俯瞰着远方。这里的牧场比较多，以哺养黑牛而出名。这种牛适合做牛排，据说味道可口极了。也有一些奶产量很高的牛，到了不能产奶的年龄，便被宰杀送去做汉堡包，所以用这种牛肉做馅的汉堡包，其实并不好吃。可是不懂行情的国人，包括我的小孩却把它们当作美味佳肴。小孩还提出要我从美国带一个汉堡包回去给他尝尝。孩子说，想比较一下美国的汉堡包与国内的有何不同。由于路途时间较长，没有特殊设备，带回去怕发臭，便只好作罢。

公路两边的山冈上，稀疏地分布着一些低矮的房子。由于这里地处环太平洋地震带，所以房子大部分只建一两层，多为林木框架结构的组合房。房子外墙涂得五颜六色，显得极具个性。个别坐落在山冈上的房子，用栅栏或铁丝围起来。有趣的是，个别即便没有建筑物的山冈，被围起来以后，只插了一面美国国旗。国旗便只好孤独地在瑟瑟寒风中飘扬着。据说这些房主，基本上是在硅谷的创业者。望着乡村那些充满田园诗般的建筑，望着那宁静而美丽得像油画般的田野，我开始沉思着：美国的乡村或许只是一个地理概念，不存在城乡二元结构，不再是一种身份的标签。

车行驶了二百多公里之后，我们来到了位处太平洋东海岸的蒙特利海滨公园。车进入公园地带时，只见沿路都被苍松翠柏掩映着。由于四季海风吹拂，这些树的生命力显得极其顽强。无论海风如何狂飙，它们依然痴情地守望着大海。那一棵棵翠柏，银灰色的树干，被海风撕裂得伤痕累累，呈现出一道道深深的刀口，显得格外扎眼。尤其是在大海边的礁石上长着的那棵翠柏，当年已活了 250 多岁，饱经风霜的枝干足以见证其不屈不挠的生命历程。当然，我们无法与这些生命进行平等的对话，无法追问这些在风浪中成长着的生命，是一种怎样的境况、怎样的心迹、怎样的向往？活得有些累了吗？还是想继续勇往直前地去追赶太阳，百折不挠地去迎风斗浪？人生如白驹过隙，同自然界的一些生命相比，无论是生命力，还是生命的时长，都不可同日而语。

放眼海边沙滩上美丽的高尔夫球场，不免让人感觉心旷神怡。据说高尔夫王子老虎伍兹也在这里施展其高超迷人的球技，同时为他带来了巨额财富。球场周边的豪宅，依山傍海，鲜有人迹。居住于此的人类，难道就不怕生活的孤寂？他们在大海的呼唤中会感悟到什么呢?

我从海平面上收回了视线，只见在海边离岸稍远的地方，长着一种叫做冰草的植物。它们在冬眠中逐渐苏醒过来，伸出了铁红的身姿，把整个太平洋东海岸的土地包裹得严严实实，使得其他的生命没有了喘息的机会，进而逐渐在它们身边消失了。这是物竞天择法则的胜利还是失败呢?

从海滩往回走时，山坡的小路边开着一种叫优雅女人的小花，枝叶温柔纤细，碎白的细花像米粒般，花的叶面上呈现出一丝暗红，把滨海大地点缀得充满诗情画意。它们不张扬、不招摇，默默地守在海边，无论风吹雨打、任凭潮起潮落，依然故我地沿着其生命轨迹，演绎着优雅人生。

在离开旧金山的最后一天行程中，上午参观了惠普中心，对该公司有了一定的了解。在沉闷中度过两个多小时之后，终于挨到了吃饭时间。该企业对中国文化似乎略有所悟，至少给我们准备了免费自助餐。其实，美国的自助餐简单得很，让人难以下咽。连续吃了几天之后，一走进餐厅就会让人反胃。无奈，只好凑合着填饱肚子。

下午 6 点 45 分，结束了在旧金山的整个行程，随后便向洛杉矶转移。我们提前两个小时，来到机场。机场的安检异常严格，除了国内必检的项目之外，连鞋和皮带都要解下来。如果裤子稍微肥大点，没有皮带则容易滑落而出洋相。尤其是女士们，解下皮带之后，提着裤头过安检更加显得局促。我在内心祈祷：愿一切都顺利吧！然而，我装有电脑的提包，由于事先没有把它拿出来，所以还得被复检。当我拎着重新过机后的包往洗手间跑时，感觉轻了不少。于是，躲进洗手间拉开包一看，发现电脑不见了。于是，我突然感觉紧张起来。在尿未完全拉干净的情况下，赶紧往安检处跑。原来安检人员把电脑拿出来之后，忘了放进去。当时，我在现场没有注意这一细节。还好，一位年轻英俊的黑人安检员正拿着电脑朝我走来。他认出了我，没有说什么就把东西还给了我。由此，我对这位履职尽责的安检员顿生好感，改变了连日来由于所住酒店服务不好而对美国留下的不良印象。

美国服务业的质量，与国内比相距甚远。服务员尤为在乎小费。小费不到位，服务质量一定会打折扣。我们在旧金山所住的那家酒店，我曾几次在纸条上留言，请服务员每天提供免费矿泉水。服务员故意与我作对似的，没有留言时还提供过两次，留言后反而好几天都见不到水了。房间没有配备热水器，弄得喝口水都犯难。同行人员告诉我，他们都有同样的遭遇。更可恶的是，有几次忘了给小费，服务员不是把枕头扔到地上，就是把垃圾桶放到枕头上，以示抗议。可见，在资本无孔不入的社会，无钱真是寸步难行。导游告诉我们，这些服务员因旅馆所给的工资较低，所以得靠小费来补贴家用。随后，我们每天起来干的第一件事，便是放好小费。有时怕忘记，干脆前一天晚上就放好，然后安心入睡。

当日晚上 10 点多到洛杉矶的酒店时，服务依然如此。给我所安排的房间，位于一楼的拐角处。紧邻公路，窗户是落地玻璃，窗外没有任何防护设施，汽车紧靠窗外而停。而且房内的窗帘因坏了而拉不上，外面的一切尽收眼底，住在这种地方既无隐私也无安全感可言。该酒店位处距洛杉矶还有几十公里远的城乡接合部。老实说，到任何一个陌生的地方，我都不愿意住在荒郊野岭、离城区较远的地方。住在市中心区的宾馆，会感觉方便踏实。我们所住的地方，不管导游如何鼓捣，我都没有好感。这个三层楼的酒店，仿佛是美国的乡村牧场改建而来。有好几百间房，古色古香的装饰想必有些历史了。大堂的布艺沙发脏得乌黑发亮，一些不顺眼的人员在里面进进出出，不免让人对该酒店生出几分警觉来。大堂内开了一家便利店，小老板是从台湾过来的。进店想买点日用品，见那小子说话所表现出的那副油腔滑调的样子，似乎在美国发了横财一样，让人生厌。于是，我对这家酒店的不良印象便更深了。

我强烈要求导游给我换房。导游出于职业操守，欣然与我对调。我便从一楼调到了三楼。三楼的露天过道，走起来晃悠悠的。

如若检测，定是危房。我有些担心，如果稍用力跳跃，整栋楼可能会坍塌，我只好小心翼翼地走着。一旦出事，可没有那么多美元来赔，还有生命危险。管他呢，夜已深，人已困，赶紧入睡。还好，一进房间，豁然开朗。整个房是套间，面积较大且干净，似乎比旧金山那家店高档些，只是烧水的设施还是不会用。我试用煮咖啡的壶，水没烧开，壶却边烧边漏水，我担心漏电短路，只好赶紧把插头拔了。后来才知道，没有掌握使用方法。当时，我的心情瞬间变得糟糕起来。这就是美国啊，有什么值得我们学呢？洛杉矶这五天如何度过呢，只能听之任之了。

洛杉矶是美国第二大都市。这里有妇孺皆知的电影王国好莱坞，有全球闻名的迪斯尼乐园，到处是生气蓬勃的观光胜地。由于它处在太平洋东岸，阳光充足，雨水较少，平原面积较宽，土地肥沃，适合水果、棉花等生长，因而粮草丰足。其文化创意产业兴盛，由于好莱坞、迪斯尼都集聚于此，对于从事文化产业的人来说，有着独到的吸引力。

是日中午，我们应邀出席了南加州出版协会安排的简单午宴。该协会的三位负责人都来了。三位年过花甲的老者，其中一位在欧洲做过外交官，因此他话兴较浓，正如粤人所调侃的，属于“口水多过茶”的那类人，但其脸上一直堆满了笑容。不过涉及出版业这一主题，却是泛泛而谈。因为他们都不是研究者，而是从业者，因而难以取到真经。三个小时在疲倦中挨过去了。

下午余下的时光去了比弗利小城。这里有奥斯卡颁奖的会场，我们便走马观花似的溜了一圈。平时没有红地毯可走，此刻可趁机过一把红地毯的瘾。随后随车在市区溜达，重点参观了巨星们所住的比弗利滨海别墅区。洛杉矶市区广阔，布局分散。绿荫丛中鳞次栉比的庭院式建筑，色彩淡雅，造型精巧，风格各异，遍布于平地山丘之上。高速公路与城市街道纵横交错，密如蛛网，四通八达。巨星们在此颇受追捧，所以居住在该环境中可以宁静地享受着今生今世美好、奢华、优雅的生活。

迪斯尼是美国的文化品牌、文化符号、文化象征，也是世界文化偶像，文人向往的胜地。自家孩子小的时候，陪他看过迪斯尼出的《米老鼠和唐老鸭》，所以对迪斯尼并不陌生。这次远隔重洋而来，还是有一种膜拜感。是日上午 10 点，我们在导游的带领下，排着规整的队伍入园了。其实对该主题公园并不陌生，因为在香港已经观礼过。但是在其发源地参观，还是有一种抑制不住的兴奋。

太阳高高升起了，公园的上空没有云彩。由于这几天是美国总统节，所以一早公园就人头攒动。无论走到哪里，不管参观什么项目，都要排长队。其实所玩的项目基本上是为孩子们而设，对成人没有太大的吸引力。不过随着智能技术的进步，迪斯尼着上了科技革命的新装，许多灵巧的智能机器人整装上班了。他们不时用程序化的英语在迎客、介绍情况、维持秩序。孩子们在机器人的引诱下，高兴地在园区叫喊着、追逐着。由于排队需考验人的耐性，我们只能择其重点而观摩。为了看一种时长只有五分钟的 3D 影片，足足等了一个多小时。其实，所看影片是太空战的片段，其惊险刺激的场面，让人觉得不虚此行。

出来以后，便信马由缰地溜达着，让人开眼界的是，美国的胖子太多了。看着那些大腹便便、步履蹒跚的肥硕身躯，真觉得美国的食物结构出了问题。看来，心血管医生在美国大有市场啊。这里聚集了世界不同的族群，族群之间，几乎看不到有发自内心的交流。尤其从白人高傲的眼神里，可以读出某种特定的文化现象。从斯坦福上课时便可以看出端倪，一个中国人做翻译时由于自我发挥了一下，便被美国的主持人制止了，弄得他好不沮丧。所以，别人的土地再好，由他去吧！

逛完迪斯尼之后，第二天我们便去了好莱坞。只要看过美国大片的人，好莱坞无人不晓。尤其是明星梦露，那双勾魂的媚眼，那一弯厚厚的红唇，特别是那双美腿，那种裙摆式的独特造型，不知让多少男人浮想联翩。

上午 10 点时，太阳高悬于空，天气燥热得让人浑身不爽，致使游兴大减。来到门口时，只见里面已经集结了很多人。与迪斯尼相比，这里以成人居多。在景区门口，一位长得与梦露相仿的美女，摆着姿势正在与游人们免费合影，我也趁机赶了一回时髦，搂着高出我半个头、体型圆润的西洋美女，合照了一张，心里美滋滋的。

按照导游的安排，首先我们坐着观景车在好莱坞电影城游览了一圈。在游览的过程中，体验着不同的惊险刺激场景。戴着4D眼镜，穿过山洞时，远古时期天崩地裂人兽大战的壮观场面出现了。只见山洞中的巨兽，张牙舞爪，山呼海啸般迎面向游人扑来，让人惊魂不已。穿越山洞后，以为可以舒缓一下，然而没过多久，山洪暴发了。暴风雨在晴空万里的当儿，没有任何征兆地呼啸而来，随即滚滚的山洪从陡坡处奔流倾泻而下，似乎要把整个大地淹没。随后，过山车又缓缓地驶入了漆黑的隧道。本想让神经暂时放松片刻，突然间行车的轨道下沉了。紧接着旧金山大地震的场景突然出现，只见电闪雷鸣、天崩地裂、海浪席卷而来，让我们再次进入了极度的恐慌之中。可见通过高科技的手法，模仿上述惊险刺激的场景，并融进文化创意的元素，的确是高超的市场营销手法。若干年以后，国内的许多游乐公园，把这些套路玩法纷纷引进来，于是便感觉不再新鲜。

下午2点半时，约了在美国寄居了10多年的同学。他驱车前来接我去市区闲逛。虽然交流的时间较短，但发现海外学子在所谓的西天福地并非尽遂人意。

在美国专卖场购物，是中国人感兴趣的一件事。中国造的东西，却比国内便宜多了，那些所谓的三、四线品牌就更便宜了。许多专卖场，都能见着中国人的身影。尤其是 COACH 店门口，一大早就排满了中国人。同行者，尤其是女士们事先做足了功课，知道买什么值。于是，在随大流中我也买了些生活所需用品。

即将离开洛杉矶了。离别前夕，同学再次过来陪我聊天。在异国他乡相逢，我们没有禁忌、无所不谈。谈了一会，他一定要尽地主之谊，邀我去附近的星巴克喝了一杯咖啡。没坐多久，因为正是美国的总统节期间，咖啡店要提前打烊，我们便只好离开。当他送我到入住的酒店门口时，时间不早了，我要他回去，因为他太太有事回国了，只留下小孩一个人在家。但他还是执意要上来继续陪我聊。从闲聊中，方知人在他乡不易。凌晨一点了，我的确很困了。他却睡意全无，执意还要带我出去走走。在美国没有人带，极不方便。因为语言不通，交通不便，尤其打的是一件奢侈的事情。不仅的士少，而且昂贵。有人开车陪我闲逛，真让人感动。这些年让我最感幸运的事情是，无论走到哪儿，都有一帮兄弟朋友，这就是以真诚换真诚的结果。

在美国大陆西海岸游学了两个星期之后，下午 4 点 10 分从洛杉矶经过四个小时的飞行，终于来到了首都华盛顿。飞行途中，尽管时间不短，但飞机上的空姨只提供一点水或饮料，主食除了头等舱免费提供，其他人员要吃就只能付费了。这使我更加认识到这个所谓的自由国度没有免费午餐的现实。空中服务还算客气，但与我国航空的规范化服务相比，略显逊色。尤其是白人那种自大与孤傲感，即便从一张枯黄的苦瓜脸上也可以看出来。

飞行途中，繁星闪烁下的大地，城市和乡村依稀可辨。许多地方不见人烟，大地死一般的沉寂，仿佛处在洪荒时代。可见，这个国家还有许多潜在的资源可供开发，世界头号强国的地位可能还会持续多年。我们除了追赶，没有他法。

飞机在首都机场降落时，二月的华盛顿仍处在春寒料峭之中。走出机场，冷夜的寒风扑面而来，从机场到酒店并非所想象的繁华，沿途灯火稀疏，好些路段不见灯光，零星低矮的建筑隐没在落叶凋零的树丛中，显得毫无生机，世道的艰难可想而知。

到汉普敦酒店时，已是当地时间凌晨两点。这座酒店离城区有多远，还不知道。只觉得它是孤独的，周边被斑驳的丛林包围着。一条公路从旁穿过，不时有汽车呼啸着驶去。寒夜高挂长空的星星，没有给人带来任何的慰藉。夜已经很深了，暗影下的树枝在冷风中摇曳着，空旷稀疏的建筑，在昏暗的灯光下静默着，入夜的寒风，让人感觉更冷、更困，是该沉睡的时候了。

华盛顿是美国的首都，在儿时的记忆中，我对这座城市还是充满着向往。当时想若有机会，一定要去看看。今天终于来了。在这个变幻莫测、充满纷争的世界里，作为全球的政治中心，华盛顿在媒体中屡屡被提及，似乎整个世界的事情都与之有关，全球政要在此现身，几乎都会牵动着世界的神经。

酣睡几个小时之后，东方既白，昨夜的疲惫仍未消除，时差再次让人神魂颠倒。于是，外出时，上车倒头便睡。但是，每到一个新地方，好奇欲都会迫使我强打起精神，睁眼看外面新的世界。人说，所谓旅行，就是从自己待腻的地方跑到别人待腻的地方去。此话还真有一定的道理。

车在高速公路上旁若无人地疾驶着，司机一脸黑沉肃然地紧盯着前方的道路。他是整个行程中所遇到的最牛的人！只有他可以大声嚷嚷着同客人不友好地说话，可以无所顾忌地同导游争执，使得车上的气氛一度被压抑着。我真担心他在坏心情中，或许会把车开到沟里去。所以，沿路我便用眼神不断地暗示着同车的人，尽量别去招惹他。

还好，我可以超然地欣赏着窗外的风光。金灿灿的太阳，恣肆地照耀着这片陌生的土地。冬天还没有苏醒，冷风仍在呼呼地吹着，道路边、山坡上、田野里到处生长着高大的榆树、白桦。它们往昔所披的华丽盛装，被大自然的风霜雨雪撕裂了，整个原野上呈现出百花沉睡、枯草遍地之象。只有松树、柏树勉强地吐着青绿，使得这片沉睡的土地，渐显出春的气息。

在华盛顿待的时间很短，行程安排也紧。观光的首站为林肯纪念堂。这是一座四周用粗壮的汉白玉石柱支撑起来的单体建筑。正面有十二根石柱，敦厚朴实，孔武有力，排列得像威严的哨兵。纪念堂中央安放着高大白色的林肯雕像。三面墙壁用英文记载着他的业绩，其他就再也没有什么了。开放式的纪念堂任由游人来去，不见警察和管理人员踪影。屋檐前方的天花板上挂满了蜘蛛网，显得很扎眼，是经济萧条没有人去打理还是属于他的历史已成过往？

纪念堂广场的前面是一片开阔的由成片落叶的榆树、泛黄的枯草和一片湖水构织而成的公园。广场的右边是战争中逝去美军的雕像——几十个手持枪支的士兵流露着迷茫、恐慌、悲凉、无助的眼神，猫着腰在丛林里谨慎前行，等待着他们的是什么，除了死亡的威胁还能有什么呢？人世间是谁发明了战争这一可怕的机器呢？上帝造人时，为什么不把属于每个人的那一份财富、权利分清楚呢？真不明白这世界为何会这样！寒风瑟瑟，百草衰折，身临其境，只为那些早年枯萎的生命之花而黯然神伤。在雕像旁边一块长条黑色的大理石幕墙上，记录的是在越战中阵亡士兵的名字。在另一块长条的黑色大理石上记录着在朝鲜战场上众多美军、盟军的死者、伤者、失踪者、被俘者的名字。旁边竖着的黑色大理石上，赫然用英文书写着：自由是要付出代价的！真不知道美式自由，是一种什么样的自由？！

太阳升到中天了。公园中的湖水，在微风的吹拂下泛起了涟漪。华盛顿纪念碑像一把锐不可当、直插云霄的白色利剑，竖立在林肯纪念堂正前方，被迎风飘扬的美国国旗守护着，四周是一片开阔的草地。与其说是草坪，不如说是牧场，牛羊的粪便四处可见。成片枯黄的野草，还沉睡在冬天的时光里，即便有阳光的照耀，也丝毫不曾惊醒它们的冬眠之梦。自然界没有灵魂的生命，就是活得比人类简单些。

当太阳逐渐西沉的时候，我们来到了白宫附近。白宫已不是我心中向往的白宫了，尽管它在世界政治舞台上，像明星般闪耀，但它已失去往日的荣光而变得黯淡起来，再也没有王者的霸气、英雄的自信，只有美人迟暮或是廉颇老矣的状态。要不昔日底气十足、敞开心扉让人休闲的地方，为何用黑色的铁栅栏围起来呢？花工在白宫的草地上浇着花草。警察似乎都躲在暗处守护，以此营造白宫的宁静。

因栅栏护卫影响了摄影的视觉效果，游人大感不悦。草草地观看了一会，我们便去了国会山庄。

国会山庄没有护栏的白色圆顶建筑在蓝天、白云的映衬下显得格外引人注目。山庄的前面是一泓湖水。湖水在夕阳的照耀下、在晚风的吹拂中，泛起了粼粼金波。不过浅浅的湖水掩盖不了藏污纳垢的湖底。水鸟在湖上盘旋，环湖四周的大理石阶到处是鸟拉的粪便，无人及时清扫，使游人想靠着湖边坐一下都怕惹一身屎，致使游兴全无。这就是人与自然和谐共生的困境。白宫和国会山庄相隔不远，四周的道路到处都在开挖。华盛顿所有的建筑不能高于国会山庄的禁令，使得这座城市规整有序，宽松的布局让人生活在其中没有压抑。骑着高头大马的美女警察，在游人追逐着照相的喜悦中，显得更为友好地向路人微笑着。天快黑了，我们在导游的催促下，告别了这里的最后一抹斜阳，向着遥远的乡村旅馆归去。

在华盛顿待了两天之后，最后一站是纽约。在去纽约前，考虑到要回国了，届时大家或许有其他的事情要处理，因此，回到酒店门口的草地上，团队提前进行了小结。已是晚上 7 点了，晚风在阴冷地吹着。草地上虽没有明显的潮湿感，但是久坐之后，还是有一种冷意。不过学子们在使命的召唤下，毫无怨言。将近一个小时的小结，对此行总算有了一个交代。

然后在大家的提议下，小聚了一下。由于我们所住的旅馆，距华盛顿市区约四十分钟的车程，周边没有豪华的酒店。想找个地方喝点小酒，还真不易。导游对这一带不熟悉，于是我们一行人便四处打听。在星光和灯火闪烁中，来到了一家叫做“面馆”

的地方，准备消磨当晚的时光。这里除了面条和奔富红酒之外，其他的东西就不是我们所喜欢的了。为了解决下酒菜的问题，只好去附近的麦当劳买些炸鸡之类的东西，便往面馆赶。服务员规定：这里不能自带酒水，也不能从外面带东西来吃，而且每个喝酒的人都要出示有效证件。于是我们只好先付点小费，再拿出护照给其检查。服务员觉得一切都没有问题了，才发给我们酒杯。几杯酒下肚之后，大家开始有些兴奋了，谈笑之中，六瓶价廉的奔富红酒很快便喝完了，于是在星光的沐浴下，在微醺中各自归寝整理行李。

第二天一大早，要去纽约。距华盛顿有 400 多公里。

早上 7 点左右便出发了。大巴司机与导游因是否要去接翻译人员而争执着，最后因司机大声咆哮而作罢，顿时使得车内的气氛一度变得压抑。两个中国人在异国他乡居然也会如此牛气地窝里斗，真是丢人！

长达七个小时的路途，沿路几乎是雾茫茫、雨霏霏，使得爱拿天气说事的美国人不得不摇头说，今天真抱歉，没有好天气来迎接你们。

高速公路两边的榆树、白桦等仍没有从冬天的寒冷中苏醒过来。傍海的丘陵地带被林木笼罩着，树丛中隐隐露出一些低矮而富有个性的建筑，多是独门独户，似乎幽深而自在。居住在这些丛林中的人们，不知道他们从事何种职业，野兽或是土匪来了如何应对。寂静的田野被青葱的野草覆盖着，偶尔会见着一些休耕的农用机械伏在家门口的山包上，全然不见农人们的踪影。单向四车道的高速公路还在继续拓宽，公路上车辆川流不息，尤其是大货车穿梭繁忙，可见美国经济正处在复苏中。

下午 1 点多时，终于来到既是天堂又是地狱的纽约。纽约是美国最大的城市，但无论城市的外观，还是秩序，明显不如已去的其他三大城市。许多建筑显得有些旧了，街道逶迤而逼仄，车辆只能缓慢行驶。街道两边虽没有见着沿街乱摆的走鬼，但是垃圾随处可见。

到了波士顿街区时，古老而高耸的建筑多起来了，但是精致或是具有地标特色的建筑不多，逼仄的空间使人感觉压抑，交通变得更为拥堵了。纽约的治安不太好，出行得当心点。不过纽约是世界金融和艺术中心，太多世界顶级品牌，让追求者愿意为之大方地掏钱，尤其让妙龄女郎流连忘返。其实这些日子我们对美国都市的了解甚少，居住的酒店都是离城市较远的地方，所以几乎每天都要化不少时间在城乡接合部穿行。对城市的风土人情、社会生活除了走马观花的感触之外，对真实的城市生活几乎一无所知。填补失望之旅的时光，就是去大卖场购物。尤其喜欢购买奢侈品的女士们，买到了她们心仪的时尚包包之后，会互相交流着、分享着，使得整车的气氛变得异常活跃，逛街带来的疲劳感，也随之消失了。

纽约就是纽约，尽管街道上人头攒动、尘土飞扬，但它毕竟是国际化大都市，多少让外国人有些神秘感，值得驻足细细品味。早上起来时，天异常冷。北风呼呼地吹得让人喘不过气来。当天的行程，主要是到曼哈顿去观光。当我们来到自由女神傲然耸立的大河边时，泛黄的河水不断地掀起波浪，船在水中轻轻地漂移着。我感觉既冷又困，便无心观景，只想闭目思睡。

在水上漂了一个多小时之后，我们来到了世贸大厦的废墟上。太阳洒下一片金晖之后，天很快就被乌云遮盖着，随即下起了平生未见的太阳雪，几秒钟之后雪倏地消失了。紧接着北风乌云雪花同时出现了，风雪直打着我们的脸颊，地上的飞沙走石像失了魂似的毫无方向地飞舞着。该地方不宜久留，因为它容易引发人脆弱的情感。

于是我们怀着“淘金梦”，来到了全世界为之惊魂、为之发狂、为之奋斗的街道——华尔街。这是一条约 500 米的小街，但是荟萃了世界顶尖级的金融精英、投资大鳄。他们在这里展示着天赋与贪婪，经历着成败与得失，实现着梦想与价值，在疯狂之后狂欢、在狂欢之后疯狂。他们既是资本的天使，又是人类的赌徒。人类既需要他们，又排斥他们。无论成功与否，你方唱罢我登场，他们却让这个世界变得精彩起来。我们像赶集一样地在华尔街观看着，用相机直观地记录着每一个细节，以便回去之后，可以详细地描述着这里的一切，作为酒后的谈资。

华尔街转悠完之后，便来到了与之毗邻的联合国大厦，也是期待中的观光点。由于安保措施严格，我们只能在它的外墙徜徉。大家尿急得很狼狈，本想着去这栋大楼里面放松，但由于英文太差，无法表达诉求，被工作人员无情地拒绝了。我们有人就钻牛角尖了，既然咱们国家交了会费，理应提供方便。但无道理可讲，只好另寻他途。找了几家餐馆，除了美女翻译因在美国留学，能讲一口纯正的英语，只让她一个人解决内急问题，其他的人都被拒之门外。无论说给小费还是什么，这些可恨的小业主们都没有同意。可见美国的公厕真不方便，几乎剥夺了我们的尿尿权。

在纽约的一天行程中，我们走马观花地浏览了上述地方之后，最后一个观光点便是纽约的大都会。大都会艺术博物馆与大英博物馆、卢浮宫称为世界三大博物馆。

当我们来到时，全球各地的参观者已蜂拥而至，人们都缓缓地移动着脚步，在他们感兴趣的地方驻足。陈列物按世界主要文明板块分布排列。由于时间关系，只能蜻蜓点水似的观看着希腊罗马、埃及、美国、日本、非洲等几大板块，各大文明板块精彩纷呈。我重点参观了中国馆。望着那一件件来自东方古国的珍贵文物，为光辉灿烂的中华文明而深感自豪，也深感璀璨的文化艺术，有着恒久的生命力，能不断传之后世。

在高雅的艺术熏陶中，才觉得俗世中的人是多么卑微。思及过往的人生，深感人在世上总是免不了受物欲的侵扰，难免会被利益所累，在苦心经营的人生道路上，不断追名逐利。有时，还喜欢摆出教师爷的面孔，规劝别人要正确对待名利，而涉及自身时，只要有可能就不惜放手一搏。尤其是年轻时，对每一次机会都不愿意错过。后来经历的事情多了，便慢慢地变得超然物外，能以一种平常心看世界了。贫穷挨饿时，一块地瓜干都会让人感激终生。到了今天，即使给一块钻石，也会一笑了之。

其实人的成功，多是际遇造成的，与能力、水平、为人关联度不大。尤其是职场，天时、地利、人和等缺一不可。所以局中人常言，能成大器者，必有过人之处。这种所谓的过人之处，只能见仁见智了。即“汝果欲学诗，功夫在诗外”。若不做诗外之功，就不要怨天尤人。对人世间的名利，倘能变得心若止水，功夫也就修炼到家了。所以，尽管明天要回国了，经过这些日子的休整，得重新思考人生的去向了。

期待，往往是美好的。在美国游学了二十三天，满足了出国看世界的念想，同时也结交了一帮新朋友。但是，职业生涯仍处在水波不兴的状态。我便只好再次蛰伏起来，像农夫一样，只管耕耘、不问收获。再次告诫自己：隐、让、等！

这种状态维持了两年多，随后单位便易主了。经过组织考核，终于结束了为期两年多的“调调”生涯。当然，新位置的取得，同样是一波三折。我的人生道路基本上都是这样走过来的，一帆风顺的事几乎没有。其实，这种历练未尝不是好事。经历的事情多了，成长付出了代价，就能通达地看待世上万物，遇到新问题时，就不会钻牛角尖，去问“十万个为什么”了，更不易患抑郁症！

新的岗位，虽然级别上了，其实还是在二线当配角。但无论如何，我得对人生重新进行思考和定位，得学会处理各种复杂而微妙的人际关系，尤其是注意细节。因为细节，对于在乎细节的人，往往才是真正的魔鬼！

十四

对于生命的传人，献给他的不光是爱，还有责任和义务

小孩18岁成人那年，他所读的学校要求家长给孩子写封信。老婆命令我为之。我试图学着湖湘巨子曾文正公那样，通过家信教子。于是，便絮絮叨叨地写下了《与子书》，向他的青春致敬！

巧虎：你好！

你“不好玩”了。那天，当我说要带你和你妈出席一个朋友的饭局时，你正在电脑上折腾着什么。当我第二次同你说时，你愤然而起，以高出我半个头的身段，立在我面前说：“你不要总是站在道德的高地，置我于不义！”我问你：什么意思？！就出去一起吃顿饭的事，犯得着如此生气？我的初衷是，你渐渐长大了，需要适当参加一些社交活动了，让你在社交中，学会同各种各样的人打交道。而你小子却发如此牛脾气。当时，你妈正在梳妆台前装扮着。见此情景，有点幸灾乐祸地嬉笑着。我却恼怒得真想揍你！转而一想，为人父者，靠揍自己的孩子来立威，算什么呢？尽管我脾气不好，但小时候都不曾揍你，不能破了规矩。此刻，我才真正意识到：你已经长大了。我该学会用成人的方式同你交流了。时光匆匆，往事依依。做父母的，谁希望自己的孩子长大呢？谁又不希望自己的孩子长大呢？

当你以一泡童子尿撒在接生的护士身上，哇哇大哭着宣告走进这个世界的时候，我顾不得向护士道歉，欣喜地从外婆手中接过你，抱在手中，仔细地瞧着你在母体中浸泡得实在有点难看的容颜，心里顿时涌现出初为人父的使命与责任。

从此，我再也不随便找借口出去晃荡了。一下班，便往家赶。一回家，便疾步走到摇篮边，看你睡醒了没有，看你尿片湿了没有，看你知道笑了没有，看你握着小拳头、眯着眼睛在摇篮里抖动被子的样子……你那纤细的长发包裹着你的小脑袋，像金丝猴般，怎么瞧，即便是情人眼里出西施，都觉得不好看。此刻，巴不得你马上长大，变成一个英俊的王子。但是，看多了，便顺眼了。从此，我多了好些事要做——每天得用傻瓜机给你拍照、给你摄影、给你写日记，用这种方式记录你成长的历程。后来，你慢慢长大了，特别是读小学之后，渐渐不天真了，渐渐不理我了，我的激情便开始消退了。于是，便放弃了每天拍照和写日记的习惯。

以至当初我想以你为蓝本，写一本有关儿童成长日子之类的书的想法，也烟消云散了。但我的生活，却因为你而变得每天都充实着。

那时，先是外婆带你。在你的记忆深处，纯是一片空白，因为你太小了。所以，我得帮你来回忆。有一次，你哭得太厉害，撕心裂肺地哭了十多分钟，没有任何经验的爸妈以为你哪儿不舒服，急着要抱你上医院。还是你外婆有经验，说是衣服穿多了。当时，十一月的广州，虽然冬天来了，但仍是暖意盎然。你妈却用棉袄把你包裹得严严实实，估计是热得太难受的缘故，你没有办法用语言交流，只好用哭来投诉。后来，你外婆帮你把衣服减少一点，你就不哭了。当年，过春节时，外公一家都从邵阳过来看你。吃团圆饭时，一家人坐在热气腾腾的饭桌前，有说有笑地吃开了。虽然还只有五个月大的你，却也耐不住寂寞，坐在摇篮里，面对着我们，一直哼哧个不停，无非是想引起大人们的注意——你也要过年呢。怎么会饿着你呢，你妈立马就来喂你了。从那时起，就知道你小子不是温驯的绵羊！

在你读小学前，由于上班离家近的缘故，我带你的时间还是较多，所以对你成长的关注自然就多些。

一天清早起来，我告诉你，爸爸要出差几天。只有几个月大的你，当时穿着一件橙黄的碎花衣服，躺在床上，睁大眼睛直溜溜地看着我，面带着丝丝微笑，或许你已懂点什么了。我真有点舍不得离开你，哪怕是一天。你妈休完产假之后，便去先烈东小学上班了。

先烈东离我们家还是有一段距离，你妈几乎老是早出晚归。为了迎送妈妈，我经常抱你在窗前目送着、守望着。每当你想妈妈，知道妈妈下班快回来时，我就抱你到窗前，哄你：妈妈很快就回来啦！你就痴痴地望着楼下通往我们家的路。当迟迟没有见到妈妈的身影时，你的情绪是低落的，咿咿呀呀的声音少了许多。每当见到妈妈兴冲冲往回赶时，便会在我身上抖个不停，恨不得马上冲到楼下去接妈妈。有时，我想幼儿要是没有妈妈，那是多么可怜啊！

在窗前守望期间，当太阳升起来时，你会用小手指着，叫“太阳公公”；当明月升起来时，你会哇哇地叫着“月亮婆婆”。偶尔看见天空有飞机掠过时，你会提醒我“杯机、杯机”。然后，非常得意地微笑着。抱的时间久了，便把你放到学步车中去玩。自从有学步车之后，你的天地便广阔多了，忽地一下东、一下西。用你奶奶的话说，像一只飞天蜈蚣在家四处穿梭着。我们家那部29寸的松下电视机，你没有少折腾它。当你够得着摸到电视机开关时，它便遭殃了，时开时关，反反复复，边按边笑。虽然电视机不错，但还是被你折腾得把开关烧坏了好几回。你稍大些时，对玩电视机没有兴趣了，又拿起了铁锤，对着我们家的茶几，不断地“叮当、叮当”地敲打着。你说：看我装修，看我装修呢！弄得家具伤痕累累。好在我和你妈有先见之明，说男孩子破坏性强，买木制家具也是为了对付你。

两三岁时，便更好玩了。那真是一段美好幸福的时光。还记得同爸爸一起玩捉迷藏吗？我一宣布开始时，就假装把眼睛闭起来，让你先藏好。其实你藏身的地方仅在斗室之内，没有爸爸小时候好玩。我们那时候是一个广阔的天地，阁楼、茅厕、柴草堆、树丛等，凡是乡村能藏身的地方，都是我们的向往。尤其是藏在房屋旁边的茅厕，尽管臭气熏天，蚊子轮番轰炸，可是为了不让伙伴们轻易找到，只好尽量忍受着。而你却没有这般天地了。谁叫你生活在这个光鲜而缺乏野性、原始、古朴生活气息的都市呢？

每当你藏好之后，就会傻乎乎地窃笑着告诉我：爸爸，我藏好了。我见你把头伏在地上，撅起小屁股，像只乌龟蜷缩在沙发底下、床底下，却故意装得很难找的样子，在屋子里来回穿梭着、寻找着，你却憋不住了，大声地笑着告诉我：爸爸，我在这里，我在这里！

带你，真是一件辛苦事！你把六十多岁的外婆折腾了近一年的时间，她一个人哪里吃得消？后来，你年近古稀的爷爷和奶奶来了。爷爷、奶奶疼孙，没错！奶奶在家操持家务。爷爷为了带好你，没少费心。常带你到外面去玩石头，时常用零碎的红砖块教你在水泥地上写字。玩累了，便要爷爷背你回家。爷爷背你上楼时，用手把你的屁股抱得紧紧的，生怕你滑落。而每次我背你上楼时，你都会着急地在背上喊着：抱紧一点，抱紧一点！生怕我把你掉下来。同爷爷比，爸爸背得确实有差距，其实有时我是故意逗你的。

你何止在爷爷面前，在爸妈面前，一样偷懒！好些回，我和你妈带你上楼时，你就装睡了。我们只好把你抱着、背着。一爬到家门口，你就把眼睛睁开了，然后会心地笑着。偶尔，你也会自己爬上去，那是当你穿上吱吱作响、脚底闪光的新鞋时。你悄悄地告诉我们：别吭声、别吭声。你每爬一层，便使劲跺一下脚。然后，便把墙上的感应灯震亮了，你便觉得很开心。

平时，真难为你爷爷了，所以，每次当爷爷背你爬回家时，想歇一下，便抽起了旱烟。你就去向奶奶或妈妈告状：爷爷躲在厕所抽烟。爷爷受到奶奶的批评之后，便知趣地打开门去走廊上抽。爷爷为了提高你的学习兴趣，便自编顺口溜：马平川、早起床，跑一跑、跳一跳，哈哈笑！你跟着爷爷，一边念，一边跳，高兴坏了。同爷爷的感情，真不一般。

爷爷去世的时候，入棺时，你正遇上高一期末考试。为了不影响学习，没有提前通知你。出殡前一天晚上，你从广州赶回来了，一见到爸爸，便批评我为什么不早告诉你。当时，你穿着一件学校发的冬衣，使得本来纤细的身躯略显伟岸，一入灵堂，便跪下来嚎啕大哭。你长跪着，大人们怎么劝，也不愿意起来。你甚至还想把棺材打开，最后见一次远行而去的爷爷的遗容，但风俗不允许，便只好作罢。从你的悲伤里，领略到了你对爷爷的深情。我由衷地感到高兴：儿子有孝心。如果爷爷九泉之下有知，也会欣喜的。如今，爷爷在天堂已经快三年了，我们只好在异乡的梦里遥祝他安息！

到你上幼儿园时，爷爷奶奶觉得家里空寂了。爷爷说，没有你在家的日子，像坐牢般，便不想再待了，执意要回乡下去。我们再三挽留，都没有办法。爷爷奶奶回乡下之后，你也变得乖多了。记得第一天上幼儿园时，早餐之后，你背着麦当劳小背包，同爸爸一块一路唱着“小呀小二郎呀，背着那书包进学堂……”向幼儿园走去。唱到云台里幼儿园门口时，你便不吭声了，怔怔地看着装有不锈钢门的院子，生出一种不安来。但在老师的微笑和安抚中，你还是不声不响地进去了。我感到释然：小子不错！居然没有哭！第二天送你去时，在路上不再唱歌了。老是跟我讨价还价。问我：爸爸，我能不能不去幼儿园？我说：不行。然后你又说：我去你办公室，我不吵你。我说：不吵也不行，因为你到读书的年龄，就得读书了。没有办法，你只好硬着头皮，被我拖着往幼儿园走。到了校门口时，便再也没有前一天的斯文样了，抓着我的衣服和裤子，杀猪般地嚎叫着：我不想读幼儿园，我不想读幼儿园！这种不愉快的情绪，至少持续了半个月。只有回家时，你才会渐渐地开心起来。

周末，你可以在家尽情地玩着。但一到星期天晚上，你就开始犯愁了，便会躺在床上同妈妈叨咕：你就好啦，又不要上幼儿园。我为了转移话题，便会接着说：你就好啦，又不要上班。然后，你觉得逃避不了，便在吵吵嚷嚷中沉睡。三人熟睡之后，有时我觉得身上突然发冷，哦，原来是你尿床了。这种现象很少出现，有时想批评你小子，但你妈觉得你尿床也是一件幸福事。还为你解围，说是因为你太困了，睡得太沉了。我能怎样？便只好倒头再睡。

其实，你何止在床上撒，为了逗乐，有一次居然倏地爬到桌子上往地上撒，一边撒一边说：瀑布来了，瀑布来了！你奶奶就站在旁边数落：你看、你看，这个南腔北调的吵王！瀑布玩够了，还不会消停。把家里的白色塑料薄膜撕成碎片，在家里到处撒，然后大声嚷嚷：下雪啦，下雪啦！你奶奶跟着你喊：啊呀，这个吵王，吵得没有名堂！小子，你那时弄得爷爷奶奶确实很辛苦。

当然，你也有玩高雅的时候，那就是你喜欢唱《女人是老虎》那首歌。反反复复、不厌其烦，而且把音响开得很大，听得我们耳朵都起茧头皮发麻。你一边唱，一边伴着武打动作。光是光碟，你妈统计过，共弄坏了十三张，买了十四张，成绩不错吧。所以，那时候，只要你不开心或是在哭闹的当儿，爸爸就会在旁边敲边鼓：去天桥底下啵？你马上就不哭不闹了。然后便会牵着我的手说：去！因为解放路的天桥底下，有你心爱的《女人是老虎》的碟卖。有一次买回一张，你认为是假碟，执意要外公陪你去换，果然换回来了，你小子真厉害！后来，你还玩过象棋、萨克斯、二胡、吉他、乒乓球等，总之，每个年龄段，你都会玩点高雅的东西。

在云台里幼儿园的时光虽然短暂，但老爸和你几乎是朝夕相处。每次放学接你回来时，都会提议带你去甜水巷走走，我身上随时会准备一些一元的硬币。因为那里有你喜欢吃的豆腐花。在简陋逼仄的小店里，你喜滋滋地，一小口、一小口地吃着豆腐花。我喜洋洋地看着你吃得额头微微冒汗的样子。有时，我也想吃一碗，虽然钱不多，但还是舍不得。因为小时候穷怕了，养成了省钱的习惯。同时，也希望包里面有足够的硬币维持你的开销。

稍大点上幼儿园中班时，把你转到了条件稍好的省委机关所办的梅花村幼儿园。但该幼儿园要求住宿，我不能每天去接送你了，你感到有些失落。由于还不会盖被子，所以天冷时节，经常感冒。一旦生病，你就不想上幼儿园了。但家里没人照顾，白天还得把你往幼儿园送，每天晚上再把你接回来。每次走近幼儿园时，你会不声不响地靠在窗边，用一双期待而渴望的眼神等着我。刚牵着你的手时，几乎一言不发，似乎老成得很。回来的路上，你的话语便多起来了。看来，幼儿园在你幼年的生活中，并非太美好。因为你说，入住幼儿园以后，老师管得太严，有时晚上睡在床上，想喝水，老师不给，你就偷偷地拧挂在床边的洗脸毛巾水喝。

还好，在幼儿园还是学了点东西。你会唱“老鸡说小鸡”，会用粤语唱“有只雀仔跌落水、跌落水、跌落水，有只雀仔跌落水，被水冲去”之类的儿歌，弄得我也会唱了。学英文时，老外还给你取了个“KOLIN”的英文名呢。幼儿园即将毕业的那年儿童节，园里组织了文艺汇演。那天在礼堂演出时，你脸上涂满了粉，穿上了橙黄的兜肚裙，表演的是儿童舞，见你在台上穿梭着，基本上是在人群的后面晃来晃去。有时候，还有点跟不上节奏。由此，我暗笑着：你小子同父亲一样，没有舞蹈和绘画等方面的天赋。也好，将来好好读点书，别去鼓捣其他的东西。

幼儿园毕业后，你就随你妈去读小学了。那天清晨吃完早餐，见你背着小书包，小小的个子，屁颠屁颠地跟在你妈后面。我当时还在犯嘀咕，这哪像个小学生呢，真担心你管不住自己。果然，你吊儿郎当的天性暴露出来了。小学三年级时，有一次在课堂上，老师要用“越来越”造句。你站起来，信口便来了句：大便越来越稀，鼻屎越来越浓。弄得同学们哄堂大笑，使得老师恼火至极。

这期间你迷上了象棋，有一次放学回家，还未把红领巾解下，就要同爸玩几局。咱俩在家席地而坐，连下两盘，你都输了。我说，不来了。你却哇哇大哭：不行，还要来！我说，哪能胡搅蛮缠呢！后来，在你的哭声中，只好同你再来一盘，也让你侥幸赢了一盘。看来，你小子真有韧性。有次，你参加广州市举办的小学生象棋比赛，见你小小个儿坐在比赛桌边，用一只手撑着半边脸，若有所思又镇定自若的样子，真像个小大人。比赛开始时，我和你妈只能在窗外观看着，当你被吃得只剩下一个光杆司令时，你便同对弈的小朋友，玩起了耍赖的游棋。对方一不留神把元帅移到你将军正对面时，你便毫不留情地把别人的象棋拿走：你输了！

随后一些日子，我们便在家不断地对弈着。因此，每当想切磋的时候，“杀一盘”便成了我们家的暗号。那时候，我们互有输赢。慢慢地，我下不过你了，有时也想悔棋或耍点小赖，其间不免有些争执，但你小子根本就不给我耍赖的机会。当你妈不在家，决定谁洗碗时，你便出馊主意：“杀一盘”，谁输了谁洗。我明明知道凶多吉少，但在你面前又不能表现得太软弱，只好硬着头皮上，结果可想而知，洗碗的命运摆脱不了，愿赌服输呀。如今，你水平远远超出我了，我几乎赢不了你，所以无论怎么挑战，你都没有兴趣同我“杀一盘”了。时光为何流逝得如此之快呢？

还好，你小子读书，真让我们省心。每次，关键性的晋级考试，都是靠自己闯过去的，真为你小子而感到自豪。读初中时，你不是太勤奋，但你有较好的天资，所以，功课难不倒你，稍用点功，基本上都能维持在中上水平。但你绝不会“悬梁刺股”般去读书。还好，考高中时，你又以优异的成绩，被母校签约进了重点班。

读高中时，你那点聪明不够用了，若不用功真有点悬，但你还是掉以轻心。见你在家时，一边摇头听着歌谣，一边做着题目；一边想读点书，一边想偷偷地玩一下游戏。有一次，已是凌晨两点多了，我起床上洗手间时，发现你的房门漏出一丝光来。当初以为你还在挑灯夜读呢，实则是在玩游戏，这种状态真让我们着急。你也曾想控制自己的玩心，好好读书，但是游戏的吸引力实在太强了。最后弄得作业常常未做完，回学校又担心交不了差，于是就向我们哭诉——你大脑中好像有一团云、一团雾什么的，一直在头顶盘旋着，弄得你没有心思做作业。你妈妈尽管着急，但又不得不想法子，来治你的游戏症。还记得我吼过你吗？——“玩游戏能玩出麦当劳来？！”小子，现在还想玩吗？

而且，现在回乡下的愿望也没有以前强烈了。自从爷爷去世后，奶奶也病倒在床上了。我的担忧与日俱增，而你是难以体会到的。小时候，回乡是一种向往；现在，回乡是一种负担。小时候，每次回老家，便同你两个哥哥，跑到村子后面的柴草丛，到处点火。

风一来，几乎快要烧到房子了。这时，你觉得不可控了，害怕得哭。还有，就是肆无忌惮地玩鞭炮，每次回乡未玩完的鞭炮，奶奶都会帮你放在谷仓里收好。因为谷仓中堆放着稻谷，环境干燥，鞭炮不易受潮。等你来年回来时，鞭炮一点火，还是那样威猛。所以，那时候，每次回乡的第一件事便是找鞭炮。奶奶便会很得意地告诉你："奶仔呀，还在呢，奶奶帮你去拿。"然后，你同乡下的两个哥哥，便跑到房子后面的禾坪里，一边玩鞭炮，一边烧遗弃不要的稻秕。那些稻秕中藏着的谷粒，在烧灼中会爆出米花来，你们兄弟几个可高兴呢，抓起来就吃，以至回家时你弄得满脸乌黑。奶奶一边用热水帮你擦洗，一边唠叨着这哪像城里长大的孩子呢。

每次回乡虽然只有几天时间，但是在你眼里，城市生活中似乎所有的时光加起来都没有那几天好玩。还记得吗？有一年从乡下回来时，连续玩几天，由于太兴奋的缘故，以至没有睡好，一上火车你便睡了。当你醒来已到广州时，突然觉得不对，执意要回去，大哭道：我要回去！我要回去！我是乡下的孩子！

如今，你再也没有以前那种强烈的冲动了。假如有一天，奶奶走了，我们除了清明节去上坟，恐怕难以回去了。即便是清明时节，我想你也难以同爸爸一块回去了。因为你的根虽然是从那片土地上延伸的，但你毕竟没有植根成长过。没有爬树捉金龟子、掏鸟窝的故事，没有偷黄瓜、盗花生的经历，没有经受过故乡风霜雨雪的吹打，没有物是人非的回忆。所以，小时候，你喜欢故乡，是建立在好奇、好玩的基础上，并非出于对那片土地的苦恋。长大以后，故乡对你只是一个模糊的概念、一个难以在睡梦中唤起回忆的文化符号，勾不起你的乡音、乡韵、乡愁。因此，我不会强加于你，要你守住那片土地，守住那些只言片语的故事。假如，有一天我老了、思乡了，若是你能偶尔陪我回去几趟，也就够了。

人真是一个奇怪的动物——小时候，多么渴望逃离乡村，挣脱夏天在田野劳作时，炎炎烈日的炙烤。现在慢慢地又想回归乡村，看山茶花、野菊花在春风秋雨中轻歌曼舞；看公牛斗架时在青葱的田野中斗出一个大坑来，斗累了、斗脏了，便又扎进溪水中痛快地给自己洗澡。两个仇家像好记仇的妇人般，各选一段水域，井水不犯河水，悠悠地泡着澡。这时即使苍蝇不断地来袭，耗尽元气的公牛只好摇头或是甩打牛尾巴来驱赶着。回忆故乡这些场景，我便想枕着故乡的一山一水、一草一木去酣睡，对故乡曾经产生的逃离感转而变得心驰神往起来。

人啊，往往得不到的东西便特别向往，得到了又想折回去。从乡村通往城市的路上，从扛蛇皮袋进城复读高中补习班那天算起，我已漂泊了三十多年。曾经装过化肥、装过稻谷的蛇皮袋，皱巴巴的、鼓囊囊的，虽不好看，但实用。而且放在进城的公共汽车上，无需担心小偷。它装着我的棉被、我的书、我的梦。读大学时，我换了从商店买来的箱子，稍许感觉光鲜体面一点了。但是在你爷爷的账簿上，又增加一笔新债。

你不会有这种体验。乡村，你是回不去了，也无需回去。你只能在城市的地表上，行走着、游移着，城市的地表下面，究竟有没有深藏着你生命成长所需要的养分，我不知道。所以，每当你津津有味地吃着麦当劳、啃着肯德基时，我在心里就会不屑一顾地说，还不如乡村的地瓜、南瓜好吃呢。其实，乡村的地瓜、南瓜吃多了，时隔几十年，现在见到它，胃仍会反酸。对于你所吃的舶来品，我们从小没有形成味觉记忆。可是，你小子吃得连头都不会抬一下。见你舔番茄汁的样子，见你那张舔得脏兮兮的脸，我只能苦笑着，无可奈何地摇头。从内心生出一种感慨来，你小子真幸福啊！你妈马上就会接话："他爸是谁，你爸是谁呀？哼！"有时，在家里餐桌上讲乡村故事，忆苦思甜时，你同你妈一个腔调：听得耳朵都起茧了。弄得我像祥林嫂一样，刚有点话兴，只好索然无味地闭嘴。不同的时代，不同的人生，有不同的际遇。所以，我再也不强求你回望乡村我所走过的那条泥泞路了。

每个孩子的童年，在父母眼里是一个金矿，是一首抒情诗。徜徉在时光的隧道中，回忆是温馨而甜蜜的。哪里像现在，每次见到你，你连叫一声"老爸"都显得勉强了。不是吗？最近我和你妈每次去二中送点水果什么的，我远远地主动向你招呼着，你却支支吾吾地应付着，我完全能理解你这种状态。曾经我和你爷爷也是这样交流的，这就是“马式”家风。有时，我同你妈描述这种状况时，你妈免不了要批评我：你们马家的人从小就没有规矩，见到人连个称呼都没有，现在带着你儿子也是这个样子。其实，你不知道，我们是在农业社会的底层长大的。你奶奶本来就是一字不识的农民，在仓廪不实难知礼节的情况下，在艰辛的生活面前，除了整天应付生存危机，经常听到她骂天骂地之外，哪有礼数这些说法呢？而你的人生状态与我却有天壤之别，你得懂礼貌才是！

面对着你一天天在长大，我们既高兴又失落。高兴的是将来你可以独立生活了，失落的是我们在向温馨的往事挥手告别。既然长大了，我就得告诉你：在人生的长河里，得学会进取、担当、包容、大气、自保、律己。

人生要活出一种状态，就必须去进取！当年，我从乡村出发时，背负着出身被人歧视和一贫如洗的窘境，便暗暗地发誓：这辈子一定要混出个人样来。而当时我的人生道路，只有读书才能改变命运。你奶奶节衣缩食，把几元皱巴巴的钱交给我做学费，并叮嘱我：用心去学，将来出息了不要忘了做娘的。那一刻，我含着热泪，内心油然生出一种英雄出征时的悲壮来。于是，我便以破釜沉舟之志，从小学到中学，从专科、本科直到研究生，终于完成了乡村寒门子弟难以逾越的求学之路。到如今，虽然没有大富大贵，也算衣食无忧了。

这些年，我悟出一点道理：人生无论身处何境，都要不断进取！我曾经在数字出版座谈会上，同出版界的同仁交流时，引用了非洲的一则寓言：羚羊在天亮之前必须去奔跑！否则，它有可能被狮子吃掉。同样，狮子在太阳出来之前必须奔跑！否则，它会因捕猎不到食物而死掉。所以不管是吃还是被吃，都必须去奔跑，否则就没有生存的机会。曾经，你因玩游戏而不能自拔时，我反复引用萨特的名言“英雄是自己造成的英雄”、尼采的“是英雄就要去战斗”来激励你。你曾经在人民路的麦当劳吃快餐时告诉我们，你长大以后要开一家“真好吃大酒店”，赚三千万，其中一千万给爷爷奶奶、一千万给爸爸妈妈、一千万留给自己。那是一种童真的理想。但长大以后，不管做什么事情，就不能只停留在理想状态了，坐而论道不如起而行之。因此，无论你将来要干什么，认准了的事情，只要道路和方向是对的，就要有恒心和毅力，不断进取。

当然，人的一生，像大海的波涛，或波平浪静，或潮起潮落，谋事在人、成事在天。如果你付出了努力，仍然功败垂成，就要学会泰然处之，不要钻死胡同。要有“孔子登东山而小鲁，登泰山而小天下”的豪迈。所以，如果在生活和工作中遇到了困难或是挫折，不要纠结于一事一物，要善于总结，汲取教训。而且，内心要始终充满着幸福和快乐的因子，要有给点阳光就灿烂、给点雨露就绽放的心态。如此，便可以轻装上阵，继续勇毅前行！

学会担当。要做一个对家庭和社会有担当和责任感的人。男人缺乏担当，就家庭而言，受累的是家人；对社会而言，是一个废人。所以小时候，我见你在麦当劳大快朵颐时，偶尔会调侃你：小子！但愿你将来也可以为你的小孩，创造一个和谐温馨的吃麦当劳的环境。你爷爷虽然去了天堂，在这儿亵渎自己的先人为大不敬，我不得不祈求你爷爷的原谅。但是你爷爷由于时代和能力所限，有时候就缺乏责任和担当。正如我在之前所述，小时候，面临着因无钱续交学费而辍学的困扰，你爷爷压根儿没当回事，还在邻家打牌消遣。此事，在我少年时代的心灵中留下了极不好的印象。我想将来为人父了，再也不能这般做，再也不能让妻儿跟着自己受累。所以，我经常在朋友圈放言：作为男人，老婆的事、小孩的事是天大的事！因此，你妈同你有什么事时，始终是摆在首要位置，这就是责任和担当！将来你也应如此，挺起脊梁、勇于担当，做一个对社会和家庭有用的人。

学会包容。在芸芸众生里，林子大了什么鸟都有。将来无论是求学、工作还是生活，与人相处的时候，学会包容。多看人的长处，少察人的短处，尤其是不要伤人自尊。得理要饶人，不得理更要饶人。切忌在别人背后说三道四。不要与那些八面玲珑、投机取巧、搬弄是非者交心。爱说是非者，便是是非人。对于这类人，不要轻易得罪，但要学会敬而远之。被人伤害了，学会适当宽容；但不能过于善良，太善良易被人欺。要学会有礼有节地处置。凡是生活小事，可一笑置之；但遇到原则性问题却不能含糊其词，一定要态度鲜明，分清是非。否则，会显得更加被动，甚至给自己带来伤害。

学会观察。人生，无论你从事何种职业，进入何种圈子，它既有游戏规则，又不完全按游戏规则行事。人生如同棋盘中的棋子，往什么地方摆，往往由不得自己。而且，在既定的圈子里，良莠不齐。在是非面前，在涉及切身利益时，不要奢望有太多的人说公道话。大部分属于那种“事不关己，高高挂起”的明哲保身之辈。而坏人却随时都在为不经事者准备陷阱。天下事，没有无缘无故的爱，但却有无缘无故的恨。看看《流血的仕途》，你就知道了。所以，出去混，既要按游戏规则玩，又不能墨守成规，得打起十二分精神去观察。

学会大气。男人在社会上混，要大气大度。首先是在心胸方面，要豁达大度，不要与人争长论短、斤斤计较。不要成天琢磨那些陈谷子烂芝麻之类的事。天下事没有绝对的对与错，凡事都是相对的。按照黑格尔的理论，存在就是合理的。为一些登不了大雅之堂的小事去计较，弄得不开心，也降低了自己的身段。可与人斗智，但不可与人斗气。正如叔本华所说：别拿别人的过错来惩罚自己。其次在待人接物上要大气。尤其在社交场合，不要有打小算盘和占小便宜的心理。外交是对等的，别人为你付出了什么，不但要学会感恩，而且还要通过合适的方式回报。

学会自保。自古有：害人之心不可有，防人之心不可无。一生要行善，但要趋利避害。即在任何时候要学会保护自己。遇到问题绕道跑，没有什么不好。社会太复杂，江湖太险恶。那些无事献殷勤者，基本上属非奸即盗之辈，离这种人远些。在同一个战壕里，不得随便与人交心——逢人只说三分话，未可全抛一片心。那些所谓的小圈子，关系虽好，那是在小利益面前，容易取得共识；在大利益面前，则易暴露出钩心斗角的本性。所以，要警惕小圈子。既要有那种纯洁的、志同道合的小圈子，同时又要学会摆脱那种居心叵测、违法乱纪的圈子的束缚。祸从口出，沉默是金。男人要学会谨言慎行，婆婆妈妈的男人，会给人留下没有品位的坏印象。如果因为口角而产生冲突，不如退一步海阔天空。

另外在安全方面尤其要小心，有安全隐患的地方，不要抱有侥幸的心理，一定要慎之又慎。如在不知底细的水域游泳，往往年轻人好胜，不要逞英雄主义。武林中，往往高手容易被先干掉。生活中这样的案例不胜枚举。在高速公路开车，宁愿开慢点、稳点，也不要赶时间，尤其不要开赌气车。因为，一旦出事，往往是毁灭性的，几乎没有机会让人纠错。

要远离毒品，在黄、赌、毒三者之中，毒品危害最大。黄有道德约束，搞三搞四会受道德、社会舆论的监督。赌受金钱制约，没有钱了，自然就会收手。毒瘾是难以自拔的。一旦染上毒瘾，人会变得疯狂，会失去亲情、失去人伦、失去人性，会败光家财，甚至铤而走险去筹措毒资。所以，在生活中交友要慎，不要交不三不四的损友。在外混，不要被所谓的江湖义气所迷惑。如在夜场、在不熟悉的地方抽烟、喝酒，或者是喝饮料，都得多一点心眼。因为有些坏人为了销售毒品，会伺机在这些场合下毒，引诱人上瘾，然后达到邪恶的目的。江湖水很深，甚至很险恶。如果太性情、太义气，就很容易被人利用，就容易被人设套暗算。所谓“世事洞明皆学问，人情练达即文章”，即人生应多些阅历，多些砥砺，这样在纷繁复杂的时局面前，就能应付自如。

学会律己。要控制欲望，加强自律，守住底线。人没有欲望，易被人践踏；欲望过多，易显痛苦。如何处理欲望，真是一门大学问。所以，将来如果混公家饭，在物欲横流面前，如果管不住自己，还不如不做，这样可以保全自己。否则一旦出事或许是毁灭性的，要想回到原点都不行。在人生的道路上，我反复告诫自己：我的原点是从乡村出发的，如果出了什么事，连乡村都回不去！自由对于一个生命体而言，是多么珍贵的东西！所以，在职场混，要不断提醒自己，要遵纪守法，要守住底线。

儿子，你长大了，今后的路主要靠自己去走——靠山，山倒；靠娘，娘老。你说，是吗？！

该信写完之后，在《作品》刊发了。发给圈中好友分享，获得了一些点赞。为人父者，无论小孩将来怎么想，对他有个交代，心里也踏实了。

十五

岁月静好，亦有阴晴

当我怀着愉悦的心情投入新的工作、生活之际，2013 年 12 月 24 日下午 2 点多，父亲去世了。

父亲走的那一天，我没有哭，但胸闷得比哭还难受。痛失第一个至亲，让我真切地体会到人世间生离死别是一种什么样的滋味。父亲临走前，我回乡一趟，在病榻前守候了两昼夜。此前，父亲已在病床上躺了十多天，由于中风所引发的偏瘫，语言功能基本丧失，加之持续不能进食，生命已处于枯萎状态。每到晚上，他不断地用含混不清的声音呻吟着。母亲怕影响我们休息，便拿起放在床边的拐杖，不时敲打着隔壁父亲的床，叫他别吵。母亲的提醒能让父亲安静三五分钟。父亲在日常生活中不招人嫌，但到了这个地步实是不得已。我非常能体谅油尽灯枯时父亲的所为。除了生理方面的痛楚之外，可能还有出于对死亡的恐惧。此刻，一阵寒风吹来，村子里的狗叫声此伏彼起，让寒夜更陡生出毛骨悚然感。为了给父亲壮胆，我告诉他如果可以减轻痛苦和恐惧，您就大声喊出来吧。有了我的体恤，父亲再也不用顾忌，呻吟的节奏变得更加频密。

知道父亲来日无多，故我想先回广州，准备些钱为父亲办后事。临别那天，父亲回光返照般地微微点着头，随后主动地把偏瘫后尚带余温还能活动的左手，从被窝中伸了出来，抖动着紧紧地握住了我的手，久久不愿松开。自我成人后，父子之间何曾有过此举。此刻，我强烈地预感到，父亲真要走了。父亲一直是个寡言少语、不善交际的人。以前在家，我们父子俩可以一直呆坐在冬日的炉火边，一句话都不说，沉闷得似乎可使房间里的空气凝固起来。每次我出远门前告别，父亲至多也是抿嘴含笑了事。直到后来我带着儿子探亲，父亲才会有点仪式感地向他的宝贝孙子含笑招呼着："过年了又来！"其他多余的话就没有了。我隐隐地觉得，这是我和父亲之间的最后一次告别。

回到广州后的第二天上午便接到了家里的电话：父亲走了！回想几天前，躺在床上的父亲，日夜掐着手指，初时我以为他是在消磨难熬的时光，后来才领悟到是在算时辰。他要选一个好日子、好时辰上路，这样才有利于子孙兴旺发达。生前，他不是一个无神论者；离开这个世界时，必须讲究点。

据说走的那天上午，父亲因不能言语而不断地用手摸着自己的头。初始家人不明其意，他很着急，后来干脆拉着长孙的手放在他头上，才知道他要理发了。平日里，他就比较注重自己的仪容仪表。小时候，我经常见他在窗台的破镜前，用近乎生锈的剃刀，给自己刮胡子。出门时，总是把自己修饰得干净利落。该好习惯一直潜移默化地影响着我。此刻，这种仪式便显得更为重要了。我完全能理解父亲的心境。于是家人匆忙从镇上请来了理发师。在理发的过程中，帮他点了一支烟，喂了一碗稀饭，随后又点了一支烟。头发一理完，便断气了。走得如此安详、如此井井有条，完全靠生存意志在支撑。

走时，没有留下任何遗嘱，似乎对后人为其归途的安排充满了信心。父亲生前就是一个不叽歪、不讲名堂的人，以这种方式告别，似乎一切都顺理成章。

其实，父亲走之前，若送往医院救治，生命或许能再延续一段时间，因为其神志一直是清醒的。但是父亲曾同我说过，一旦病重，千万别把他往医院送。他怕灵魂在外流浪，进不了自家神坛。面对身陷痛楚中的父亲，我虽想尽些孝道，但也只能尊重其意愿，无奈地望着他日渐消瘦的面容离开尘世。

安排丧事时，我得遵照习俗，但不宜大操大办。父亲在世时，我曾同他交流过，把孝心做在当下，死后所做的一切都是给别人看的。父亲通达地默认了，但对来帮忙做事的人，该花的钱得花，至少在生活上不能亏待他们，不能让乡邻们说闲话，这是我定的基调。整个丧事花钱不多，基本上由我支付，因为其他兄弟都不太宽裕。我深感兄弟一场不易，只好独自扛着。

父亲走后，留下风烛残年的母亲。在办丧事的日子里，母亲不断地嘤嘤哭泣，说这个“冤家”走了，让她失去了伺候与骂的对象。我叫家里的晚辈陪着母亲，但大家都去吃饭时，只留下她一人在炉火边，便变得更为孤寂了。等我们吃完回来时，见母亲哭得更伤心了。看来，生离死别对这一对相处了六十多年的“冤家”夫妻来说，仍然饱含着不舍。于是，在母亲哭诉时，我强装轻松地调侃说：活着时，你整天骂骂咧咧，现在又来哭，还有用吗？母亲回应道：骂归骂，有个人在，心里踏实些，现在他走了，有什么事找谁去说呢？

父亲走了，我得考虑母亲日后赡养的问题。父亲在时，尽管她体弱多病，但一直挣扎着伺候父亲。母亲性急甚至刚烈，是那种典型的“刀子嘴、豆腐心”的性格。父亲因眼睛和腰椎做过手术，手术的失败使得他眼睛几近失明，腿脚只能移步。于是照料父亲的重担完全落在年迈的母亲身上。母亲每天坚持自己做饭，操持着父亲的一切起居，使父亲过着比乡下许多老人幸福得多的晚年生活。有时候，母亲生病住进了医院，仍然念叨着父亲的饮食起居问题。所以，我常常隐隐担心着：“假如母亲先走了，父亲怎么办”这一问题。因为从表征看，父亲的身体比母亲硬朗多了，若不出意外，活到九十岁以上问题不大，而母亲却已活到了临界点。岂料父亲居然先走了，使我原有的担心减少了。然而，新的担忧便又出现了。

父亲走后，母亲的精神归依少了几份牵挂，让她挣扎活着的因子减少了，所以我愈来愈担心母亲会随时离开凡尘。于是办完父亲的丧事，便把兄弟们召集在一起，商量着请在家的大嫂专心照料母亲。这样，总算把母亲安顿好了。按照乡俗，父亲去世的当年春节，应当率妻儿返家。然而由于多年没有去岳父家过年，加之这年是岳父八十大寿，虽然没有操办，但还是得去陪他们过一个春节。于是，当年没有回乡过节，但牵挂就变得更为强烈了。开春后，一定得回去陪陪母亲！

是年3月8日，我率妻儿回家给父亲上坟。因为乡俗称，新坟得于清明节前半个月祭祀。儿子对此事很上心，在繁忙的学习中主动过问。他还要求在广州读书和工作的堂兄们都回去。是日一大早，天阴沉得很，我们一家人便坐高铁出发了。到郴州时，天已下起了冷雨，让人感觉冬天仍未远去。不到上午11点，便到家了。本打算上午去给父亲上坟，后因为雨一直在淅淅沥沥地下着，只好改到下午。还好，下午雨停了。

我们兄弟四人率家属，一起来到了父亲的坟头。由于下雨的缘故，坟堆塌下去了。当初下葬时，坟靠山太近，使得周边的空间有些逼仄。在异乡的时日里，我心里总感觉不踏实，担心父亲躺在地下不舒服。这次，我嘱咐家人对坟周边的环境进行了修整。把坟头的山土进行了刨削，把坟尾斜着的平面进行了填平和拓展。然后，把整个坟堆加了些泥土，使之显得厚实些，让父亲在九泉之下，能够安宁舒适即可。我们兄弟四人都在父亲的坟前，用心修整着。大侄子也很用心，儿子由于稍小，就没有让他用力，只是全程观看着，到烧钱纸时，便蹲下来，悉心地给爷爷烧着。大哥显得特别有孝心，一边烧，一边喊着叫父亲过来领钱。我们不知道父亲是否在天有灵，只是觉得这些仪式，一定得做好做够，不给自己留下遗憾。

考虑到母亲年事已高，为了让他们夫妻俩百年之后能团聚，在安葬好父亲的第二天，我便要大哥和大弟在父亲的坟旁，弄了一个假坟。因为乡下人觉得我在外混得有些脸面，安葬父亲的地方应当是看过风水的，因此一旦有人死了，便会靠着父亲的地方下葬。为了不让父母分离，只好如此了。加之，父亲的三哥还有堂嫂就落土在他的下方，我想他们兄弟妯娌葬在一块，死后也有个照应。想着这些，便觉心里踏实多了。

给父亲上完坟后，守在家里，不再四处溜达，好好地陪着母亲。时间虽短，尤感温馨。不过，这次回去感觉母亲明显有些反常，平日里爱唠叨的她，却变得不愿意说话了。而且她把自己经年来所戴的耳环、戒指全取下来，然后把它们凑在一起，重新打了一个戒指，送给我儿子作留念。她担心其他兄弟或许有意见，便补充地念叨着，说这些金子本来就是我送给她的。无论母亲是否有厚此薄彼之嫌，也不管她是不是遵照父亲的遗嘱，我总觉得还是有些让人伤感。另外，那天我说去探访唯一健在的舅妈，母亲闻讯，一定要同去。我想，作为生养她的地方，想去看看完全可以理解，但是这些举止，分明是在昭示着，母亲在悄悄与世惜别，让我心里不免有些悲凉。

父亲走后，母亲在挣扎中又熬了三年多，最后还是在落寞中去了。

双亲先后谢世后，我的操心少了许多，再也不用担心老家半夜来电了。于是，我全身心地投入工作学习和生活中去。

自从新规以后，机关生活严谨多了。不能去胡吃海喝了，初始有点不自在，时间长了，习惯了，挺好！工作之余，搞搞运动、读读诗书、看看电视、喝喝小酒、打打小牌，通过这些方式来消磨作为一个凡夫俗子的生活。

公款吃喝被禁后，偶尔只能私款为之。不过，在喝的过程中，正如我们乡下话所说的，男人们喝到二五二五的时候，便喜欢漫无边际地吹牛。我经常打趣道，该吹牛时就吹吧。我说：把稻草吹成金条完全可以理解，但把稻草吹成钻石就有点过了。所谓打牌，也就是湖南人喜欢的“三打哈”，但我们常玩的却是“二打哈”，即两个打一个。因此，需要玩了，在圈中用行话调侃着：“兄弟今晚去‘哈一下’吗？”对方便心领神会。所以，有时激战正酣时，老婆便来电话问在干甚，我便同她调侃，正在“哈”着呢。往往电话一来，就会被干扰，甚至牌势就差下去，所以，大家都不太喜欢在此过程中有电话打进来。输了就得钻桌子呀。年纪大了，心宽体胖的，在桌子底下挪动起来不灵活，所以，看别人钻桌子时的狼狈相，真是一种享受！

牌桌上最易看出人的个性。好胜者，有时为打错一两张牌，会吵得面红耳赤，甚至摔牌、拍桌子或是掀翻桌子。心理素质差的，经常会有许多怪异的行为。我的一个胖子兄弟，经常把烟“嘶嘶”地抽个不停，有时抽得快烧到嘴巴了，也浑然不知。有时，我叫捶起，即一个人包牌时，即便是冬天，他都会大汗淋漓。于是，我便调侃着，赶快叫服务员把空调开冷点、再开冷点。有时，为了打心理战，无论牌好坏，我都会嚷嚷着：捶起！弄得那哥们非常紧张，鼻子几乎都在微微地抖动，随之心脏怦怦直跳，乃至不断地往厕所跑！

闲暇之余，便在家看抗日神剧。只见那些耍酷的青年男女演员，穿戴着香奈儿、爱马仕、巴布瑞等名牌，所表演的裤裆藏雷、手撕鬼子等剧情，曾让我一度“痴迷”着。我经常躺在沙发上，斜歪着头，带着调侃的神情，看诸如此类的恶作剧如何演义。随后，老婆冷不丁地来一句：“又‘抗日’呀？”即刻我便会回敬道：“不‘抗日’抗啥呢？”接着她便来了兴致：“哪那么多‘日’抗呢？”我便回应：“不断地有鬼子冒出来呢？”她见我又要霸着电视机将“抗日”进行到底的架势，只好无奈地摇头走开。

随即，我想起了老家一发小兄弟，他也喜欢在家看同类神剧。他年近八十岁的母亲，没有读过书，每见着电视画面中打得地动山摇、天昏地暗时，便会凑过来说：哎呀呢，又打鬼子呀？天天打，电视机都会被打烂，哪这么多鬼子呢？我的兄弟只好忽悠其母：鬼子天天来呢。回想他同我所说的情节，只好暗自会心一笑。老婆见我如此傻笑，以为我神经出了故障，我便把缘由告诉她，听后她也跟着傻笑起来。这就是居家的生活啊！

到了知天命的年龄，生活稳定了，想法也越来越务实。再不会像二三十岁那样，经常想东想西的，似乎是理想的彩虹布满了心灵的天空。有时自信得爆棚时，觉得自己还真是一代骄子呢！理想幻灭之后，就得多想些凡人俗事，这样生活反而更踏实了。

十六

年届天命，有风自南

农历五十岁生日那天晚上，我叫了几个平日交往稍多的好友和家人，齐聚庆贺！三杯酒下肚后，心情很好！深感人生苦短，得与有情趣的人在一起。

日子依然在晃荡中过着，基本上还是波平湖静。岳母娘八十大寿时，小舅子把乡下祖屋推掉建起了小别墅，用来祝寿。真是双喜临门！为略表心意，我和友人各做了一副对联，请相知的书法家为之精心挥毫，裱好拿回去，分别高挂在堂屋里的神龛前和大门口，真有蓬筚生辉之感。岳父为之欢欣不已。并嘱咐我，若他过九十岁生日时，也要按此规格，给他弄几副对联，以彰显门第气派，我欣然答应。

为参加这一重要仪式，我和妻休假提前两天回去了，小子照旧在苦读迎高考。在乡下散散心，免不了与当地的亲朋玩玩“三打哈”。姑且，可以乐以忘忧。对于个人的际遇，在职场混了这么多年，风风雨雨、坎坎坷坷，经历多了，反而习以为常了。个中缘由，不想多讲。出息不大，无以抒怀，只好聊以自慰——不怨天不怨地，只怨自己不争气！古往今来，仕途坎坷者，不知凡几，多我一个又如何？活在自己的世界里没有什么不好！于是，改变了心境，改变了行事方式，生活悠悠然，向往明心见性的佛系修炼，也是一种人生状态。

有时，我也给别人灌点心灵鸡汤。觉得后半生，应在如下四个方面去努力：一是把心态调整好。黑格尔说：凡一切人世间事物，财富权力甚至痛苦皆有一定尺度，超越这尺度就会招致沉沦和毁灭。官大官小没完没了，钱多钱少没完没了，知多知少没完没了。作为一个农家子弟，单打独斗，一路走来，能有今天这般模样，已经很不错了。若一味纠结于成败得失，便是自寻烦恼。在职场，若“德不配位，必有灾殃”。这方面的案例，不胜枚举。因此，凡事都得把握一个度，否则有可能导致毁灭。二是把身体锻炼好。免得老了疾病缠身，给老婆孩子添麻烦。三是把夫妻关系处理好。年轻在职时，无论多么风光，将来老了，一切建立在名利场上的所谓社会关系，基本上都会清零。小孩成家了事多，也不一定顾得上自己的父母。最后，陪你终老的那个人还是老婆。所以，夫妻之间，要琴瑟相谐、相濡以沫。四是把小孩培养好。不求大富大贵，至少能自食其力，不啃老就好。

还好，平淡的日子偶有惊喜。本家小子在高考中，以630分胜出，当年全省排名1956位，并列排名1891名，超出广东理科一本线122分，考取了其心仪的中山大学计算机学院。正如他妈所说的，这小子关键时候的考试不会掉链子。其天赋当然在其父母之上。想当年，我拼了老命去读书，依然只能考二三流学校。子比父强，当然是一件令人欣喜的事情。

高考结束之后，便可以开心地在亲朋之间走动。用他自己的话说，可以到处去骗吃骗喝。当年，我高中之后，不同样是在同学家互相串门混吃混喝吗？无论去谁家，用农家菜热情地招呼着。尽管盖的被子都是脏兮兮的，尽量使嘴巴鼻子不接触被子，但都能接受。时过境迁，套路依然未变。既然角逐成功了，孩子爱疯就任由他去吧。

高考，这一公平的对决，虽是几家欢乐几家愁，但我还是喜欢这种竞争。有游戏规则的人生，才有方向感。否则，吾辈尚不知在何处喝西北风呢。

自从人事调整以后，我的职业生涯相对稳定了一些日子。由于年龄关系，有点资历了，不用折腾材料了。经常带队出差，所到之处，也是人模人样的，终于找到了一点职场的尊严感。当然，有点小权了，就得更加谨慎。

其间，受命两度为好人基金筹款。该工作本不是我分管，此前没有操作过，无现成模式可学。但出于菩萨心肠，便迎难而上。从书画作品的筹集，认捐者的发动到具体活动的统筹，殚精竭虑。凭借组织的力量，利用本人平时积累的人脉，共募集了50余幅书画作品。随后，通过精准发动企业和社会人士献爱心，共筹集了350多万元善款。让部分处在困境中的好人，得到了及时救助。为此，这件积善成德的事，让我感觉特别欢喜。

工作之余，开始附庸风雅的生活。通过写作，寄情山水，感悟人生。加之父母谢世之后，经济压力减轻了，身心更为放松了。尤其是小孩上大学之后，感觉中年的人生出现了从未有过的轻松和愉悦。离退休时间也不远了，进取和奋斗意识明显不如当年。

因此，偶有闲暇，便约三五好友喝茶叙旧。兴之所至，就改频道玩麻将了。谁赢了就请吃个饭，仅此而已。我告诉老婆，玩麻将将来老了不易得老年痴呆。老婆受我的迷惑，居然也就不再说什么了。她甚至调侃：你或许几辈子都不会得老年痴呆了！当然，这些都是夫妻之间一种互相信任的玩笑话。因为，我们的家庭氛围很融洽，用其乐融融来形容，一点都不为过。这是许多家庭都难以做到的。能像我老婆如此给我空间的家庭真不多。我的钱她不管，我的自由时间她不管。我要出去尽情地玩玩，只要和她打声招呼即可。她也不会问得太细。在家吃饭，如果有几样可口的湘菜，便会勾起我的乡愁，率性喝点酒，这对老婆的手艺也是一种鼓励。老婆见我来了兴致，也会饮一点。当我们端起酒杯时，夫妻间还真有举案齐眉的味道。

上班最开心的事，莫过于午饭后到东湖公园逛一个小时。初去逛时，只身一人。后来，在我的影响下，几个同事也先后加入。几个人去逛，一路上东家长、西家短的，还真有点像妇道人家一样，喜欢聊些八卦的话题。聊着聊着，聊到开心处，嘻嘻哈哈大笑，竟忘了老之将至。

运动的程序，先是在公园的小岛上漫步半小时左右，然后再去吊单杠、做俯卧撑。这些运动都要有毅力。人到中年以后，做引体向上，要有极强的耐力。初始，做一两个都像吊颈般难受。为了鼓励同仁，试着去做，便使出了打赌的路数，即完成了基准的二至三个后，每多做一个，便赌一瓶酒。有次，两位同僚对赌，其中一位赢了两瓶酒。说届时拿出来喝，也让我牵挂了好些日子，但最后却不了了之。其实，都是玩笑话，岂能当真。不过惦记着喝酒的日子里，还是挺快乐的。

做完引体向上之后，便是做几十个回合的俯卧撑。在做的过程中，我会常常想起老婆所调侃的那句话：真是傻着，下面没有人也做。有时边做边会心而笑。同事也不知道我笑啥，后来我把谜底告诉他们时，大家都开怀大笑。每天，只要不刮风下雨，我们都坚持着。于是，身体状况明显好转了。

睡觉时，老婆抚摸着我手臂上的肌肉，调侃着：很性感呀！在她的鼓励下，练得便更用功了。而且，还时常思忖着，假如有一天退休了或是离开了机关大院，恐怕再也难有如此好的环境，或者再难如此有规律地坚持运动了。因为一个人的运动，或许没有在三五成群的嬉笑中有趣。想着这些问题，不觉在时光的隧道里，日子过得真快，内心愈发感觉惶然。

桃红又是一年春。又一个新年过后，到5月份时，新领导到任了。掐指一算，从2002年至2018年，已经历了七任领导。而个人的工作能力和水平并未明显见长，没有从不同的领导身上，学到真知灼见，以至内心感到汗颜。

新官上任，又得重新适应。所谓适应，无非是看云识天气。不同的领导有不同的学养和行事风格，然后得采取相应措施跟上节奏。但无论谁来，我都是跟着吆喝，因为曾一直待在二线做配角，感受不到领导的行事逻辑。但是，毕竟打了这份工，还得有职业操守。所以，都得认真把活干好。而且，心底里一直想着：还得进步呀！否则，将来退休了，让人笑话。

一个拥有高学历的人，为人、能力、水平、综合素质，差强人意，在机关混成这般模样，既对不起自己，也对不起家人。更现实点，退休金也少了些。更重要的是若生病了，医疗条件也差些。基于此，还真得打起精神干活。在干的过程中，等啊、盼啊，期待着太阳早点升起。我相信：冥冥之中总会有一朵属于自己的祥云！所以，我得一本正经地把自己包严实些，一副坚守道统的样子，尽量不让别人看出破绽。

十七

祥云缭绕，瓜熟蒂落

2018年是新时代机关改革之年。由于机构合并，我所在的单位减少领导职数。于是，2019年2月，我由单位的副手，变成了机关新设处室的负责人。级别未变，但规格变了，内心难免有些失落，便自我调侃：官越做越小了，真有意思！

难怪是日凌晨做梦，梦见我在整理村子后面的坟地——记不清是为父母还是为别人。只见父亲坐在坟堆边抽烟，随后隐约听见母亲叫了我两声名字，但不见其人。当我把高耸的坟地整得两边扁平时，坟的对面却冒出了半截棺材。我在梦中骂道：是谁的后人如此不负责任，居然让自己的先人如此裸露着。于是，我想尽快帮其掩上泥土。后来，便醒来了，也不知道该梦在暗示着什么。

其实，人生多一些历练，未尝不是好事！做了五年多的单位副职，现在变成处室头儿，从二线被推到了一线，圆了在机关做真正意义上的处长梦，也好！过往的那些富有张力的日子，就任由其随风而去吧！

做头儿了，责任和压力相应增加了。要看的文件多了，要开的会多了，要张罗的行政琐事多了，更重要的是要学会去协调各种关系。就好比一生产队长，要带领团队做好组织交办的工作，突然间操心明显增多了，再也没有往日时光中那副魏晋名士的派头。吃饭、下班等不能踩着节奏行事，得给同事做个榜样。年轻时若如此，是快事。上年纪了，本想摇摇晃晃地混个待遇退休得了，现在居然还得折腾这劳神的事儿，也只得硬着头皮上了。这样才不致让领导、同事、家人小瞧。

人生总是起起落落的，不过像我这般境况，起的时候少，落的时候多，而且落的周期还挺漫长。好在天性乐观，幸福感特别强，对潮起潮落的人生际遇，不太当回事。但我得尽职尽责，珍惜职业生涯中难得的美好时光，站好最后一班岗，然后安然退休、健康终老。

从此，我重新调整了人生的法条。每天晨曦初露，小院里那几只蹲点的小鸟尚未叽叽喳喳地叫，老婆也未像往日那样自编自唱着“咯哩呱啦、咯哩呱啦”毫无音乐韵律的歌儿，有意来吵醒我，我便自觉地起来了。每天把自己修饰得光鲜利落，然后精神抖擞地早点去上班！

在团队刚见面那天，我也来了个履新演说，得给大家约法三章：不管你来自哪里，不管你曾经干过什么，今天能在一起工作便是缘分。那么我得送大家三句话：精诚团结、认真干活、严守规矩。而且我也把自己在机关这么多年所总结的三句话送给大家共勉：做事不多事、到位不越位、帮忙不添乱。

后来，为带好团队，我又给自己立了三条规矩：惜制如金，对法律和制度，始终心存敬畏，不得越雷池半步；在各种利益诱惑面前，不断提醒自己我的原点是从乡村出发的，如果出了事连乡村都回不去；以此要求本处其他同志时刻紧绷党纪国法之弦，强化岗位风险防范意识，务必做到不越底线。惜人如金，珍惜身边的每一位同事，让他们有尊严地工作、学习和生活。惜时如金，以闻鸡起舞、日夜兼程、风雨无阻的精神状态，投入工作当中，主动作为、勇于担当，尽量做到今日事今日毕。

因为，我所担责的部门，是有一定风险的。面对随时有可能被围猎的挑战，得严守规矩。我不断提醒自己：拜过神的那头驴还是驴。若不守规矩，坏事干习惯了，是刹不住车的。因此，在规制面前绝不能犯糊涂。

有时，事多得晚上连梦都很少做了。但是 2019 年 5 月 20 日晚上，睡到半夜，我梦见了在天堂久违的父亲。只见他穿着在生时常穿的蓝色土布衣服，头戴一顶灰色的布帽，像是冬天的装束。我叫他，他不理我。我走到他身后，想去拍他的双肩，他也不正面瞧我。而且，似乎还有些生气的样子。

一大早醒来时，我还对老婆复述了梦境。然后，心想会发生什么事呢。平日里，我的车基本上停在老婆所在的学校。按照学校的要求，上学期间每天七点前务必把车开走。于是，一大早我就开车出发了，行驶到沿江东路427号位置，车没有死火，却突然开不动了。本来车道就窄，瞬间，后面的车便被塞成了长龙，不少人在大声地按着喇叭，弄得我也紧张起来。无奈，只好把车停在原有的位置。然后，叫了两位同事来救援。由于公务在身，我交代相关处理事项后，便先回到了办公室。

随后，我便在想，昨晚难道父亲托梦给我，就为这事？难道故去几年的父亲还在天国照看着我？这种父爱难道是永续的？人神之间究竟存在着什么感应？还真的有着许多未知的世界等待着人类去探究。虽然父亲走了，但他还在以他固有的深沉的方式爱着我们。我的双眼渐渐地湿润起来。我真不知道他们在那个世界过得如何。我还能为他们做点什么？我除了用传统固有的方式，在清明节前后，或者在一些重要节庆，为他们焚香烧纸敬酒之外，再也想不出有什么更好的表达方式了。当然，在我内心深处，还是不断地惦记着他们。但愿他们在天国过得幸福！

2019年6月1日，新的公务员法颁布了。好处便是职级并行，即没有机会做实职，就弄个同级别的待遇。我期待着这项政策能尽快落地。因为，已是五十多岁的人了，在不同岗位上同层级职务做了八年多，解决不了实职弄个虚的也行。所以，盼望着、盼望着，像盼春风一样。在内心掐指算着日子，干活也不觉得累了。人有活干了，有成就感了，觉得日子过得飞快。心情好得似乎四季都是春光明媚的样子。

同时，我也真诚地希望身边的同事，都能尽快进步。既然组织授权给我，得尽可能对身边的同仁们好些，多为他们在领导面前说些好话，营造好的舆论场，为其进步铺平道路，让团队的每个人，都有尊严、有成就感！自私一点讲，心善之人，必有福报！

从 2019 年 2 月 13 日，到同年的 11 月 29 日，在此期间相关领导批示交办的工作，因行动迅速、推进有力、效果明显，深得领导高度肯定，我也在多个不同的场合受到表扬，工作虽然压力大、异常辛苦，但是内心无比快乐。正因为如此，也相应得到了组织的认可，是年底，我便成了新公务员法推行以来的第一批一级调研员。此前我也做过调研员，用我老婆的话说："调"来"调"去的，现在又"调"回来了。虽然，这一职级就我而言，不足以津津乐道，是个熬资历熬出来的东西，工资也涨不了多少，但亦算喜事。我从小在苦水里泡大，天生没有太大的野心，给点甜头便知足。但是越过了这一步，下一步再晋升便有机会了。作为农家子弟，能混到这个份上还有什么不满足呢？与当年在穷乡僻壤的山窝奋斗时相比，简直是天上人间！

掐指一算，离退休还有6个年景，我得好好规划着职业生涯中的最后时光，把一些未竟的事抓紧做完，诸如正在创作中的人生琐忆，争取正式出版。另外，得去乡下把祖屋改建好。因为，我是那里的游子，待退休后，思乡了有个去处。住在别人家，即便是自己兄弟家，都不是自己的归处。尤其是当我告别尘世之后，得传承点什么，让后人知道自己的根在何方。

历史总有惊人相似的一幕。像2003年暴发的“非典”疫情一样，2020年1月新冠病毒在全球蔓延，整个春节期间，人们再也不敢到处乱窜。高铁、火车、地铁、大街上行人稀少，餐馆、酒店、娱乐场所等几近关门。人们在外行走，都戴上了口罩。入夜之后，北风呼呼地吹着，车可以快速地在街上奔驰着，这种顺畅的驾驶感真是久违了，昔日繁华和喧嚣的街道，似乎在一夜之间便消失了，整个广州城空寂得让人顿感陌生。

2月3日，春节后的第一个交易日，中国股市暴跌。节前最后一个交易日，在老婆娘家度假，尾盘见股市急速下泻，以为可以抄底博个短差，便心存侥幸进去了，但是新年开市后所买的几只股票都死死地躺在跌停板上摆烂。随后几天开盘仍在惯性下挫，直至连续几个跌停，于是感觉心都凉透了。多年以来，总想着在股市上赚点快钱，却是一而再再而三地竹篮打水一场空。几十年未赚到一分钱，反而亏了不少，但就是买不回一个教训，硬是固执地不愿收手。一被股评那帮人，什么钻石底、婴儿底、儿童底、黄金底之类的忽悠，便又将信将疑、魂不守舍地进去了。唉，打开账户，望着那片连肥都不用施，便是绿油油的麦田，心都碎了。好在丰衣足食了，否则真感觉沮丧。这庚子年开局却是这般模样，也不知道全年会是个什么光景。人们在手机上拜年，少了许多虚头巴脑的溢美之词。我就更不想违心地说那些不着边际的东西了。往常每年春节拜年时，那些铺天盖地的祝词、颂词，诸如四季发财、事事如意、岁岁平安等等，到年末清盘后，发现有多少能兑现呢，都是些精神鸦片啊。这年过得，真不好玩！

随后，全球被感染的人数急增。为此，全球金融市场动荡，世界秩序动荡，全球人心惶惶。作为上班族只好按令行事，不得自作主张。

加之，单位的领头人升迁了，一时便感觉群龙无首。在这种情形之下，还能干什么呢？特殊的日子里，只好掐着时间、踩着节奏过日子。平日里太紧张，姑且也可以放松一下了。大家抓住这一千载难逢的机会，彼此乐呵乐呵着。那些可开可不开的会，基本上都停开了，好像也没有什么影响。其实基层机关的许多会呀，有些纯是出于个别领导刷存在感而为，可把经办的工作人员折腾坏了。所谓“开会开会，一开就会”，要具体问题具体分析。

我时常琢磨着，许多事情和问题都有人去研究，为什么我们的会议制度鲜有人去问津呢，什么会该不该开，会议的时长、内容、成本、人员把控、绩效评估等等，真得好好研究一套规制。不然，就容易滑到形式主义的泥潭中。一旦如此，便易被行家批评：主义不够，形式来凑。与中央三令五申减少文山会海的精神背道而驰，真的难为那些具体操办者了。

自从春节之后，一旦下班，便开车回家吃饭。一家人很久都没有这样待在一起了，生活真是有规律极了！

新冠闹的时间长了，为此开的相关会议多了。虽感忧心忡忡，但又能怎样。整个社会的生活秩序全被搅乱了。当初以为闹一段时间就会结束，直到 2023 年春，才迎来曙光。

疫情形势稍有好转，公务便更为繁忙了。既然组织上给了机会，就得把活干好。为尊严而活、为尊严而战的时候到了，切不可沾沾自喜！

人在职场，营造和谐的创业环境尤为重要。融洽愉悦的人际环境，可以使人迸发出无穷的创造力。因此，带队伍以后，就得朝着这一方向努力。其实，就我而言，活再多、压力再大，也没有乡下“双抢”的农活累。干农活出身的人，早就练就了这一本领。我得以身作则，营造正能量，提振精气神，使自己从事的工作出新出彩。其他的都交给组织吧！

2020 年 9 月，由于组织的照顾，迎来了职业生涯的又一个好消息，晋升为二级巡视员。我的心情好得像小孩盼过年穿新衣服一样高兴。虽然是一个职级待遇，亦可心满意足了。感激组织、感恩领导、感谢伟大的新时代！虽然已经到了逝者如斯夫的年龄，但还得继续努力工作。

晋升之后，称谓五花八门。有叫马厅的，有叫马部的，有叫马局的，有叫马二巡的，还有叫马小二的（因为本单位有一个本家，提二巡在我前面，按辈分只能这样了。当然是关系非同一般的同僚才这样叫）。前三种叫法，都有点语言贿赂的味道，别人出于对自己的尊重，尽管听起来有些心虚，但又不能拂了别人的好意，就由他们叫去吧。后两种叫法，虽然是实打实的，但听起来又有些别扭。

虽说该职级，自我感觉底气不足，不过看了一下工资条，每月增加了几百块；办公室隔三差五有人搞卫生了；等等。更有意思的是，晋升后第一次去体检，护士当众部长、部长地叫着，弄得我怪不好意思。在众人面前，能纠正护士的叫法吗？语言贿赂不违法，因此，不想在这种事上费口舌，因为叫一回就被风吹走了，也不会留下历史档案什么的，爱咋叫就咋叫吧。况且我瞟了一下体检表上，级别一栏明明写着厅级，没有标明具体职务，护士只能运用模糊数学的方式叫着，她是专业的，她没有叫错。所以，我对身边站着的护士，顿生出一种莫名的好感来。总之，有了诸多好处，心里又有点微波荡漾了。

二巡干了一段时间，由于新任处长未到位，得继续兼任，工作节奏还像以前那样紧张。第二年 4 月底卸任时，才感到浑身轻松自在。宣布消息那天，我正在外地出差。是日中午，美美地睡了一个非常踏实的觉，真舒服啊！从此以后，我的工作便是协助分管领导，开会、调研什么的，责任和压力随之减少了。业余之际，便是潜心学习与写作。也好，就让那些没完没了的劳神活，全翩然而去吧！

天地悠悠，过客匆匆。从乡村小学、中学到扛蛇皮袋进城，一直读到硕士研究生毕业；从石溪河边的第一份教师职业，到国企员工，再到机关职业生涯的即将结束：一路走来，有含着泪的笑，有含着笑的泪。如人饮水，冷暖自知。回望石溪，感慨良多。人的一生，要有诗与远方，尤其要有进取之心，咬定青山，矢志不移，否则生命之花便会枯萎。要豁达大度，真诚待人，虽然做一个善良真诚的人不易，但可使内心安宁。要调适心态，不留心结，纠缠细枝末节，爱钻牛角尖，往死胡同走，易显精神偏执，甚至会得精神病。要善于律己，守住底线，人失去自由之后，那些虚名浮利，价值几何。总之，进取、豁达、宽容、律己，便是我几十年风雨漂泊，勇闯险滩，到达彼岸的不二法门。